Diogenes Taschenbuch 24268

Petros Markaris

Zahltag
Ein Fall für
Kostas Charitos

Roman
Aus dem Neugriechischen von
Michaela Prinzinger

Diogenes

Titel der 2011 bei
Samuel Gavrielides Editions, Athen,
erschienenen Originalausgabe:
›Περαίωση‹
Copyright © 2011 by Petros Markaris
und Samuel Gavrielides Editions
Der Text wurde für die 2012 im Diogenes Verlag
erschienene deutsche Erstausgabe
in Zusammenarbeit mit dem Autor
nochmals durchgesehen
Umschlagfoto von Theresa Förster (Ausschnitt)
Copyright © Theresa Förster

Für Josefina, wie immer

Veröffentlicht als Diogenes Taschenbuch, 2014
All rights reserved
Alle Rechte vorbehalten
Copyright © 2012
Diogenes Verlag AG Zürich
www.diogenes.ch
250/14/8/1
ISBN 978 3 257 24268 3

Griechenland ist ein riesiges Irrenhaus.

Konstantinos Karamanlis
(1907–1998)

I

Die beiden Frauen sitzen in zwei Sesseln mit niedrigen Rückenlehnen und hölzernen Armlehnen. Auf einem Tischchen gegenüber steht ein laufendes Fernsehgerät, das die Ausmaße eines uralten Computers hat. Doch ihr Blick ist nicht auf den Bildschirm gerichtet, die Lider sind geschlossen und die Köpfe zur Seite gesunken. Vor dem Fenster erklingt auf dem Akkordeon eines zugewanderten Straßenmusikers einer jener altmodischen Walzer, die früher auf Hochzeiten beim Eröffnungstanz des frisch vermählten Brautpaars gespielt wurden.

Die anderen beiden liegen auf einem Doppelbett im Nebenzimmer, die Augen unverwandt zur Decke gerichtet. Alle vier sind im schlichten Stil eines Modegeschäfts aus einer armen Wohngegend gekleidet. Drei von ihnen tragen angesichts des nasskalten Wetters schwarze Strickjacken, die Vierte hat ein altmodisches geblümtes Kleid an. Die beiden im Vorderraum tragen dicke Socken und flache schwarze Schuhe. Die zwei anderen haben, ganz brave Hausfrauen, ihre Pantoffeln neben dem Bett abgestellt und sich mit den Strümpfen aufs Bett gelegt.

Koula tritt an mir vorbei, wirft einen Blick auf die sitzenden Frauen und bekreuzigt sich. »Was kommt da noch alles auf uns zu?«, murmelt sie.

Die Zweizimmerwohnung, kaum sechzig Quadratmeter

groß, liegt in der zweiten Etage in der Eolidos-Straße im Bezirk Egaleo. Beide Zimmer gehen zur Straßenseite, wohingegen die Küche und das kleine Bad in den winzigen Lichtschacht blicken. Ich trete an den quadratischen Holztisch mit seinem bestickten Tischtuch und lese mir noch einmal den darauf zurückgelassenen Zettel durch:

Wir sind vier alleinstehende Rentnerinnen, ohne familiäre Bindungen oder andere Verpflichtungen. Zuerst hat man unser einziges Einkommen, die Renten, gekürzt. Als wir dann zum Arzt gehen wollten, um uns unsere Medikamente verschreiben zu lassen, haben die Ärzte gestreikt. Kaum hatten wir endlich doch die Rezepte bekommen, sagte man uns in der Apotheke, wir könnten sie dort nicht einlösen, da die Krankenkassen bei den Apotheken in der Kreide stünden, daher müssten wir unsere Medikamente von unseren zusammengestrichenen Renten selbst bezahlen. Da wurde uns klar, dass wir letztlich der gesamten Gesellschaft nur noch zur Last fallen. Daher haben wir beschlossen zu gehen. So gibt es vier Rentnerinnen weniger, für die Ihr nicht mehr sorgen müsst. Und Euch ermöglichen wir damit ein besseres Leben.

Der Zettel ist in klarer, deutlicher Schrift verfasst. Daneben haben sie ihre Personalausweise hingelegt: Ekaterini Sechtaridi, geboren am 23. 4. 1941, Angeliki Stathopoulou, geboren am 5. 2. 1945, Loukia Charitodimou, geboren am 12. 6. 1943, Vassiliki Patsi, geboren am 18. 12. 1948.

Stavropoulos tritt gerade aus dem Schlafzimmer, als die Sanitäter eintreffen, um die Leichen abzutransportieren. Während er auf mich zutritt, zupft er sich die Einweghandschuhe von den Fingern.

»Sie bezweifeln offensichtlich nicht, dass es sich um Selbstmord handelt«, meint er.

»Kaum. Wie haben sie es getan?«

Er zuckt die Achseln. »Das wird die Autopsie zeigen, aber da keine Einschusswunden und auch keine aufgeschnittenen Pulsadern festzustellen sind, kommt nur Gift in Frage. Ich weiß nicht, ob es Ihnen aufgefallen ist, aber in der Küche steht eine halbleere Flasche Wodka.«

»Alkoholvergiftung durch Wodka?«, frage ich baff.

»Nein, damit haben sie die Schlaftabletten eingenommen. Das ist eine todsichere Methode, um friedlich zu sterben. Haben Sie den Zettel gelesen?«

»Mhm.«

»Was hat dieser Selbstmord für einen Sinn, Herr Stavropoulos?«, fragt Koula dazwischen.

»Tja, das Begräbnis erfolgt auf Staatskosten. Da sie keine Verwandten haben, muss die öffentliche Hand dafür aufkommen. Das ist der einzige Weg, um diesem verdammten Staat noch irgendwie Geld zu entlocken«, erklärt er, bevor er die Wohnung verlässt.

»Und was machen wir jetzt?«, fragt mich Koula.

Da wir für Selbstmorde im Normalfall nicht zuständig sind, wünsche ich mir nichts sehnlicher, als umgehend die Wohnung zu verlassen. Schon möglich, dass ich mich nach so vielen Jahren an den Anblick von Leichen gewöhnt habe, doch es ist etwas anderes, einen Ermordeten vor sich zu haben, als vier Rentnerinnen zwischen dreiundsechzig und siebzig, die ihrem Leben selbst ein Ende gesetzt haben.

»Wer hat sie gefunden?«, frage ich Koula.

»Eine Freundin von Frau Patsi. Sie war schon leicht alarmiert, als auf ihr Läuten hin niemand an die Tür ging, da die Patsi vormittags immer zu Hause war. Nachdem sie es kurze Zeit später noch einmal erfolglos probiert hatte, rief sie einen Schlüsseldienst. Da hat man sie gefunden.«

»Wo ist diese Freundin jetzt?«, frage ich Koula.

»Ich habe sie von den Kollegen der örtlichen Polizeiwache nach Hause bringen lassen. Ihre Adresse und die des Schlüsseldienstes habe ich mir notiert. Wenn wir sie noch brauchen sollten, wissen wir, wo wir sie finden können.« Sie denkt kurz nach und fährt dann fort: »Wird aber kaum nötig sein.«

Ich gebe mir einen Ruck und beschließe – mehr aus beruflicher Neugier als aus anderen Gründen –, noch einen letzten Rundgang durch die Wohnung zu machen. Obwohl ich Koula anweise, zur Dienststelle zurückzufahren, läuft sie mir, statt zu gehorchen, wie eine Schlafwandlerin hinterher.

Da das Wohnzimmer nichts weiter Interessantes offenbart, begebe ich mich ins Schlafzimmer. In der Zwischenzeit haben die Sanitäter die beiden toten Rentnerinnen fortgebracht. So bleibt uns wenigstens ihr Anblick erspart.

Im Schrank hängen zwei Kleider, zwei Röcke und ein Mantel, in den Schubfächern liegen fein säuberlich geordnet Unterwäsche, drei Blusen und zwei Pullover.

Ich lasse das Badezimmer aus und werfe stattdessen noch einen Blick in die Küche. Auf der Marmorplatte steht die halbleere Wodkaflasche, und im Hängekasten darüber stehen vier Teller, vier Gläser, zwei Tassen, ein Kochtopf und ein

Besteckkasten. Alles ist gründlich geputzt worden, als sei der Patsi daran gelegen gewesen, ihre Wohnung blitzblank zu hinterlassen.

Plötzlich steht eine ausgemergelte Vierzigjährige in der Tür. »Ich bin die Vermieterin«, stellt sie sich grußlos vor. »Eleni Grigoriadou.«

»Sie können die Wohnung räumen lassen. Wir sind hier fertig«, erkläre ich, da sie vermutlich genau das hören will.

»Vassiliki war mir sechs Monatsmieten schuldig. Können Sie mir sagen, wer mir die jetzt bezahlt? Sie hat ja keine Erben!« Ich betrachte jede Antwort als überflüssig und steige mit Koula langsam die Treppenstufen hinunter. »Ich lebe doch von den Mieteinnahmen, das ist mein einziges Einkommen!«, ruft sie uns hinterher. »Was soll ich denn jetzt machen? Soll ich mich auch umbringen?«

»Die würde gut zu meinem Vater passen«, sagt Koula, als wir im ersten Stock ankommen.

»Wieso?«

»Weil auch er nur an sich selbst denkt. Meine Mutter, die sich immer um alle gekümmert hat, hat er auf diese Art ins Grab gebracht.«

In der Eolidos-Straße hat sich eine kleine Frauenschar versammelt, die im Nieselregen wortlos die abfahrenden Krankenwagen betrachtet. Zwei von ihnen haben ihre Arme schluchzend vor der Brust verschränkt. Die Übrigen starren stumm den Rettungswagen nach. Als wir gerade in den Seat steigen wollen, nähert sich eine der beiden weinenden Frauen.

»Keti Sechtaridi war meine Grundschullehrerin«, sagt sie mit tränenerstickter Stimme. »An der Ersten Grundschule von Egaleo. Bis zu ihrer Pensionierung hat sie da gearbeitet. Damals herrschte hier große Armut.«

»Wieso? Jetzt etwa nicht?«, ruft eine andere dazwischen. »Mein Sohn sitzt den ganzen Tag vorm Computer und sucht wie verrückt im Internet nach einem Job. Wenn ich ihn so sehe, frage ich mich, was er wohl tun wird, wenn sie uns das Telefon abdrehen, weil wir die Rechnungen nicht mehr bezahlen können!«

Nach einem Seitenblick zu mir wendet sich Koula der schluchzenden Frau zu. »Eins kann ich Ihnen jedenfalls sagen«, erklärt sie mit lauter Stimme, damit auch die anderen sie hören können. »Keine von ihnen hat gelitten. Alle sind ganz friedlich eingeschlafen.«

»Wenigstens das«, ertönt eine Stimme aus dem Hintergrund.

Der Akkordeonspieler, der unter dem Vordach eines Haushaltswarenladens steht, hat mit dem Spielen innegehalten und verfolgt die Szene.

Dann gebe ich Gas, und ein kurzes Stück weiter biege ich nach links zur Thivon- und dann zur Petrou-Ralli-Straße ab. Zwei Schwarze stehen tief über die beiden Müllcontainer am Straßenrand gebeugt und wühlen gierig in deren Eingeweiden.

2

Merkwürdigerweise fließt der Verkehr in ganz normalem Tempo dahin, während der Mairegen sacht vor sich hin nieselt. Vielleicht liegt es daran, dass wir die Lücke zwischen dem allmorgendlichen und dem allmittäglichen Verkehrsstau erwischt haben. Vielleicht aber auch daran, dass den Leuten kein Geld mehr fürs Benzin bleibt, da uns die Troika ein so striktes Sparprogramm auferlegt hat, dass wir sogar noch unsere Scheiße trocknen müssen, um sie weiterzuverwerten. Zwar könnte ich mit Koula ein Gespräch anfangen, um die Fahrzeit zu verkürzen, doch wenn man unter Schock steht, kriegt man den Mund einfach nicht auf, weder für einen Bissen Essen noch für eine Plauderei.

Auf der Pireos-Straße werden die Wagenkolonnen immer dichter, und ab der Zentrale der Sozialversicherungsanstalt bewegen wir uns im Schritttempo vorwärts. Obwohl der Verkehr in der Menandrou-Straße völlig zum Erliegen kommt, ertönt weder Gehupe noch Gefluche. Geduldig warten die Fahrer, bis sie wieder drei Meter bis zum nächsten Stop weiterfahren können.

»Wieso ist heute so wenig los?«, frage ich Koula.

»Die Leute ziehen den Kopf ein und ergeben sich in ihr Schicksal, Herr Kommissar. Sie sagen sich: Nichts geht mehr. Warum soll der Straßenverkehr da eine Ausnahme bilden?«

Ihr Gedankengang erweist sich als irrig, sobald wir den

Omonia-Platz erreichen. Die Stadiou- und die Panepistimiou-Straße sind zwischen Eolou- und Patission-Straße unpassierbar. Aus der Ferne dringt der Widerhall skandierter Parolen an unsere Ohren.

»Was gibt's, Kollege?«, fragt Koula eins der uniformierten Opfer, die hinter dem roten Absperrungsband ihren Dienst versehen.

»Protestmarsch der Arbeiter- und Beamtengewerkschaft«, entgegnet der Uniformierte knapp.

»Ist der Alexandras-Boulevard befahrbar?«

»Ja, aber meiden Sie die Marnis-Straße. Da weiß man nicht, was zwischen Polytechnikum und Gewerkschaftshaus auf einen zukommt. Besser, Sie nehmen die Evelpidon-Straße.«

»Nun, wie man sieht, ziehen nicht alle den Kopf ein«, sage ich zu Koula.

»Manche schon«, entgegnet sie tonlos. »Und manche andere schlagen Dritten die Köpfe ein. Die Frage ist, was passiert, wenn wir alle gleichzeitig mit dem Kopf durch die Wand wollen.«

Ich folge dem Rat des Polizeibeamten und wähle das Gysi-Viertel, um auf den Alexandras-Boulevard zu gelangen. Fünf Minuten später haben wir die Dienststelle erreicht. Koula geht schon in das Büro meiner Assistenten, während ich mir noch einen Kaffee in der Cafeteria besorge.

»Müßiggang ist aller Laster Anfang.« So würde Adriani unsere Lage kommentieren. Denn seit einem Monat ist der Selbstmord der Rentnerinnen der erste Fall, den wir zu bearbeiten haben. Die anderen Dezernate kommen mit der

Arbeit nicht nach. Sie sind vierundzwanzig Stunden im Einsatz, da alles an ihnen hängenbleibt, von den Randalen bei Demonstrationen über den Bandenkrieg unter den Zuwanderern in Ajios Panteleimonas bis zu den Aufläufen vor den Privathäusern der Parlamentarier, wo ganze Horden bereitstehen, um die Politiker auszupfeifen und zu beschimpfen. Morde sind momentan nicht an der Tagesordnung, da andere Dinge Vorrang haben.

Auch zu Hause herrscht Stimmungsflaute. Katerina hat ihr Praktikum beendet und einige Fälle übernommen, bei denen es um das beschleunigte Asylverfahren geht. Sie ist nicht gerade aus dem Häuschen vor Freude, da solche Angelegenheiten nur schleppend vorangehen und ihre Tätigkeit weniger mit dem Prozedere eines Gerichtsverfahrens zu tun hat als mehr mit der Arbeit der Schreiberlinge, die früher vor dem Athener Rathaus ihre Tischchen aufstellten und den kleinen Leuten ihre Anträge ausfüllten. Die übrige Familie, allen voran Fanis, verabreicht ihr die bekannten Aufmunterungspillen à la »Das ist nur am Anfang so« oder »Es wird schon werden«, doch Katerina scheint nicht wirklich überzeugt.

Da so wenig los ist, habe ich beschlossen, mir Adrianis Losung zu eigen zu machen, die in solchen Fällen immer sagt: Bevor du dich langweilst, veranstalte ein Großreinemachen. Das tue ich jetzt auch. Ich habe meinen Assistenten verkündet, das sei jetzt die Gelegenheit, auf unserer Dienststelle Ordnung zu schaffen. Als ich hinzufügte, dass wir dabei alten Ballast loswerden und alle abgeschlossenen Fälle ins Zentralarchiv weiterreichen könnten, hielt sich ihre Begeisterung in Grenzen. Meine übrigens auch, da ich mir dabei nicht wie ein Kriminalhauptkommissar vorkomme, sondern wie ein Oberbuchhalter.

Heute ist der dritte Tag unseres Großreinemachens. Als ich das Büro meiner Assistenten betrete, schleppen sie gerade stöhnend und mit hochgekrempelten Ärmeln Aktenordner durch die Gegend. Nur Koula ist guter Dinge, da ich ihr angeordnet habe, das digitale Archiv zu durchforsten. Daraufhin hat sie sich kopfüber in die Arbeit gestürzt. Sobald man sie vor einen Bildschirm und eine Tastatur setzt, ist sie der glücklichste Mensch der Welt. Ihrem zufriedenen Lächeln nach zu schließen, hat sie die Selbstmorde bereits ad acta gelegt. Die Tasten ihres Computers scheinen eine ungeheuer beruhigende Wirkung auf sie zu haben.

»Ach, nur einen einzigen kleinen Mord, Herr Kommissar!«, ruft mir Dermitsakis verzweifelt entgegen.

»Es gibt doch so viele soziale Brennpunkte in Athen«, fügt Vlassopoulos ergänzend hinzu, »so viele Migranten, die sich jeden Abend mit den Rechtsextremisten Straßenschlachten liefern, so viele aufgebrachte Bürger, die auf Politiker losgehen, dazu noch die Plakataktion, in der bekannte Journalisten als Verräter aufs Korn genommen werden. Aber weit und breit kein Mord, der uns von diesem Frondienst erlöst! So ein Pech!«

Dermitsakis knöpft sich Koula vor, die – mit Blick auf ihren Bildschirm – in sich hineinlächelt. »Ja, du hast gut lachen, weil du mit deiner Bildschirmarbeit aus dem Schneider bist. Lass dich bloß nicht dabei erwischen, wie du Patiencen legst, sonst verpfeif ich dich.« Und zu mir gewendet sagt er: »Ich hab sie schon öfter mal beim Kartenspielen überrascht.«

»Das ist eben ein guter Ausgleich. Dabei kann ich viel besser nachdenken«, rechtfertigt sich Koula.

»Kopf hoch, Leute. Bald haben wir's geschafft«, sage ich, um ihnen Mut zuzusprechen, da auch mir die ganze Aktion als Frondienst erscheint.

»Können Sie sich an den alten Wahlkampfslogan erinnern, Herr Kommissar, in dem uns ›noch bessere Zeiten‹ versprochen wurden? Heutzutage ist es genau andersrum: Egal, was man tut, man tut es, um gewappnet zu sein, denn die Zeiten können nur noch schlimmer werden«, bemerkt Vlassopoulos. Und damit sinkt auf dem Weg zurück zu meinem Büro meine Stimmung auf einen weiteren Tiefpunkt.

Kaum habe ich einen Schluck von meinem Mokka getrunken, läutet das Telefon. »Termin beim Chef«, vermeldet Stella, Koulas Nachfolgerin in Gikas' Vorzimmer, kurz angebunden. Was das Aussehen betrifft, so kann sie Koula das Wasser reichen, aber in Sachen Charme wirkt sie wie ein ungehobelter Klotz.

»Er ist drin«, blafft sie, ohne den Kopf zu heben, als ich an ihr vorübergehe. Womit sich meine Einschätzung bestätigt …

Gikas sitzt vor seinem Schreibtisch und starrt auf seinen Computerbildschirm. Seit er einen Dienst-PC besitzt, verbringt er den ganzen Tag vor der Mattscheibe. Anfangs unternahm er ein paar Anläufe und griff selbst in die Tasten. Als er jedoch auf keinen grünen Zweig kam, ließ er sich von Koula alles anfängertauglich einrichten und ein hübsches Landschaftsfoto als Bildschirmschoner installieren. Seitdem ist Gikas ein passionierter Naturfreund. Nicht, dass ich weniger unbedarft wäre, aber ich habe wenigstens keinen Antrag auf einen Dienst-PC gestellt, um mich bei Zimmertemperatur in Naturbetrachtungen zu versenken.

»Was war denn mit diesen vier Rentnerinnen los?«, fragt er.

»Ohne Zweifel ein kollektiver Selbstmord«, antwortete ich und liefere ihm eine ausführliche Darstellung.

Nach einer kleinen Pause folgt sein Kommentar: »Verstehen Sie mich nicht falsch, aber: Hoffentlich bleibt's bei den alten Leuten.«

»Wie meinen Sie das?«

»So, wie sich die Dinge entwickeln, werden es bald die Jungen sein, die Hand an sich legen«, erklärt er trocken.

Im Grunde bestätigt er damit Vlassopoulos' Vorhersage, dass die Zeiten nur noch schlimmer werden können. Da ich keine weiteren melancholischen Anwandlungen ertragen kann, erhebe ich mich zum Gehen, doch er hält mich zurück: »Bleiben Sie, es gibt da noch etwas.«

Verwundert nehme ich wieder Platz und frage mich, was er mir angesichts der öden Situation auf der Dienststelle eröffnen will. Ich vermute, dass er mir irgendeine Aufgabe übertragen möchte, doch was nun folgt, ist so unerwartet, dass es mich völlig aus dem Konzept bringt.

»Die neue Beförderungsrunde steht an«, sagt er. »Ich denke daran, Sie für den Posten des Kriminalrats vorzuschlagen.« Er hält inne und fährt dann fort: »Ich glaube, das könnte klappen.«

Als sich meine erste Überraschung gelegt hat, ringe ich nach Worten. Was sagt man in solchen Fällen? »Danke, dass Sie an mich gedacht haben« etwa? Oder besser: »Ihr Vorschlag ehrt mich«? Beides erscheint mir leer und schal, daher lasse ich mein verlegenes Schweigen für mich sprechen. Das ist zumindest ehrlich.

»Normalerweise dürfte ich Ihnen das gar nicht sagen«, fährt er fort. »Aber aus zwei Gründen tue ich es trotzdem. Erstens, weil Sie es aufgrund Ihrer Fähigkeiten verdienen. Sie sind ein erfahrener Kriminalist und in schwierigen Situationen erprobt.«

»Ich danke Ihnen«, würge ich hervor.

»Ich bin mir aber nicht so sicher, ob Sie es aufgrund Ihrer Denkweise verdienen.«

»Aha?« Zuckerbrot und Peitsche, der gute alte Gikas.

»Sehr oft setzen Sie einfach Ihren Kopf durch und kümmern sich nicht um das Porzellan, das Sie dabei zerschlagen. Aufsteiger sind wendig und geschmeidig wie Katzen, Kostas, keine trampeligen Elefanten. Sie dürfen das nicht auf die leichte Schulter nehmen. Dabei liegt nämlich nicht nur Ihr Name auf der Waagschale. Sie müssen sich absolut korrekt verhalten, bis die Anträge auf Beförderung durch sind. Passen Sie auf, dass Sie keinen Mist bauen! Sonst verpassen Sie diese einmalige Gelegenheit, und darüber hinaus stellen Sie auch mich bloß. Ist Ihnen das klar?«

»Ja, und vielen Dank.«

»Ihre Dankbarkeit bezeugen Sie mir am besten, indem Sie sich an meine Worte halten.«

Ich überlege, ob es mir denn gefallen würde, tagein, tagaus an meinem Schreibtisch Akten abzuarbeiten. Denn der neue Posten wäre rein administrativ. Dann überschlage ich die Gehaltserhöhung und verdränge den Gedanken an die anfallende Büroarbeit. Zumindest würde ich die letztjährige Lohnkürzung ausgleichen. Solange die Leute einander nicht umbringen, kann ich ja wohl kaum Mist bauen, wie Gikas befürchtet. Sieh einer an – was für Vlassopoulos vorhin noch »ein Pech« war, hat sich plötzlich in einen Glücksfall verwandelt, denke ich mir, während ich mit dem Fahrstuhl zu meinem Büro hinunterfahre.

3

Während der ganzen Heimfahrt geht mir die Frage nicht aus dem Kopf, ob ich Adriani die frohe Botschaft schon mal verkünden oder zumindest andeuten soll. Seit einem Jahr müssen wir mit weniger Geld auskommen. Adriani kommt zwar ganz gut damit zurecht, ja sie zweigt sogar noch etwas für Katerinas Haushaltsgeld ab. Aber über eine Beförderung würde sie sich dennoch freuen, dann muss sie nicht mehr jeden Cent dreimal umdrehen, und sie steht nicht mehr so unter Druck. Obwohl sie es nicht zugibt, lebt sie in der ständigen Angst vor weiteren Gehaltskürzungen. Dann müsste sogar sie die Waffen strecken. Mein Aufstieg aus den mittleren in die höheren Ränge der griechischen Polizei wird sie nicht weiter beeindrucken. Adriani hat auf meinen Dienstgrad nie besonderen Wert gelegt. Für sie zählt, dass ich ein tüchtiger Polizeibeamter bin, und sonst gar nichts. Außerdem hält sie unerschütterlich an ihrer Überzeugung fest, dass im griechischen öffentlichen Dienst die Tüchtigen immer auch die Gelackmeierten sind. Es fällt ihr allerdings schwer, mit der Diskrepanz zwischen dem tüchtigen Polizisten und dem gelackmeierten Beamten klarzukommen. Daher wirft sie mir – je nachdem – abwechselnd beides vorwurfsvoll an den Kopf.

Wenn ich hingegen nichts von meiner anstehenden Beförderung verlauten lasse, beraube ich sie der Perspektive, dass die Dinge in naher Zukunft besser werden könnten. Andererseits bewahre ich sie damit auch vor einer möglichen Enttäuschung. Erneut fällt mir der alte Wahlkampfslogan ein. Damals hatten die Griechen begeistert für die »noch besseren Zeiten« gestimmt, wohingegen sie heute die schlimmsten Zeiten durchmachen müssen. Diese Einsicht gebietet mir eigentlich, den Mund zu halten. Ganz abgesehen davon, dass für Adriani das höchste der Gefühle in puncto Optimismus »Schlimmer wird's nimmer« lautet.

Als ich den Schlüssel ins Schloss stecke, tendiere ich eher zum Verschweigen der Neuigkeit. Zu meiner großen Überraschung höre ich bei meinem Eintreten jedoch nicht wie jeden Abend den laufenden Fernseher, sondern Stimmen aus dem Wohnzimmer. Ich tippe auf einen Besuch von Katerina, doch das erweist sich als falsch, Frau Lykomitrou aus dem unteren Stockwerk ist zu Gast. Ich wundere mich ein wenig, dass Adriani sich plötzlich mit der Lykomitrou angefreundet hat, mit der sie doch jahrelang nur einen knappen Gruß gewechselt hat. Nach dem vierfachen Selbstmord bin ich nicht gerade in der Verfassung, Besuch zu empfangen, dennoch versuche ich, mein »Guten Abend« etwas herzlicher als eine reine Formalität klingen zu lassen. Ob das jetzt der gutnachbarschaftlichen Beziehung geschuldet ist oder unserem Berufsbild als Freund und Helfer, wer kann das schon sagen?

»Areti hat mir gerade von ihrem Sohn und ihrer Schwiegertochter erzählt, die in London leben« erklärt mir Adriani. »Dort ist die Lage auch nicht gerade rosig.«

»Ja, aber wie diszipliniert man dort reagiert!«, mischt sich die Lykomitrou ein. »Auch die Briten mussten Kürzungen,

Entlassungen und Einschnitte über sich ergehen lassen. Aber Sie sollten sehen, wie gefasst die Leute das hinnehmen. Nicht so wie unsere Empörten, die Athen kurz und klein schlagen. Auch die Briten sind empört, aber so etwas machen sie nicht.«

Sie ist der klassische Fall der Griechin, die meint, nur weil ihr Sohn in London lebt, im falschen Land auf die Welt gekommen zu sein. Mit Kommentaren halte ich mich lieber zurück, weil sie mir sonst als Nächstes das griechische Bürgerschutzministerium mit Scotland Yard vergleicht. Doch die Lykomitrou ist entschlossen, mir durch das mustergültige Verhalten der Briten den Rest zu geben. »Können Sie sich vorstellen, was in England los wäre, wenn irgendwelche Krawallmacher auf dem Trafalgar Square oder in der Oxford Street randalieren würden, so wie bei uns auf dem Syntagma-Platz und in der Stadiou-Straße? Genau das fragt mich auch meine Schwiegertochter: ›Was wäre dann, Mama?‹ Und ich kann ihr keine Antwort geben. Entschuldigen Sie, Herr Charitos, wenn ich das so sage, aber sind Ihre Kollegen nicht in der Lage, auf dreißig Quadratmetern mit fünfzig Radaubrüdern fertig zu werden?«

Adriani wirft mir einen Blick zu, doch ich bin fest entschlossen, mich nicht auf eine Diskussion einzulassen. »Was meine Kollegen bei Demonstrationen machen, kann ich Ihnen nicht sagen, weil ich nicht dabei bin, Frau Lykomitrou. Ich habe bloß die Leichen am Hals.«

Die Lykomitrou bekreuzigt sich, Adriani hingegen ist an solche Sprüche gewöhnt und benötigt keinen Abwehrzauber.

»Du magst eine löbliche Ausnahme sein, aber die anderen Polizisten bauen nur Mist«, kommentiert sie und verspritzt mit verächtlicher Miene das Gift, das sie immer griffbereit hat, wenn es um meine Kollegen geht.

»Seit wann bist du denn so dick mit der Lykomitrou befreundet?«, frage ich, als wir wieder allein sind.

»Weißt du noch, als sich letztes Jahr der Mann von gegenüber aus dem Fenster gestürzt hat? Areti kam jeden Tag zu mir hoch und hat mir Gesellschaft geleistet. Sie war mir eine große Stütze. Das hat uns zusammengeschweißt.«

Daran kann ich mich so gut erinnern, als wäre es gestern gewesen. Adriani hatte mit ansehen müssen, wie ein Nachbar aus dem Fenster sprang. Danach war sie fix und fertig. Es dauerte Tage, bis sie sich von dem Schock erholte.

»Also, mir ist Aretis Gesellschaft lieber, als vor dem Fernseher zu hocken. Dort hört man nur noch, dass wir dem Untergang geweiht sind. All die schlimmen Nachrichten ertrage ich einfach nicht mehr.«

Ihre Worte hindern mich daran, auf den Einschaltknopf zu drücken. Höchstwahrscheinlich berichtet man gerade über den vierfachen Selbstmord, zeigt die Krankenwagen, die weinenden Frauen auf der Straße und den üblichen als Nachtisch servierten Cocktail: die Reporter, die Streitgespräche zwischen den Kommentatoren in den verschiedenen Bildschirmfensterchen, die Aufklärungswut der TV-Moderatorinnen, die Analysen von Finanzexperten und Psychologen. Zum Schluss wäre dann Adriani mit den Nerven am Ende, und ich würde beim Dimitrakos-Lexikon Zuflucht suchen.

Da kann ich auch gleich nach dem Wörterbuch greifen. So trete ich ins Schlafzimmer, lege mich mit dem Dimitrakos aufs Bett und schlage beim Eintrag »Selbstmord« nach.

Selbstmord, der: das Sich-selbst-Töten; vorsätzliche Aus-
löschung des eigenen Lebens. (geh.): Selbstentleibung;
(bildungsspr.): Suizid; (verhüll.): Freitod; (Amtsspr.): Selbst-
tötung; versuchter S.; erweiterter S. (Rechtsspr.: S., bei dem
jmd. noch eine od. mehrere Personen tötet); S. begehen;
jmdn. in den/zum S. treiben; mit S. drohen; seine Aussagen
kamen einem politischen S. gleich (er hat sich durch seine
Aussagen als Politiker disqualifiziert).

Früher hatte der Dimitrakos stets die richtige Antwort auf jede meiner Fragen parat. In der letzten Zeit bringt er mich jedoch immer wieder in Verlegenheit. Ich versuche, den Selbstmord der vier Rentnerinnen irgendwo einzuordnen, doch weder der »Freitod« noch die »Selbstentleibung« scheinen der treffende Ausdruck zu sein. Auch der »erweiterte Selbstmord« will zu diesem Fall nicht passen, obwohl mehrere Personen betroffen sind. Wenn man es genau nimmt, sind sie weder freiwillig aus dem Leben geschieden, noch haben sie den Tod gesucht, noch ihr Leben weggeworfen. Dann bleibe ich beim politischen Selbstmord hängen: Wenn es die Variante »ökonomischer Selbstmord« gäbe, dürfte man gleich ganz Griechenland darunter zusammenfassen, und zwar unter dem Stichwort »kollektiver Selbstmord«. Aber selbst wenn die vier Rentnerinnen die Tat gemeinsam geplant und begangen haben, so war die Entscheidung jeder Einzelnen von ihnen, die Schlaftabletten mit dem Glas Wodka hinunterzuschlucken, doch ein individueller Akt. Meine sonst so fruchtbare innere Zwiesprache mit den Lexikoneinträgen bringt mich diesmal überhaupt nicht weiter.

»Kommst du zum Essen?«

Adriani hat Juvarlakia – Hackfleischbällchen mit Zitronensoße und Reis – zubereitet. Das Gericht schmeckt lecker und hätte einen besseren Esser verdient als mich. Wir kauen eine Weile schweigend darauf herum, bis Adriani die Gabel sinken lässt und mich anblickt.

»Hat sich Katerina bei dir gemeldet?«
»Nein, heute nicht.«
»Wann habt ihr zuletzt miteinander gesprochen?«
»Keine Ahnung, es muss ein paar Tage her sein.«
»Mich ruft sie auch nur jedes Schaltjahr an. Und besucht hat sie uns schon seit einer Woche nicht mehr. Sie hat sich ganz zurückgezogen.«
»Sie wird eben viel zu tun haben.«
»Schön wär's.« Nach einer kurzen Pause blickt sie mich wieder an: »Da steckt etwas anderes dahinter.«
»Etwas anderes?«, gebe ich überrascht zurück. »Was denn?«
»Wenn ich das nur wüsste... Aber mein Gefühl sagt mir, der Grund liegt nicht darin, dass sie viel zu tun hat.«
»Willst du damit sagen, dass etwas mit Fanis ist?«, frage ich beunruhigt.
»Ich weiß es nicht.« Ihre Antwort bringt mich auf die Palme.
»Also, hör mal, machst du das absichtlich?«, frage ich.
»Was denn?«
»Alles Unangenehme beim Abendessen aufzutischen. Wenn dein Verdacht wenigstens glaubwürdig wäre... Aber du siehst Gespenster.«
»Du wirst schon sehen, dass ich recht habe.« Und dann wirft sie mir einen ihrer Sinnsprüche an den Kopf. »Der Mutterinstinkt irrt nie.«

Damit ist es ihr gelungen, mir eine Laus in den Pelz zu setzen. Ich höre auf zu essen und schiebe den Teller zurück. ›Für schlimmere Zeiten‹, geht mir dabei durch den Kopf.

4

Ich gebe zu, es ist mir ganz recht, dass keine neuen Mordfälle vorliegen und ich mich auf die Archivarbeit konzentrieren kann. Vermutlich wähne ich mich damit auf der sicheren Seite. Man kann schließlich keine Fehler machen, wenn man nichts zu ermitteln hat. Doch sollte man sich nie zu früh freuen. Das Handy läutet Sturm, als ich um halb neun Uhr beim morgendlichen Kaffee sitze, während Adriani gerade grüne Bohnen putzt.

»Schluss mit dem Großreinemachen, Herr Kommissar. Wir haben einen Toten.« Vlassopoulos' Stimme vibriert freudig, als hätte er beim Toto gewonnen, das er ausnahmslos jede Woche spielt.

»Wo?«

»Auf dem Kerameikos-Friedhof.«

»Seit wann sind wir auch für Tote zuständig, die zur Bestattung auf dem Friedhof liegen, Vlassopoulos?«, frage ich erstaunt.

»Aber nein, ich meine doch den antiken Kerameikos-Friedhof, Herr Kommissar, in der Pireos-Straße.«

»Gut, ich komme.«

Ich weiß nicht, ob ich fluchen oder mich bekreuzigen soll, damit die Aufklärung erfolgreich vonstattengeht. Auf alle Fälle verfluche ich Gikas, der mir den Floh mit der Beförderung ins Ohr gesetzt hat.

»Nehmen Sie nicht Ihren Wagen, ich schicke Ihnen besser einen Streifenwagen vorbei«, sagt Vlassopoulos.

»Wozu denn?«

»Das Zentrum ist gleich wieder dicht.«

»Was ist jetzt schon wieder los?«

»Fragen Sie mich was Leichteres«, entgegnet er, bevor er auflegt.

»In Griechenland hält ein Wunder nie länger als drei Tage an«, sagte meine selige Mutter immer. Obwohl, in meinem Fall hat es sogar etwas länger gedauert, bis wieder ein Mord passierte. Ich bemühe mich redlich, mir selbst Mut zuzusprechen, denn der Mann auf dem Kerameikos-Friedhof muss ja nicht unbedingt einem Mord zum Opfer gefallen sein, er könnte auch einen Unfall oder einen Herzschlag erlitten haben.

Fünf Minuten später steht der Streifenwagen der Polizeiwache Vyronas vor der Tür. Ein junger Kollege sitzt am Steuer.

»Wie fahren wir hin?«, ist meine erste Frage.

»Wie immer, unter Einsatz der Sirene.«

»Wer geht denn heute wieder auf die Straße?«

Er wirft mir über den Rückspiegel einen Blick zu. »Ist auch nicht weiter wichtig, Herr Kommissar. Einmal ist es ein Berufsverband, dann wieder irgendeine Partei, beim dritten Mal irgendeine Menschenmenge, die vor dem Parlament Politiker beschimpft. In den meisten Fällen wissen wir es selbst nicht. Wir beziehen unsere Posten und warten ab, was auf uns zukommt.«

In der Rizari-Straße schaltet der Fahrer die Sirene ein. Der Vassilissis-Sofias-Boulevard ist in beide Fahrtrichtungen gesperrt. In null Komma nichts haben wir ihn hinter uns gelassen und erreichen die Panepistimiou-Straße. Banken und Geschäfte haben die Rollläden heruntergelassen, die Straße ist menschenleer. Das Bild erinnert mich an den Militärputsch vom 21. April 1967. Nur dass keine Panzer über die Straßen rollen.

Erst nach der Kreuzung mit der Patission-Straße belebt sich der Verkehr wieder, gleichzeitig dringt vom Polytechnikum her der Widerhall von Parolen zu uns herüber. Als wir den Omonia-Platz erreichen, herrscht plötzlich ein ganz anderes Klima, die Wüste Sahara ist übergangslos zum Amazonas-Dschungel geworden. Wagen stehen dicht an dicht auf dem Platz, die Fahrer auf der Suche nach einem Ausweg hinter ihrem Lenkrad hupen wie besessen. Ein paar verirrte Touristen stehen mit ihrem Gepäck mitten auf dem Platz, den schreckerfüllten Blick auf das Chaos gerichtet. Offenbar ist es ihnen unbegreiflich, wie sie plötzlich im Dschungel landen konnten, wo sie doch auf die Kykladen wollten.

»Deutsche wahrscheinlich«, meint der Fahrer.

»Wie kommen Sie darauf?«

»Franzosen und Italiener sind so etwas eher gewohnt. Deutsche reagieren da schnell schockiert und kriegen Angst vor uns. Sie haben noch nicht kapiert, dass wir keine Ausländer überfallen, sondern uns nur gegenseitig an die Gurgel gehen.«

Der junge Kollege ist ein gewandter Autofahrer. Unter wohldosiertem Einsatz der Sirene manövriert er uns geschickt durch den Verkehr. Schließlich gelingt es uns, über die Pireos-Straße bis zur Ajia-Triada-Kirche vorzudringen und gegenüber einen Parkplatz zu finden. Vlassopoulos und

Dermitsakis, meine beiden Assistenten, erwarten mich bereits am Eingang zur Ausgrabungsstätte.

»Kommen Sie, kommen Sie!«, ruft mir Dermitsakis übereifrig und mit einem breiten Lächeln im Gesicht entgegen.

»Seit wann seid ihr Workaholics?«, frage ich mit genervtem Unterton.

»Arbeit ist das halbe Leben«, bemerkt Vlassopoulos, obwohl der Spruch nicht zur Umgebung passt.

Der Tote liegt circa hundert Meter entfernt in der Nähe einer Grabstele, auf der eine sitzende Frau von einer aufrecht stehenden Figur eine Schatulle in Empfang nimmt. Die Leiche befindet sich nicht genau am Fuß der Grabstele, sondern ein Stückchen weiter links auf einer kleinen Lichtung. Im Hintergrund schwanken ein paar Zypressen im Wind.

Der Mann ist zwischen fünfzig und sechzig, trägt einen teuren dunklen Anzug, ein weißes Hemd und eine gestreifte Krawatte. Auf seiner Nase sitzt eine Brille mit filigraner Fassung, und seine Wangen bedeckt ein dichter grauer Vollbart.

Am ungewöhnlichsten ist jedoch seine Körperhaltung. Er liegt auf dem Rücken, die Arme vor der Brust gekreuzt und die Lider geschlossen, als hätte ihn jemand zur Bestattung aufgebahrt. Es fehlen nur der Sarg und das frisch geschaufelte Grab.

»Wer hat ihn gefunden?«, frage ich Vlassopoulos.

»Einer der Antikenwärter. Der war ganz zufällig so früh da. Er hatte nämlich am Vorabend, als er nach Hause kam, bemerkt, dass er sein Handy nicht dabeihatte. Da er vermutete, es bei der Arbeit verloren zu haben, kam er früher als sonst hierher und hat dabei die Leiche entdeckt.«

»Wissen wir schon, wer es ist?«

Vlassopoulos zuckt mit den Schultern. »Ich wollte ihn schon durchsuchen, aber dafür hätte ich ihn von der Stelle bewegen müssen. Da dachte ich mir, ich warte lieber auf die Gerichtsmedizin und die Spurensicherung.«

»Vielleicht war es auch Selbstmord«, mutmaßt Dermitsakis.

»Also hör mal! Meinst du wirklich, jemand zieht sich todschick an, legt sich unter die Grabstele, verschränkt die Arme und bringt sich um?«

»Hast du vielleicht schon mal so einen Selbstmörder gesehen?«, setzt nun auch Vlassopoulos nach.

»Na klar, und zwar hatte er sich vergiftet«, erwidert Dermitsakis pikiert.

»Wenn er sich tatsächlich umgebracht hat, müsste die Spurensicherung irgendein Giftfläschchen oder etwas Ähnliches in seiner Nähe finden«, entgegne ich ihm.

Man kann es nicht von vornherein ausschließen, dass sich erst vier Frauen mit Schlaftabletten umbringen und wenig später ein Mann mit Gift. Doch mich beschäftigt ein anderer Gedanke: Wenn es sich doch um Mord handelt, kann der Fundort nicht der Tatort sein.

Vom Eingang her nähert sich Stavropoulos und in seinem Gefolge die Spurensicherung. Am oberen Ende des Geländes, auf der Seite der alten Synagoge, hat sich eine Menge Schaulustiger versammelt.

Stavropoulos begrüßt mich mit seinem ewig nörgelnden Tonfall. »Können Sie Ihren Mordopfern nicht klarmachen, dass sie polizeilich abgeriegelte Gegenden meiden sollten? Wir haben alle unsere Sünden abgebüßt, bis wir endlich hier waren.«

»Nun, ich bin auch nicht mit dem Helikopter eingeflogen worden«, gebe ich zurück.

Er wirft, ohne sich hinunterzubeugen, einen flüchtigen Blick auf das Opfer. »Gehen Sie von Mord aus?«, will er von mir wissen.

»Ich gehe von gar nichts aus, ich warte auf Ihre Ergebnisse. Alles Weitere ergibt sich dann.«

Ich lasse ihn bei der Leiche zurück, um mich dem Wärter zuzuwenden, der – bekleidet mit Jeans, Stiefeln und einer Sportjacke – etwas abseits unter einer Zypresse sitzt. Als ich mich ihm in Dermitsakis' Begleitung nähere, erhebt er sich.

»Können Sie sich erinnern, wann Sie ihn gefunden haben?«, frage ich ihn, sobald wir bei ihm anlangen.

Er denkt kurz nach. »Es muss so gegen acht gewesen sein. Am Abend davor war mir beim Schlafengehen aufgefallen, dass mein Handy fort war. Dann habe ich das Nächstliegende getan und vom Festnetz aus meine Handynummer angerufen. Als es in der Wohnung nicht klingelte und auch niemand ranging, war mir klar, dass ich es irgendwo hier verloren haben musste. Also bin ich früher als sonst hergekommen, um danach zu suchen, und habe stattdessen die Leiche hier gefunden.«

»Kommt Ihnen sein Gesicht bekannt vor? Haben Sie ihn schon einmal gesehen?«

»Nein, den sehe ich zum ersten Mal«, lautet seine unmissverständliche Antwort. »Aber das hat nicht viel zu bedeuten, ich arbeite ja erst seit zwei Wochen hier.«

»Sind Sie hierher versetzt worden?«, hakt Dermitsakis nach.

»Ja, von der Griechischen Bahn. Ich bin einer von denen,

die man dort loswerden wollte. Die haben sich gesagt: Statt als Bahnwärter kann man ihn auch als Antikenwärter einsetzen, ist doch beides ein Aufpasserjob.«

Mehr hat er nicht zu sagen. Als ich das Gelände schon verlassen will, tritt ein beleibter, bärtiger Fünfzigjähriger auf mich zu.

»Merenditis, ich bin für die Ausgrabungsstätte zuständig, Herr Kommissar.« Mit diesen Worten stellt er sich vor. »Entschuldigen Sie, dass ich ein bisschen spät dran bin, aber das ganze Zentrum war, wie Sie wissen, gesperrt. Ich musste einen Riesenumweg machen.«

Mir fällt auf, dass sich der Wärter strafft und nahezu Habachtstellung annimmt. Bei der Griechischen Bahn würde er seinem Vorgesetzten bestimmt nicht so respektvoll begegnen, doch hier ist er auf ungewohntem Terrain und zieht es vor, auf Nummer sicher zu gehen.

»Haben Sie einen Blick auf das Opfer geworfen?«, frage ich Merenditis.

»Nein, ich habe mich direkt bei Ihnen gemeldet.«

»Na, dann kommen Sie mal mit.«

Ich erwarte nicht viel von Merenditis' Augenschein und finde mich prompt bestätigt. Er schaut sich den Toten kurz an und schüttelt dann den Kopf.

»Ist mir völlig unbekannt.«

»Vielen Dank. Dann will ich Sie auch nicht weiter aufhalten.«

Merenditis macht jedoch keine Anstalten zu gehen. Sein Blick wandert zwischen der Leiche und der Grabstele hin und her. »Vielleicht will uns der Täter mit der Wahl dieses Ortes etwas sagen«, meint er schließlich.

»Aha, und was wohl?«, frage ich neugierig.

»Sehen Sie, das ist die Grabstele der Hegeso, vermutlich ein Werk des Kallimachos. Was Sie hier vor sich sehen, ist natürlich eine Kopie. Das Original befindet sich im Archäologischen Nationalmuseum.«

Nach einer Pause ergänzt er: »Ach, vergessen Sie, was ich gesagt habe. Es ist eine Berufskrankheit der Archäologen, immer und überall Symbolisches zu vermuten.«

Bevor er geht, drückt er mir die Hand und nickt den Übrigen zu. Stavropoulos hat seine erste Untersuchung vor Ort beendet, seine Handschuhe jedoch noch nicht abgestreift. Die Arme des Opfers liegen jetzt an der Seite, so dass Vlassopoulos das Jackett aufknöpfen und die Taschen durchsuchen kann. Aus der rechten Innentasche fördert er ein Portemonnaie zutage, das er mir herüberreicht.

»Die anderen Taschen sind leer.«

Rasch überprüfe ich den Inhalt: 280 Euro, zwei Bank- und zwei Kreditkarten. Zumindest wissen wir jetzt, dass er keinem Raubüberfall zum Opfer gefallen ist. Zuletzt fische ich seinen Personalausweis heraus. Es handelt sich um einen gewissen Athanassios Korassidis, geboren am 13. 8. 1957. Das Dokument wurde vom Polizeirevier Pangrati ausgestellt.

»Er hat kein Handy dabei«, bemerkt Vlassopoulos.

»Das hat er vielleicht zu Hause gelassen. Für einen Selbstmord war es ja nicht unbedingt nötig.« Die andere Möglichkeit wäre: Er wurde ermordet, und der Täter hat es an sich genommen.

Dann reiche ich Vlassopoulos den Ausweis weiter. »Gib Koula Bescheid, sie soll Nachforschungen anstellen.«

Vlassopoulos zieht sein Mobiltelefon heraus, und ich wende mich an Stavropoulos. »Sind Sie auf etwas Auffälliges gestoßen? Oder ist es noch zu früh für Vermutungen?«

»Teils, teils«, sagt er. »Auf den ersten Blick ist nichts Verdächtiges festzustellen. Bei der Obduktion stellt sich möglicherweise heraus, dass er an Herzversagen gestorben ist oder Gift genommen hat. Mit Sicherheit hat er sich nicht die Pulsadern aufgeschnitten. Aber es gibt da etwas, das mich stutzig macht.«

Er dreht die Leiche auf den Bauch und deutet auf den Nacken. »Fällt Ihnen etwas auf?«, fragt er mich.

Als ich mich hinunterbeuge, erkenne ich eine Art Furunkel. »Da ist eine kleine Schwellung, so etwas wie ein Mückenstich.«

»Sehen Sie etwas genauer hin.«

Er kramt in seiner Arzttasche, zieht eine Lupe hervor und überreicht sie mir. Ich beuge mich hinunter und betrachte die Sache aus der Nähe. Am Furunkel kann ich einen schwach geröteten Einstich erkennen.

»Was kann das sein?«

Er hebt die Schultern. »Vielleicht ist es tatsächlich ein Mückenstich, der sich entzündet hat. Vielleicht aber stammt der Einstich auch von einer Nadel.«

»Von einer Nadel?«

»Ja, von einer Spritze. Kann sein, dass ihm jemand etwas in den Nacken injiziert hat. Aber das kann ich erst nach der Autopsie mit Sicherheit sagen.«

Bevor ich Klarheit in meine Gedanken bringen kann, werde ich von Vlassopoulos unterbrochen. »Koula ist dran, Herr Kommissar.«

»Athanassios Korassidis, Herr Charitos, war ein Chirurg mit einer Praxis in der Karneadou-Straße 12 in Kolonaki. Den Familienstand konnte ich noch nicht ermitteln.«

Die Adresse im schicken Kolonaki-Viertel und der sündteure Maßanzug deuten auf eine florierende Privatpraxis hin. Sollte Korassidis Selbstmord begangen haben, warum nicht dort? Andererseits ist kaum anzunehmen, dass jemand Korassidis hierhergefahren hat, um ihn vor Ort mit einer Spritze in den Nacken zu töten. Er muss anderswo umgebracht worden sein. Aber wo? Und wieso hat man ihn auf dem antiken Kerameikos-Friedhof abgelegt? Ist an Merenditis' symbolträchtigen Vermutungen vielleicht doch etwas dran?

5

Wenn man einen Arzt zum Schwiegersohn hat, sagt man sich: »Hoffentlich brauche ich ihn nie.« Bei mir hat sich jedoch bald herausgestellt, dass ich seinen Rat oft benötige, wenn auch nicht in gesundheitlichen Belangen. Ich beginne also mit meinen Recherchen zum Mordopfer bei Fanis. »Kennst du vielleicht einen Chirurgen namens Athanassios Korassidis?«, frage ich ihn am Telefon.

»Korassidis? Gibt es einen Kollegen, der ihn nicht kennt? Um bei ihm einen Termin zu bekommen, muss man mehrere Monate warten. Wieso fragst du?«

»Weil er heute Morgen tot auf dem Kerameikos gefunden wurde.«

»Wurde er ermordet?«

»Wir wissen es nicht, vielleicht handelt es sich auch um Selbstmord. Wir ermitteln noch.«

»Es würde mich nicht wundern, wenn ihn jemand umgebracht hätte.«

»Wieso?«, frage ich neugierig.

»Weil er zwar ein hervorragender Chirurg, aber ein grässlicher Mensch war. Seine Geldgier war notorisch. Er hat seine Patienten bis aufs Hemd ausgezogen. Und in der Klinik, an der er operierte, legte er sich mal mit den Kollegen, dann wieder mit den Krankenschwestern an. In Magenoperationen war er eine Kapazität, ansonsten aber ein Kotzbrocken.«

»Hatte er vielleicht familiäre Probleme?«

»Hm, über seine Familienverhältnisse kann ich nichts sagen. Finanzielle Sorgen hatte er jedenfalls keine.«

»Weißt du, an welcher Klinik er gearbeitet hat?«

»An der Ajia-Lavra-Klinik, die liegt in der Katechaki-Straße. Seine privaten Sprechstunden hat er jedoch in der Karneadou-Straße abgehalten«, erläutert er mir zum Abschluss.

Fanis' Aussagen bestärken den Verdacht, dass es sich um Mord handelt, und das begeistert mich wenig. Wenn ich mich auf die Machenschaften medizinischer Großverdiener und teurer Privatkliniken einlasse, laufe ich Gefahr, mir jede Menge Feinde zu machen. An so einem Fall kann man sich gründlich die Finger verbrennen.

Schließlich steige ich mit meinen Assistenten in den Streifenwagen. »Wohin soll's gehen?«, fragt Vlassopoulos, der am Steuer sitzt.

»In die Klinik. Die Praxis nehmen wir uns später vor.«

Vlassopoulos stellt die Sirene an, doch statt in die Pireos-Straße biegt er in die Iera Odos und dann in die Konstinoupoleos. Das war ein kluger Schachzug, da wir auf diesem Weg den Omonia-Platz umfahren und problemlos auf den Alexandras-Boulevard gelangen.

Die Ajia-Lavra-Klinik ist ein vierstöckiges Gebäude mit einer Glasfassade. Am Empfang sitzt eine junge Frau, die uns mit undurchdringlichem Gesicht taxiert. Offenbar machen wir nicht den Eindruck normaler Patienten, vielmehr scheint sie in uns unerwünschte Besucher zu sehen. Ich bleibe vor ihr stehen und verlange nach dem Klinikchef.

»Haben Sie einen Termin?«, fragt sie kühl.

Ich ziehe meinen Dienstausweis hervor und handle mir die Standardantwort »Einen Moment« ein. Nachdem sie eine Reihe von Telefonaten geführt hat, schickt sie uns in die vierte Etage hoch. Herrn Seftelis' Büro liege am Ende des Korridors, erklärt sie uns noch.

In der vierten Etage müssen sich die Fünfsternekrankenzimmer befinden, da alle Türen geschlossen sind und absolute Stille herrscht. Nur eine Krankenschwester, die uns den Korridor entlangwandern sieht, wirft uns einen neugierigen Seitenblick zu, während sie uns überholt.

Ich öffne, ohne anzuklopfen, die Tür, und wir treten in einen kleinen Vorraum. Die Sekretärin, die hinter dem Schreibtisch sitzt, sieht aus wie eine sechzigjährige Exschönheitskönigin. Sie erachtet es nicht für notwendig, uns zu begrüßen, sondern öffnet bloß die Tür neben ihrem Schreibtisch, während sie in das zweite Büro »Der Herr Kommissar!« hineinruft.

Ich lasse meine beiden Begleiter im Vorraum warten, damit es nicht gleich nach einer größeren Polizeiaktion aussieht. Ein Mann im Arztkittel kommt zur Begrüßung auf mich zu, er ist mittleren Alters und hat schütteres Haar. Sein Schreibtisch ist, wenn man von seinem Computer absieht, leer. Früher standen auf den Schreibtischen Blumenvasen, heute Bildschirme.

»Nestor Seftelis«, sagt er und streckt mir seine Hand entgegen.

Er deutet auf einen Sessel auf der anderen Seite des Schreibtischs, von wo aus ich freie Sicht auf ein Schildchen habe, das seinen Vor- und Nachnamen nennt und ihn als »Facharzt für Innere Medizin« ausweist. Er wartet, bis ich

Platz genommen habe, und äußert dann die stereotype Frage: »Was kann ich für Sie tun?«

»Arbeitet der Chirurg Dr. Athanassios Korassidis mit Ihrer Klinik zusammen?«, frage ich.

»Thanos? Ja, sicher. Seit fünfzehn Jahren schon.« Dann stockt er – vermutlich wird ihm bewusst, dass mein Besuch nichts Gutes verheißt und ihm wohl etwas zugestoßen sein muss, denn er fragt beunruhigt: »Ist etwas passiert?«

»Er ist heute Morgen auf dem antiken Kerameikos-Friedhof tot aufgefunden worden.«

Zunächst verschlägt es ihm die Sprache, dann entfährt ihm der Ausruf »Meine Güte!«. Abschließend fügt er die Frage hinzu: »Ein Unfall?«

»Das können wir noch nicht sagen, wir warten noch das Ergebnis der Obduktion ab. Ich komme zu Ihnen, um mir ein allgemeines Bild zu machen.«

»Fragen Sie nur.« Und dann murmelt er erneut: »Mein Gott, was für eine Tragödie!«

»Fangen wir beim Familienstand an. War er verheiratet?«

»Geschieden. Er hat zwei Töchter, die im Ausland studieren.«

»Die Anschrift seiner Praxis kennen wir bereits. Können Sie uns eventuell seine Privatadresse geben?« Als er seine Vorzimmerdame dazu befragen will, halte ich ihn zurück. »Schalten Sie nicht Ihre Sekretärin ein. Wir möchten vorläufig kein Aufsehen erregen.«

»Was ich Ihnen geben kann, ist seine private Telefonnummer. Er wohnte irgendwo in Ekali.«

Er sucht die Telefonnummer aus einer Computerdatei heraus.

»Was war Korassidis für ein Mensch?«, frage ich ihn.

»Er war ein hervorragender Chirurg.« Mit dieser Antwort legt er das Hauptaugenmerk auf die ärztliche Qualifikation und nicht auf den Charakter. »Die Patienten haben bei ihm Schlange gestanden, weil sie seinen Fähigkeiten vertraut haben.«

»Wie war er denn so im Umgang? Gab es Konflikte oder Differenzen mit Ihnen oder den anderen Ärzten?«, beharre ich. Insgeheim bin ich Fanis für seine Andeutungen dankbar.

»Er war uns allen gegenüber vollkommen korrekt.«

»Hören Sie, Herr Seftelis. Momentan versuchen wir uns ein Bild von Korassidis zu machen. Wenn sich herausstellt, dass es Selbstmord war, können Sie sicher sein, dass wir Ihre Angaben nicht verwenden werden. Wenn es sich hingegen um ein Gewaltverbrechen handelt, kriegen wir ohnehin alle nötigen Informationen heraus.«

Er blickt mir in die Augen und überlegt. »Er war ein unzugänglicher Mensch«, meint er schließlich. »Ein hervorragender Arzt mit einem schwierigen Charakter. Er war nie zufrieden, an allem hatte er etwas auszusetzen. An seinen Kollegen, am Pflegepersonal, überall. Des Öfteren musste ich Feuerwehr spielen und als Streitschlichter auftreten. Das werden Ihnen die anderen bestätigen. Wir hatten uns alle mit ihm arrangiert, weil er eine fachliche Koryphäe war.«

»Vielen Dank. Das reicht uns fürs Erste. Ich möchte Sie bitten, die Sache für sich zu behalten. Wir wollen kein unnötiges Aufsehen erregen, solange nicht geklärt ist, ob es sich um Selbstmord oder Mord handelt.«

Wir verabschieden uns mit einem Händedruck, und ich

trete wieder in den Vorraum. Abschließend grüße ich die Sekretärin, die mich neugierig mustert, und bedeute meinen beiden Assistenten, dass wir aufbrechen.

Nachdem wir im Streifenwagen Platz genommen haben, rufe ich Dimitriou von der Spurensicherung an. »Habt ihr etwas gefunden?«

»Fehlanzeige, am Tatort gibt es keinerlei Spuren.«

So hingebungsvoll ich mich auch bemühe, aus Korassidis' Tod einen Selbstmord herauszulesen, mit jedem neuen Ermittlungsschritt wird Mord wahrscheinlicher. Warum sollte er auch seinem Leben auf dem antiken Friedhof ein Ende setzen? Warum sollte er im Morgengrauen aus Ekali aufbrechen, um sich ausgerechnet dort umzubringen? Hätte er das nicht genauso gut zu Hause tun können? Keine einzige Spur lässt auf Selbstmord schließen.

»Und wohin jetzt?«, fragt mich Vlassopoulos.

»Erst mal zur Dienststelle, wir müssen Stavropoulos' Bericht abwarten.«

Auf dem Rückweg ins Präsidium sprechen wir alle drei kein Wort.

6

Stavropoulos' Anruf erreicht mich, als wir das Altenheim passieren. »Ich habe gleich mit dem Einstich im Nacken begonnen: Volltreffer«, erzählt er befriedigt.

»Stammt er von einer Injektionsnadel?«

»Ja. Um welches Gift es sich handelt, kann ich allerdings noch nicht sagen. Das muss erst noch weiter untersucht werden.«

»Ist das so wichtig?«

»Theoretisch schon. Kann sein, dass es Ihnen hilft herauszufinden, woher der Täter stammt und in welchen Kreisen er verkehrt.«

»Vielen Dank, dann warte ich so lange.«

Er mag ja ein Querulant sein, aber von seinem Metier versteht er etwas. Zudem denkt er nicht nur eingleisig als Gerichtsmediziner.

Eigentlich müssten wir jetzt Korassidis' Praxis einen Besuch abstatten, doch dabei laufen wir Gefahr, in Demos und Straßensperren steckenzubleiben. Deshalb beschließen wir, zunächst zu Korassidis' Privatdomizil zu fahren, und heben uns die Karneadou-Straße für später auf, in der Hoffnung, dass sich die Protestversammlungen bis dahin aufgelöst haben.

»Gib der Spurensicherung Bescheid«, weise ich Dermitsakis an.

Korassidis' Privatadresse liegt in der Myrtias-Straße, einer Nebenstraße des Thisseos-Boulevards. Da wir eine kleine Weltreise vor uns haben, überlasse ich die Wahl der Fahrtroute Vlassopoulos und versuche, mich auf den Fall zu konzentrieren.

Meine Vorahnung hat sich also bestätigt: Ich habe es in der Tat mit einem Mord zu tun. Noch dazu an einer medizinischen Koryphäe, was bedeutet, dass ich mich mit Klinikpersonal, Wissenschaftlern und Journalisten herumschlagen muss. Kurz gesagt, der Fall hat alle Voraussetzungen, den zuständigen Ermittler von einem Fettnäpfchen ins nächste treten zu lassen. Ich versuche mir einzureden, dass ich auch diesmal nur meinen Job erledigen werde – egal, was dabei herauskommt. Aber leicht fällt es mir nicht. All die Jahre war es für mich beschlossene Sache, dass ich mit dem Dienstgrad des Hauptkommissars in Rente gehen würde, und es machte mir überhaupt nichts aus. Jetzt, da sich ein Türchen zu meiner Beförderung aufgetan hat, möchte ich mit aller Kraft vermeiden, dass es mir gleich wieder vor der Nase zugeschlagen wird. Plötzlich ertappe ich mich dabei, wie ich beginne, Rücksichten zu nehmen, und langsam verstehe ich Gikas, der sein ganzes Leben darauf bedacht war, nur ja kein Porzellan zu zerschlagen.

Ich bemühe mich, diese Erwägungen aus meinem Kopf zu bannen und mich stattdessen dem Fall zuzuwenden. Die ersten, noch recht vagen Nachfragen haben ergeben, dass Korassidis ein unsympathischer Typ war, der sich mit vielen Leuten anlegte, also auch eine Menge Feinde hatte. Obwohl das durchaus ein Mordmotiv sein könnte, erklärt es noch lange nicht, wieso die Tat auf diese Art und Weise geschah. Es wäre doch viel einfacher gewesen, Korassidis zu erschießen oder mit einem schweren Gegenstand zu erschlagen. Der Mörder hat ihm jedoch Gift in den Nacken injiziert. Das allein könnte schon eine Botschaft sein, genauso wie die Tatsache, dass die Leiche auf dem archäologischen Kerameikos-Friedhof platziert wurde. Nur, was hat sie zu bedeuten? Und wie soll ich bloß den eigentlichen Tatort ausmachen? Nur da sind weitere Aufschlüsse über die Hintergründe und das Motiv zu finden. Mein armes Hirn läuft auf Hochtouren, doch ich komme nicht weiter. Als ich aus meinen Gedanken auftauche und zum Wagenfenster hinausblicke, fahren wir gerade einen großen Boulevard entlang.

»Wo sind wir jetzt?«, frage ich Vlassopoulos.

»Auf dem Thisseos-Boulevard. Die Myrtias liegt ein Stückchen weiter auf der linken Seite.«

Zur Linken der Myrtias-Straße befindet sich ein Park, an dem auch Korassidis' Haus liegt. »Haus« ist eine glatte Untertreibung, denn es handelt sich um eine zweistöckige Trutzburg, die eher in die Schweizer Berge passen würde als nach Ekali. Davor erstreckt sich eine Gartenanlage, deren dichtes Grün durch verschiedenfarbige Rosenbeete aufgelockert wird. Ein Gärtner ist gerade dabei, die Rosenstöcke zu gießen. Auf unser Klingeln öffnet er die Tür.

»Herr Korassidis ist nicht zu Hause«, erklärt er nach einem kurzen Blick auf meinen Dienstausweis.

»Sind Sie hier fest angestellt?«, frage ich ihn.

»Nein, ich komme nur dreimal die Woche. Dann gieße ich und kümmere mich um den Garten.«

»Wie gut kannten Sie Korassidis?«

Er blickt uns durchdringend an. Die Frage, die ihm auf

der Zunge liegt, schluckt er geflissentlich hinunter und antwortet mit einem Achselzucken. »Seit drei Jahren bin ich für den Garten zuständig. Ich erledige meine Arbeit, und er bezahlt mich dafür. Mehr hatten wir nicht miteinander zu tun.«

»Wer arbeitet sonst noch hier außer Ihnen?«

»Frau Anna. Sie führt hier das Kommando. Zweimal die Woche kommen noch zwei Georgierinnen zum Reinemachen.«

»Ist Frau Anna im Haus?«

»Ja, sie wird in der Küche sein. Warten Sie, ich bringe Sie zu ihr.«

Er dreht den Wasserhahn zu und übernimmt die Sightseeingtour. Das Anwesen hat einen Haupt- und einen kleineren Seiteneingang. Der Gärtner wählt die Seitentür und führt mich durch einen schmalen Flur zur offenen Küchentür. Eine weißhaarige Frau steht mit dem Rücken zur Tür und wäscht im Spülbecken Gemüse. Als sie uns kommen hört, wendet sie sich um. Ihrem zerknitterten Gesicht nach zu schließen, muss sie über sechzig sein.

»Frau Anna, die Herren sind von der Polizei und möchten Sie sprechen«, erklärt der Gärtner.

Unter dem Vorwand, seine Personalien zu benötigen, schicke ich ihn mit Dermitsakis vor die Tür. Vlassopoulos weise ich an, den hinteren Teil des Gartens zu inspizieren, damit ich mit Frau Anna allein sein kann. Ich erspare mir lange Vorreden und serviere ihr, um zu sehen, wie sie reagiert, ohne Umschweife die Nachricht von Korassidis' Ermordung. Sie fasst sich mit beiden Händen ans Gesicht, in ihrem Blick zeichnet sich eine Mischung aus Verwunderung und Angst ab. Doch es ist ein stummer Schrecken, ohne ein Wort und ohne einen Ausruf.

»Seit wann kennen Sie Korassidis?«, frage ich dann.

»Seit er das Haus hier gebaut hat. Da war er noch verheiratet. Weil auch seine Frau berufstätig war, haben sie jemanden gesucht, der sich um den Haushalt kümmert und da ist, wenn die Mädchen von der Schule kommen. Ich kam auf Empfehlung, und wir wurden uns schnell einig. Das ist jetzt fünfzehn Jahre her. Nach der Scheidung habe ich die ganze Verantwortung für den Haushalt übernommen – zum Glück unterstützen mich noch zwei Putzhilfen. Solange die Mädchen im Ausland sind, fällt aber nicht allzu viel Arbeit an.«

»Wohnen die Töchter bei ihm?«

»Ja, seine Exfrau hat wieder geheiratet.«

»Sie kennen Korassidis also schon eine ganze Weile. Was war er für ein Mensch?«

Sie zögert kurz. »Ich kann nichts gegen ihn sagen«, lautet ihre vage Antwort.

»Hören Sie, Korassidis ist tot. Er wird also nicht erfahren, was Sie mir über ihn erzählen. Zudem bleibt alles, was Sie aussagen, unter uns. Außer, Sie würden irgendwann vor Gericht in den Zeugenstand gerufen, aber das ist nicht sehr wahrscheinlich. Also, reden Sie frei heraus.«

»Ich stand bei ihm in Lohn und Brot, da gehört es sich nicht, nach seinem Tod schlecht von ihm zu reden. Aber bei allem Respekt, eins kann ich Ihnen sagen: Er war unausstehlich. Ich wundere mich selbst, dass ich es so viele Jahre bei ihm ausgehalten habe. Er hat eben gut gezahlt. Diesbezüglich kann man nichts Nachteiliges über ihn sagen.«

Sie bekreuzigt sich und flüstert: »Herr, behüte meinen

Mund und bewahre meine Lippen!« Dann tritt sie an ein Küchenregal, reißt ein Blatt von einem kleinen Schreibblock, das so aussieht wie Adrianis Einkaufszettel, notiert eine Nummer darauf und überreicht sie mir.

»Das ist die Telefonnummer von Frau Soula, seiner geschiedenen Frau. Sie erzählt Ihnen besser selbst, was sie in ihrer Ehe alles mitgemacht hat. Ich sage nur: Es war das reinste Martyrium.«

»Wo arbeitet seine Exfrau?«

»Sie ist Mikrobiologin im Krankenhaus Elpis, ihr voller Name lautet Soula Petropoulou.«

Was sie für sich behält, ist viel aufschlussreicher als das, was sie mir erzählt. Ich beschließe, sie vorläufig nicht weiter zu bedrängen und mich stattdessen im Haus umzusehen. Doch ich komme noch nicht dazu, denn Dimitrious Truppe von der Spurensicherung platzt herein.

»Wo sollen wir loslegen?«, fragt Dimitriou.

Als wir zusammen aus der Küche treten, stutzt er plötzlich. »Sehen Sie mal«, meint er und deutet auf eine alarmgesicherte Tür.

Ich rufe Frau Anna herbei und frage nach dem Zugangscode. Ohne ein Wort zu sagen, gibt sie die Tastenkombination ein. Die Tür springt geräuschlos auf. Frau Anna betätigt den Lichtschalter, und vor uns liegt hell erleuchtet ein riesiger, spärlich möblierter Salon, der die Ausmaße eines Vortragssaales hat. Links vom Eingang steht ein Sofa, in der gegenüberliegenden Zimmerecke befinden sich zwei Sessel. Der ganze übrige Raum ist leer. Die drei Fenster sind mit von innen verschließbaren Metallrollläden versehen, und die Klimaanlage verbreitet eine angenehme Kühle.

Weitaus interessanter als die Einrichtung sind jedoch die Wände: Sie sind von oben bis unten mit Gemälden bedeckt. Lässt man seinen Blick darüberschweifen, wird einem von all den Porträts, Landschafts- und Blumenbildern ganz schwindelig.

Deshalb also die Alarmanlage an der Tür und die schwer gesicherten Fenster. Hier drin muss ein Vermögen lagern.

»Wir brauchen einen Sachverständigen, der uns ein Wertgutachten erstellt«, stellt Dimitriou fest.

»Er hat mir verboten, die Fenster zu öffnen«, erzählt Frau Anna. »Er hat immer nur persönlich gelüftet. Ich durfte nur den Boden mit dem Staubsauger reinigen, die Bilder aber auf keinen Fall anrühren.«

»Hat er Besucher hereingelassen?«, frage ich sie.

»Ab und zu sind ein paar Herren vorbeigekommen, haben sich die Bilder angesehen und sind wieder gegangen.«

Jetzt verstehe ich, weshalb der Eingangsflur, gemessen am gesamten Erdgeschoss, so schmal ist: um der Bildergalerie Platz zu lassen. Der daran anschließende Raum ist nicht größer als ein gewöhnliches Wohnzimmer, hier stehen ein Fernsehgerät, eine Sitzgruppe mit Sofa, Tischchen und zwei Sesseln, und die Fenster sind mit normalen Fensterläden versehen. Als ich meine Neugierde im Wohnzimmer befriedigt habe, steige ich in die erste Etage hoch.

Zwei von fünf Türen stehen offen. Die eine führt in ein Bad, die andere in ein Schlafzimmer. Ein riesiges, tadellos gemachtes Doppelbett steht darin, an der rechten Wand befindet sich eine Schrankwand, an der linken Bücherregale.

Als ich die erste Schranktür öffne, sehe ich mich einer

weiteren Sammlung gegenüber. Diesmal handelt es sich um Herrenanzüge, schätzungsweise an die zwanzig. Darunter befinden sich zwei große Schubladen mit Hemden, während an der Innenseite der Türflügel die Krawattensammlung hängt. Hinter der zweiten Schranktür verbergen sich Fächer mit Unterwäsche und Socken. Darüber stapeln sich, fein säuberlich in Plastikhüllen verpackt, haufenweise Pullover. Der dritte Teil des Wandschranks enthält Mäntel, Überzieher und Jacken.

Vom Fenster zwischen Schrank und Bett werfe ich einen Blick nach draußen in den hinteren Teil des Gartens. Dort liegt ein Swimmingpool, der gut und gern zu einem Fünfsternehotel gehören könnte. Zu beiden Seiten des mit gepflegten Hecken umwachsenen Beckens stehen Tischchen, Stühle und geschlossene Sonnenschirme. Daneben erkenne ich Vlassopoulos und Dimitriou, die angeregt miteinander reden.

Von der Prachtvilla über seine Kunstsammlung bis hin zu seiner Garderobe schwamm Korassidis in Luxus und Überfluss. Er musste sich weder um Gehalts- noch um Zulagenkürzungen Sorgen machen. Bevor er seine Patienten aufschnippelte, räumte er ihnen das Portemonnaie leer. Bevor ich das Schlafzimmer verlasse, werfe ich noch einen Blick auf das Bücherregal. Dort stehen nur Bildbände über Malerei und Kataloge von Museen und Kunstsammlungen, jedoch keinerlei medizinische Fachbücher oder Lexika.

Da mich das Badezimmer nebenan momentan nicht interessiert, öffne ich eine der geschlossenen Türen und betrete einen weiteren Schlafraum, der kleiner und schlichter ist als der erste. Neben einem Einzelbett steht ein zweitüriger Schrank, in dem nur ein paar Sommersachen hängen, aber keine Unterwäsche oder weitere Kleidungsstücke zu finden sind. Offenbar gehört das Zimmer einer von Korassidis' Töchtern. Da kein Grund besteht, es genauer zu durchsuchen, öffne ich die nächste Tür. Dahinter liegt das fast identische Schlafzimmer der Schwester. Nur wurde hier das Bett in einen Zoo aus Teddybären, Plüschtigern, Häschen und Hündchen verwandelt. Schon allein daraus könnte man, wenn man wollte, Schlüsse auf die unterschiedlichen Charaktere der beiden Schwestern ziehen.

Die beiden Badezimmer offenbaren erwartungsgemäß nichts Aufregendes, und so kehre ich wieder ins Erdgeschoss zurück. Die Truppe der Spurensicherung hat sich in der Gemäldegalerie an die Arbeit gemacht. Als mich Dimitriou die Treppe herunterkommen sieht, tritt er auf mich zu. »Wie sieht es oben aus?«, fragt er.

»Drei Schlafzimmer und zwei Bäder.«

Er wiegt den Kopf nachdenklich hin und her. »Das kostet uns zwei Tage Arbeit, aber ich befürchte, es wird uns nicht viel weiterbringen.«

Dem kann ich nicht widersprechen. Wer auch immer Korassidis auf dem Gewissen hat, die Tat wurde bestimmt nicht in seiner Villa verübt. »Na denn!«, sage ich und rufe meine beiden Assistenten herbei.

Als wir aufbrechen wollen, tritt Frau Anna auf mich zu. »Brauchen Sie mich noch?«

»Nein. Irgendwann müssen Sie zwar eine offizielle Aussage machen, aber dazu erhalten Sie eine Vorladung. Die Eingangstür wird versiegelt, weil wir das Haus durchsuchen müssen. Allerdings braucht Herr Dimitriou noch den Zugangscode.«

Nachdem wir uns verabschiedet und die Gartenanlage durchquert haben, steigen wir in den Streifenwagen und fahren auf direktem Weg zurück zum Präsidium.

7

Ich fahre gleich zu Gikas hoch, um zum Rapport anzutreten. An Stella gehe ich mit einem kurzen Gruß vorbei, worauf ich eine entsprechend einsilbige Antwort erhalte. Die Scherzworte und kleinen Vertraulichkeiten, die früher mit Koula gang und gäbe waren, finden jetzt ausschließlich in der unteren Etage statt.

Gikas schwelgt in der Naturlandschaft seines Computerbildschirms. Mein Eintreten bringt ihn auf den harten Boden der Metropolenrealität zurück. »Und, was ist mit diesem Arzt?«, löchert er mich schon, bevor ich überhaupt Platz genommen habe.

Ich liefere eine ausführliche Darstellung von Korassidis' Charakter, meinem Besuch in seiner Villa und der dort vorgefundenen Gemäldegalerie. Als ich kurz pausiere, folgt die unvermeidliche Frage: »Haben Sie schon einen Verdacht?«

»Es ist noch zu früh für erste Hypothesen. Ein Mord durch eine Giftinjektion könnte von einem Klinikangestellten begangen worden sein. Mit den Ärzten habe ich noch nicht gesprochen, aber den Aussagen des Klinikchefs nach konnte ihn niemand aus der Ärzteschaft oder vom Krankenhauspersonal leiden. Andererseits kommt auch die Kunstsammlung als Tatmotiv in Frage. Dimitriou von der Spurensicherung wollte sich um eine Einschätzung durch einen Sachverständigen kümmern. Ich habe von Kunst keinen blassen Schimmer, doch die Alarmanlage deutet darauf hin, dass sie ein Vermögen wert ist. Daher möchte ist erst einmal diesen beiden Fährten nachgehen.«

»Ihr Ansatz ist richtig, aber Sie werden nicht weit damit kommen.«

»Wieso?«

»Weil sich nur schwer ein Arzt finden wird, der über einen Kollegen die ganze Wahrheit erzählt. Er wird nur das Nötigste aussagen und den Rest hinunterschlucken, genauso wie die Krankenschwestern. Sie werden mauern, um ihre Ruhe zu haben. Was die Kunstsammler betrifft, so ist deren Mund ohnehin versiegelt. Was glauben Sie, wie viele Kunstwerke auf Auktionen erworben werden? Die meisten stammen aus Hehlerkreisen. Das Prinzip der Omertà gilt nicht nur für die Mafia, sondern auch auf dem Kunstmarkt.« Nach einer kurzen Pause fügt er hinzu: »Wenn man es genau bedenkt, können wir sogar von Glück reden.«

»Wieso?«

»Weil er kein Kassenarzt war. Kassenärzte reden noch weniger als Privatärzte, wegen der Geldbriefchen, die ihnen von den Patienten zugesteckt werden. Selbst diejenigen, die selbst keine Zuwendungen annehmen, halten den Mund. In einer Privatklinik gibt's diese Praxis wenigstens nicht.«

Ich denke an Fanis und gebe Gikas recht. Auch er verliert kein Wort über die Kollegen, die Bestechungsgelder einstecken.

Zurück im Büro, frage ich bei Vlassopoulos nach, ob die Sperrung des Stadtzentrums aufgehoben wurde. Er weiß nichts Genaues, nur dass die Lage chaotisch und für die nächsten Stunden keine Besserung abzusehen ist. Notgedrungen hebe ich mir Korassidis' Privatpraxis für den nächsten Tag auf. Stattdessen beschließe ich, seiner Exfrau, Soula Petroupoulou, einen Besuch abzustatten.

Die Petropoulou arbeitet ohnehin ganz in der Nähe von meinem Büro, im Städtischen Krankenhaus Elpis. Ich muss also weder den Seat noch den Streifenwagen nehmen, ich brauche nur die Dimitsanas-Straße hochzugehen, und schon stehe ich vor dem Hospital. Den Hinweisschildern entnehme ich, dass die Abteilung für Mikrobiologie in der vierten Etage liegt.

Eine brünette Vierzigjährige hebt den Blick vom Mikroskop, als sie ihren Namen hört. Nachdem ich mich vorgestellt habe, frage ich sie, wo wir uns ungestört unterhalten können.

»Ist etwas mit Michalis?«, fragt sie erschrocken.

»Mit welchem Michalis?«

»Na, meinem Mann.«

»Nein, Ihrem Mann ist meines Wissens nichts zugestoßen.«

Die anderen drei Mitarbeiterinnen des Labors haben die Köpfe ebenfalls gehoben und mustern uns neugierig. Die Petropoulou seufzt erleichtert auf, blickt sich – auf der Suche nach einer ruhigen Ecke – kurz um, öffnet dann eine Tür im hinteren Teil des Labors und bedeutet mir einzutreten.

»Das ist das Büro unserer Chefin, die ist heute nicht da«, erklärt sie. Sie nimmt nicht hinter dem Schreibtisch, sondern im Ledersessel mir gegenüber Platz. »Bitte sehr, ich höre.«

»Es handelt sich um Ihren geschiedenen Ehemann Athanassios Korassidis. Er ist heute Morgen tot aufgefunden worden.«

»Wer war's?«, lautet ihre spontane Reaktion.

»Weshalb gehen Sie gleich von Mord aus? Ich habe doch nur gesagt, dass er gestorben ist.«

»Stimmt, warum eigentlich?«, fragt sie sich nun selbst, ganz irritiert ob ihrer spontanen Reaktion. Sie verstummt und sucht nach einer Erklärung. »Tja, vielleicht habe ich gleich an so etwas gedacht, weil er immer vor Gesundheit strotzte. Vielleicht aber auch, weil ich ihm während unseres Zusammenlebens so oft den Tod gewünscht habe. Da klang es vorhin für mich so, als sei mein Wunsch endlich in Erfüllung gegangen. Obwohl, jetzt habe ich ja gar nichts mehr davon…«

»Nun, er ist tatsächlich Opfer eines Verbrechens geworden. Seine Leiche wurde heute Morgen auf dem Kerameikos-Friedhof gefunden.«

»Wieso gerade dort? Hat er nach unserer Scheidung begonnen, antike Kunstwerke zu sammeln?«

»Seiner Villa nach zu schließen, nein. Ihm wurde Gift injiziert, auf den Täter haben wir allerdings noch keinerlei Hinweise. Das ist der Grund meines Besuchs. Vielleicht können Sie mir ein paar Tipps geben.«

»Was für Tipps? Seit meiner Trennung von Thanos vor zwölf Jahren haben wir kein Wort mehr gewechselt. Ich habe keine Ahnung, wie es ihm all die Jahre ergangen ist.«

»Ja, aber Sie haben doch zwei gemeinsame Töchter. Da müssen Sie doch auch vom Vater ab und zu etwas mitbekommen haben.«

Die Petropoulou lacht bitter auf. »Da täuschen Sie sich, Herr Kommissar. Wir haben keine gemeinsamen Kinder. Ich habe ihm die zwei Kinder bloß geboren, und er hat sie großgezogen. Seit der Scheidung habe ich keinen Kontakt mehr zu meinen Töchtern.«

Ich versuche mir einen Menschen vorzustellen, dem nur Antipathie und Hass entgegenschlugen. Ob auch seitens seiner Töchter, weiß ich nicht, aber bisher habe ich keinen Einzigen getroffen, der Korassidis auch nur ein kleines bisschen sympathisch gefunden hätte.

»Was war denn Ihr geschiedener Mann für ein Mensch?«, frage ich die Petropoulou. »Möglicherweise hilft uns das weiter.«

Sie antwortet nicht sofort, sondern versucht erst einmal, sich die Person wieder vor Augen zu rufen, mit der sie bis vor zwölf Jahren verheiratet war.

»Thanos hatte eine gute und zwei sehr schlechte Seiten«, stellt sie schließlich fest. »Die gute war seine Begeisterung für Kunst. Wenn er über Gemälde sprach, wurde er – selbst in unserer kaputten Ehe – ein anderer Mensch. Doch sobald es nicht mehr um Malerei ging oder der Rundgang in seiner Galerie beendet war, war er wieder ganz normal, das heißt herablassend und voller Verachtung für alle anderen.«

»Und die beiden schlechten Eigenschaften?«

»Seine anderen Leidenschaften: Geld und Frauen«, antwortet sie, ohne zu zögern. »Er war unglaublich raffgierig. Er selbst behauptete, er brauche das Geld, um seine Kunstsammlung zu erweitern, doch das war nur die halbe Wahrheit. Geld verlieh ihm Einfluss und Macht über andere. Sie werden gehört haben, dass er ein hervorragender Chirurg war. Das stimmt, aber er ließ seine Patienten dafür bluten. Nur die Reichsten genossen das Privileg seiner Behandlung.

Arme Leute oder der Mittelstand hatten nur eine Chance, wenn sie einen Kredit aufnehmen konnten.«

»Aber wie passen da die Frauen ins Bild?«

Sie lacht auf. »Das war mein persönliches Martyrium, Herr Kommissar. Er hat mich tagtäglich hintergangen. Wenn er eine Frau bekommen wollte, hat er alle möglichen Mittel eingesetzt, um sie zu erobern: Versprechungen, Erpressung, Geld. Waren Sie schon in seiner Praxis?«

»Noch nicht.«

»Sie war zugleich sein Liebesnest. Dorthin hat er sie gebracht, normalerweise abends, wenn seine Sekretärin gegangen war, aber auch an den Wochenenden. Jetzt, da er allein lebt, nimmt er sie mit nach Hause. Nur wenn seine Töchter in Athen sind, greift er wieder auf die Praxis zurück.«

In ihrer Verwirrung spricht sie im Präsens von ihrem Exgatten, als wäre er noch am Leben.

»Woher wissen Sie das, wenn Sie keinen Kontakt mehr zu ihm haben?«, frage ich sie.

»Das habe ich von Frau Anna gehört. Sie war mein einziger Lichtblick, als ich noch mit Thanos zusammenlebte. Und aus meinem alten Leben ist sie die einzige Person, zu der ich noch Kontakt habe. Haben Sie mit ihr gesprochen?«

»Nur ganz kurz.«

»Sie müssen sich ausführlicher mit ihr unterhalten. Sie ist sehr diskret, aber wenn Sie sie dazu bringen, den Mund aufzumachen, können Sie viel von ihr erfahren.«

Plötzlich fällt mir Frau Annas Ausspruch »Herr, behüte meinen Mund und bewahre meine Lippen!« ein. Langsam verstehe ich, was sie damit sagen wollte.

»Wissen Sie, wie ich mich für all das gerächt habe, was er

mir angetan hat?«, fragt mich die Petropoulou plötzlich aus heiterem Himmel. »Ich habe ihn mit dem Installateur betrogen, der das Bewässerungssystem im Garten der Villa in Ekali eingerichtet hat. Drei Tage lang war er jeden Tag da, sobald ich nachmittags vom Labor nach Hause kam. Am dritten und letzten Tag habe ich ihn verführt. Als Thanos spätabends heimkam, fragte ich, ob er ihn bezahlt hätte. Und als er bejahte, sagte ich: ›Gott sei Dank, weil du ihm keinen Groschen gegeben hättest, wenn du gewusst hättest, dass wir miteinander geschlafen haben.‹«

Es macht ihr sichtlich Spaß, daran zurückzudenken. »Er begann herumzubrüllen und drohte, mich umzubringen. Ich sagte kein Wort. Am Schluss ging ich einfach ins Schlafzimmer hoch, packte einen Koffer mit meinen persönlichen Habseligkeiten und verließ das Haus. Seit damals habe ich weder Thanos noch meine Töchter wiedergesehen. Anfangs, weil er es mir verboten hatte, später aber, weil ich selbst nichts mehr mit meiner Vergangenheit zu tun haben wollte. So groß war dieser Wunsch, dass ich Michalis, den Installateur, gleich nach meiner Scheidung geheiratet habe.«

Mein Gesichtsausdruck scheint sie zu belustigen. »Ich weiß, was Sie jetzt denken, Herr Kommissar. Eine Ärztin und ein Installateur – wie soll das gehen?« Und ernster fährt sie fort: »So unterschiedlich sind wir eben gar nicht. Was bin ich denn schon? Eine Mikrobiologin im öffentlichen Dienst, die es gerade mal zur stellvertretenden Laborleiterin gebracht hat. Und mein Mann ist Installateur. Wir sind beide kleine Leute, wir passen also wunderbar zusammen.« Einen Augenblick hält sie inne, dann spricht sie weiter: »Wenigstens sprechen meine jetzigen Schwiegereltern voller Stolz von mir als ›unserer Frau Doktor‹, wogegen Thanos mich als ›armselige Kassenärztin‹ bezeichnete.«

Sie erhebt sich von ihrem Sessel und signalisiert damit das Ende unserer Unterredung. »Ich habe Ihnen alles gesagt, Herr Kommissar. Keine Ahnung, ob Ihnen das weiterhilft, aber ich habe Ihnen nichts verheimlicht.«

»Wer benachrichtigt die beiden Töchter?«, frage ich noch.

Sie zuckt mit den Achseln. »Wie gesagt, habe ich keinen Kontakt mehr zu ihnen. Das sollte jemand aus Thanos' Verwandtschaft, Anna oder auch die Polizei übernehmen. Ich jedenfalls nicht«, ergänzt sie entschieden.

Ausgeschlossen, dass ihn die Petropoulou umgebracht hat, denke ich mir, als ich die Dimitsanas-Straße wieder hinuntergehe. Kann sein, dass sie – wie sie selbst zugibt – ihm den Tod gewünscht hat. Aber dann hätte sie sich diesen Wunsch schon vor zwölf Jahren erfüllt, und nicht erst jetzt, da sie mit ihrem zweiten Mann längst ein neues Leben angefangen hat.

Auf meinem Schreibtisch liegt eine Notiz, ich möge mich umgehend bei Gerichtsmediziner Stavropoulos melden.

»Wir haben das Gift«, triumphiert er, sobald ich ihn an der Strippe habe. »Er wurde mit Schierling getötet.«

»Wie bitte?«

»Ja, genau wie Sokrates. Nur dass man dem Philosophen den Schierlingsbecher reichte, Korassidis das Gift jedoch injizierte.«

»Und wo kriegt man das – Schierling?«

Er lacht auf. »Machen Sie Witze? *Conium maculatum* oder der Gefleckte Schierling kommt überall in Griechenland vor. Er ist so verbreitet wie die wilden Endivien, die unsere Mütter früher gesammelt haben. Gering dosiert hat er heilende Wirkung, in größeren Mengen ist er tödlich. Aber das beschreibe ich alles ausführlich in meinem Gutachten.«

»Tun Sie das, wenn Sie wollen, ist aber nicht weiter nötig. Was Sie mir gerade gesagt haben, reicht mir voll und ganz. Das Einzige, was ich noch wissen muss, ist der Todeszeitpunkt.«

»Zwischen sieben und elf Uhr abends. Wenn Sie bedenken, dass das Gift etwa zwei Stunden braucht, um seine Wirkung zu entfalten, muss man es ihm zwischen fünf und neun Uhr gespritzt haben.«

Toll, sage ich mir. Jemand tötet Korassidis, ganz wie Sokrates, mit Schierlingsgift und legt dann die Leiche auch noch auf dem Kerameikos-Gelände ab. Ich weiß zwar nicht, ob Sokrates dort auch begraben liegt, doch die Symbolträchtigkeit der ganzen Inszenierung, die auch schon der Leiter des archäologischen Dokumentationszentrums Merenditis bemerkt hat, ist nicht mehr zu übersehen. Ein Besuch bei Merenditis könnte weitere Fragen klären, doch zunächst haben andere Dinge Vorrang. Denn Symbolik hin oder her, jeder Kollege, der ein Hühnchen mit Korassidis zu rupfen hatte, könnte ihm die Schierlingsspritze verpasst haben. Dasselbe gilt für alle möglichen Hehler, mit denen er Geschäfte machte und mit denen er sich möglicherweise überworfen hatte. Oder für alle möglichen Kunstsammler, die in ihm einen Konkurrenten sahen. Nun, all das eröffnet zwar ein weites Feld unterschiedlicher Motive, engt den Täterkreis aber immerhin schon ein wenig ein.

Somit habe ich zwei dringende Fragen zu klären: Erstens, wo wurde Korassidis getötet? Und zweitens, wie hat der Täter die Leiche zum Kerameikos geschafft? Gut, bis zum Friedhof hat er ihn mit dem Auto gebracht, aber wie weiter? Da man mit dem Wagen nicht aufs Gelände kann, musste er ihn auf eine andere Art und Weise bis zur Grabstele transportieren. Eine Tatzeit gegen neun Uhr abends würde zum Transport des Toten an den Fundort gegen elf Uhr passen, da die Gegend dann wie ausgestorben ist und sich der Täter ungestört zu schaffen machen konnte.

Bevor ich Feierabend mache, rufe ich meine drei Assistenten in mein Büro. Vlassopoulos trage ich auf, Frau Anna für den nächsten Morgen zur Vernehmung einzubestellen, und Dermitsakis, die Umgebung des Kerameikos nach Augenzeugen abzuklappern, die möglicherweise einen Wagen bemerkt oder auch eine Person beim Schleppen einer schweren Last beobachtet haben. Koula ersuche ich, alles andere stehen- und liegenzulassen und ihre ganze Internetrecherche auf Korassidis zu konzentrieren.

8

Heute verlasse ich die Dienststelle ein wenig früher als sonst – zum einen, weil ich mich hundemüde fühle, zum anderen, weil ich der Journalistenmeute entgehen möchte, die über mich herfallen wird, sobald verlautet, dass ein prominenter Arzt ermordet wurde. Zu Hause angekommen, höre ich die Stimmen von Katerina und Adriani aus dem Wohnzimmer. Die Freude, meine Tochter nach längerer Zeit endlich wiederzusehen, erhält einen Dämpfer, als ich in die Gesichter der beiden blicke. Sie müssen ihr Gespräch bei meinem Eintreffen unterbrochen haben. Wie erstarrt sitzen sie da. Katerina blickt angespannt drein, Adriani wütend.

»Was ist los?«, frage ich besorgt.

»Das erklärt dir deine Tochter besser selbst«, meint Adriani ohne Umschweife.

»Mach dir keine Sorgen, Papa. Es ist nichts Schlimmes«, wiegelt Katerina ab.

Ich neige dazu, ihr zu glauben, da Adriani beim leisesten Nieselregen gleich die Sintflut hereinbrechen sieht.

»Ich möchte dich nur bitten, dass das Gespräch unter uns bleibt, weil Fanis noch nichts davon weiß.«

Gleich verkündet sie mir, dass sie schwanger ist, denke ich bei mir, obwohl die Aussicht auf Nachwuchs bei Adriani kaum zu so einer verbissenen Reaktion führen würde.

»Du weißt ja, dass ich seit letztem Jahr in Seimenis' Kanzlei im Bereich Asylrecht arbeite.«

»Klar, und?«

»Das muss sich herumgesprochen haben, denn der Vertreter des UN-Flüchtlingskommissariats in Griechenland hat sich bei mir gemeldet.«

»Ah ja?«

»Er hat mir vorgeschlagen, für das UN-Flüchtlingskommissariat zu arbeiten.«

»Ist das denn eine dermaßen schlechte Nachricht, dass ihr mich mit so einer Miene begrüßen müsst?«, frage ich überrascht.

»Wart's nur ab, das dicke Ende kommt noch«, meint Adriani trocken.

Katerina strafft sich. »Die Sache ist die, dass man mir keine Stelle in Griechenland anbietet, sondern im Ausland.«

»Hat man dir gesagt, wo?«, frage ich mit wachsender Unruhe.

»Nicht in Europa jedenfalls«, meint sie vage.

Adriani kann nicht mehr an sich halten. »Ich kann dir sagen, wohin man sie schickt: nach Schwarzafrika, nach Uganda vielleicht oder auch nach Senegal.«

Wieder einmal erweisen sich Adrianis Vorahnungen als zutreffend. »Hast du dir das auch wirklich gut überlegt?«, frage ich Katerina, während ich innerlich um Fassung ringe.

»Ich denke darüber nach, aber ich habe mich noch nicht entschieden. Deshalb wollte ich zuerst mit euch darüber reden. Fanis habe ich noch gar nichts davon erzählt.«

»Willst du wirklich dein Zuhause und deinen Mann verlassen, um nach Afrika zu gehen?«

»Papa, dieser Anruf vom UN-Flüchtlingskommissariat war das einzig Positive, das bei meinem ganzen Einsatz für Seimenis' Kanzlei je herausgekommen ist. Mein Lohn dort ist nichts als ein Taschengeld. Fanis kommt für uns beide auf, und Mama greift mir beim Haushaltsgeld unter die Arme.«

»Besser, wir helfen dir über die Runden, bis du auf eigenen Füßen stehst, als dass du alles hinschmeißt und auswanderst.«

»Das sagt sich so leicht, Mama. Versetz dich mal in meine Lage: Nach einem so langen Studium kann ich von meinem Beruf nicht leben. Es gibt Augenblicke, wo ich mich frage: ›Wozu wolltest du noch promovieren? Hättest du lieber gleich nach dem Studium einen sicheren Posten gefunden, dann wärst du jetzt besser dran.‹«

»Die Erkenntnis kommt reichlich spät…«, lautet Adrianis galliger Kommentar, während ihr Blick zu mir wandert.

»Eigentlich ist das alles gar nicht so dramatisch«, fährt Katerina fort. »Sie schicken einen zwar weit weg, aber man bekommt oft und lange Heimaturlaub. Einmal alle drei Monate. Und auch Fanis kann mich ein- oder zweimal im Jahr besuchen. Außerdem habe ich nicht vor, bis zu meiner Rente dort zu bleiben. Ich will es ein paar Jahre lang machen, Geld zusammensparen und wieder zurückkommen.«

»Und während du in Afrika Geld zusammensparst, ist dein Mann Strohwitwer und sucht sich eine andere, um nicht immer allein zu sein.«

»Fanis liebt mich, Mama.«

»Aus den Augen, aus dem Sinn«, lautet Adrianis geflügeltes Wort diesmal.

»Hör mal, Katerina«, sage ich, um die Stimmung ein wenig zu entspannen, bevor wir uns in die Haare geraten. »All die Jahre waren deine Mutter und ich stolz darauf, dass du einen Abschluss nach dem anderen erworben hast. Dann hast du Fanis kennengelernt, und auch da war unsere Freude groß. Du hast einen tollen Mann, und du kannst Diplome vorweisen, um die dich viele beneiden. Das Einzige, was dir fehlt, ist ein wenig Durchhaltevermögen. Wirf jetzt nicht alles hin, hab noch ein wenig Geduld! Morgen überträgt dir Seimenis vielleicht andere Aufgaben, oder du findest eine andere Kanzlei.«

»Papa, ich weiß sehr gut, wie viele Opfer euch mein Studium gekostet hat. Mir ist klar, dass ihr euch sehr eingeschränkt habt, bis ich den Doktortitel in der Tasche hatte. Ich ertrage es nicht länger, dass ihr und jetzt auch Fanis mich immer noch unterstützen müsst. Ich gehe mit Schuldgefühlen ins Bett und wache morgens damit auf. Du hast mir alles geboten, doch dieses Land bietet mir null und nichts.«

Plötzlich bricht sie in Tränen aus. Sie schlägt die Hände vors Gesicht, während ihre Schultern beben. Da ich meine Tochter nur selten habe weinen sehen, fühle ich mich etwas überfordert. Doch Adriani weiß, was zu tun ist. Sie setzt sich an ihre Seite, legt ihr den Arm um die Schultern, streichelt ihr Haar und drückt ihr einen Kuss darauf.

»Alles wird gut, Katerina, alles wird gut«, murmelt sie, und ich weiß nicht, ob sie Katerinas Tränen meint oder ihre ausweglose Lage.

Tatsächlich beruhigt sie sich schon kurz darauf. Sie wischt sich die Tränen von den Wangen, steht auf, küsst uns beide zum Abschied und geht zur Tür. Keine Ahnung, warum sie so abrupt aufbricht – vielleicht, weil sie die Diskussion nicht weiterführen möchte, oder auch, weil sie sich schämt, dass sie vor uns losgeheult hat.

»Eins kann ich dir jedenfalls sagen: Ich habe nicht vor, mir selbst vorzulügen, dass ich Arbeit habe«, meint sie an der Tür. »Hier machen wir uns doch alle etwas vor. Die einen, dass sie einen Job haben, die anderen, dass sie Reformen durchführen, die dritten, dass sie die Gesetze anwenden. Wir leben doch alle in einer Scheinwelt.«

Als wir allein zurückbleiben, bricht Adriani ihrerseits in Tränen aus. »Ich verstehe sie manchmal einfach nicht, obwohl sie doch meine Tochter ist«, stellt sie schluchzend fest. »Sie ist klug, gebildet und begabt, aber dann tut sie wieder etwas völlig Unbedachtes und macht alles kaputt. Und diesmal mehr denn je. Sie ist drauf und dran, sich ihr Leben zu ruinieren.«

Ich muss mich zurückhalten, um nicht selber loszuheulen, denn auch mich nimmt das Ganze mit. Dennoch bemühe ich mich, ihr moralische Unterstützung zu bieten.

»Betrachte es doch einmal so: Die Anfrage des UN-Flüchtlingskommissariats ist eine Anerkennung, sowohl für ihr Studium als auch für ihre Leistung. Natürlich ist so ein Angebot verlockend.«

»Ja, und Uganda findest du auch verlockend? Warum muss sie denn nach Uganda, um sich Anerkennung zu holen?«, fragt sie mit entwaffnender Naivität. Als sie merkt, dass ich ihr nichts entgegensetzen kann, fährt sie fort: »Auch wir haben Fehler gemacht, Kostas. Wir haben ihr immer alles durchgehen lassen. Wir haben ihr nicht beigebracht, dass man auch Verpflichtungen eingeht, dass man nicht immer seinen

Kopf durchsetzen kann. Daran bist du schuld, weil du sie immer – sei mir bitte nicht böse, wenn ich das sage – mit Samthandschuhen angefasst hast.«

Ich bin nicht böse, da mir schon klar ist, dass sich jede Kritik Adrianis an Katerina zu guter Letzt gegen mich richtet. Mit einem Mal habe ich das Gefühl, jetzt sei der richtige Augenblick gekommen, ihr vom Gespräch mit Gikas zu berichten. Als kleiner Lichtblick, sozusagen.

»Da gibt es noch etwas, das ich dir noch nicht erzählt habe. Vielleicht hätte ich es vor Katerina tun sollen, aber ich wollte, dass du es zuerst erfährst.«

»Was denn?«, fragt sie ohne großes Interesse, in Gedanken immer noch bei Katerina.

»Gikas hat vor, mich für eine Beförderung vorzuschlagen. Er will mich als Kriminalrat empfehlen.«

Sie blickt mich ungläubig an. »Was? Das hat Gikas gesagt?«

»Ja, vorgestern. Aber ich habe dir noch nichts erzählt, weil ich dir die Enttäuschung ersparen wollte, wenn vielleicht doch nichts draus wird.«

»Hoffentlich klappt es, Kostas, das würde mich sehr freuen. Aber was hat das mit Katerina zu tun?«

»Wenn ich tatsächlich befördert werde, dann kann ich ihr viel eher eine Stelle verschaffen. Und dann kann sie in Griechenland bleiben.«

»Aber das sind doch ungelegte Eier«, meint sie dann – nicht in zänkischer Absicht, sondern mit der skeptischen Miene eines Menschen, der nicht mehr daran glaubt, dass ihm so schnell etwas Gutes widerfahren wird.

»Wie meinst du das?«

»Weil es nicht so weit kommen wird. Sie werden dich nicht befördern, wenn es andere Kandidaten gibt, die über bessere Beziehungen verfügen. Gikas hat eine Schwäche für Leute mit Vitamin B.«

Jetzt habe ich langsam genug. Zuerst die Geschichte mit Katerina und nun das. Ich gehe auf die Barrikaden. »Du hast nie an mich geglaubt!«, rufe ich. »Du hast nie daran geglaubt, dass ich es nach ganz oben schaffen könnte. Du behandelst mich wie einen Versager!«

»Da irrst du dich gewaltig«, entgegnet Adriani besonnen. »Nicht nur, dass ich an dich glaube, nein, ich bin sehr stolz auf dich. Weil du tüchtig bist und weil du keine Spielchen spielst. Wenn du ein bisschen lavieren, ein bisschen schleimen würdest, wärst du – bei deinen Fähigkeiten! – schon längst aufgestiegen. Aber du tust es nicht, und das bewundere ich. In diesem Land sind nun mal die Tüchtigen immer die Gelackmeierten. Nimm unsere Tochter zum Beispiel. Sie ist begabt, zuverlässig und gut ausgebildet. Und wo landet sie? In Uganda. Du bist fähig und kompetent und bleibst doch ewig auf deinem Posten sitzen. Finde dich damit ab, du gehörst zu den Aufrechten und Gelackmeierten, Kostas. Zu denen, die immer als Einzige ins Rennen gehen und trotzdem als Zweite ins Ziel kommen.«

Sie hält inne, zieht mich an sich und legt den Kopf an meine Schulter. So bleiben wir sitzen, wie zwei einsame Eulen, und malen uns den Abschied von Katerina aus, der uns möglicherweise bald bevorsteht.

Was versprach man uns noch gleich? »Noch bessere Zeiten«.

9

Hätte ich gestern Nachmittag auch nur geahnt, was mich zu Hause erwartete, wäre ich im Büro geblieben und hätte gleich die Journalisten informiert, um diese lästige Pflicht los zu sein. Unausgeschlafen und mit dem Gefühl, dass mir ein Felsblock auf der Seele liegt, biege ich nun um die Ecke und sehe sie schon im Flur herumlungern. Den Medienvertretern Rede und Antwort zu stehen ist so ungefähr das Letzte, worauf ich gerade Lust habe. Widerwillig finde ich mich damit ab, dass die Reporter, Heckenschützen gleich, in mein Büro stürmen. Dann nehme ich Platz und warte auf die ersten Gewehrsalven. Unter den Besuchern erkenne ich Sotiropoulos, der an seinem Lieblingsplatz, gleich neben der Tür, Position bezogen hat.

»Gibt es schon Erkenntnisse zum Mord an dem Chirurgen Dr. Korassidis?«, fragt ein junger Mann in Jeans und T-Shirt.

»Nun, er wurde gestern Morgen auf dem antiken Kerameikos-Friedhof gefunden.«

»Ist die Todesursache schon bekannt?«

»Ja, man hat ihm Gift gespritzt.«

»Sind Sie sicher, dass er nicht an den Chemikalien gestorben ist, die ihr gegen Demonstranten einsetzt?«, spöttelt eine lange, dürre und ansonsten farblose Reporterin.

»Was soll der Unsinn, Marietta?«, zischt Sotiropoulos ihr zu, und zwar so laut, dass ich es hören kann.

»Jetzt tu nicht so, Sotiropoulos«, erwidert die Dürre. »Gestern haben sie im Stadtzentrum die Chemiekeule geschwungen und fast die halbe Stadt vergiftet, nur um fünfzig Randalierer auseinanderzutreiben.«

»Unfug!«, beharrt der erfahrene Sotiropoulos, denn er weiß genau, wann der geeignete Zeitpunkt zum Angriff da ist und wann nicht.

Obwohl Sotiropoulos seine Kollegin in die Schranken gewiesen hat, bringt mich in meiner derzeitigen Verfassung die winzigste Kleinigkeit auf die Palme.

»Also, folgende Fakten liegen uns vor: Der Chirurg Athanassios Korassidis wurde gestern um acht Uhr morgens auf dem antiken Kerameikos-Friedhof ermordet aufgefunden. Einer der Wärter hat ihn entdeckt. Laut Autopsiebericht wurde ihm Gift in den Nacken injiziert. Der Mord muss am Vorabend zwischen sieben und neun Uhr passiert sein. Das ist der Stand der Dinge, mehr kann ich dazu nicht sagen.«

»Was für ein Gift wurde verwendet?«, hakt der junge Mann in Jeans und T-Shirt nach.

»Wir warten noch auf das Ergebnis aus der Gerichtsmedizin. Ich habe alles gesagt, was ich weiß.«

Ich erhebe mich von meinem Schreibtisch zum Zeichen, dass meine Zeit begrenzt ist. Sie verstehen meine Geste und begeben sich langsam zur Tür.

»Du mit deinen dummen Bemerkungen!«, meint die Prokopiou, eine fast ebenso erfahrene Reporterin wie Sotiropoulos.

Die Dürre zieht den Kopf ein und schleicht hinaus, die Übrigen folgen ihr. Reglos beobachtet Sotiropoulos ihren

Exodus. Wie immer bleibt er als Letzter in meinem Büro zurück. Die anderen wissen, dass nun ein privates Frage- und-Antwort-Spiel folgt, doch sie wagen nicht, dagegen aufzubegehren, da er der Papst der Journalisten ist.

»Heutzutage schickt man diese dummen Gören los, die von Tuten und Blasen keine Ahnung haben. Überall wittern sie Skandale und bilden sich auch noch etwas darauf ein«, beginnt er. »Die Fernseh- und Radiosender und auch die Zeitungen drängen sie immer mehr in diese Richtung. Früher setzten uns die Chefredakteure auf die Spur von guten Storys, heute geben sie die Losung aus, möglichst handfeste Skandale an Land zu ziehen.«

Ich sage nichts und höre ihm nur zu, denn ich weiß, es handelt sich erst um die Vorrede. Doch nun kommt er zum Thema.

»Gibt es tatsächlich keine weiteren Indizien?«, hakt er nach.

»Doch, ein Indiz haben wir, aber das ist nicht zur Veröffentlichung bestimmt.«

»Welches denn?«

»Er wurde, ganz wie Sokrates, mit Schierlingsgift getötet.«

Er pfeift leise durch die Zähne, dann folgt ein Lachen. »Was ich an Ihnen schätze, ist, dass Sie immer ein Ass im Ärmel haben.«

»Aber das bleibt, wie gesagt, unter uns.«

»Schon klar.«

Dass er diese Information nicht publik machen kann, kratzt ihn wenig. Für ihn zählt allein die Befriedigung, den anderen Kollegen etwas vorauszuhaben.

»Glauben Sie, dass es irgendeine Verbindung zwischen dem Schierling und dem Fundort der Leiche gibt?«

»Möglich, vorläufig haben wir dafür noch keinen Hinweis, aber wir bleiben dran.«

Da er merkt, dass er mir nichts weiter entlocken kann, wendet er sich zum Gehen. »Sobald mir etwas zu Ohren kommt, gebe ich Ihnen Bescheid«, meint er, bevor er die Tür hinter sich ins Schloss zieht.

Kaum ist Sotiropoulos fort, taucht Vlassopoulos auf. »Anna Tseleni ist da, sie wartet in unserem Büro.«

»Gut, gib mir noch fünf Minuten.«

Zuerst möchte ich noch einen Schluck Kaffee trinken und mein Croissant essen, da mir – übermüdet, wie ich bin – fast die Augen zufallen. Nachdem ich mich auf der Toilette erfrischt habe, gebe ich auf dem Rückweg das Zeichen, dass man mir Frau Anna ins Büro schicken kann.

Nun sitzt sie auf dem Stuhl gegenüber, die Beine aneinandergepresst, die Finger auf den Knien verschränkt.

»Frau Petropoulou hat mir geraten, mit Ihnen zu sprechen, Frau Anna.«

»Ich weiß. Sie hat mich angerufen und gesagt, ich sollte Ihnen alles geradeheraus erzählen.«

»Ich möchte wissen, was seit der Trennung Ihres Chefs von Frau Petropoulou im Haus vorgefallen ist.«

»Nichts, Herr Kommissar. In der Villa war es ruhig, da Herr Thanos einen generalstabsmäßig geplanten Tagesablauf hatte.«

»Und das heißt?«

»Morgens gegen zehn verließ er das Haus und ging in die Klinik, und abends kehrte er erst spät aus der Praxis wieder zurück. Ich servierte ihm das Essen und machte dann Feierabend. Nur mittwochs kam er etwas früher, da er keine Sprechstunde hatte. Dann schloss er sich in das große Zimmer ein und beschäftigte sich mit seinen Bildern. Alle zwei Monate hat er seine Töchter besucht – mal Thalia, die in Frankreich studiert, mal Dora in England. Dann ist er am Samstagmorgen losgefahren und am Sonntagabend wiedergekommen.«

»Ist das alles?«, frage ich enttäuscht und würde sie am liebsten etwas härter rannehmen, da ich den Verdacht habe, dass sie mir etwas verschweigt.

»Ja, das ist alles. Bis auf die Mädchen, Herr Kommissar.«

»Meinen Sie seine Töchter?«

»Nein, andere Mädchen«, antwortet sie mit einem gewissen Unterton.

»Ah ja? Erzählen Sie.«

»Die hat er jeweils abends mitgebracht, manchmal auch samstags, aber eher selten.«

»Warum eher selten?«

»Das liegt doch auf der Hand. Dann hätte er sie ja das ganze Wochenende über am Hals gehabt, doch er wollte sie möglichst am nächsten Morgen wieder los sein. Jedes Mal, wenn ich fremde Schritte auf der Treppe hörte, fragte ich mich, wen er jetzt wieder angeschleppt hatte. Manchmal taten sie mir leid, manchmal sagte ich mir aber auch: ›Geschieht den Flittchen recht, sie müssen ja wissen, worauf sie sich einlassen.‹ Er wechselte die Weiber wie seine Hemden, Herr Kommissar. Nur der Morgenmantel war immer derselbe.«

»Was für ein Morgenmantel?«

»Na der, den er ihnen zum Anziehen gab. Es war immer derselbe. Einfach eklig. Wenn er ihn mir zum Waschen brachte, habe ich ihn nur mit spitzen Fingern angefasst und schnell in die Waschmaschine gesteckt.«

»Gab es all die Jahre keine unliebsamen Vorfälle? Streitereien? Tränen?«

»Fast alle hat er zum Schweigen gebracht – mal mit Drohungen, mal mit Geld. Nur ein Mal in all den Jahren hat eine junge Frau an der Tür geläutet und wollte ihn sprechen. Als ich ihr sagte, er sei nicht da, brach sie in Tränen aus. Ich bat sie herein, um ihr ein Glas Wasser anzubieten, doch sie drehte sich um und lief davon. Ein anderes Mal ist ein junger Bursche ins Haus gestürmt, hat seine Freundin gesucht und Drohungen ausgestoßen. Zum Glück war Nikos, der Gärtner, gerade da, und so ist es uns, teils durch gutes Zureden, teils mit Gewalt gelungen, ihn vor die Tür zu setzen. Andere unliebsame Vorfälle gab es nicht.«

»Dann erzählen Sie mir jetzt etwas über die Töchter.«

»Haben Sie ihre Schlafzimmer gesehen?«, fragt sie mich.

»Ja, warum?«

»Das sagt doch alles. Thalia, die Ältere, ist haargenau wie ihr Vater: kalt, unpersönlich, unnahbar. Dora, die Jüngere, ist die mit den Kuscheltieren auf dem Bett.« Nach einer kleinen Pause meint sie: »Der Apfel fällt nicht weit vom Stamm, Herr Kommissar.«

»Was wollen Sie damit sagen?«

»Sie ist genau wie ihre Mutter: warmherzig, entgegenkommend, immer mit einem Lächeln auf den Lippen. Hätte Frau Soula Kontakt zu ihren Kindern, würde sie Dora auf Anhieb mögen.«

»Vielen Dank, Frau Anna, das war's auch schon«, sage ich zu ihr. Dann begleite ich sie zu Koula hinüber. »Erzählen Sie meiner Assistentin genau dasselbe wie mir, nur fassen Sie sich etwas kürzer und lassen Sie die ganzen Einzelheiten weg. Wenn Sie Ihre Aussage unterschrieben haben, können Sie gehen.«

Jetzt ist es an der Zeit, Korassidis' Praxis einen Besuch abzustatten. Dafür würde ich jedoch ungern meinen Privatwagen nehmen, da ich mich in meinem Zustand nicht auf meinen Verstand und meine gesunden Reflexe verlassen kann, wenn wir auf eine Straßensperre treffen. Deshalb weise ich Dermitsakis an, einen Streifenwagen zu bestellen und Dimitriou von der Spurensicherung aufzubieten sowie Korassidis' Sekretärin, einer gewissen Lefkaditi, unseren Besuch anzukündigen. Da zwischen Vlassopoulos und Dermitsakis ein unterschwelliges Konkurrenzverhältnis herrscht, nehme ich mal den einen, mal den anderen zu den Ermittlungen mit, um das Gleichgewicht zu wahren.

Die Privatpraxis liegt in der Karneadou-Straße 9. Da wir nirgendwo aufgehalten werden oder steckenbleiben, läuten wir bereits zehn Minuten später bei der Praxis. Eine weißhaarige Sechzigjährige öffnet uns die Tür. Korassidis hatte vielleicht sonst eine Schwäche für junge Mädchen, aber als Angestellte zog er wohl weißhaarige Sechzigjährige vor.

»Sind Sie Frau Lefkaditi?«, frage ich.

»Richtig.«

»Seit wann arbeiten Sie hier?«

»Seit Anfang 2000.«

»Was war genau Ihr Aufgabenbereich in der Praxis?«

»Der Herr Doktor hatte ab vier Uhr nachmittags Sprechstunde, doch ich war jeweils schon um elf Uhr vormittags hier, hauptsächlich, um Anrufe zu beantworten und Termine zu vereinbaren. Mittwochs war mein freier Tag, da war die Praxis geschlossen.«

»Haben Sie in den vergangenen Jahren irgendetwas Auffälliges beobachtet? Oder auch speziell in den letzten Tagen?«

»Nein, nichts. In die Praxis kamen nur unsere Patienten. Der Herr Doktor hatte manchmal auch Termine mit Pharmavertretern, aber immer erst nach den Sprechstunden.«

»Sind Sie geblieben, bis alle Patienten und auch die Pharmavertreter gegangen waren?«

»Was die Patienten betrifft, ja. Aber wenn Vertreter bei ihm waren, hat er mich für gewöhnlich nach Hause geschickt und die Praxis dann selbst abgeschlossen.«

»Erinnern Sie sich, wann Dr. Korassidis zum letzten Mal einen solchen Besucher empfangen hat?«

Die Antwort kommt prompt. »Ja, am Vorabend seines gewaltsamen Todes.«

»Waren Sie bis zum Ende des Besuchs hier?«

»Nein, ich habe früher Feierabend gemacht. Ich habe den Besucher noch in Dr. Korassidis' Büro geführt und bin dann gleich nach Hause gegangen.«

Ihre Antwort lässt meine betäubten Sinne wieder zum Leben erwachen. Wie es scheint, hat sich der Mörder als Medikamentenvertreter Zutritt verschafft und Korassidis in seiner eigenen Praxis getötet.

»Können Sie sich erinnern, wie dieser Vertreter aussah?«, frage ich die Lefkaditi.

Sie versucht, ihn sich ins Gedächtnis zurückzurufen.

»Er war mittelgroß, mit graumelierten Schläfen. Er trug einen Anzug und hatte den üblichen Musterkoffer dabei.«

»Ist Ihnen irgendetwas aufgefallen, als Sie am nächsten Morgen in die Praxis kamen? Irgendetwas Ungewöhnliches?«

»Nein, es war alles wie immer.«

»Dann würde ich jetzt gerne die Praxisräume sehen.«

Gerade als sie den Rundgang beginnen will, läutet es, und Dimitriou steht mit seiner Truppe vor der Tür.

Korassidis' Behandlungszimmer unterscheidet sich nicht im Geringsten von all den anderen Arztpraxen, die ich in meinem Leben schon gesehen habe. Es enthält einen Schreibtisch, zwei Stühle und eine Liege, die sich in einer Nische befindet. Auf dem Schreibtisch steht ein Computer, während an der Wand eine Vorrichtung zur Ansicht von Röntgenbildern angebracht ist. An der anderen Wand hängen Korassidis' Diplome und Auszeichnungen.

Langsam zeichnet sich ab, wie das Verbrechen abgelaufen sein könnte: Der Mörder stellt sich als Pharmavertreter bei ihm vor. Als er mit Korassidis allein ist, tritt er unter einem Vorwand von hinten an ihn heran, beugt sich über ihn – beispielsweise um ihm ein Prospekt mit bestimmten Medikamenten zu erläutern –, und während Korassidis darin blättert, nutzt er die Gelegenheit und zückt die Injektionsnadel. Dann schleift er ihn zur Liege und wartet auf das Eintreten des Todes. Wäre die Lefkaditi aus irgendeinem Grund in die Praxis zurückgekehrt, wäre ihm nichts anderes übriggeblieben, als auch sie zu töten.

Dieses Szenario passt auch gut zum Todeszeitpunkt. Wenn der Täter um acht Uhr eintraf, hat er Korassidis gegen neun das Gift gespritzt und ihn zwei Stunden später, also gegen elf, abtransportiert. Um diese Uhrzeit ist die Karneadou-Straße nahezu menschenleer, und er konnte die Leiche unbemerkt zu seinem Wagen schaffen. Höchstwahrscheinlich hat er sie nicht in den Kofferraum gepackt, sondern auf den Rücksitz verfrachtet.

»Ist Ihr Computer mit dem von Dr. Korassidis vernetzt?«, frage ich die Lefkaditi.

»Nein, sie sind nicht verbunden. Auf meinem Computer befinden sich nur der Terminkalender und die Adressenliste. Herr Dr. Korassidis hatte auf seinem Computer die gesamte Patientenkartei gespeichert.«

»Nehmen Sie sich die Festplatte gründlich vor, vielleicht bringt uns das weiter«, sage ich zu Dimitriou.

Der Behandlungsraum ist nur mit einer Schiebetür vom Wartezimmer getrennt. Hier stehen ein paar Stühle aufgereiht, darüber hinaus noch zwei bequemere Sessel. Auf dem Tischchen in der Mitte des Wartezimmers liegen haufenweise alte Zeitschriften. Die Wände sind mit touristischen Aufnahmen von Akropolis, Delphi, Kap Sounion und dem antiken Epidauros geschmückt. Der Kunstsammler Korassidis erachtete seine Patienten wohl seiner geliebten Sammlerobjekte für unwürdig. Gerade als ich in die hinteren Praxisräume vordringen will, wo ich Korassidis' Liebesnest vermute, läutet mein Handy.

»Wo sind Sie gerade, Herr Kommissar?«, höre ich Koulas fragende Stimme.

»In Korassidis' Arztpraxis.«

»Können Sie sofort zur Dienststelle kommen?«

»Wieso? Gibt es ein neues Opfer?«, frage ich beunruhigt.

»Nein, aber ich bin im Internet auf etwas gestoßen. Das müssen Sie sich unbedingt ansehen.«

Koula würde mich nicht ins Büro bitten, wenn nicht etwas Dringendes vorläge. Ich lasse Dimitriou vor Ort weitermachen und kehre mit Dermitsakis im Streifenwagen ins Präsidium zurück.

10

Sehr geehrter Herr Athanassios Korassidis,

Sie sind als Chirurg an der Ajia-Lavra-Privatklinik tätig. In Ihrem Besitz befinden sich eine zweistöckige Villa mit Swimmingpool in Ekali, ein Landhaus auf Paros, ein Rennboot und eine Gemäldesammlung im Wert von mehreren hunderttausend Euro. Darüber hinaus finanzieren sie Ihren beiden Töchtern ein Studium im Ausland.

Beim Finanzamt geben Sie ein zu versteuerndes Nettoeinkommen von 50 000 Euro an. Nach meinen Berechnungen liegt die von Ihnen zu zahlende Steuerschuld zwischen 200 000 und 250 000 Euro.

Zahlen Sie daher bitte innerhalb der nächsten fünf Tage den Ihrem Einkommen entsprechenden Betrag von 200 000 Euro an das zuständige Finanzamt.

Widrigenfalls wird anders abgerechnet, und Sie werden liquidiert.

Der nationale Steuereintreiber

Der Brief datiert vom 10. Mai 2011 und wurde demnach eine Woche vor Korassidis' Ermordung abgeschickt. Ich sitze vor Koulas Bildschirm und habe das Mahnschreiben nun schon zum dritten Mal durchgelesen. Mir ist immer noch nicht klar, ob das Ganze ein Witz ist oder ob der sogenannte nationale Steuereintreiber seine Worte ernst meint.

Doch das Datum sagt mir, dass es sich nicht um einen Scherz handeln kann. Er hat das Schreiben am 10. Mai verfasst und Korassidis eine Frist von fünf Tagen bis zur Zahlung der von ihm berechneten Einkommenssteuer gesetzt. Offensichtlich nahm Korassidis das Ganze nicht ernst, und nach Ablauf einer Woche war er tot.

Doch wer tötet einen Menschen, nur weil der seine Steuern nicht zahlt? In meinen langen Jahren bei der Mordkommission habe ich von den unwahrscheinlichsten Tatmotiven gehört, aber Steuerhinterziehung kommt mir zum ersten Mal unter. Wenn man alle unsere Steuersünder umbrächte, würde sich die Bevölkerung Griechenlands bald auf Beamte, Privatangestellte, Arbeitslose und Hausfrauen beschränken. Ich frage mich, ob wir es mit einem armen Irren zu tun haben. Doch die Tatsache, dass er es geschafft hat, Korassidis' Daten zu ermitteln, um seine Steuerschuld zu berechnen, deutet auf alles andere als auf einen Verrückten hin.

Das wirft auch gleich die zweite Frage auf: Wahrscheinlich war es für den Mörder nicht sehr schwierig, Korassidis' Vermögenswerte zu schätzen. Doch wie ist er an die Steuererklärung gekommen, die ihm verriet, wie viel Einkommen er angegeben hatte? Folgende Personengruppen haben Zugang zu diesen Daten: Steuerberater, Finanzbeamte, das Amt für Steuerfahndung und darüber hinaus noch ein paar Funktionäre aus dem Ministerium für Wirtschaft und Finanzen. Folglich müssen wir dort mit unserer Suche beginnen.

»Wo haben Sie das her?«, frage ich Koula.

»Aus einem sozialen Netzwerk im Internet. Erst habe ich aufs Geratewohl herumgestöbert, weil ich ja nicht genau wusste, wo und wonach ich suchen sollte. Die erste intensivere Recherche hat nichts ergeben. Aber beim Durchforsten unzähliger Blogbeiträge bin ich fündig geworden.«

»Wir müssen den Blogger ausfindig machen.«

»Das übersteigt meine Möglichkeiten, Herr Charitos. Das ist Sache der Abteilung für Computerkriminalität. Obwohl die womöglich auch nichts finden werden...«

»Wieso nicht?«

»Weil in neun von zehn Fällen die Nutzer sozialer Netzwerke ihre wahre Identität nicht preisgeben. Außerdem gibt es Programme, mit denen man die IP-Adresse verschleiern kann. Wir können den Blog zwar sperren, aber kaum herausfinden, wer ihn ins Netz gestellt hat.«

Es wäre äußerst unklug, dem Täter den Zugang zum Internet zu blockieren, da uns durchaus nützlich sein kann, was er sonst noch ins Netz stellt.

»Bringen Sie mir doch bitte einen Ausdruck rüber.«

Von meinem Büro aus rufe ich Dimitriou von der Spurensicherung an. »Haben Sie irgendetwas Interessantes?«

»Nichts Weltbewegendes, nur zahllose Fingerabdrücke.«

»Dann reichen Sie am besten Korassidis' PC an die Abteilung für Computerkriminalität weiter.«

»Gibt's bei Ihnen etwas Neues?«, fragt er nach einer kleinen Pause.

»Ja, ein im Internet veröffentlichtes Mahnschreiben, das sich an Korassidis richtet. Ich würde gerne wissen, ob das Opfer das Schreiben auch persönlich erhalten hat oder ob es der Mörder nur ins Netz gestellt hat.«

Nachdem mir Koula den Text überbracht hat, rufe ich

umgehend Gikas auf seinem Handy an, um seine Sekretärin Stella zu umschiffen. »Ich muss Sie sofort sprechen. Es ist dringend.«

Nach einer Kunstpause fragt er: »Gute oder schlechte Neuigkeiten?«

»Gute, weil wir einen Schritt vorangekommen sind. Schlechte, weil die Sache komplizierter wird.«

Ohne weiteren Kommentar bestellt er mich in sein Büro hoch. Als ich gerade zum Fahrstuhl stürmen will, kommt mir ein Gedanke: Wer kannte denn Korassidis' Vermögenswerte sowie auch dessen Steuererklärung am besten? Doch der Steuerberater. Und Korassidis' Mörder war ein falscher Pharmavertreter. Wäre es denkbar, dass der Steuerberater, als Medikamentenvertreter verkleidet, Korassidis umgebracht hat? Möglich schon, aber nur, wenn ihn Korassidis' Sekretärin nie zuvor gesehen hat.

»Frag doch mal bei der Lefkaditi telefonisch nach, ob sie Korassidis' Steuerberater persönlich gekannt hat«, sage ich zu Dermitsakis, bevor ich zu Gikas hochfahre.

Offenbar steht der Kriminaldirektor unter großer Anspannung, denn er verzichtet auf das Naturschauspiel auf seinem Computerbildschirm und erwartet mich im Stehen. Als ich ihm das Schreiben überreiche, liest er es zweimal durch, genau einmal weniger als ich.

»Wie hoch, schätzen Sie, ist die Wahrscheinlichkeit, dass es sich um einen dummen Scherz handelt?«, fragt er mich.

»Maximal zwanzig Prozent.«

»Wieso so wenig?«

»Zum einen, weil die Daten übereinstimmen. Das Schreiben stammt vom 10. Mai. Er setzt eine fünftägige Zahlungsfrist, und innerhalb einer Woche ist Korassidis tot. Zum anderen, weil mühsame Recherchen dahinterstecken, wenn sich die Angaben zu Korassidis' Steuerdaten bewahrheiten. Keiner nimmt aus Jux und Tollerei so viel Arbeit auf sich.«

»Das klingt plausibel. Dann erläutern Sie mir noch die Vor- und Nachteile der neuen Erkenntnisse.«

»Das Gute daran ist, dass unsere Nachforschungen langsam Konturen annehmen. Das Schlechte daran ist, dass es jetzt erst richtig vertrackt wird. Die Angaben aus Korassidis' Steuererklärungen sind vermutlich seinem Steuerberater, dem Finanzamt und dem Finanzministerium bekannt gewesen. Nun müssen wir herausfinden, woher und wie der Mörder sie sich beschafft hat. Die Sucherei wird uns Zeit kosten. Es könnte aber auch noch schlimmer kommen.«

»Und wie?«

»Wenn der Mörder kein weiteres Mal zuschlägt, können wir davon ausgehen, dass es sich um eine persönliche Fehde mit Korassidis handelt. Wenn er jedoch weitermacht, dann heißt das, er hat sämtliche Steuersünder im Visier. Dann können wir einpacken!«

»Wäre es sinnvoll, den Minister zu informieren?«

»Wenn Sie mich fragen, ja. Schon morgen kommt vielleicht der nächste Steuersünder dran, dann kann uns der Minister zumindest nicht vorhalten, wir hätten ihn nicht rechtzeitig ins Bild gesetzt.«

»Bravo, Sie lernen ja dazu!«, ruft er begeistert. »Wie wollen Sie weitermachen?«

»Ich denke, wir sollten uns mit Dolianitis vom Dezernat

für Wirtschaftskriminalität und Lambropoulos von der Abteilung für Computerkriminalität zusammensetzen. Unsere Kapazitäten allein reichen nicht aus, um den Fall zu lösen. Dazu ist ein koordiniertes Vorgehen erforderlich.«

Während er zum Telefon greift, geht mir sein Ausruf »Bravo, Sie lernen ja dazu!« nicht aus dem Kopf und verdirbt mir gehörig die Laune.

Das Gespräch dauert nicht lange. »Dolianitis meint, wir sollten Spyridakis hinzuziehen.«

»Wer ist das?«

»Ein Experte vom Amt für Steuerfahndung im Finanzministerium.«

»Ja, das klingt gut.«

»Gut, dann benachrichtige ich Sie, sobald ich dem Minister Bericht erstattet habe und ein Termin für die Sitzung feststeht.«

Eine nächste Frage schwirrt mir im Kopf herum, während ich in mein Büro hinunterfahre. Was könnte es bei einem Mord an einem Steuersünder bedeuten, dass der Täter auf Schierlingsgift zurückgreift und das Opfer auf dem archäologischen Kerameikos-Gelände ablegt? In Ermangelung einer Antwort rufe ich Dermitsakis zu mir. »Hast du die Lefkaditi erreicht?«

»Ja, sie kennt Korassidis' Steuerberater persönlich.« Er zieht einen Notizzettel aus der Hosentasche. »Minas Katsoumbelos heißt er. Ich habe auch seine Telefonnummer.«

»Heb sie auf, wir werden sie noch brauchen.«

Somit hat sich die Frage erledigt, ob der falsche Vertreter und Korassidis' Steuerberater ein und dieselbe Person ist. Ehrlich gesagt war die Idee auch ziemlich weit hergeholt.

Auf meinem Schreibtisch liegt Stavropoulos' Autopsiebericht, doch ich schiebe ihn beiseite. Das, was ich weiß, reicht mir vollkommen aus.

11

Gikas hat die Besprechung um drei Uhr nachmittags angesetzt. Der Termin passt mir überhaupt nicht, da er sich länger hinziehen könnte und ich Adriani abends in ihrem derzeitigen Zustand ungern allein lasse. Doch da er sich nun mal nicht aufschieben lässt, füge ich mich ins Unvermeidliche.

Bevor ich zu Gikas hochfahre, rufe ich meine beiden Assistenten zu mir. Ich weise sie an, sämtliche Pharmafirmen abzuklappern, um abzuklären, ob sich einer ihrer Berater mit Korassidis am Vorabend seines Todes verabredet hatte.

Alle Teilnehmer warten, um Gikas' Konferenztisch verteilt, auf mein Eintreffen. Lambropoulos von der Abteilung für Computerkriminalität und Dolianitis vom Dezernat für Wirtschaftskriminalität sind mir persönlich bekannt. Mit Letzterem verbindet mich sogar eine gegenseitige Sympathie. Spyridakis, den Experten aus dem Amt für Steuerfahndung, sehe ich zum ersten Mal. Er ist Mitte dreißig, hat krauses Haar, ist ziemlich kurz geraten und dünn wie ein Hering.

»Wo bleiben Sie denn?«, hält mir Gikas tadelnd entgegen.

Ich erkläre den Grund für meine Verspätung und erstatte anschließend Bericht. Die anderen hören mir zu, ohne mich zu unterbrechen.

»Da haben Sie ja ganz schön was an der Backe«, lacht Dolianitis, als ich geendet habe.

»Es gibt einige Fragen, die unverzüglich geklärt werden müssen«, fahre ich fort. »Erstens, wie viel weiß Korassidis' Steuerberater? Und stimmt es tatsächlich, dass er ein zu versteuerndes Einkommen von 50 000 Euro angegeben hat? Zweitens, warum hat ihn das Finanzamt bislang nicht überprüft?«

»Vielleicht gab es ja eine Steuerprüfung«, wirft Spyridakis ein.

»Und dabei soll diese Summe nicht aufgefallen sein?«

»Doch, aber man hat beide Augen zugedrückt und die Angaben als wahrheitsgemäß eingestuft. Korruption ist wie eine Pille, man braucht nur genug Flüssiges, um sie hinunterzuschlucken. Und ersparen Sie es mir, Ihnen die Tricks der Freiberufler auseinanderzusetzen, die kennt jeder griechische Bürger.«

»Wäre die Überprüfung der Steuererklärung nicht Ihre Aufgabe?«, werfe ich ein, da Spyridakis mir mit seiner besserwisserischen Art auf den Senkel geht.

»Ja schon, aber bei uns tauchen tagtäglich verdächtige Zahlen auf. Bis wir uns da zu Korassidis durchgearbeitet haben, sind drei Jahre um. Falls Sie es noch nicht wissen sollten: Auch uns hat man das Budget gekürzt, auch bei uns wurden Beamte entlassen.«

Ich sehe ein, dass ich gegen ihn nicht ankomme, und wechsle das Thema: »Kommen wir zur nächsten Frage: Woher kannte der Mörder die Angaben aus Korassidis' Steuererklärung? Mittlerweile habe ich Ihnen ja seinen Computer rübergeschickt«, sage ich zu Lambropoulos. »Wir müssen herausfinden, ob der Täter das Schreiben auch an Korassidis persönlich geschickt oder ob er es nur ins Internet gestellt hat.«

»Vielleicht hat er die Nachricht gelöscht«, bemerkt Gikas, der sich, seit er einen Bildschirm in seinem Büro stehen hat, zum Computerexperten berufen fühlt.

»Kaum denkbar, dass sie gänzlich verschwunden ist.« Lambropoulos lacht. »Wenn wir uns seine Festplatte vornehmen, können wir das meiste wiederherstellen.«

»Dann kommen wir jetzt zu meiner letzten Frage, aber ich befürchte, dass Sie mir da wahrscheinlich nicht weiterhelfen können.«

»Fragen Sie ruhig«, ermuntert mich Lambropoulos.

»Der Mörder hat Korassidis mit Schierling vergiftet und die Leiche dann auf dem antiken Kerameikos-Friedhof abgelegt. Mit Schierlingsgift ist auch Sokrates umgekommen. Die Frage ist, was der Täter mit den alten Griechen und den archäologischen Ausgrabungsstätten zu tun hat.«

»Sie haben recht, dieser Frage müssen wir unbedingt nachgehen«, stimmt Gikas mir zu.

»Am ehesten ist Antonis für deinen Fall zuständig«, meint Dolianitis schließlich mit einem Kopfnicken in Spyridakis' Richtung. »Wir befassen uns mit anderen Wirtschaftsvergehen, nicht mit Steuerhinterziehung.«

»Wo sollten wir denn Ihrer Meinung nach ansetzen?«, wende ich mich an Spyridakis.

»Am besten beim Steuerberater. Wenn wir beim Finanzamt anfangen, müssen wir erst die Steuerakte heraussuchen und mit dem Sachbearbeiter sprechen. In der Zwischenzeit sickert möglicherweise etwas bis zum Steuerberater durch, der dann sofort gewisse Unterlagen verschwinden lässt. Zudem hat er ja Korassidis' Steuererklärung ausgefüllt und kann Ihre Fragen dazu bestimmt beantworten.«

»Gut, wann soll ich ihn also zur Vernehmung vorladen?«

»Am besten gar nicht«, lautet die prompte Antwort. »Wenn Sie ihm sagen, dass Sie ihn zu Korassidis befragen wollen, schafft er aller Wahrscheinlichkeit nach sofort bestimmte Belege beiseite.« Er holt Luft, um mir eine Lektion zu erteilen. »Sehen Sie, Herr Kommissar, das Finanzamt ist vom Zusammenspiel dreier Parteien abhängig: den Steuerzahlern, den Finanzbeamten und – als Bindeglied zwischen beiden – den Steuerberatern, die über diejenigen Angaben ihrer Mandanten Bescheid wissen, die dem Finanzamt verschwiegen werden. Da es um Mitwisserschaft geht, müssen wir uns zuerst an den Steuerberater wenden, solange er sich noch in Sicherheit wiegt.« Er wirft einen Blick auf seine Uhr. »Ich würde sagen, wir sollten gleich los. Der Zeitpunkt ist günstig.«

»Ja, aber ist er jetzt auch in seinem Büro?«

Spyridakis lacht auf. »Steuerberater, Herr Kommissar, sind wie Rechtsanwälte. Die gehen vormittags zum Gericht und nachmittags in ihre Kanzlei. Genauso gehen die Steuerberater vormittags zu den verschiedenen Finanzämtern und sitzen nachmittags an ihren Schreibtischen. Genau dort wird Korassidis' Steuerberater jetzt auch sein.«

Statt einer Antwort greife ich zu meinem Handy und frage nach der Adresse von Minas Katsoumbelos, der Korassidis' Steuerangelegenheiten betreute. Da damit die Sitzung beendet ist, stehen alle von ihren Stühlen auf, doch Gikas hält uns noch mal zurück und sagt, den Blick auf mich gerichtet:

»Ich habe vorhin den Minister informiert. Er will selbst mit seinem Amtskollegen aus dem Finanzministerium sprechen. Jedenfalls unterliegt das Schreiben des Mörders absoluter Geheimhaltung.«

»Pff, glaubt er etwa, dass wir es den Journalisten unter die Nase halten?«, fragt Lambropoulos spöttisch.

»So sind die Minister«, bemerkt Dolianitis. »Sie geben immer überflüssige Anweisungen.«

Zusammen mit Spyridakis begebe ich mich in mein Büro hinunter, wo mir Dermitsakis berichtet, alle von ihm befragten Pharmaunternehmen hätten versichert, keiner ihrer Vertreter habe Korassidis am Tatabend besucht. Somit können wir jetzt davon ausgehen, dass derjenige, der ihn aufgesucht hat, sein als Arzneimittelvertreter getarnter Mörder war.

Vlassopoulos nennt mir Katsoumbelos' Anschrift. Da mich die kleine Besprechung aufgemuntert hat, beschließe ich, den Seat zu nehmen. Einziger Wermutstropfen ist, dass ich vermutlich nicht vor zehn Uhr abends zu Hause sein werde.

12

Minas Katsoumbelos' Steuerberatungskanzlei liegt in der Lelas-Karajanni-Straße, nicht weit vom Präsidium. Früher war in der Patission-Straße kein Durchkommen, doch heute herrscht um sechs Uhr abends kaum Verkehr, und die Wagen sind in lockeren Abständen unterwegs.

Jedes zweite Geschäft ist geschlossen. An der Haltestelle Angelopoulou stoppt uns eine rote Ampel. Zu unserer Rechten liegt ein Schaufenster, das mit Kleinanzeigen, Stellenausschreibungen und Werbung zugekleistert ist, darunter die Plakate für Theaterstücke, Tanzveranstaltungen und Konzerte griechischer oder albanischer Sänger. Es ist, als wollte man sagen: »Wenn du schon nichts einkaufen kannst, dann genieß wenigstens dein Leben.« Ganz am Rand klebt ein Schild mit der Aufschrift »Ladenlokal zu vermieten«, direkt darunter ist es schon »zu verkaufen«. Dem Inhaber scheint es egal zu sein, auf welche Weise das Geld reinkommt.

»Wo wohnen Sie, Herr Kommissar?«, fragt mich Spyridakis.

»Im neueren Teil von Pangrati, an der Grenze zu Vyronas.«

»Ich bin hier in der Gegend aufgewachsen, in der Karamanlaki-Straße. Die Patission, die ich aus meiner Kindheit kenne, hat mit der heutigen Straße nicht mehr viel gemeinsam. Früher haben hier die hellerleuchteten Schaufenster die

Straßenbeleuchtung fast ersetzt. Heutzutage ist die Hälfte der Geschäfte zu und die Patission liegt im Halbdunkel.«

»Wo wohnen Sie jetzt?«

»Immer noch bei meiner Familie in der Karamanlaki-Straße. Mit meinem gekürzten Gehalt kann ich mir für mich alleine keine Mietwohnung leisten. Bei meinen Eltern zahle ich einen Beitrag an die Miete und komme so finanziell einigermaßen zurecht.« Plötzlich lacht er auf. »Aber das wissen Sie ja so gut wie ich: Früher redete man vom Gehalt und den Zulagen, heute vom Gehalt und den Kürzungen. Das ist die treffendste Zusammenfassung der Krise.«

Doch dann wird er mit einem Schlag ernst. »Ich will Ihnen etwas gestehen: Wenn mir Steuererklärungen von Privatpersonen oder Unternehmen aus der Patission-Straße unterkommen, gebe ich sie an Kollegen weiter. Ich will sie einfach nicht überprüfen.«

»Und warum nicht?«

»Weil ich sehe, wie diese Gegend von Tag zu Tag mehr verfällt. Ich habe Angst, sentimental zu werden und bei der Steuerprüfung nicht mehr objektiv zu sein. Deshalb überlasse ich solche Fälle lieber meinen Kollegen.«

»Das kann ich nachvollziehen«, entgegne ich. Unverhofft wird mir der Hering sympathisch.

Minas Katsoumbelos' Steuerberatungsbüro liegt im dritten Stock eines Wohnblocks. Eine gelangweilte Vierzigjährige öffnet uns die Tür. Als ich unter Vorlage meines Dienstausweises nach Herrn Katsoumbelos frage, führt sie uns direkt in sein Arbeitszimmer, wo wir von einem glatzköpfigen, bebrillten Fünfzigjährigen mit einem herzlichen Händedruck empfangen werden. Als sich Spyridakis vorstellt, huscht ein Schatten über sein Gesicht, und er fragt überflüssigerweise: »Gibt es irgendein Problem?«

Spyridakis lässt mir den Vortritt. »Herr Katsoumbelos, bestimmt werden Sie vom gewaltsamen Tod Ihres Mandanten Athanassios Korassidis gehört haben.«

Katsoumbelos wiegt betrübt den Kopf. »Ja, ich bin zutiefst erschüttert. Ein großer Verlust für die Ärzteschaft.«

Möglich, aber sonst werden ihn nicht viele vermissen, denke ich bei mir. »Wir möchten Ihnen ein paar Fragen zu Ihrem Mandanten stellen.«

»Bitte sehr, jederzeit«, erwidert Katsoumbelos und strafft sich, was ahnen lässt, dass er nur Gutes über den Verstorbenen zu sagen hat.

»Also, zunächst wollen wir seine letzte Steuererklärung sehen«, erklärt Spyridakis.

Katsoumbelos reagiert überrascht auf das unerwartete Ansinnen. »Hat das posthum noch eine Bedeutung?«, wundert er sich.

»Bestimmte Punkte aus seiner Steuererklärung könnten uns zu seinem Mörder führen«, erläutere ich ihm.

»Wie Sie meinen. Koralia, holen Sie mir Korassidis' Unterlagen«, weist er seine gelangweilte Assistentin an.

Sie bringt eine umfangreiche, mit Bändern verschnürte Aktenmappe. Katsoumbelos zieht die Steuererklärung hervor und überreicht sie Spyridakis. »Ich glaube nicht, dass Sie etwas Interessantes darin finden werden«, erklärt er.

Spyridakis überfliegt sie rasch und deutet auf eine Zahl. Als ich mich über das Blatt beuge, lese ich: »Zu versteuerndes Nettoeinkommen: 50 000.« Der Mörder kannte die Summe also tatsächlich ganz genau.

»Finden Sie das normal, dass ein so renommierter Arzt wie Korassidis nur 50 000 Euro Einkommen deklariert?«, fragt Spyridakis den Steuerberater.

Katsoumbelos lächelt milde. »Mein lieber Herr Spyridakis, in diesem Beruf lernt man, vieles als normal anzusehen. Andernfalls sucht man sich besser einen anderen Job.«

»Demzufolge halten Sie es für das Normalste von der Welt, dass Korassidis zwei Immobilien besitzt, aber keinerlei Steuern dafür zahlt?«

»Was für Immobilien?«, wundert sich Katsoumbelos. »Ich weiß von keinem Grundeigentum.«

»Da ist zunächst einmal das Haus in Ekali.«

»Die Villa gehört nicht ihm, sondern ist auf den Namen seiner Töchter im Grundbuch eingetragen.«

Spyridakis wendet sich mit einem Lächeln an mich. »Aha, also alles ganz normal. Und was ist mit dem Landhaus auf Paros?«, fragt er Katsoumbelos.

»Auch das gehört ihm nicht, sondern er hat es von einer Offshore-Firma gemietet. Einen Augenblick...« Er blättert in den Unterlagen herum und zieht schließlich ein Schriftstück hervor. »Hier, bitte schön, der Vertrag mit der Firma Ocean Estates.«

Spyridakis platzt heraus: »Was für ein toller Name!«, ruft er begeistert. »Ozeanische Liegenschaften. Mehr als die Hälfte aller griechischen Ferienhausbesitzer hält ihr Eigentum in irgendeiner Offshore-Gesellschaft am Grunde des Meeres versteckt.« Dann wendet er sich erneut Katsoumbelos zu. »Könnte ich die Steuererklärungen der beiden Töchter sehen?«

Katsoumbelos zuckt die Achseln. »Tut mir leid, für die bin ich nicht zuständig.«

»Wissen Sie vielleicht, welcher Steuerberater die Töchter vertritt?«

»Keine Ahnung, das können Sie aber über das Steuerprogramm Taxis der griechischen Finanzverwaltung herausfinden.«

»Mit anderen Worten: Das Grundstück in Ekali gehört Korassidis' beiden Töchtern, von denen wir nicht wissen, ob und wo sie eine Steuererklärung abgegeben haben, und die Immobilie auf Paros gehört einer Offshore-Firma. Dann hatte Korassidis also überhaupt keinen Immobilienbesitz.«

»Genau, Herr Spyridakis. Und deshalb sind die Angaben in seiner Steuererklärung vollkommen wahrheitsgetreu.«

»Und was ist mit der Kunstsammlung in seiner Villa?«, frage ich.

»Davon weiß ich nichts, eine Kunstsammlung habe ich nie zu Gesicht bekommen«, lautet die Antwort.

Vermutlich sagt er die Wahrheit. Die Gemäldegalerie liegt hinter einer alarmgesicherten Tür in einem speziellen Raum des Hauses. Korassidis hat sie seinem Steuerberater wohl kaum gezeigt.

»Kann ich das Stammblatt aus Korassidis' Quittungsbuch sehen?«, wendet sich Spyridakis an den Steuerberater.

»Selbstverständlich.«

Spyridakis nimmt die Originale entgegen und überfliegt sie. »Soll das heißen, dass Korassidis im ganzen letzten Jahr nur neunzig Patienten behandelt hat? Und das soll ich Ihnen abnehmen? So viele hat er doch in einer einzigen Woche empfangen.«

»Es ist nicht meine Aufgabe, die Zahl von Korassidis' Patienten zu kontrollieren, Herr Spyridakis«, meint Katsoumbelos spitz. »Ich habe die Angaben übernommen, die er mir für seine Buchhaltung und Steuererklärung gemacht hat. Die Überprüfung ist Sache des Amts für Steuerfahndung. Sie hätten nur einen Kontrolleur an den Eingang der Praxis stellen müssen, um zu prüfen, wie vielen seiner Patienten er eine Quittung ausgestellt hat. Das haben Sie offenbar versäumt. Sie werden doch nicht von mir verlangen, Ihre Arbeit gleich mit zu erledigen?«

Darauf kann ihm Spyridakis nichts erwidern. Katsoumbelos kostet den Triumph sichtlich aus.

»Ist Ihnen vielleicht in den letzten Tagen etwas Verdächtiges an Ihrem Computer aufgefallen?«, frage ich Katsoumbelos.

»Inwiefern?«

»Jemand könnte versucht haben, auf Ihre Daten zuzugreifen.«

»Nein, ich habe nichts Derartiges bemerkt.«

»Lassen Sie mich den Hintergrund meiner Frage erläutern: Wir haben Grund zur Annahme, dass jemand die Steuersoftware Taxis geknackt und sich Zugang zu Korassidis' Steuererklärung verschafft hat. Könnte ich morgen einen unserer Leute vorbeischicken, der Ihren Computer daraufhin checkt?«

»Aber gern, Sie tun mir sogar einen Gefallen«, entgegnet Katsoumbelos zuvorkommend, um Spyridakis zu signalisieren, dass er kooperativ bleibt, solange man ihm nicht auf die Füße tritt.

»Bitte schicken Sie mir heute noch Korassidis' Steuerakte per E-Mail zu«, sagt Spyridakis und notiert ihm seine Adresse auf einen Zettel.

Katsoumbelos gerät erneut in Verlegenheit. »Wieso greifen Sie nicht auf die Steuersoftware Taxis zurück?«

»Weil ich sie von Ihnen haben möchte.«

»Das müssen Sie schriftlich beantragen.«

»Hören Sie zu, Herr Katsoumbelos«, meint Spyridakis barsch. »Wenn morgen Unregelmäßigkeiten in der Steuerakte ans Licht kommen, hängen Sie mit drin. Wie Sie wissen, haften Buchhalter oder Steuerberater für die Steuererklärung ihres Mandanten. Machen Sie uns das Leben also nicht schwerer als unbedingt nötig. Sie schicken mir die Unterlagen, wie von mir verlangt, und ich bestätige Ihnen den Empfang.«

Spyridakis' Miene lässt keinen Widerspruch zu. Katsoumbelos beschränkt sich auf ein stummes Nicken, da sich jede weitere Diskussion erübrigt.

Am Eingang des Wohnhauses bleibt Spyridakis stehen, als wollte er kurz Luft holen. Nach einem kurzen Schweigen meint er schuldbewusst: »Wo er recht hat, hat er recht. Die Kontrolle, ob Ärzte korrekt abrechnen, ist tatsächlich unsere Aufgabe. Nur führen wir sie nicht durch, oder nur dann, wenn einer von uns gerade nichts Besseres zu tun hat. Wir haben nicht genügend Personal, um hinter allen Ärzten Griechenlands herzuschnüffeln.« Nach einer Pause fügt er hinzu: »Das Schlimmste ist, dass wir ganz genau wissen, wie es läuft.«

»Und wie läuft es?«, frage ich neugierig, damit es mir Fanis später im Gegenzug bestätigen kann.

»Der Arzt sagt zum Patienten: ›Die Behandlung kostet hundert Euro. Wenn Sie eine Quittung wollen, kostet sie hundertfünfzig.‹« Niemand verlangt dann eine Quittung, um die fünfzig Euro zu sparen, und kein Patient zeigt ihn an, weil er Angst hat, seinen Arzt zu verlieren. All das wissen wir, können aber nicht eingreifen.«

»Na ja, das ist für unsere Ermittlungen ohnehin nicht so relevant«, sage ich, hauptsächlich, um ihn zu trösten. »Wichtiger wäre es zu wissen, ob Korassidis' Töchter eine Steuererklärung abgegeben haben.«

»Da kann uns nur das zuständige Finanzamt weiterhelfen. Da die Töchter denselben Wohnsitz haben wie ihr Vater, müssen sie auch beim selben Finanzamt veranlagt sein.«

»Sollen wir dem Finanzamt morgen früh einen Besuch abstatten?«

»Um Gottes willen, nein!«, ruft er beinah erschrocken. »Morgen laden Sie den Leiter des zuständigen Finanzamtes und den Sachbearbeiter vor. Und die Vernehmung führen nicht nur wir beide, sondern wir bieten auch Dolianitis vom Dezernat für Wirtschaftskriminalität und die Kollegen von der Abteilung für Computerkriminalität auf. Noch besser wäre, wenn Sie auch noch Herrn Gikas dazubitten könnten.«

»Wozu denn der ganze Aufwand?«, frage ich baff.

»Zur Abschreckung, Herr Kommissar. Um die beiden einzuschüchtern. Schauen Sie, die haben sich dermaßen gut abgesichert, damit wir nicht hinter ihre Gaunereien kommen, dass sie sich für unangreifbar halten. Alle zusammen gehören zu einem großen Ring von Finanzämtern, in dem sich alle gegenseitig decken. Nur wenn sie die Führungsriege des Präsidiums vor sich sehen und gehörig Angst kriegen, können wir sie vielleicht zum Reden bringen. Das ist unsere einzige Chance.«

Er verabschiedet sich mit einem Händedruck und geht zu seinem Wohnhaus zwei Straßen weiter.

Auf der Rückfahrt liegt die Patission-Straße, genau wie von Spyridakis beschrieben, vor mir: verödet und düster.

13

Ich komme, ein halbe Stunde früher als gedacht, gegen halb zehn Uhr nach Hause. Vollkommene Dunkelheit und absolute Stille empfangen mich. Ich schalte das Licht an und rufe nach Adriani – keine Antwort. Nichts ist zu hören, weder Stimmen aus den »Fensterchen« der Abendnachrichten noch Fanfaren aus dem Werbeblock. Unruhe erfasst mich, Adriani könnte etwas zugestoßen sein, da sie die schlechte Angewohnheit hat, sich so lange in Befürchtungen hineinzusteigern, bis sie zu fixen Ideen werden, unter deren Last sie schließlich zusammenbricht.

Da sie ja auch einfach krank sein könnte, schaue ich ins Schlafzimmer hinein. Doch das liegt genau so dunkel und verlassen da wie das Wohnzimmer. Ich atme tief durch und gelange zu der Erkenntnis, dass sie ausgegangen sein muss. Dies wird durch einen Notizzettel bestätigt, den ich in der Küche vorfinde: »Bin im Kino, nimm dir das Briam aus dem Kühlschrank.« Ich habe keine Lust, allein eiskaltes Schmorgemüse zu essen. Trotzdem nehme ich es heraus, um es bis zu Adrianis Rückkehr wenigstens auf Zimmertemperatur aufzuwärmen, und begebe mich in der Zwischenzeit ins Schlafzimmer. Dort greife ich nach dem Dimitrakos-Lexikon und lege mich aufs Bett.

Meine Suche nach dem Begriff »Steuerhinterziehung« bleibt ergebnislos, auch zu »Steuerflüchtling« ist kein Eintrag vorhanden. Im Jahr 1953, als dieses Wörterbuch den Preis der Athener Akademie gewann, kannten die Griechen also diese beiden Termini noch nicht. Selbst wenn es damals vermutlich auch schon ein paar schwarze Schafe gab, muss die Anzahl der Steuersünder so gering gewesen sein, dass Dimitrakos ein eigenes Lemma in seinem Lexikon für unnötig erachtete. Leider können Wörterbücher nun mal nicht in die Zukunft blicken. Schließlich werde ich jedoch beim Eintrag »Steuerwillkür« fündig.

Steuerwillkür, die: eigenmächtiges Agieren von Finanzbeamten, Verstoß gegen die Besteuerungsgleichheit.

Daraus folgt, dass im Jahr 1953 – nicht anders als heute – Steuerwillkür herrschte, sich jedoch niemand durch Steuerflucht entziehen konnte. Die Bürger leisteten ihre Abgaben, sosehr sie auch darunter ächzten. Die heutige Generation hätte dazu vermutlich nicht mehr zu sagen als: »Waren unsere Vorfahren wirklich so bescheuert?« Nach wie vor bürdet uns der Staat in seiner Steuerwillkür ständig neue Abgaben auf. Umgekehrt zahlt nach wie vor jeder zweite Grieche keinen Cent ans Finanzamt und gibt sich dem ungezwungenen Dasein des Steuersünders hin. Zumindest ist auf diese Weise ein gewisses Gleichgewicht zwischen Staat und Steuerzahler eingetreten.

Als ich den Schlüssel im Türschloss höre, springe ich vom Bett hoch und erwarte Adriani gleich an der Wohnungstür.

»Hast du schon gegessen?«, fragt sie mich.

»Nein, ich habe auf dich gewartet. Wie kommt's, dass du auf einmal ins Kino gehst?«

»Areti Lykomitrou hat mitbekommen, wie aufgewühlt ich bin, und hat mir deshalb vorgeschlagen, einen Film schauen zu gehen, damit ich auf andere Gedanken komme.«

»Hast du der Lykomitrou von Katerina erzählt?«, frage ich alarmiert.

»Mit irgendjemandem muss ich ja reden, damit ich nicht ersticke an meinen Sorgen.«

»Na, ich bin schließlich auch noch da.«

»Mit dir zu reden macht alles nur noch schlimmer, dann blasen wir beide Trübsal.«

»Und wenn sie Katerina darauf anspricht? Dir ist schon klar, dass unsere Tochter dann stinksauer ist, oder?«

»Ich habe sie beim Leben ihrer Enkel schwören lassen, dass sie Katerina gegenüber nichts erwähnt. Außerdem begegnen sie sich nur selten.«

Es passt mir zwar gar nicht, dass sie mit der Lykomitrou gesprochen hat, weil mir keiner garantiert, dass die den Mund auch tatsächlich hält, wenn ihr Katerina über den Weg läuft, andererseits juckt es mich, Näheres zu erfahren.

»Und was hat die Lykomitrou dazu gesagt?«

»Dass auch sie geheult hat, als ihre Tochter beschlossen hat, nach London auszuwandern. Dass sie traurig war, weil ihre Enkel so weit weg sein würden.« Nach einer kleinen Pause ergänzt sie: »Nur dass ihre Tochter nach London gegangen ist und nicht nach Uganda.«

»Warum sprichst du überhaupt ständig von Uganda? Das steht doch noch gar nicht fest«, frage ich genervt.

»Weil ich eine Optimistin bin«, entgegnet sie nüchtern. »Es gibt wesentlich gefährlichere Destinationen, aber daran will ich nicht einmal denken.«

Ihre Antwort würgt alle meine Gegenargumente ab, weil sie mir wie so oft mit der schlimmstmöglichen Variante den Wind aus den Segeln nimmt.

Wortlos setzen wir uns zum Essen hin. Das Briam schmeckt lecker, so wie alles, was Adriani kocht. Dennoch bleibt es mir jetzt im Hals stecken. Beide hüllen wir uns in Schweigen, um das eine Thema zu umschiffen, das uns auf der Seele liegt. Zudem quält mich mein schlechtes Gewissen Adriani gegenüber, denn ich kann mich wenigstens mit meinem neusten Fall beschäftigen. Zwar strample ich dabei wie ein Hamster im Laufrad meiner Gedanken, andererseits hält mich diese Übung auf Trab und lenkt mich von Katerinas Problem ab. Im Gegensatz zu mir sitzt Adriani den ganzen Tag allein zu Hause und denkt mit Sicherheit an nichts anderes.

»Ist Gikas noch einmal auf die Beförderung zu sprechen gekommen?«, fragt sie, als wir fertiggegessen haben.

Also hat sie nicht ununterbrochen nur Katerina im Sinn, sage ich mir. Sie hat auch über die Beförderung nachgedacht.

»Nein, das Thema hat er nicht mehr angeschnitten. Wir hatten aber auch gar keine Zeit dafür, weil wir mitten in einem sehr verzwickten Fall stecken.«

Gikas' Ausruf »Bravo, Sie lernen ja dazu!« lasse ich unerwähnt, denn sie wäre imstande, das Kreuzzeichen zu schlagen und »Wird aber auch Zeit, Herrgott noch mal!« zu rufen.

»Jedenfalls wäre es schön, wenn es klappen würde«, meint sie. »Nicht Katerinas wegen, die ohnehin tut, was sie sich in den Kopf gesetzt hat, sondern deinetwegen, weil du es verdient hast.«

»Ja, gut wäre es schon, aber wir kommen auch so über die Runden«, erwidere ich, um ihre Erwartungen nicht allzu hoch zu schrauben.

Dann stehe ich auf und gehe ins Wohnzimmer, um die neuesten Nachrichten zu hören. Nicht weil ich irgendetwas Weltbewegendes erwarte, sondern nur, um auf dem Laufenden zu bleiben. Wenn mir ein Journalist eine Neuigkeit unter die Nase reibt, will ich vorbereitet sein. Sotiropoulos hält sich wie immer an unsere Absprache und lässt nichts über das Schierlingsgift verlauten. In seinem Kommentar fragt er sich bloß, wieso der Mörder sein Opfer ausgerechnet auf dem antiken Kerameikos-Friedhof platziert hat. Die übrigen Beiträge offenbaren auch nicht mehr als den offiziellen Stand der Ermittlungen. Dann lasse ich die TV-Reporter weiter ihr Gewäsch verbreiten und gehe zu Bett.

14

Spyridakis trifft gegen zehn Uhr vormittags mit seinem Laptop ein. Bis dahin habe ich mich brav an seine Anweisungen gehalten und den Leiter des zuständigen Finanzamtes, Vlachakis, und den Sachbearbeiter Malliaressis im Vernehmungsraum schmoren lassen. Dann gebe ich Lambropoulos und Dolianitis telefonisch Bescheid, dass wir startklar sind. Gikas kann leider nicht dabei sein, stattdessen nehme ich Koula mit, um die Bedeutung der Befragung durch eine offizielle Mitschrift zu unterstreichen.

Vor dem Vernehmungsraum besprechen wir kurz unser Vorgehen und beschließen, die knallharten Bullen zu spielen. Dann treten wir ein. Wir setzen uns stumm und grußlos Vlachakis und Malliaressis gegenüber. Während Spyridakis und Koula ihre Computer bereitmachen, werfe ich einen Blick auf meine Aufzeichnungen, die ich einzig und allein vor mir ausbreite, um damit Eindruck zu schinden. Dann beginne ich mit der Feststellung der Personalien.

»Sie sind Konstantinos Vlachakis, Sohn des Ioannis?«
»Jawohl.«
»Und Sie Fedon Malliaressis, Sohn des Jeorjios?«
»Jawohl.«
»Wir haben Sie vorgeladen, da im Verlauf der Ermittlungen zum Mord am Chirurgen Dr. Athanassios Korassidis ein Hinweis auf Ihr Finanzamt aufgetaucht ist.«

»Was für ein Hinweis?«, fragt Vlachakis verblüfft.

»Der Mörder kannte anscheinend Korassidis' sämtliche Vermögenswerte und sogar das dem Finanzamt angegebene Einkommen.«

»Und warum sollte das aus unserer Behörde durchgesickert sein?«, wundert sich Malliaressis. »Vielleicht hat er die Daten von Korassidis' Steuerberater. Oder er hat sich Zugriff auf die offizielle Steuersoftware Taxis verschafft.«

»Seinen Steuerberater haben wir gestern schon befragt. Derzeit prüfen wir die Möglichkeit, ob er Taxis geknackt hat.«

»Uns beschäftigt die Frage, wie es der Mörder angestellt hat, Korassidis' steuerpflichtiges Einkommen zu ermitteln«, wirft Spyridakis ein. »Ich persönlich frage mich vor allem Folgendes: Ist es Ihnen nicht seltsam vorgekommen, dass ein allseits bekannter Chirurg, der an einer Privatklinik operiert, ein Einkommen von gerade mal 50 000 Euro angibt?«

»Aber wieso denn?«, entgegnet Vlachakis. »Ein prominenter Arzt hat doch auch eine Menge Spesen und Aufwendungen. Er zahlt die Miete für seine Praxisräume, das Gehalt seiner Sekretärin, und sonstige Betriebsausgaben können ebenfalls beim Finanzamt geltend gemacht werden. Oder hatte er seine Arztpraxis etwa nicht gemietet?«

»Doch, aber er besaß zwei Liegenschaften, die er in seiner Steuererklärung wohlweislich nicht aufgezählt hat. Die eine – die Villa in Ekali – gehört offiziell seinen Töchtern. Beide haben als Studentinnen kein Einkommen und geben vermutlich gar keine Steuererklärung ab. Die andere – ein Landhaus auf Paros – mietete er von einer Offshore-Firma an. Uns allen hier ist klar, dass solche Offshore-Firmen in neun von zehn Fällen der Steuerhinterziehung dienen.«

Diesmal ergreift Malliaressis das Wort. »Wenn ihm die Liegenschaften nicht gehören, haben sie in seiner Steuererklärung auch nichts zu suchen. Was erwarten Sie denn? Dass wir ihm den Grundbesitz seiner Kinder anrechnen?«

»Nein, aber dass Sie die Angaben überprüfen und dabei feststellen, dass Korassidis' Töchter kein Einkommen angeben«, beharrt Spyridakis. »Haben Sie kontrolliert, ob die beiden überhaupt eine Steuererklärung abgeben?«

Erwartungsgemäß fällt Vlachakis' Blick auf den Sachbearbeiter Malliaressis, der nun antworten muss. Bis hierher konnte auch ein in Steuerfragen unbedarfter Mensch wie ich folgen.

»Glauben Sie, dass wir die Möglichkeit haben, alle Steuererklärungen nachzuprüfen?«, meint Malliaressis zu Spyridakis. »Die Zahl der Kollegen reicht einfach nicht aus. Wenn wir Verstärkung anfordern, stellt sich das Ministerium taub. Darüber hinaus hat man uns die Gehälter und Zulagen gekürzt. Was wollen Sie also? Sollen wir für noch weniger Lohn noch mehr arbeiten? Wer tut das denn sonst in Griechenland?«

»Ist es Ihnen denn nicht seltsam vorgekommen, dass er in einem ganzen Jahr insgesamt nur neunzig Quittungen ausstellt? Ein berühmter Arzt, der nur gerade neunzig Patientenbesuche abrechnet? Nicht einmal darüber haben Sie sich gewundert?«

»Halsen Sie uns jetzt nicht Ihre eigene Arbeit auf.« Vlachakis schießt sich nun, genau wie vorhin Katsoumbelos, auf Spyridakis ein. »Es ist doch Ihre Aufgabe, die Honorarabrechnung von Selbständigen zu überprüfen. Wir schauen nur im Quittungsbuch nach, ob alle Belege bei der Steuer eingereicht wurden. Die Buchprüfung obliegt ja nun Ihnen. Die hat man uns doch entzogen und Ihrer Behörde übertragen, weil Ihre Mitarbeiter anständig, integer und unbestechlich sind, wohingegen wir ja zur Mafia der Finanzbeamten gehören, die sich von den Steuerzahlern schmieren lässt. Sie sollten hier also nicht so auf den Tisch hauen. Führen Sie doch selbst die Prüfung durch.«

Als ich merke, dass die Vernehmung in eine Auseinandersetzung zwischen Finanzamt und Steuerfahndung auszuarten droht, will ich eingreifen. Doch Dolianitis kommt mir zuvor.

»Hören Sie, Ihre Zwistigkeiten interessieren hier nicht«, meint er mit Nachdruck zu Vlachakis. »Hier haben wir es mit der Aufklärung eines Mordes zu tun, und angesichts dessen ist alles andere zweitrangig. Morgen früh werden wir beim Staatsanwalt eine Offenlegung Ihrer Konten beantragen.«

»Das können Sie sich sparen. Wir selbst werden unsere Banken informieren, damit Sie unsere Konten und die unserer Familienangehörigen einsehen und prüfen können. Aber Sie werden nichts finden.«

»Warum erzählst du ihnen nicht, wie's wirklich ablief?«, spielt Malliaressis plötzlich Vlachakis den Ball zu. Und als der zögert, beharrt er weiter: »Komm schon, so können wir die ganze Sache abkürzen.«

»Wir wurden von einer hochrangigen Persönlichkeit unter Druck gesetzt, Korassidis' Steuererklärung nicht besonders gründlich zu prüfen«, erläutert Vlachakis mit gepresster Stimme. »Alles, was Sie erwähnt haben, ist auch uns aufgefallen, und wir haben ihn zur Klärung der Angelegenheit einbestellt. Doch dann folgte der Anruf, und wir haben die Finger davon gelassen.«

»Wer ist denn diese hochrangige Persönlichkeit?«, fragt Lambropoulos.

»Den Namen behalte ich für mich, Herr Kommissar«, erwidert Vlachakis entschieden.

»Und aus welchem Grund?«

»Weil uns beiden eine Strafversetzung droht, wenn diese Person davon erfährt. Ich habe nicht vor, den Gefallen, den ich einem Politiker getan habe, mit einer Strafversetzung zu bezahlen. Ganz abgesehen davon, dass er alles abstreiten wird.«

»Dieser ... politische Funktionär«, sagt Malliaressis auf der Suche nach dem passenden Ausdruck, »hat uns erklärt, Korassidis sei ein hervorragender Arzt, eine Stütze unserer Gesellschaft. Deshalb sollten wir bei der Prüfung seiner Steuerakte ein Auge zudrücken.«

Wer zwei Hasen gleichzeitig jagt, fängt keinen. Mit diesem Gedanken im Hinterkopf beende ich die Vernehmung.

»Dann gehen Sie jetzt in Frau Liakous Büro, um Ihre Aussage zu unterschreiben«, weise ich die beiden an.

»Ich möchte Sie bitten, alles, was diesen politischen Funktionär betrifft, aus dem Protokoll zu streichen«, sagt Vlachakis zu mir. »Das bleibt *off the record*.«

»Schon klar, sogenannte Provisionen und kleine Gefälligkeiten unter Freunden bleiben immer *off the record*.« Dann wende ich mich an Koula. »Lassen Sie das raus.«

Ob sie von Korassidis Schmiergeld erhalten haben oder ob sie tatsächlich von einem Politiker unter Druck gesetzt wurden, ist damit noch nicht klar. Andererseits hat Vlachakis recht. Wenn sie den Namen herausgerückt hätten, wäre bei einer direkten Befragung des betreffenden Politikers nichts herausgekommen. Er hätte bestimmt alles abgestritten. Somit kommen wir nicht darum herum, beide Varianten zu prüfen.

»Was wollen Sie in Bezug auf den Politiker unternehmen, der sich für Korassidis dermaßen ins Zeug gelegt hat?«, fragt Dolianitis, als wir allein zurückbleiben. »Haben Sie auch nur die geringste Hoffnung, ihn aufzuspüren?«

»Fangen wir erst einmal bei den einfacheren Fragen an«, erwidere ich und rufe Dimitriou an. »Haben Sie beide Computer aus Korassidis' Praxis oder nur den des Arztes?«, frage ich ihn.

»Alle beide.«

»Dann suchen Sie in der Patientenkartei auf dem Computer der Sekretärin, ob Sie dort vielleicht auf irgendeinen Minister oder einen anderen politischen Würdenträger stoßen.«

Als ich die Verwunderung auf den Gesichtern der anderen sehe, erläutere ich die Sache. »Es könnte ja sein, dass ein Minister oder ein Angehöriger eines hohen Politikers Patient bei Korassidis war und dass er ihm deshalb entgegengekommen ist.«

»Was passiert jetzt mit den beiden Finanzbeamten?«, wundert sich Lambropoulos.

»Zunächst einmal hole ich einen staatsanwaltlichen Beschluss zur Kontenoffenlegung von Vlachakis und Malliaressis ein. Obwohl, besondere Erkenntnisse erwarte ich mir davon nicht. Ihren Mienen nach zu schließen haben sie keine Angst davor.«

»Was sollen sie denn groß sagen, Herr Kommissar?«, meint Spyridakis. »›Legen Sie unsere Konten nicht offen, weil Bestechungsgelder darauf geflossen sind‹?«

»Höchstwahrscheinlich haben sie das Geld ins Ausland geschafft und deshalb keine Angst«, bemerkt Dolianitis. »Es ist ja schon fast gang und gäbe, dass Steuerhinterzieher und Schmiergeldempfänger ihre schmutzigen Geschäfte in Griechenland machen und ihre Gewinne in die Schweiz schaffen.«

»Wenn sie Konten auf Zypern haben, kriegen wir sie dran«, meint Spyridakis. »Aber wenn die Gelder tatsächlich in der Schweiz oder auch in Liechtenstein liegen, haben wir keine Chance.«

Damit erübrigt sich jeder weitere Kommentar, und ich danke den Kollegen abschließend für ihre Unterstützung.

»Ich jedenfalls suche weiter. Man kann nie wissen...«, murmelt Spyridakis.

Dann fahre ich in die fünfte Etage hoch, um Gikas Bericht zu erstatten. Ohne ein Wort lauscht er meinen Ausführungen. Als ich fertig bin, wiegt er den Kopf hin und her. »Ein Minister hat uns gerade noch gefehlt«, bemerkt er. »Vlachakis hat recht. Wir können ihm nichts anhaben, weil er alles leugnen wird.«

Das scheint Gikas eher zu befriedigen, als ihn nachdenklich zu stimmen. Wenn schon ein gestandener Kriminaldirektor bei der möglichen Involvierung eines Ministers Muffensausen kriegt, wer will es dann Vlachakis verdenken, dass er allen Unannehmlichkeiten aus dem Weg gehen will?

Als ich mein Büro betrete, läutet gerade mein Telefon, und Dimitriou ist dran. »Die Patientenkartei wimmelt nur so von berühmten Persönlichkeiten«, erzählt er. »Aber fast alle sind Unternehmer und berühmte Anwälte. Es gibt nur einen Namen, der auf Politprominenz hinweist: Maria Galanakou. Sagt Ihnen der Name etwas?«

»Heißt nicht ein Minister so?«

»Der Vizechef im Ministerium für Arbeit und Sozialversicherung. Ich habe auch Korassidis' Computer durchsucht. Vom Alter her gesehen muss es sich um seine Mutter handeln. Sie litt an Darmkrebs.«

Nach Beendigung des Gesprächs rufe ich sofort Nestor Seftelis, den Leiter der Ajia-Lavra-Klinik, an.

«Herr Seftelis, hat Korassidis an Ihrer Klinik eine gewisse Frau Galanakou operiert?«

Es folgt eine Verlegenheitspause. »Hören Sie, das hat mit dem Mord nur indirekt zu tun. Wir klären bloß die Faktenlage.«

»Ja, sie war vor einem Jahr bei uns, wenn ich mich recht erinnere.«

»Können Sie mir sagen, ob Korassidis für diesen Eingriff ein Honorar bekommen hat?«

»Niemand hat dafür Geld erhalten, Herr Kommissar, weder die Klinik noch Korassidis. Von einem Minister hätten wir mit Sicherheit keine Bezahlung angenommen.«

»Besteht die Möglichkeit, dass Korassidis außerhalb der Klinik ein Honorar bekommen hat?«

»Ausgeschlossen. Der Patient bezahlt den Aufenthalt, die Kosten des Eingriffs und das Honorar des behandelnden Arztes an die Klinik. Dann überweisen wir dem Arzt den entsprechenden Anteil. Und da wir nichts kassiert haben, hat auch Korassidis nichts gekriegt.«

Ich bedanke mich bei ihm und lege auf. Manchmal sind

die Dinge einfacher, als sie scheinen. Korassidis hat die Mutter des Vizeministers unentgeltlich operiert. Als das Finanzamt ihn bedrängte, kontaktierte er den Politiker. Und der revanchierte sich, indem er den Leiter des Finanzamtes anwies, Korassidis' Akte ruhen zu lassen. Mir bleibt kaum Gelegenheit, meinen Triumph auszukosten, da erneut das Telefon meinen Gedankengang unterbricht. Diesmal ist die Notrufzentrale dran. »Herr Kommissar, ich habe da jemanden vom Polizeirevier Elefsina in der Leitung, der Sie sprechen will.«

»Stellen Sie durch.«

»Dakakos von der Polizeiwache Elefsina, Herr Kommissar. Gerade eben wurden wir benachrichtigt, dass auf der Ausgrabungsstätte von Eleusis ein Toter liegt. Ein Touristenpärchen hat ihn gefunden.«

»Schicken Sie einen Streifenwagen los und sperren Sie das Gelände ab. Ich bin schon unterwegs.«

Mein seliger Vater meinte, die guten Neuigkeiten kämen immer tröpfchen-, die schlechten jedoch eimerweise. Jetzt trifft mich schon der zweite Schwall.

15

Wiederum ziehe ich die Fahrt im Polizeiwagen vor, nicht nur, weil wir so schneller ans Ziel kommen, sondern auch, weil ich mich dann nicht auf die Straße konzentrieren muss. Vlassopoulos und Dermitsakis sind ohnehin die besseren Autofahrer.

Gerichtsmedizin und Kriminaltechnik sind benachrichtigt, und Koula steht am Computer für mich bereit und wartet auf meinen Anruf. Im Grunde zweifle ich nicht daran, dass der selbsternannte nationale Steuereintreiber erneut zugeschlagen hat. Allzu gerne würde ich Identität und Beruf des Opfers wissen und am liebsten sofort abklären, ob auch diesmal Steuerhinterziehung das Motiv ist. Doch sollte sich der Mörder wieder als der nationale Steuereintreiber outen, steht ohnehin fest, dass er tatsächlich die Steuersünder ins Visier genommen hat, und die zweite Frage erübrigt sich. Es würde mich nicht wundern, wenn er auch hier wieder mit Schierlingsgift zugeschlagen hätte, das würde zur archäologischen Ausgrabungsstätte passen. Aber wie kommt es, dass der Mörder es auf Steuersünder abgesehen hat? In der Regel tötet ein Mensch aus Habgier, aus Rache oder aus Verzweiflung, wenn er sich überfordert fühlt. Niemand tötet, um den griechischen Staatshaushalt zu sanieren. Demnach muss der Täter ein anderes Motiv haben, das hinter den Morden an den Steuersündern steht. Ich habe nicht die leiseste

Ahnung, was dieses Motiv sein könnte, noch kann ich mir vorstellen, wie wir es in nächster Zukunft aufdecken sollen. Aber wenn man das Motiv nicht kennt, weiß man auch nicht, wonach man suchen soll.

Als wir in Skaramangas angekommen sind, läutet mein Handy.

»Dakakos, Herr Kommissar. Wo sind Sie gerade?«

»In Skaramangas.«

»Warten Sie dort, ich schicke einen unserer Streifenwagen vorbei, der Sie ins Schlepptau nimmt. Die Autobahn ist bei Aspropyrgos wegen Anwohnerprotesten gesperrt.«

»Wieso? Weil man ihnen die Zulagen gestrichen hat? Oder weil man dort eine Mülldeponie errichten will?«

»Keins von beiden. Zwei Ausländer haben gestern ein Pärchen getötet und ausgeraubt, und die Einwohner demonstrieren jetzt für ein ausländerfreies Aspropyrgos.«

Vlassopoulos fährt kurz nach der Autobahnabfahrt an den Straßenrand. Eine halbe Stunde später taucht ein Streifenwagen mit zwei Uniformierten auf und lotst uns durch ein paar Gässchen auf die Iroon-Polytechniou-Straße. Danach biegen wir in die Nikolaidou und bleiben auf halber Höhe, am Eingang der Ausgrabungsstätte, stehen, wo uns Dakakos schon erwartet.

»Kommen Sie, ich zeige Ihnen den Fundort. Eine Leiche hat es hier noch nie gegeben.«

Genauso wenig auf dem Kerameikos-Friedhof. Ich ziehe mein Handy aus der Tasche und rufe zunächst Stavropoulos und danach Dimitriou an. Als ich höre, dass die beiden gerade in Skaramangas eintreffen, rate ich ihnen, aufgrund der gesperrten Autobahn dort zu warten.

»Holen Sie doch bitte auch die Teams von der Gerichtsmedizin und der Spurensicherung mit einem Streifenwagen ab«, ersuche ich Dakakos.

Dann warte ich ab, bis er seine Anweisungen gegeben hat und mich anschließend zum Fundort der Leiche führt. Der Mörder hat sie in einem schmalen Korridor zwischen einer umgestürzten Stele und ein paar Marmorblöcken platziert.

Der Tote liegt genauso da wie Korassidis – mit vor der Brust gekreuzten Armen. Nur dass er Mitte vierzig und somit jünger ist. Sein Dreitagebart ist genauso angesagt wie seine Kleidung: Jeans, Mokassins, Polohemd und schicke Jacke. Alles macht einen sündhaft teuren Eindruck.

»Haargenau wie Korassidis, nur trägt er andere Klamotten«, bemerkt Dermitsakis neben mir und bestätigt meinen Eindruck. Dann schaue ich mich um. Auch hier stehen Zypressen, rechts von uns erstreckt sich eine Art Park. Auf einer Anhöhe erkenne ich eine kleine Kapelle mit einem Glockenturm.

»Touristen haben ihn gefunden, sagen Sie?«, frage ich Dakakos.

»Ja, ein englisches Pärchen. Ich habe sie aufs Revier bringen lassen.«

»Holen Sie sie her. Sie sollen mir vor Ort beschreiben, wie sie ihn gefunden haben.«

Auf den ersten Blick ist der Mord dem Korassidis-Fall täuschend ähnlich. Ich bin mir fast sicher, dass ich, wenn ich den Körper zur Seite drehe, den Einstich der Injektionsnadel an derselben Stelle vorfinden werde. Dazu kommt, dass auch dieses Opfer nicht hier getötet wurde, sondern – vermutlich nach Einbruch der Dunkelheit – hierher transportiert wurde. Wahrscheinlich war die Platzierung der Leiche neben der Stele sogar etwas leichter zu bewerkstelligen als auf dem Kerameikos, denn die Gegend ist einsamer.

Kriminaltechnik und Gerichtsmedizin nähern sich mit ihren Transportern, dahinter folgt ein Krankenwagen. Als Erster klettert Stavropoulos heraus und eilt direkt auf mich zu.

»Jedes Mal, wenn Sie mit von der Partie sind, ist's wie verhext«, blafft er. »Beim Kerameikos hatten Ihre Kollegen das Zentrum abgeriegelt, hier blockieren die Anwohner die Straße. Sie scheinen das Unglück magisch anzuziehen.«

»Ich weiß, das höre ich nicht zum ersten Mal«, entgegne ich und denke dabei an Adriani. Bald glaube ich es noch selber, so weit kommt's noch! »Werfen Sie mal einen kurzen Blick auf ihn und geben Sie mir eine erste Einschätzung ab«, sage ich zu Stavropoulos.

»Sieht ganz nach einer Dublette aus. Wie eine dieser offiziellen Kopien, die man beim Notar beglaubigen lässt. Die Echtheit der Signatur des Mörders kann allerdings erst die Polizei bestätigen.«

Er öffnet seine Tasche und zieht ein paar Latexhandschuhe heraus. Damit packt er den Toten an den Oberarmen, dreht ihn auf den Bauch und beginnt, seinen Nacken abzutasten. Als er den gesuchten Punkt gefunden hat, zieht er ein Vergrößerungsglas aus seiner Tasche und überreicht es mir.

»Haargenau dieselbe Stelle«, erklärt er.

Als ich mich vornüberbeuge und den Punkt mustere, entdecke ich wieder das kleine, einem Insektenstich ähnliche Furunkel, das wir schon bei Korassidis festgestellt haben.

»Somit kann ich Ihnen jetzt schon die Echtheit der Signatur des Mörders offiziell bestätigen«, meint Stavropoulos zu mir. »Ich nehme mal an, Sie haben keinen Zweifel, dass er an Schierlingsgift gestorben ist.« Als ich den Kopf schüttle, fügt er hinzu: »Ich brauche also nichts anderes als den Todeszeitpunkt zu ermitteln. Ich melde mich bei Ihnen gleich nach der Obduktion.« Er packt den Toten erneut an den Oberarmen und prüft ihre Beweglichkeit. »Auf den ersten Blick besehen, muss er ihn zu einem früheren Zeitpunkt als Korassidis getötet haben. Die Totenstarre ist schon wesentlich weiter fortgeschritten.«

Dimitriou kommt mit Vlassopoulos auf mich zu. »Wonach suchen wir, Herr Kommissar?«

»Nicht gerade nach dem Schatz des Priamos, den hat ja schon Schliemann in Troja gefunden. Kurz gesagt suchen wir wieder einmal auf gut Glück.« Jetzt greife ich auch schon in die Trickkiste mit den antiken Vorfahren, sage ich mir. Ich bedeute Vlassopoulos, er möge den Toten durchsuchen. Seine Hosentaschen erweisen sich, genauso wie die Außentaschen seiner Jacke, als leer. Nur schwer kommt er mit der Hand unter den gekreuzten Armen des Opfers hindurch an die Innentaschen der Jacke.

»Auch leer«, sagt er. »Nichts zu finden.«

Das gefällt mir ganz und gar nicht, da sich die Identifizierung des Opfers dadurch verzögert. Darüber hinaus ergibt sich daraus ein erster Unterschied zum Korassidis-Fall. Örtlichkeit, Giftsorte und Tötungsart stimmen genau überein, doch Korassidis' Portemonnaie hat der Mörder, ganz im Gegensatz zu hier, unangetastet gelassen. Dafür muss es irgendeinen Grund geben, doch es ist noch zu früh, um darüber zu spekulieren.

Dakakos bringt mir nun die beiden Touristen, ein junges Pärchen Anfang bis Mitte zwanzig, zum Ortstermin.

»Sie sprechen nur Englisch und Altgriechisch«, bereitet mich Dakakos vor. »Als sie auf Altgriechisch mit mir reden wollten, habe ich schnell ›*You speak English?*‹ gefragt. Dann konnten wir uns verständigen.«

Der junge Mann erzählt, sie hätten die Ausgrabung besichtigen wollen, da er Archäologie studiere.

»*We are Erasmus students*«, ergänzt seine Begleiterin. Zum Glück habe ich von Katerina von den Erasmus-Austauschprogrammen gehört. »*I am doing a master's degree on the Eleusinian mysteries, so we visit the site quite often.*«

Ich weiß zwar nicht, ob es bei den Mysterien von Eleusis, über welche die junge Frau ihre Masterarbeit schreibt, auch Menschenopfer gab. Nun haben sie jedenfalls eins entdeckt. Auf meine Frage, um wie viel Uhr sie den Toten gefunden haben, blicken sie sich fragend in die Augen.

»*It must have been around ten*«, sagt der junge Mann schließlich. »*We immediately notified the police.*«

Da ich keine weiteren Fragen an sie habe, nimmt Dermitsakis ihre Personalien auf, bevor wir sie entlassen. In der Zwischenzeit haben die Sanitäter den Toten abtransportiert. Dakakos lässt die beiden jungen Engländer vom Streifenwagen wegbringen und lotst gleich dahinter den Kleintransporter der Gerichtsmedizin und den Rettungswagen durch die Straßensperren. Ich überlege, mich ihnen anzuschließen, damit die Kollegen aus Elefsina nicht zweimal denselben Weg machen müssen. Doch Dimitrious Stimme hält mich zurück.

»Herr Kommissar, schauen Sie mal, was wir gefunden haben.«

Er steht am Fuße der felsigen Anhöhe, die zur Kapelle hochführt, und wedelt mit einer Umhängetasche zu mir herüber. Das ist also die Erklärung. Der Tote hatte nichts bei sich, weil er eine Umhängetasche trug. Doch der Mörder hat sie nicht am Fundort zurückgelassen, sondern offenbar ein Stück entfernt abgelegt. Einzig und allein, um uns das Leben schwerzumachen.

Damit hat er uns jedoch unfreiwillig einen wichtigen Hinweis geliefert. So können wir jetzt davon ausgehen, dass er sein Opfer nicht von der Nikolaidou-Straße herübertransportiert hat, sondern weiter hochgefahren ist und den Toten über die Felsen heruntergeschafft hat, um ganz sicherzugehen, ja niemandem zu begegnen.

Als ich mich zu Dimitriou geselle, öffnet er die Tasche und zieht zwei CDs und die Brieftasche des Opfers hervor. Im Portemonnaie steckt der Personalausweis des Opfers. Es handelt sich um den siebenundvierzigjährigen Stylianos Lazaridis. Da sich alles genauso wie beim Korassidis-Mord verhält, muss sich irgendwo im Internet wohl auch das zugehörige Mahnschreiben finden. Umgehend rufe ich Koula an. »Finden Sie mir Anschrift und Beruf eines gewissen Stylianos Lazaridis heraus. Er ist das zweite Opfer. Und dann schauen Sie nach, ob auch an ihn via Internet eine Mahnung gerichtet wurde.«

»Der Fall wird ja immer kniffliger«, bemerkt Dermitsakis. Ich bleibe ihm eine Antwort schuldig, denn das ist so klar wie Kloßbrühe.

Koula meldet sich innerhalb von fünf Minuten zurück. »Das war ein Kinderspiel«, erwidert sie, als ich ihr zu ihrem Tempo gratuliere. »Stylianos Lazaridis war Universitätsprofessor und Unternehmensberater bei Global Internet Systems. Der Firmensitz liegt in Psychiko, in der Zervou-Straße 12.«

»Und suchen Sie nach dem Brief«, schärfe ich ihr ein.

Na toll, der Erste war ein Promi-Arzt, der Zweite ein Professor, jetzt kann ich nur noch hoffen, dass der Nächste, falls es einen gibt, nicht ein griechischer Popstar ist.

»Und was machen wir jetzt?«, fragt Dakakos.

»Sie kehren zu Ihrem Polizeiposten zurück und tun Ihre gewohnte Arbeit, und wir zerbrechen uns weiter den Kopf über den Fall.« Dann wende ich mich an den Fahrer des Polizeiwagens: »Ist die Autobahn wieder frei?«

»Machen Sie Witze, Herr Kommissar? Wer löst in Zeiten wie diesen eine Straßenblockade gewaltsam auf? Wir warten ab, bis sie mürbe werden und ganz von selbst die Nase voll haben.«

Daraufhin setzt sich erneut der Streifenwagen an die Spitze, und dem folgen wir brav.

16

Nachdem uns der Polizeiwagen bis zur Abzweigung nach Skaramangas gelotst hat, fahren wir ohne Eskorte weiter. Wir sind guter Dinge, da wir aufgrund der Straßenblockade freie Fahrt haben. Dennoch kann ein kleines Stoßgebet nicht schaden, damit wir bis Psychiko auf keinen Stau treffen. Unsere Hochstimmung hält genau drei Kilometer an, bis der Verkehr auf dem Athinon-Boulevard beim Fernbusbahnhof plötzlich zum Erliegen kommt.

»Was ist los?«, frage ich einen Polizeibeamten aus einem der Streifenwagen, welche die Straße absperren.

»Die Taxiunternehmer protestieren gegen die Freigabe der Taxilizenzen. Sie blockieren die Strecke bis zur Bahnhofsausfahrt und lassen keine Busse durch.«

»Verdammt! Und da muss ausgerechnet ich reingeraten?«, schreit Vlassopoulos vom Fahrersitz. »Nichts wie weg, sonst laufe ich hier noch meiner Exfrau in die Arme! Der traue ich zu, dass sie an der Seite der Taxifahrer demonstriert.«

»Fährt deine Frau Taxi?«, frage ich überrascht.

»Nein, aber sie lebt jetzt mit einem Typen zusammen, der vier Taxis besitzt. Zusammen mit den Kindern ist sie bei ihm eingezogen. Statt bei einem Bullen wohnen die jetzt bei einem Steuerhinterzieher und lernen von ihrem Ziehvater, den Staat nach allen Regeln der Kunst zu bescheißen. Und wenn der Steuerprüfer kommt, dann prügeln sie ihn windelweich. Das haben sie nämlich von ihrem leiblichen Papa, dem Bullen, gelernt. Der Stiefvater bringt ihnen Steuerhinterziehung bei, und ich das Prügeln. Die perfekte Erziehung, Herr Kommissar.«

Er setzt zurück, biegt nach rechts und fährt durch ein Gewirr von Gässchen nach Egaleo hinunter. Nur leider sind alle auf dieselbe Idee gekommen, weshalb es wieder nicht vorwärtsgeht. Vlassopoulos schaltet die Sirene ein und setzt die Fahrt im Kamikaze-Stil fort, während er vor sich hinmurmelt: »Wenn mir jetzt irgendwer vors Auto läuft, sagt ihr vor Gericht für mich aus, damit man mich ins Korydallos-Gefängnis steckt und nicht nach Korfu, wo mich meine Kinder nicht besuchen können.«

Kaum haben wir hundert Meter auf der Iera Odos zurückgelegt, klingelt mein Handy.

»Herr Kommissar, wir stecken am Autobahnkreuz Kifissos fest«, höre ich Dimitriou sagen. »Wie sind denn Sie hier durchgekommen?« Darauf beschreibe ich ihm Vlassopoulos' Route. »Athen hat doch mehr als genug Ausgrabungsstätten. Hätte der Kerl den Toten nicht am Theseustempel oder auf der Römischen Agora ablegen können? War es nötig, ihn bis nach Elefsina zu schleppen?«, lautet sein Kommentar.

Der Umweg hat uns eine Menge Zeit gekostet, doch die einzige Alternative wäre gewesen, am Autobahnkreuz Kifissos im Stau stehenzubleiben und darauf zu warten, dass die Taxiunternehmer ihren Rückzug antreten. Zum Glück ist die Strecke ab dem Omonia-Platz frei, und unter Einsatz der Sirene brauchen wir nicht länger als eine Viertelstunde bis nach Psychiko.

Die Büros von Global Internet Systems liegen in einem

zweistöckigen Palais aus jener Epoche, als Psychiko für die Athener Großbürger als Wohngegend attraktiv wurde. Wir durchqueren einen gepflegten Vorgarten und läuten an der Eingangstür. Am Empfang steht eine Mittdreißigerin mit verweinten Augen. Daraus schließe ich, dass Koula die Firma bereits verständigt hat. Das ist das Gute an meiner neuen Assistentin. Man muss ihr nicht alles vorkauen, um gewisse Dinge kümmert sie sich ganz von selbst. Ich ersuche die Mittdreißigerin, das ganze Personal in einen Raum zu bestellen. Es ist besser, wenn ich alle zusammen vernehme, da sich aus der gemeinsamen Befragung des Öfteren neue Hinweise ergeben oder man Informationen auf der Stelle gegenprüfen kann.

Es handelt sich um insgesamt sieben Personen, drei Männer und vier Frauen. Drei der weiblichen Angestellten tragen Blusen und Hosen, als hätte Lazaridis darauf bestanden, dass sie sich wie die Zöglinge eines Mädchenpensionats kleiden. Nur die vierte hat einen Hosenanzug an, in dem sie aussieht wie Angela Merkel in jüngeren Jahren. Zwei der Männer sind bärtig und mit Jeans und Hemden gekleidet, der dritte ist als Einziger glatt rasiert und trägt ein Jackett.

»Fehlt noch jemand?«, frage ich zum Auftakt.

»Nur Frau Zossidaki. Sie ist ins Ausland verreist.«

»Frau Zossidaki ist die eigentliche Chefin der Firma«, erläutert mir eine junge Mitarbeiterin, die sich mir als Frau Rombopoulou vorstellt. »Herr Lazaridis lehrt an der Universität Piräus und engagiert sich im Panhellenischen Berufsverband für das Hochschul- und Forschungspersonal, von den Kongressreisen ins Ausland mal ganz abgesehen. Er ist sehr viel unterwegs.« Sie spricht immer noch im Präsens, als könnte sich gleich die Tür öffnen und Lazaridis hereinspazieren.

»Da Ihnen meine Assistentin, Frau Liakou, bestimmt schon Näheres zu Herrn Lazaridis' Tod berichtet hat, muss ich nicht ins Detail gehen. Zunächst einmal möchte ich Sie fragen, ob Ihre Firma irgendetwas mit archäologischen Ausgrabungen zu tun hat.«

»Mit Ausgrabungen?«, wundert sich der erste Bärtige namens Kleomenous.

»Wir befassen uns hier mit Software und Computersystemen«, erläutert der Typ im Jackett.

»... und wir arbeiten fast ausschließlich nur für staatliche Behörden«, ergänzt die Rombopoulou.

»Was genau entwickeln Sie für diese Behörden?«

»Spezielle Computerprogramme und Netzwerke für Krankenhäuser, für Ministerien oder für öffentliche Versorgungsunternehmen«, klärt mich Angela Merkel auf, deren griechische Ausgabe Metaxa heißt.

»Wann haben Sie Lazaridis zum letzten Mal gesehen?«

»Er war gestern Nachmittag hier«, entgegnet der andere Bärtige, der mir seinen Namen vorenthält. »Gegen fünf ist er dann gegangen. Er sagte, er hätte noch einen Termin.«

Es liegt auf der Hand, dass die Person, mit dem er die Verabredung hatte, sein Mörder war. In diesem Fall hat er also nicht – wie bei Korassidis – am Arbeitsplatz des Opfers zugeschlagen.

»Empfangen Sie häufig Kundenbesuche in Ihren Räumlichkeiten?«, frage ich in die Runde.

»Nicht sehr oft, aber es kommt vor«, antwortet die Rombopoulou. »Normalerweise sind es Funktionäre aus den

Ministerien, den Krankenhäusern oder den öffentlichen Versorgungsunternehmen, die zur Weiterbildung oder zur Klärung von Fragen hierherkommen.«

»Haben Sie vielleicht kürzlich einen gutgekleideten Herrn empfangen, Mitte vierzig und leicht ergraut an den Schläfen?«

Sie wechseln fragende Blicke und zucken dann mit den Achseln.

»Nein, eine solche Person war mit Sicherheit nicht hier«, erwidert Kleomenous entschieden.

»Spyropoulou mein Name, Herr Kommissar«, stellt sich mir die vierte Frau vor, die bislang noch gar nichts gesagt hat. »Vielleicht hat das alles mit dem Brief zu tun...»

»Mit welchem Brief?«, frage ich, obwohl ich schon ahne, was ich gleich hören werde.

»Vor fünf bis sechs Tagen hatte Herr Lazaridis per E-Mail ein Schreiben erhalten«, fährt die Spyropoulou fort. »Darin wurde ihm Steuerhinterziehung vorgeworfen, und man forderte ihn auf, eine größere Summe an das Finanzamt zu bezahlen.« Sie hält inne und wendet sich fragend an ihre Kollegen. »Wie hoch war die Summe noch mal, Leute? Erinnert ihr euch?«

»250 000 Euro«, präzisiert die Rombopoulou. »Herr Lazaridis hat es in unseren Büros herumgezeigt und sich großartig darüber amüsiert. Er fragte sich, wie abartig jemand veranlagt sein musste, um sich so etwas aus den Fingern zu saugen.«

»Hatte er eine Ahnung, wer dahinterstecken könnte?«, frage ich sie.

»Er vermutete, ein Kollege aus dem Hochschulbereich,

der dem gegnerischen Lager angehörte, hätte es ihm geschickt. Anlässlich des geplanten neuen Hochschulgesetzes haben sich die Universitätsprofessoren in zwei Lager, pro und kontra, gespalten. Obwohl Herr Lazaridis PASOK-Funktionär und eine Zeitlang sogar Generalsekretär für Technologie und Forschung war, hat er sich offen gegen den Gesetzentwurf ausgesprochen. Daher glaubte er, der Brief stamme von einem Kollegen aus dem anderen Lager und habe das Ziel, ihn zu diskreditieren. Er fragte sich auch, ob das Schreiben wohl noch an weitere Professoren geschickt worden war.«

»Kamen Drohungen darin vor?«, frage ich, obwohl ich die Antwort kenne.

»Der anonyme Briefschreiber drohte, ihn umzubringen, falls er die Summe nicht ans Finanzamt überweisen würde«, gibt die Spyropoulou zurück. Dann fügt sie noch hinzu: »Und das war wohl kein Scherz, wie man sieht.«

»Waren die Anschuldigungen denn gerechtfertigt? Oder teilweise zumindest?«, frage ich.

»Ganz bestimmt nicht«, erwidert die Metaxa. »Ich leite die Buchhaltung und habe auch seine Steuererklärung ausgefüllt. Herr Lazaridis hat alles angegeben und regelmäßig seine Steuern bezahlt. Diese Forderung von 250 000 Euro ist schlicht fehl am Platz.«

»Und wo ist der Brief jetzt?«

»Wenn er die Nachricht nicht gelöscht hat, dann muss das Schreiben noch auf seinem Computer sein«, entgegnet mir die Rombopoulou.

»Kann ich es sehen?«

»Das geht leider nicht, weil der Computer mit einem

Passwort gesichert ist«, antwortet die Rombopoulou. »Die Einzige, die es außer Herrn Lazaridis noch kennt, ist Frau Zossidaki. Aber die befindet sich ja, wie gesagt, im Ausland.«

»Wir könnten sie anrufen«, schlägt der Bärtige Nummer zwei kurzerhand vor.

»Tun Sie das, und geben Sie das Passwort an Herrn Dimitriou von der Kriminaltechnik weiter. Wir werden den Computer ohnehin im Labor durchchecken. Herr Spyridakis vom Amt für Steuerfahndung wird ebenfalls vorbeikommen und Sie zu ein paar Einzelheiten von Herrn Lazaridis' Steuererklärung befragen.«

Ich spüre den bedrückten Blick der jungen Merkel auf mir. »Seien Sie unbesorgt, wir sind keine Steuerprüfer. Wir suchen bloß nach einem Hinweis, der uns einen Schritt näher an den Mörder heranbringt. Herr Spyridakis ist für eine solche Suche bestens geeignet. War Lazaridis verheiratet?«

»Nein, er hat ganz allein in einer Dreizimmerwohnung in Maroussi gewohnt«, antwortet die Metaxa. »Das war, abgesehen von seinem Auto, auch sein einziger Besitz.«

»Geben Sie meinem Assistenten seine Adresse.« Mit diesen Worten erhebe ich mich. Mehr brauche ich vorläufig nicht zu wissen.

Die Tatsache, dass der Mörder Lazaridis per E-Mail ein Mahnschreiben geschickt hat, lässt vermuten, dass er auch bei Korassidis so verfahren ist. Doch das allein genügt ihm nicht: Bestimmt hat er die Mahnung an Lazaridis auch im Internet gepostet. Er will nicht nur seine Opfer mit dieser letzten Mahnung erreichen, sondern auch die Öffentlichkeit. Und er will, dass alle Welt weiß, warum er sie umbringt.

Und das passt mir überhaupt nicht, da ich keine Ahnung habe, was sich der Täter sonst noch alles einfallen lässt, um ein größeres Publikum zu erreichen. Die einzig gute Nachricht ist, dass er die Drohung in elektronischer Form verschickt hat. Denn damit lässt sich ja ein Absender eruieren. Obwohl sich der wahrscheinlich als Fake herausstellen wird.

Nach wie vor bleibt schleierhaft, warum er seine Opfer mit Schierling tötet und sie dann auf Ausgrabungsstätten deponiert. Diesbezüglich muss es irgendeine Verbindung zwischen dem Mörder und seinen Opfern geben, doch hier tappe ich völlig im Dunkeln.

»Habt ihr irgendetwas gefunden?«, frage ich meine beiden Assistenten, als wir uns am Eingang wiedertreffen.

»Bloß Schreibtische mit Computern«, erwidert Dermitsakis.

»Ich habe Lazaridis' Adresse herausbekommen«, sagt Vlassopoulos. »Er wohnte in der Arkadiou-Straße 15, gleich am Iroon-Platz.«

»Fahrt hin und schaut euch vor Ort um. Und nehmt für alle Fälle jemanden von der Spurensicherung mit.«

Als wir aufbrechen wollen, trifft der Kleintransporter der Kriminaltechnik ein. »Das einzig Interessante ist Lazaridis' PC, dort muss sich eine E-Mail des Mörders befinden«, sage ich zu Dimitriou. »Ich konnte sie nicht lesen, weil der Computer mit einem Passwort geschützt ist. Das kriegen wir aber über die Firmenchefin heraus und reichen es an Sie weiter.«

»Es geht auch ohne, Passwörter knacken wir im Handumdrehen.«

»Sehr wahrscheinlich hat also der Mörder auch an Korassidis ein Schreiben geschickt.«

»Das findet Lambropoulos heraus, keine Sorge.«

Sorgen mache ich mir auch keine. Selbst wenn er nichts findet, bin ich felsenfest davon überzeugt, dass der große Unbekannte die letzte Mahnung auch an Korassidis verschickt hat.

Sehr geehrter Herr Stylianos Lazaridis,

nach außen hin sind Sie Professor an der Universität Piräus, und als Mitglied der Regierungspartei hatten Sie eine Weile den Posten des Generalsekretärs für Technologie und Forschung inne.

In Wahrheit geht das ganze Forschungsbudget Ihrer Universität erst einmal durch Ihre Hände, so dass Sie sich die Rosinen herauspicken können. Die anderen Kollegen müssen nehmen, was übrigbleibt oder was für Sie persönlich weniger interessant ist.

Nach außen hin sind Sie Unternehmensberater bei Global Internet Systems. In Wahrheit gehört diese Firma faktisch Ihnen, da Ihre Mutter als Eigentümerin eingetragen ist.

Dank Ihren Beziehungen zur Regierungspartei bekommt die Firma Global Internet Systems – ganz ohne Ausschreibung – die lukrativsten Aufträge für die Einrichtung von Computernetzwerken und Spezialsoftware in Krankenhäusern, Ministerien und den staatlichen Versorgungsunternehmen.

Nach außen hin sind Sie Eigentümer einer Dreizimmerwohnung in Maroussi. In Wahrheit besitzen Sie darüber hinaus ein Ferienhaus auf Santorin. Zwar gehört die Liegenschaft auf dem Papier ebenfalls Ihrer Mutter, doch fragt man sich, wie diese mit der Witwenrente ihres Mannes, eines kleinen Bankangestellten, in den Besitz eines Unternehmens und einer Villa auf Santorin gelangen konnte.

Nach außen hin mieten Sie als passionierter Segler jeden Sommer eine Yacht, die – ganz offiziell – einer Offshore-Firma gehört. In Wahrheit ist diese Firma bloß vorgeschoben, um Ihre Eigentümerschaft zu verschleiern.

Nach außen hin geben Sie bei Ihrem Finanzamt ein zu versteuerndes Einkommen von 60 000 Euro an. In Wahrheit müssten Sie meiner Schätzung nach Steuern in der Höhe von 250 000 Euro entrichten.

Daher fordere ich Sie auf, obige Summe innerhalb von fünf Tagen an das zuständige Finanzamt zu bezahlen.

Widrigenfalls wird anders abgerechnet, und Sie werden liquidiert.

Der nationale Steuereintreiber

Nachdem ich den Brief dreimal durchgelesen habe, frage ich Koula, wo sie ihn aufgetrieben hat.

»Wieder unter den Blogs eines sozialen Netzwerks.«

»Tatsächlich? Könnten wir jetzt, nach dem zweiten Brief, den Absender nicht leichter lokalisieren?«

»Je öfter er Texte postet, desto gefährlicher wird es für ihn, entdeckt zu werden. Jetzt hängt alles davon ab, wie sorgfältig er seine Spuren verwischt.«

Sofort wähle ich Lambropoulos' Durchwahl. »Wir haben das Schreiben an Korassidis gefunden«, sagt er, sobald er meine Stimme hört. »Obwohl er es gelöscht hatte, war es auf der Festplatte noch vorhanden. Der Brief wurde von einem Google-Mail-Konto aus gesendet.«

»Können wir ihn dadurch dingfest machen?«

»Vergessen Sie's. Man kann solche E-Mail-Adressen nicht zu ihren Absendern zurückverfolgen. In acht von zehn Fällen handelt es sich um falsche Angaben. Und das Schlimmste ist, dass jeder Nutzer endlos viele E-Mail-Konten erzeugen kann. Ganz abgesehen davon, dass der Täter mit Sicherheit WLAN verwendet.«

»Und das heißt?«

»Dass er die Nachrichten von einem öffentlichen Ort und einem Drahtlosnetzwerk aus schickt.«

»Zwischenzeitlich ist ein weiteres Schreiben aufgetaucht, adressiert an Lazaridis, den Professor, der gestern in Elefsina tot aufgefunden wurde.« Und ich erkläre ihm, wie wir die Nachricht entdeckt haben.

»Sagen Sie Ihren Leuten, sie sollen mir die Blogadresse übermitteln. Das Weitere übernimmt dann Jannis Thirassios. Der hat auch den ersten Brief ausfindig gemacht. Er ist ein Ass auf dem Gebiet.«

»Ich schicke euch meine Mitarbeiterin, Koula Liakou, rüber. Sie hat sehr gute Computerkenntnisse und weiß, wonach wir suchen. Wir müssen unbedingt das Leck in der staatlichen Steuersoftware Taxis herausfinden.«

»Wir arbeiten dran.«

Ich lege auf und weise Koula an, mit der Adresse der Website und der E-Mail zu Jannis Thirassios rüberzugehen, damit sie mit vereinten Kräften weitermachen können. Zuvor lasse ich mir von ihr jedoch noch die E-Mail ausdrucken und fahre hoch zu Gikas, der mich, sein digitales Landschaftsfoto vor Augen, bereits erwartet. Kommentarlos überreiche ich ihm das Schreiben. Er liest es erst einmal, dann ein zweites Mal durch, während ich mir überlege, dass er eigentlich seinen Bildschirmschoner wechseln und die Naturaufnahme durch die Abbildung einer archäologischen Ausgrabungsstätte ersetzen sollte, um mit den Morden optisch Schritt zu halten.

»Der Titel des Universitätsprofessors und die Mitgliedschaft in der Regierungspartei verweisen auf eine gut vernetzte Person. Da haben wir schlechte Karten«, lautet sein Kommentar.

»Ich weiß. Der Mörder hat tatsächlich Steuersünder im Visier, und wenn Sie meine Meinung hören wollen, war das nicht sein letzter Streich. Er kennt das Internet wie seine Westentasche, er hat die Taxis-Software geknackt, und er findet Dinge heraus, die jedes Finanzamt vor Neid erblassen lassen. Zu wie vielen Morden er noch fähig ist, bis wir hinter seine Tricks kommen, ist schwer zu sagen.«

»Wie interpretieren Sie die Tatsache, dass er mit Schierling tötet und die Leichen auf Ausgrabungsstätten ablegt?«

»Es liegt nahe, dass er mit der Antike gut vertraut ist, aber das will nicht viel heißen. Schließlich kennt er sich auch bei den Finanzbehörden bestens aus.«

»Bislang hatten es Serienmörder auf alleinstehende Frauen, Prostituierte und Liebespärchen abgesehen. Jetzt sind zur Abwechslung mal Steuersünder dran«, meint er sinnierend, um gleich darauf düster festzustellen: »Die Regierungsvertreter werden über uns herfallen und uns die Hölle heißmachen.«

Da bin ich ganz seiner Meinung. Mit dem Gesichtsausdruck eines zum Tode Verurteilten nimmt Gikas den Telefonhörer in die Hand und wählt die Nummer des Ministerbüros. Als endlich sein oberster Chef persönlich am Apparat ist, kommt Gikas nicht mehr zu Wort. Während die Schimpftirade des Ministers auf ihn niedergeht, hält er den Hörer krampfhaft umklammert und beißt sich auf die Lippen, um jede Entgegnung zu unterdrücken. Am Schluss sagt er nur: »Sehr wohl, Herr Minister. In einer Stunde sind wir bei Ihnen.«

Nachdem er aufgelegt hat, wendet er sich an mich: »Sie haben es ja gehört: In einer Stunde in seinem Büro.«

»Gut, aber wir sollten uns Verstärkung holen.«

»Wen denn? Wollen Sie die Sondereinheiten zu Hilfe rufen, zum Schutz vor seinem Zorn?«, fragt er mit galligem Humor.

»Nein, ich meine Lambropoulos von der Abteilung für Computerkriminalität und Spyridakis vom Amt für Steuerfahndung. Es gibt Fragen, auf die sie viel besser antworten können.«

Das sieht Gikas ein, und ich fahre zu meinem Büro hinunter. Vlassopoulos und Dermitsakis haben inzwischen Lazaridis' Wohnung in Maroussi inspiziert und erwarten mich bereits mit ihrem Rapport.

»Kurz und bündig, bitte«, sage ich zu ihnen, da ich verschwinden möchte, bevor die Journalistenmeute antanzt.

»Mit einem Wort, Herr Kommissar: Fehlanzeige.«

Da ich auch nichts anderes erwartet habe, bin ich weder überrascht noch genervt. Auf meinem Schreibtisch liegt ein Zettel mit der Nachricht, dass mich Stavropoulos um Rückruf ersucht. Seiner Bitte leiste ich sofort Folge.

»Schierling«, sagt er knapp. »Er muss ihm die Injektion zwischen fünf und acht Uhr am Vorabend verpasst haben.«

Das passt zu der Auskunft, die uns der eine Mitarbeiter im Büro von Global Internet Systems gegeben hat, dass nämlich Lazaridis gegen fünf zu einem Termin aufgebrochen war. Zur Verabredung mit dem Mörder.

Ich fahre zur Cafeteria hinunter, um einen Mokka zu trinken und mich innerlich gegen die Sturmböen zu wappnen, die uns gleich erwarten. Obwohl Korassidis ein Promi-Arzt war, hatten wir seinen Fall einigermaßen im Griff. Nach dem Mord an Lazaridis steckt unser Hals jedoch plötzlich in einer Schlinge, die von mindestens zwei Ministerien gleichzeitig zugezogen wird.

18

Sie kommen im Doppelpack, der Finanzminister und sein Stellvertreter. Letzterer hat offenbar erfahren, dass auch das Amt für Steuerfahndung vertreten sein wird, und daher beschlossen, ebenfalls herbeizueilen – zum einen, um die von Spyridakis zusammengetragenen Informationen zu sichten, zum anderen, um ihn bei der kleinsten Eigeninitiative zu rüffeln.

Die düsteren Mienen der beiden Regierungsmitglieder sprechen Bände. Kein Wunder, denn Lazaridis war ein hochrangiger Funktionär aus ihrer eigenen Partei, hier musste kein Vizeminister – wie bei Korassidis – einschreiten, um die Überprüfung seiner Steuerakte zu verhindern. Hier genügte es, dass er selbst zum Telefonhörer griff und dem Finanzbeamten erklärte: »Legen Sie meine Steuererklärung zu den als wahrheitsgemäß eingestuften Akten.« Was der Sachbearbeiter auch ohne jede Widerrede getan hätte, wäre dieser Parteifunktionär nicht plötzlich ermordet aufgefunden worden und würde nicht seine ganze Schmutzwäsche, für jeden sichtbar, im Internet flattern.

Gikas hat meinem Wunsch entsprochen und Lambropoulos dazugebeten. Normalerweise hätte man von mir erwartet, zunächst einmal einen allgemeinen Bericht abzuliefern, doch den Spitzenpolitikern brennt eine andere Frage unter den Nägeln.

»Wer weiß von den beiden Mahnschreiben?«, fragt der Minister.

»Herrn Charitos' Dienststelle, die sie ja auch entdeckt hat, die Abteilung für Computerkriminalität und das Amt für Steuerfahndung«, antwortet Gikas.

»Das muss um jeden Preis geheim gehalten werden«, meint der Minister. »Wenn irgendetwas durchsickert, hätte das verheerende Folgen.« Die Andeutung »verheerender Folgen« betrifft alle Anwesenden, und der drohende Unterton ist nicht zu überhören.

»Natürlich wissen wir nicht, wer alles in der Zwischenzeit im Internet darauf gestoßen ist«, bemerkt der Vizeminister.

»Wir haben die Seite sperren lassen«, fügt Lambropoulos hinzu.

»Davon wird er sich nicht abhalten lassen. Er wird es auf anderem Wege versuchen«, lautet mein Kommentar.

»Wie kommen Sie darauf?«, fragt mich der Minister.

»Er hätte sich ja auf die Briefe an seine Opfer beschränken können, Herr Minister. Das hat er aber nicht getan, denn er verfolgt genau dieselbe Politik wie bestimmte Personen im Finanzministerium, die darauf aus sind, die Daten der Steuersünder publik zu machen. Der Mörder gibt einen Namen an die Öffentlichkeit, und nach begangener Tat vermeldet er die Liquidierung des entsprechenden Steuersünders.«

»Stimmen die Daten, auf die er sich beruft?«, wendet sich der Vizeminister an Spyridakis.

»Hundertprozentig, Herr Minister, sowohl die von Korassidis als auch die von Lazaridis. Korassidis' Töchter werden als Eigentümerinnen der Immobilie in Ekali aufgeführt, sind jedoch als Studentinnen nicht zur Abgabe von Steuererklärungen verpflichtet. Frau Lazaridi gibt das Landhaus auf Santorin als Hauptwohnsitz an und bezahlt dafür ebenfalls keine Steuern, obwohl sie eine Mietwohnung in Athen bewohnt. Frau Lazaridi dürfte Santorin nur als ersten Wohnsitz angeben, wenn sie tatsächlich dauerhaft dort wohnhaft wäre.«

»Und was ist mit der Firma? Dieser Global Internet oder wie sie heißt?«

»Sie wurde mit Hilfe eines Kredits von genau der Bank gegründet, bei der Lazaridis' Vater tätig war. Das Darlehen wird von der Firma bedient. Auf die Immobilie auf Santorin hingegen wurde keine Hypothek eingetragen. Es ist zu vermuten, dass der Kredit für das Haus von Lazaridis junior vermittelt wurde, denn es ist unwahrscheinlich, dass die Ehefrau eines Bankangestellten eine so hohe Summe ohne Vormerkung im Grundbuchregister erhält«, erläutert Spyridakis.

»Und wie kommt der Mörder an all diese Angaben?«, fragt der Vizeminister.

»Zunächst hat er sich Zugang zur Steuersoftware Taxis verschafft«, erklärt ihm Spyridakis. »Die übrigen Daten findet man dann schon heraus, wenn man lange genug sucht. Jedenfalls recherchiert er sehr genau, was ihn bestimmt viel Zeit kostet.«

»Sind die Anschuldigungen wegen Steuerhinterziehung denn fundiert oder dienen sie ihm nur als Lizenz zum Töten?«, fragt ihn der Minister.

Spyridakis sucht nach einer möglichst unverfänglichen Formulierung. »Nun, Herr Minister«, erwidert er schließlich, »die Steuergesetzgebung lässt so viele Schlupflöcher, dass jeder, der keine Steuern zahlen will, damit durchkommt, und zwar in den meisten Fällen vollkommen ordnungsgemäß.«

»Wir leben in einem demokratischen Land, Herr Spyridakis. Wenn die Bürger die Möglichkeiten ausschöpfen, die ihnen das Gesetz bietet, können wir sie nicht als Steuersünder anprangern. Und noch viel weniger ermorden, versteht sich«, entgegnet der Vizeminister mit strenger Miene.

»Wie gelingt es ihm, in die Steuersoftware Taxis einzudringen?«, fragt der Minister.

»Herr Minister, heutzutage knacken sechzehnjährige Hacker die Sicherheitscodes des Pentagons. Wie soll er da Probleme haben, an die Daten von Taxis zu kommen?« Lambropoulos lacht. »Natürlich suchen auch wir vom Amt für Steuerfahndung nach dem Leck im System, aber das ist nicht so leicht zu entdecken.«

»Das sollten Sie mir einmal erklären, Herr Lambropoulos«, tönt der Minister mit Nachdruck. »In den letzten Jahren haben wir Unsummen aus Steuermitteln bereitgestellt, um das Dezernat für Computerkriminalität personell und technisch aufzurüsten. Und jetzt erzählen Sie mir, dass der Eindringling in die Steuersoftware nicht so leicht zu ermitteln ist?«

Zu den Unsummen aus Steuermitteln, so sage ich mir, haben Korassidis und Lazaridis jedenfalls nichts beigetragen.

»Offenbar hat er eine Sicherheitslücke entdeckt, durch die er sich ins System einloggt«, entgegnet Lambropoulos. »Beim Ausloggen schließt er sie, damit wir nicht dahinterkommen. Kann sein, dass wir sie morgen aufspüren. Vielleicht aber erst in einem Monat. Das ist reine Glückssache.«

»Tun Sie alles Menschenmögliche. Und wenn Sie Hilfe

vom Griechischen Nachrichtendienst benötigen, sagen Sie Bescheid.« Letzteres wirft er abfällig in die Runde, als erachte er uns für unfähig, die Sache allein zu bewältigen.

»Vielen Dank, Herr Minister, für Ihr geschätztes Angebot«, sagt Gikas, der sich ausgezeichnet darauf versteht, eine besänftigende Unterwürfigkeit an den Tag zu legen.

»Wie weit sind Sie mit Ihren Ermittlungen, Herr Kommissar?«, fragt mich der Minister.

Ich erstatte einen knappen, lückenlosen Bericht und komme zum Schluss: »Wir stehen noch am Anfang und verfügen erst über unzureichende Indizien. Wenn es uns gelingt, die E-Mail-Adressen und die Website einer bestimmten Person zuzuordnen, sind wir einen großen Schritt weiter.«

»Doch auch das ist nicht einfach«, bemerkt Lambropoulos. »Seine Nachrichten verschickt er per WLAN. Das heißt, er vermeidet feste Internetverbindungen. Als wir versuchten, die IP-Adresse seiner Website zurückzuverfolgen, stießen wir beim ersten Mal auf einen russischen und danach auf einen chinesischen Anbieter. Das heißt, dass er ein Programm hat, mit dem er seine Spuren verwischt.«

»Glauben Sie, dass es irgendetwas zu bedeuten hat, dass er seine Opfer mit Schierling tötet und auf archäologischen Ausgrabungsstätten zurücklässt?«, fragt mich der Minister.

»Mit Sicherheit will er uns damit etwas sagen, aber solange wir sein Motiv nicht kennen, können wir auch seine Botschaft nicht entschlüsseln.«

»Heißt das, Sie bezweifeln, dass es ihm nur um die Bestrafung mutmaßlicher Steuerhinterzieher geht?«

»Mein Gefühl sagt mir, dass sich hinter den Taten noch etwas anderes verbirgt.«

Er nimmt meine Antwort mit offensichtlicher Genugtuung zur Kenntnis, da er mit dem Gedanken liebäugelt, sich in der Stunde der Not darauf zu berufen.

»Könnte es sein, dass der Täter Archäologe ist?«, fragt der Vizeminister.

Alle blicken ihn erstaunt an, dabei ist seine Frage gar nicht so weit hergeholt, wie es zunächst den Anschein hat.

»Durchaus möglich, denn er hat eine spezielle Beziehung zur Antike«, erwidere ich ihm. »Andererseits könnte es auch genauso gut ein Finanzbeamter oder auch ein Steuerberater sein.«

»Jedenfalls haben diese Morde ab sofort höchste Priorität. Alles andere kann warten«, hebt der Minister hervor und wiederholt zum Abschluss noch einmal seine Drohung. »Wenn Sie den Täter nicht bald festnehmen, wird das äußerst ernste Folgen für uns alle haben.«

»Haben Sie mitbekommen, was er zu mir gesagt hat?«, fragt mich Spyridakis beim Hinausgehen. »Dass der Staatsbürger unter demokratischen Verhältnissen ein gesetzmäßiges Anrecht auf Steuerhinterziehung hat?«

»Machen Sie sich nichts draus. Angst ist ein schlechter Ratgeber«, entgegnet ihm Lambropoulos. »Denen da oben schwimmen die Felle davon. Wenn rauskommt, dass hier plötzlich jemand Steuersünder zur Verantwortung zieht, die jahrelang ungeschoren geblieben sind, kann man sich gut vorstellen, was ihnen für ein Donnerwetter droht.«

Ich halte mich aus der Diskussion heraus, da ich ganz erschöpft bin. Deshalb beschließe ich, meinen Wagen aus der Garage am Alexandras-Boulevard zu holen und nach Hause zu fahren.

19

Als ich Fanis' Stimme aus dem Wohnzimmer höre, würde ich am liebsten gleich wieder kehrtmachen und ins Büro zurückfahren. Sein Besuch um sieben Uhr abends kann nur einen Grund haben: Katerina hat ihm ihren Entschluss mitgeteilt, für das UN-Flüchtlingskommissariat zu arbeiten. Und jetzt erwartet er von uns entweder, dass wir ihn trösten, oder dass wir bei Katerina intervenieren.

Obwohl ich vollstes Verständnis für seine Lage habe, fühle ich mich aufgrund meines üblen Zustands und der Aussicht, zwei Stunden lang den Ahnungslosen spielen zu müssen, überfordert. Adriani kommt mit solchen Situationen immer viel besser zurecht.

»Was machst du denn hier?« Meine Überraschung klingt zumindest echt.

»Die Antwort wird dich kaum begeistern«, mischt sich Adriani ein.

»Es geht um Katerina«, erläutert uns Fanis. »Aber ich möchte euch bitten, ihr nichts von meinem Besuch zu sagen.«

Na prima, sage ich mir. Zuerst kommt Katerina an und ersucht uns, dass wir Fanis nichts erzählen, und dann bittet uns Fanis, Katerina gegenüber Stillschweigen zu bewahren.

»Katerina steckt in einer Existenzkrise«, fährt Fanis fort. »Einerseits setzt sie sich mit voller Kraft für die von ihr vertretenen Asylanten ein, andererseits sieht sie dafür keinen roten Heller. An diesem Punkt wird's problematisch, da sie sich nicht damit abfinden kann, dass sie – obwohl sie einen Job hat – auf die Unterstützung ihres Mannes oder ihrer Eltern angewiesen ist.«

»Ja gut, Fanis, das verstehe ich, aber dieser Zustand wird doch nicht ewig dauern. Irgendwann wird sich schon etwas ergeben«, sagt Adriani zu ihm.

»Aber wann?«, fragt Fanis, doch darauf wissen wir beide keine Antwort. »Sieh mal, Adriani, hier liegt das Problem. Immer wenn ich zu ihr sage ›Nimm's nicht so schwer, irgendwann wird sich schon etwas ergeben‹, knallt sie mir dieses ›Aber wann?‹ ins Gesicht, worauf ich auch keine Antwort weiß.« Er holt tief Luft, um Kraft zu schöpfen. »Aber das war noch nicht alles. Katerina hat vom UN-Flüchtlingskommissariat ein Stellenangebot bekommen.«

»Wie schön! Aber soweit ich weiß, bietet das UN-Flüchtlingskommissariat keine Posten in Europa an«, erwidere ich.

»Richtig. Man würde sie irgendwo nach Afrika schicken.«

»Und sie soll alles – ihren Mann und ihr Heim – zurücklassen und nach Afrika auswandern?«, fragt Adriani empört.

Ich frage mich, warum sie sich so gut verstellen kann. Vermutlich frisst sie ihren Zorn einfach eine Weile lang in sich hinein, und umso glaubwürdiger bricht er aus ihr heraus.

»Versetz dich doch mal in meine Lage«, antwortet Fanis. »Hier arbeitet sie im Grunde gratis. Das UN-Flüchtlingskommissariat erkennt nicht nur ihr Studium an, sondern auch das, was sie bislang für die Asylbewerber geleistet hat. Darüber hinaus bekommt sie ein Gehalt, von dem sie in Griechenland nur träumen kann. So ein Angebot lehnt man nicht leichtfertig ab.«

Adrianis Fragen sausen herab wie Hammerschläge. »Und was wirst du tun? Willst du nach so vielen Jahren wieder einen Junggesellenhaushalt führen?«

»Katerina und ich haben uns sehr gern, das weißt du. Wir würden eine mehrjährige Trennung aushalten. Sie will ja nicht ihr Leben lang dort bleiben. Sobald es eine Antwort auf dieses gottverdammte ›Wann?‹ gibt, kommt sie zurück.« Wieder holt er tief Luft und fügt hinzu: »Ich habe mir noch etwas anderes überlegt. Ich könnte mich bei der Organisation ›Ärzte ohne Grenzen‹ bewerben, die in ganz Afrika tätig ist. Bestimmt findet sich eine Stelle auch in der Gegend, in die man Katerina schicken wird.«

»Du willst deinen Posten im Krankenhaus aufgeben? Du willst in Zeiten wie diesen aus dem öffentlichen Dienst ausscheiden? Nicht nur Katerina ist verrückt. Du auch! Da haben sich die Richtigen gefunden«, ruft Adriani aus.

»Ich will nicht, dass sie geht«, gesteht Fanis mit plötzlicher Niedergeschlagenheit. »Deshalb bin ich zu euch gekommen. Bestimmt wird sie euch davon erzählen, sie kann es vor euch nicht geheim halten. Vielleicht können wir sie alle gemeinsam überzeugen.«

»Tja, Fanis, wir werden es versuchen, aber unsere Tochter ist ein Querkopf. Ihre Meinung ändert sie nicht so schnell.«

Ich halte mich zurück, da ich weiß, dass Adriani die Wahrheit sagt. Wenn Katerina einmal eine Entscheidung getroffen hat, kann man sie unmöglich wieder davon abbringen. Nachdem sich Fanis mit hängenden Schultern erhoben hat, bleiben wir beide allein zurück, wie zwei einsame Eulen, die auf die besseren Zeiten warten, die man uns einst versprochen hat und die niemals kommen werden.

»Das war's dann wohl! Wenn sie es Fanis schon ankündigt, dann ist ihre Entscheidung gefallen«, sagt Adriani kurze Zeit später.

»Wart's erst mal ab. Wenn wir uns mit Fanis absprechen und gemeinsam auf sie einwirken, überzeugen wir sie vielleicht.«

»Ja, schon, aber Fanis wirkt nicht gerade wild entschlossen, sie zurückzuhalten. Du hast doch gehört, wie viele Rechtfertigungen er für sie vorgebracht hat, und er ist sogar bereit, seine Stelle im öffentlichen Gesundheitswesen aufzugeben und bei ›Ärzte ohne Grenzen‹ anzuheuern. Er ist eben nicht der Typ Mann, der auf den Tisch haut.«

Das Bemühen, sich Fanis gegenüber nicht zu verraten, hat sie all ihre Kraft gekostet, und nun kommt auch noch die Verzweiflung über den Entschluss ihrer Tochter dazu. Schließlich bricht Adriani in Tränen aus. »Aus und vorbei! Bald ist mein Mädchen fort«, schluchzt sie leise.

»Komm jetzt, das kennen wir doch schon. Katerina hat jahrelang weit weg gelebt.«

»Thessaloniki ist für dich dasselbe wie Uganda oder Senegal?«, schreit sie auf.

»Nein, aber auch für Afrika können wir günstige Flugtickets auftreiben und sie besuchen.«

Mit einem Schlag erstirbt ihr Schluchzen. »Manchmal weiß ich nicht, wann du etwas im Scherz sagst und wann du etwas ernst meinst«, sagt sie. »Wenn das ein Witz sein soll, dann ist er geschmacklos. Aber wenn du das ernst meinst, dann ist dir nicht mehr zu helfen.«

Ich setze mich neben sie. »Hör mal, Katerina reist ja nicht schon morgen ab«, sage ich. »Bis die Sache durch alle Instanzen ist und sie den Einstellungsbescheid bekommt, bis klar wird, in welches Land man sie schickt, wird's noch eine Weile dauern. Bis dahin kann sich noch vieles ändern.«

»Stimmt«, pflichtet sie bei. »Wir wollen nicht gleich den Teufel an die Wand malen.«

Da wir nun schon mal vor dem Fernseher sitzen, schalte ich ihn auch ein – einerseits, um der bedrückten Stimmung zu entfliehen, und andererseits, um zu sehen, ob in den Nachrichten über den Lazaridis-Mord berichtet wird. In einem Dialogfensterchen erblicke ich den Vizefinanzminister, der bei der nachmittäglichen Besprechungsrunde auch dabei war. Wenn man sich reihenweise Ohrfeigen einfängt, will einem das Auftauchen eines Ministers oder Vizeministers im Interviewfensterchen der Nachrichtensendung nichts Gutes bedeuten. Also warte ich darauf, Neuigkeiten über die Vereinheitlichung der Besoldungsordnung zu erfahren oder darüber, welche Zulagen man uns jetzt wieder kürzen will. Zu meiner großen Überraschung höre ich jedoch ganz andere Dinge, wobei ich mir gar nicht sicher bin, ob sie weniger unangenehm sind als die Beschneidung unserer Zulagen.

»Können Sie sich vorstellen, was das für ein Schlag für die Autorität des Staates und den Ruf unseres Landes ist?«, fragt die Moderatorin den Vizefinanzminister. »Jahrelang versprechen uns Finanzminister und Staatssekretäre jeglicher Couleur, der Steuerhinterziehung einen Riegel vorzuschieben und die Schuldigen zu bestrafen. Doch die Steuerhinterziehung blüht und gedeiht wie nie zuvor, und die Steuersünder laufen frei herum. Und plötzlich taucht aus dem Nichts ein Mörder auf, der genau Ihre Arbeit erledigt: Er bestraft die Steuersünder.«

»Es handelt sich um einen Serienkiller«, erwidert der Vizeminister.

»Ein Serienkiller knöpft sich bestimmte Personen vor«, entgegnet Sotiropoulos, der neben der Moderatorin sitzt. »Er betreibt keine akribischen Recherchen, um Steuersünder ausfindig zu machen und mit seinem Detailwissen anzuprangern.«

»Was soll da der einfache Bürger denken, Herr Minister?«, fragt die Moderatorin. »Und was unsere Gläubiger in der EU? Dass unser Staat nicht imstande ist, Steuerhinterzieher zu eruieren, ein Mörder jedoch schon? Werden sich morgen die griechischen Bürger nicht fragen, ob der Staat nicht vielleicht die Dienste eines solchen Mörders braucht, um die Steuern einzutreiben? Sonst werden doch bloß diejenigen weiter geschröpft, die ohnehin schon zahlen!«

»Zunächst einmal steht noch gar nicht fest, ob die Opfer tatsächlich Steuersünder sind«, entgegnet der Vizeminister.

»Das sagen Sie«, erwidert Sotiropoulos. »Schauen wir doch mal, was uns der Mörder selbst dazu zu sagen hat.«

Plötzlich flimmern die beiden Schreiben über den Bildschirm, zuerst das an Korassidis, dann das an Lazaridis. Au weia, denke ich mir, da braut sich gewaltig was über unseren Köpfen zusammen! Nach einem kurzen Zapping durch die Fernsehprogramme stelle ich fest, dass sich alle Privatsender mit demselben Thema befassen. Nur das staatliche Fernsehen widmet sich anderen Dingen.

»Im Ernst? Gibt es da einen, der Steuersünder umbringt?«, fragt Adriani.

Da ich gebannt das Geschehen auf dem Bildschirm verfolge, nicke ich nur wortlos.

»Und du willst ihn jetzt dingfest machen?«

»Was denn sonst?«

»Ja gut, das ist fraglos deine Aufgabe. Aber lass ihn doch noch ein bisschen frei herumlaufen. Vielleicht zahlen die Steuersünder ja dann, und ihr könnt ein bisschen was von euren Zulagen behalten.«

»Er treibt die Steuern nicht ein. Er bringt die Leute einfach um«, erläutere ich ihr.

»Wie Sie sehen, hat der Mörder alles genau berechnet, sogar die zu zahlende Steuer«, bemerkt die Moderatorin, an den Vizeminister gerichtet.

»Die Regierung braucht keinen Mörder, um Steuern einzutreiben«, erwidert der Vizeminister salbungsvoll und versucht die klassische Variante: den heroischen Abgang. »Durch die neue Steuergesetzgebung, die in Vorbereitung ist, werden alle zur Kasse gebeten.«

Die Moderatorin und Sotiropoulos brechen in Gelächter aus. »Das neue Steuergesetz, Herr Minister?«, fragt die Moderatorin. »Das wievielte ist es denn? Innerhalb von zwei Jahren haben Sie vier oder fünf Gesetzesentwürfe erarbeitet. Die genaue Zahl weiß ich nicht mehr, weil ich den Überblick verloren habe. Kein einziger hat bislang Früchte getragen. Warum glauben Sie, dass es gerade mit diesem frisch eingebrachten Gesetz anders laufen sollte?«

Die Antwort des Vizeministers entgeht mir, da das Telefon läutet und Gikas am Apparat ist.

»Bei uns gibt's eine undichte Stelle«, ruft er völlig außer sich. »Jemand hat die Sache an die Sender durchsickern lassen.«

»Bei der Polizei gibt's keine undichte Stelle«, erkläre ich ruhig.

»Ich weiß zwar nicht, wie Sie dazu stehen, aber ich bin verpflichtet, gleich morgen ein Disziplinarverfahren einzuleiten.«

»Gäbe es eine undichte Stelle, dann hätte der Informant sein Wissen exklusiv an einen einzigen Sender verkauft, Herr Kriminaldirektor. Aber die Nachricht läuft auf allen Sendern.«

»Im staatlichen Fernsehen aber nicht.«

»Weil es offensichtlich eine ministerielle Anweisung gab, nichts verlauten zu lassen. Der Mörder hatte es von Anfang an darauf abgesehen, dass die Leute wissen, was er tut. Deshalb hat er auch sein Schreiben jeweils ins Internet gestellt. Als wir die Seite sperrten, hat er die Fernsehsender ganz einfach direkt informiert.«

»Vielleicht haben Sie recht«, antwortet Gikas nun etwas gelassener. »Trotzdem werde ich ein Disziplinarverfahren anordnen, damit Sie aus dem Schneider sind und Ihre Beförderung nicht gefährdet wird. Eine Sache müssen Sie verstehen, Kostas: Solange die Sender hinter verschlossenen Türen mauscheln können, tun sie, als ob nichts wäre. Doch sobald die Bombe platzt, rufen sie großspurig nach Transparenz. Dann sollen sie ihre Transparenz eben haben, und wir unsere Ruhe.«

»Na gut. Könnten Sie mir aber noch einen Gefallen tun?«

»Welchen denn?«

»Laden Sie morgen früh die Nachrichtenchefs der privaten und staatlichen Sender in Ihr Büro vor.«

»Und wozu?«

»Damit wir aus erster Hand erfahren, auf welchem Weg ihnen die Schreiben zugespielt wurden.«

»In Ordnung, gute Idee. Dann bis morgen!«

Und damit legen wir auf.

20

emigrieren [lat. emigrare, aus: e(x) = aus, weg, u. migrare, Migration]: sein Land [freiwillig] aus wirtschaftlichen, politischen, religiösen u. a. Gründen verlassen; auswandern.

Emigration, die [spätlat. emigratio = das Ausziehen, Wegziehen]: 1. das Emigrieren: die rechtzeitige E. bewahrte ihn vor dem Tod; 2. die Fremde als Schicksalsraum des Emigranten: in der E. leben, sterben; in die E. gehen. 3. die Emigranten; Menschen in der E. Synonyme: 1. Abwanderung, Aussiedlung, Auswanderung, Auszug, Weggang, Wegzug; (bildungsspr.): Exodus; (soziol.): Migration. 2. Ausland, Exil, Fremde, Verbannung, Zufluchtsort.

Von all den Bedeutungsnuancen passt Zufluchtsort wahrscheinlich am besten zu Katerina, da ihre Existenzkrise sie in die Emigration treibt. Ich denke an die griechischen Volkslieder, die das harte Leben in der Fremde beklagen, und finde im Dimitrakos-Lexikon einen Vers, der zu Adrianis Haltung passt: »Verflucht seist du, Fremde, egal, wie viel Schönes du mir auch schenkst.« Und was Fanis betrifft, der sich anschickt, Katerina zuliebe bei »Ärzte ohne Grenzen« anzuheuern, so verweist Dimitrakos auf das kretische Liebesepos Erotokritos: »Niemals lass ich zu, dass allein du in die Fremde gehst.«

*Remigrant, der; [zu lat. remigrans, 1. Part. von: remigrare
= zurückkehren] (bildungsspr.): Emigrant, der wieder in
sein Land zurückkehrt; Rückwanderer.*

Die meisten der zahlreichen Textbeispiele, die Dimitrakos
im Anschluss zitiert, sprechen mich nur wenig an. Im Grunde
gewinnt das Lexikon erst durch ein anderes Lemma wieder
an praktischer Bedeutung für mich:

*wann: I. ‹Adv.› 1. (temporal) a) (interrogativ) zu welchem
Zeitpunkt, zu welcher Zeit?: w. kommt er?; w. bist du geboren?; (mit besonderem Nachdruck auch in Fragesätzen
ohne Inversion, der Personalform des Verbs nachgestellt:)
du bist w. mit ihm verabredet?; (in indirekten Fragesätzen:) frag ihn doch, w. es ihm passt; es findet statt, ich
weiß nur noch nicht, w.; (in Ausrufesätzen:) w. dir so was
immer einfällt! (das passt mir aber jetzt gar nicht!); komm
doch morgen oder w. immer (irgendwann sonst); b) leitet
einen Relativsatz ein, durch den ein Zeitpunkt näher bestimmt od. angegeben wird: den Termin, w. die Wahlen
stattfinden sollen, festlegen; du kannst kommen, w. du Lust
hast, w. immer du willst (jederzeit); du bist mir willkommen, w. [immer] es auch sei; bei ihr kannst du anrufen,
w. du willst, sie ist nie zu Hause; wir werden helfen, wo
und w. immer es nötig ist. 2. (konditional) unter welchen
Bedingungen: w. ist der Tatbestand des Mordes erfüllt?;
ich weiß nie genau, w. man rechts überholen darf [und w.
nicht].*

Wenn wir den ersten Eintrag, »Emigration«, als Fakt akzeptieren, dann gewinnt der zweite, »Remigrant«, erst in Verbindung mit der Beantwortung der Frage »Wann?« Bedeutung für unsere Familie. Das ist es doch, was uns allen – Fanis, Adriani, mir und auch Katerina – auf der Seele brennt. Die Antwort auf die Frage »Wann?« bestimmt die Heimkehr aus der Fremde. Unabhängig davon, wie viele Beispiele Dimitrakos auch anführt, am besten bringt ein kretisches Freiheitslied die Sache auf den Punkt, das im Widerstand gegen die Junta erneut zu Ehren kam: »Wann wird der Himmel wieder klar?«

Seit fünf Uhr morgens sitze ich im Wohnzimmer, das Dimitrakos-Wörterbuch auf den Knien, und mir schwirren Lexikoneinträge und Zitate aus der antiken und neuzeitlichen Literatur durch den Kopf. Adriani kommt gegen acht Uhr herein, ihr Blick fällt zuerst auf mich, dann auf den Dimitrakos. Daraufhin geht sie kommentarlos in die Küche, um Kaffee zu kochen.

Als ich nach einer weiteren schlaflos verbrachten Nacht ins Büro komme, reißt mich der Anblick meiner Assistenten aus meiner Lethargie. Vlassopoulos und Dermitsakis machen lange Gesichter, und Koulas Augen sehen ganz verquollen aus.

»Was ist denn los? Wieso diese Trauermienen?«, frage ich. Die Trübsal, die bei uns zu Hause geblasen wird, reicht mir eigentlich. Auf der Arbeit kann ich gerne darauf verzichten.

»Ja haben Sie es denn noch nicht gehört, Herr Kommissar?«, fragt mich Dermitsakis.

»Was denn?«

»Gestern Abend wurden im Fernsehen die beiden Schreiben des Mörders gezeigt.«

»Ich weiß, ich hab's gesehen.«

»Der Herr Kriminaldirektor glaubt, dass die Informationen aus dem Präsidium durchgesickert sind, und will ein Disziplinarverfahren einleiten. Das hat uns Stella heute Morgen gesagt«, sekundiert Vlassopoulos.

Diese Stella geht mir von Tag zu Tag mehr auf die Nerven. Es steht ihr nicht zu, ihren Kollegen ein Disziplinarverfahren anzukündigen. Das ist – falls es überhaupt dazu kommt – allein Gikas' Sache.

»Warum weinen Sie denn?«, frage ich Koula.

»Aber begreifen Sie nicht? Ich habe Zugang zu allen Computerdaten. Also wird man mir alles anhängen. Seit meiner Zeit als Sekretärin in der Chefetage hat man mich auf dem Kieker.«

»Ach was, niemand wird Ihnen irgendetwas anhängen. Erstens, weil die Schreiben nicht nur bei uns, sondern auch in der Abteilung für Computerkriminalität bekannt waren; zweitens, weil Gikas Sie mag und daher nicht den Löwen zum Fraß vorwerfen wird; und da aller guten Dinge drei sind: weil die undichte Stelle nicht im Präsidium liegt. Die Schreiben hat der Mörder selbst an die Sender geschickt. Da bin ich mir ganz sicher. Machen Sie sich keine Sorgen, alles wird gut.«

»Wenn er Stathakos von der Antiterrorabteilung die Durchführung des Disziplinarverfahrens überträgt, verbeißt sich der so lange in den Fall, bis er nach einem halben Jahr tatsächlich irgendetwas ausgräbt, das er uns vorhalten kann.«

»Er wird nichts finden, weil es kein Disziplinarverfahren geben wird. Die Frage wird sich im Lauf des Tages klären. Also, Schluss mit den Trauermienen und zurück an die Arbeit!«

»Könnte es nicht sein, dass wir den Mörder mit Hilfe der Briefe finden, die er an Korassidis und Lazaridis geschickt hat?«, frage ich Koula in der verzweifelten Hoffnung, dass sie vielleicht doch noch eine andere Lösung als Lambropoulos parat hat.

»Nein, Herr Kommissar. Er hat die eine E-Mail von einem Google-Mail-Konto und die andere vom Internetportal Yahoo aus geschickt. Bei diesen offen zugänglichen Anbietern kann man unter Verwendung falscher Daten unendlich viele E-Mail-Kontos eröffnen. Folglich ist es unmöglich, ihn zu finden, vor allem auch deswegen, weil er seine Post von keiner Festnetzverbindung aus verschickt.«

Das Fenster ins Freie, an dem ich rüttelte, bleibt also fest verschlossen, und andere Lösungen zeichnen sich auch nicht ab. Ein Glück, dass mich Gikas eine halbe Stunde später zur Besprechungsrunde mit den Ressortleitern der TV-Nachrichtensendungen zitiert.

Bevor ich Gikas' Büro betrete, halte ich kurz vor Stellas Schreibtisch an. »Es gehört nicht zu Ihrem Aufgabenbereich, Kollegen die Durchführung eines Disziplinarverfahrens anzukündigen«, sage ich zu ihr. »Das steht nur Herrn Gikas oder mir zu.«

»Ich habe ihnen Bescheid gesagt, damit sie vorbereitet sind«, entgegnet sie mir.

»Haben Sie es ihnen gesagt, damit sie sich eine Verteidigungsstrategie zurechtlegen?«

»Nein.«

»Wozu sollte die Warnung dann gut sein?«

Dann lasse ich sie nach einer passenden Antwort suchen und trete in Gikas' Büro. Die vier Nachrichtenchefs – drei arbeiten bei verschiedenen Privatsendern und einer beim staatlichen Rundfunk – sitzen am Konferenztisch. Gikas wartet, bis ich Platz genommen habe, bevor er das Wort ergreift.

»Sie können sich vermutlich denken, warum wir Sie vorgeladen haben. Es handelt sich um die beiden Schreiben, die Sie gezeigt haben. Wir haben zwei Mordfälle aufzuklären, und diese beiden Briefe bilden einen wichtigen Bestandteil der Ermittlungen. Daher möchte ich wissen, wie sie in Ihre Hände gelangt sind.«

Alle vier ziehen, wie auf Kommando, je eine CD-ROM aus ihrem Aktenkoffer und legen sie auf den Tisch.

»Was ist das?«, fragt Gikas.

»Eine DVD, Herr Kriminaldirektor. Wir haben alle vier genau die gleiche Aufnahme zugespielt bekommen.«

»Auf welchem Weg?«, frage ich sie.

»Ein junger Mann um die zwanzig hat sie jeweils an der Rezeption abgegeben. Es muss immer derselbe gewesen sein, vermutlich ein Albaner. Wir haben das untereinander verglichen, und einhellig wurde uns von den Angestellten am Empfang beziehungsweise von den Hausmeistern bestätigt, dass der Bote einen starken Akzent hatte«, erwidert einer aus der Runde.

Das war die simpelste Lösung, sage ich mir. Er hat einem jungen Mann ein Trinkgeld gegeben, damit er mit seinem Moped die Verteilung an die Sender übernahm. Wie würden wir je an den rankommen?

»Wollen Sie den Film nicht abspielen, Herr Kommissar?«, meint Papalambrou vom staatlichen Rundfunk.

Gikas ergreift eine der DVDs, steckt sie in den DVD-Player seines dienstlichen Fernsehgeräts und drückt auf die Fernbedienung. Sobald das Ausgrabungsgelände des Kerameikos-Friedhofs erscheint, hebt ein Sprecher aus dem Off zu einer der üblichen touristischen Führungen an. Die Kamera schwenkt über die Einzelheiten, während sich der Sprecher über das Grab des Perikles, das Heilige Tor und andere Details ergeht, die ich mir gar nicht alle merken kann.

Die Kamera fährt langsam über die Grabstele, an deren Fuß wir Korassidis' Leiche gefunden haben. Schlagartig bricht das Video ab, und die nächste Einstellung ist eine Nachtaufnahme. Es ist kein Video, sondern eine Aufnahme des toten Korassidis in genau der Position, in der wir ihn vorgefunden haben. Es liegt nahe, dass sie vom Mörder stammt. Dann erlischt das Foto, und das erste Schreiben flimmert über den Bildschirm.

Anschließend beginnt ein neues Video. Diesmal befinden wir uns in Elefsina. Wieder beginnt eine touristische Führung, wobei der Sprecher von den kleinen und großen Mysterien von Eleusis, von Persephone und Pluton, dem Gott des Totenreichs, erzählt. An beiden Orten hat man den Eindruck, dass eine virtuelle Reisegruppe über das Ausgrabungsgelände geführt wird.

Erneut wird der Film abrupt unterbrochen, und es folgt eine Aufnahme von Lazaridis, die ebenfalls nachts und mit Blitzlicht gemacht wurde. Danach wird das zweite Schreiben eingeblendet. Als Gikas und ich schon der Meinung sind, das Video sei damit zu Ende, hält der Mörder noch eine weitere Überraschung für uns bereit. Plötzlich erscheint eine antike Textstelle in altgriechischer Sprache:

Er aber ging umher, und als er merkte, dass ihm die Schenkel schwer wurden, legte er sich gerade hin auf den Rücken: denn so hatte es ihn der Mensch geheißen. Darauf berührte ihn ebendieser, der ihm das Gift gegeben hatte, von Zeit zu Zeit und untersuchte seine Füße und Schenkel. Dann drückte er ihm den Fuß stark und fragte, ob er es fühle; er sagte: »Nein.« Und darauf die Knie, und so ging er immer höher hinauf und zeigte uns, wie er erkaltete und erstarrte. Darauf berührte er ihn noch einmal und sagte, wenn ihm das bis ans Herz käme, dann würde er hin sein. Als ihm nun schon der Unterleib fast ganz kalt war, da enthüllte er sich, denn er lag verhüllt, und sagte, und das waren seine letzten Worte: »O Kriton, wir sind dem Asklepios einen Hahn schuldig: Entrichtet ihm den und versäumt es ja nicht!«

Platon, »Phaidon oder Von der Unsterblichkeit der Seele«

Dann folgt der Kommentar des Mörders: »Athanassios Korassidis und Stylianos Lazaridis schuldeten dem Asklepios keinen Hahn, sondern dem Staat Steuern, die sie zu bezahlen versäumten.«

Gikas und ich blicken uns sprachlos an.

»Sie sehen, dass wir nur die Briefe herausgelöst und das Übrige nicht gesendet haben, um Ihre Ermittlungen nicht zu behindern«, wendet sich Kaloumenos von Hellas Channel an uns.

»Warum sind *Sie* mit den Schreiben eigentlich nicht auf Sendung gegangen?«, frage ich Papalambrou vom staatlichen Rundfunk, worauf ich die erwartete Antwort erhalte.

»Wir haben den Minister informiert, doch der hat sich gegen eine Veröffentlichung ausgesprochen.«

»Lassen Sie uns alle vier DVDs hier«, sagt Gikas.

»Aber selbstverständlich«, antworten alle diensteifrig, da sie sich natürlich vorsichtshalber Kopien gezogen haben.

»Unser Verdacht hat sich bestätigt«, erklärt mir Gikas, als wir allein zurückbleiben. »Der Mörder muss tatsächlich irgendeinen Bezug zur Antike haben.«

»Nur dass wir nicht die geringste Vorstellung haben, worin der bestehen könnte.«

»Was haben Sie nun vor?«

»Zunächst einmal lasse ich meine eigenen Leute und die Polizeiwache Elefsina die ganze Umgebung abklappern. Vielleicht wurde der Täter beim Fotografieren mit Blitzlicht beobachtet. Die Wahrscheinlichkeit ist zwar gering, aber wer weiß. Der zweite und weitaus wichtigere Punkt ist, Merenditis zu befragen.«

»Wer ist das?«

»Der Leiter des Dokumentationszentrums auf dem antiken Kerameikos-Friedhof. Ihm ist zuallererst aufgefallen, dass der Ort, an dem der Mörder Korassidis platziert hat, eine symbolische Bedeutung haben muss.«

Ich erachte es als überflüssig, ihn nach dem Disziplinarverfahren zu fragen, da es offensichtlich vom Tisch ist. Dann ziehe ich mich zurück, damit er dem Minister Bericht erstatten kann, und fahre mit den DVDs in der Hand zu meinem Büro hinunter.

Alle Reporter haben wie immer vor meiner Tür Stellung bezogen und warten auf mein Eintreffen. »Was hat es mit diesen Briefen auf sich?«, fragt mich der junge Bursche, der stets in T-Shirt und Jackett auftritt. »Hat der Mörder irgendwelche Bekennerschreiben am Tatort zurückgelassen?«

»Warum haben Sie uns diese Information vorenthalten, den Sendern aber weitergereicht?«, fragt mich die Stämmige mit den rosa Strümpfen.

»Hab ich's doch gewusst, dass die Polizei ihre Spielchen mit uns treibt«, triumphiert die Dürre, die mich das letzte Mal gefragt hat, ob Korassidis nicht vielleicht durch die Chemikalien, die bei Polizeieinsätzen benutzt werden, ums Leben kam.

»Leute, gebt mir eine Viertelstunde, damit ich das Dringendste erledigen kann. Dann unterhalten wir uns in Ruhe«, sage ich zu ihnen und trete in mein Büro.

Zuerst rufe ich Merenditis an, mit dem ich eine Stunde später einen Termin vereinbare.

»Gibt es auf Ihrer Dienststelle ein Videogerät? Ich will Ihnen nämlich etwas zeigen.«

»Aber sicher, wir sichten ständig PR-Material und Videoführungen.«

Daraufhin rufe ich meine beiden männlichen Assistenten zu mir. »Ich möchte, dass ihr die ganze Umgebung um den Kerameikos-Friedhof durchkämmt. Vielleicht hat jemand den Mörder dabei beobachtet, wie er mit Blitzlicht fotografiert hat.« Dann erläutere ich ihnen, was auf dem Video zu sehen war. »Gebt Dakakos in Elefsina Bescheid, dass er genauso vorgehen soll.«

Sobald meine beiden Assistenten gegangen sind, drängeln

sich die Reporter herein und machen sich, wie gewohnt, in meinem Büro breit. Sotiropoulos bleibt seinem Lieblingsplatz neben der Tür treu.

»Wieso haben Sie uns die Briefe verheimlicht, Herr Kommissar, und sie stattdessen an die Sender weitergeleitet?«, wiederholt die Stämmige mit den rosa Strümpfen ihre Frage.

»Das waren nicht wir, sondern der Mörder höchstpersönlich. Den Grund, warum er sie nur an Fernsehsender und nicht an Printmedien geschickt hat, kann ich Ihnen allerdings nicht sagen. Wenn wir ihn haben, können Sie sich bei ihm beschweren.«

»Jetzt behaupten Sie bloß nicht, Sie hätten von den Schreiben nichts gewusst«, ätzt die Dürre.

»Doch, aber aus dem Internet, nicht vom Mörder selbst. Hätten Sie im Internet recherchiert, wären Sie auch fündig geworden. Aber Sie sind zu träge, um selbst die Initiative zu ergreifen. Sie warten einfach, bis man Ihnen die Meldungen an der Pressekonferenz im Polizeipräsidium vorgekaut serviert.«

Ich erwarte Sotiropoulos' Gegenschlag, denn er als Journalistenpapst müsste erwartungsgemäß zur Verteidigung seiner Zunft antreten, doch er hüllt sich in Schweigen, nur ein spöttisches Lächeln umspielt seinen Mund.

»Glauben Sie, dass weitere Morde folgen werden?«, fragt die kurze Dicke.

»Das können wir nicht ausschließen, solange der Mörder frei herumläuft. Dazu kommt, dass sein Selbstbewusstsein mit jeder gelungenen Tat wächst. Genau das könnte ihn jedoch zu einer fatalen Unüberlegtheit verleiten.«

»Wie steht denn das Finanzministerium zu der Tatsache, dass jemand anderer seine ureigenste Aufgabe übernommen hat, Steuersünder zur Verantwortung zu ziehen?«, fragt die Dürre.

»Für die Beantwortung dieser Frage ist das Finanzministerium zuständig.«

Sie werfen sich prüfende Blicke zu, ob noch jemand eine Frage auf Lager hat. Offensichtlich nicht, da sich – bis auf Sotiropoulos – einer nach dem anderen verdrückt.

»Jetzt wären wir quitt«, sagt er, als wir nur noch zu zweit sind.

»Wieso quitt?«

»Sie haben nichts von den Schreiben erwähnt und ich nichts davon, dass der Mörder sie uns zugespielt hat.«

»Ich habe Ihnen gar nichts verheimlicht. Beide Briefe standen frei zugänglich im Internet. Jedermann, wie gesagt, konnte sie lesen.«

»Kommen Sie, das scheint mir jetzt aber doch etwas zu viel verlangt. Wer hätte sich zu dem Zeitpunkt vorstellen können, dass der Mörder eine Urteilsbegründung ins Internet stellt?« Damit hat er nicht ganz unrecht. »Glauben Sie wirklich, dass er weitermachen wird?«

»Ja.«

»Dann ist er auf dem besten Weg, ein Volksheld zu werden.«

Mit dieser Feststellung macht er seinen Abgang und verlässt mein Büro.

21

Die Büros des für das Kerameikos-Gelände zuständigen Dokumentationszentrums liegen in der Thespidos-Straße in der Plaka. Nachdem ich den Seat auf einem bewachten Parkplatz in der Navarchou-Navarinou-Straße zurückgelassen habe, setze ich meinen Weg zu Fuß fort. Die besagte Behörde ist in einem dreistöckigen neoklassizistischen Bau aus der Zeit der Bayernherrschaft untergebracht.

Anscheinend wurde mein Besuch angekündigt, da die junge Frau, die mir die Tür aufmacht, sofort Bescheid weiß:

»Kommen Sie, Herr Merenditis erwartet Sie bereits.«

Merenditis' Arbeitszimmer befindet sich in einem kleinen Raum, in dem gerade mal ein Schreibtisch, zwei Besucherstühle und rechts daneben ein abschließbarer Büroschrank Platz haben. Er steht auf und kommt auf mich zu.

»Welchem Umstand verdanke ich Ihren Besuch, Herr Kommissar?«

»Zunächst einmal wollte ich Ihnen sagen, dass Sie mit Ihrer Vermutung richtiglagen. Dass der Mörder sein Opfer zum antiken Kerameikos-Friedhof bringt, hat Symbolcharakter.«

»Ja, ich kenne die Fortsetzung. Mein Kollege aus Elefsina hat mir am Telefon erzählt, dass ein zweiter Toter im Mysterientempel gefunden wurde.«

»Was Sie noch nicht wissen, ist Folgendes: Beide Opfer sind durch Schierling ums Leben gekommen.«

»Schierling?«, wiederholt er perplex. »Dann sollten wir uns nicht nur auf den symbolischen Aspekt beschränken. Wer auch immer der Mörder ist, eins ist klar: Er lässt die Antike wiederaufleben.«

Das habe ich auch gemerkt. Nur dass ich keine Ahnung habe, warum er das tut. »Das sind jedoch noch nicht alle Ähnlichkeiten. Der Mörder hat darüber hinaus ein Video an die Fernsehsender geschickt.«

»Wenn Sie damit die Mahnschreiben meinen – das habe ich mitbekommen.«

»Der gesendete Wortlaut der Briefe war nur ein kleiner Ausschnitt aus dem Video. Dort sind noch andere Dinge zu sehen, die ich Ihnen gerne zeigen würde.«

»Kommen Sie«, sagt er und führt mich in die dritte Etage hoch in einen vergleichsweise großen Saal mit ein paar Stuhlreihen, in dem früher wohl Empfänge stattfanden. An der Wand gegenüber ist ein Bildschirm montiert, darunter befindet sich eine komplette TV-Anlage.

Nachdem wir in der ersten Reihe Platz genommen haben, spielt Merenditis das Video ab. Am Ende meint er nachdenklich: »Sie haben recht. Bei der zitierten Textstelle handelt es sich praktisch um eine Fußnote zu den Morden.«

»Ist Ihnen an dem Video etwas aufgefallen? Ich meine nicht beim Opfer, sondern bei der Führung über das Gelände.«

»Darüber habe ich mir die ganze Zeit Gedanken gemacht. Sowohl die Bildaufnahmen als auch der gesprochene Text kommen mir bekannt vor, aber ich kann sie nicht zuordnen. Mit Sicherheit stammen sie von Werbevideos des Tourismusministeriums oder aus Materialien des Dokumentationszentrums, die für touristische Zwecke verwendet werden.« Er hält inne und blickt mich zögernd an. »Würde es Ihnen etwas ausmachen, das Video einigen meiner Mitarbeiter zu zeigen? Vielleicht erinnert sich einer ja etwas genauer.«

»Natürlich nicht«, sage ich, da es meiner Ansicht nach wenig bringt, das Video unter Verschluss zu halten.

Kurz darauf kehrt Merenditis mit drei seiner Kollegen zurück. Es sind zwei Männer und die junge Frau, die mich an der Tür empfangen hat. Gerade als der Film anläuft, läutet mein Handy. Um niemanden zu stören, verlasse ich den kleinen Saal.

»Herr Kommissar, wir haben einen Pakistaner aufgetrieben, der etwas beobachtet hat.«

»Wo seid ihr jetzt?«

»Im alten Kafenion auf dem Avyssinias-Platz. Wir spendieren ihm gerade einen Kaffee, um ihn zu beruhigen. Bei unserem Anblick hatte er als Illegaler sofort die Hosen voll.«

»Bringt ihn zur Vernehmung auf die Dienststelle. Ich bin gleich da.«

Dann kehre ich in den kleinen Saal zurück und sehe das Video zusammen mit den anderen zu Ende. »Könnt ihr damit etwas anfangen, Leute?«, fragt Merenditis seine Mitarbeiter am Ende der Vorführung.

Die beiden Männer blicken sich unschlüssig an, doch die junge Frau meint, ohne zu zögern: »Das müssen Ausschnitte aus einem von Nassiotis' PR-Filmen sein.«

»Wer ist Nassiotis?«, frage ich.

»Ein Deutschgrieche, der sich auf die Präsentation archäologischer Stätten spezialisiert hat«, erläutert mir Merenditis. »Maria hat recht. Es sind tatsächlich Passagen aus Nassiotis' Filmen.«

»Wissen Sie, wo ich ihn finden kann?«

»Er lebt in Deutschland«, antwortet Maria. »Soweit ich weiß, ist er nur für die Filmaufnahmen angereist. Dann ist er nach Deutschland zurückgekehrt, hat die Filme fertiggestellt und sie uns dann geschickt.«

»Irgendwo muss ich seine Telefonnummer haben«, sagt einer der beiden Männer und erhebt sich, um nachzusehen. Kurz darauf kommt er mit zwei Nummern wieder.

»Die erste ist seine Festnetz-, die zweite seine Handynummer. Auf dem Festnetz brauchen Sie es gar nicht erst zu probieren, dort springt immer nur der Anrufbeantworter an, da Nassiotis ständig irgendwo in Europa unterwegs ist und von einer archäologischen Stätte zur anderen reist. Aber mobil können Sie ihn immer erreichen.«

»Wie könnte sich jemand Zugriff auf diese Videos verschaffen?«, frage ich Merenditis.

»Nichts leichter als das«, lautet die Antwort. »Viele davon gibt es in Museumsshops oder in Souvenirläden. Der Betreffende brauchte bloß eins zu kaufen.«

Der Mörder hat also die Videos erworben und sie in seinem Sinne montiert. Vom Filmschnitt verstehe ich zwar nichts, aber für solche Fragen habe ich ja Koula. Daher ist es weder besonders eilig noch zwingend notwendig, mit Nassiotis Kontakt aufzunehmen.

22

Erst im Büro meiner Assistenten komme ich wieder zu Atem. Ein dunkelhäutiger Mann sitzt verschreckt auf einem Stuhl und blickt misstrauisch um sich. Bei meinem Anblick zuckt er zusammen.

»Da haben wir ihn«, meint Dermitsakis.

»Einen Augenblick.«

Koula ist mir im Moment wichtiger. »Sagen Sie mal, Koula, Sie wissen doch so gut Bescheid. Kann man ein Video am Computer schneiden?«

Angesichts meiner Unbedarftheit lacht sie auf. »Nicht nur Videos, sondern ganze Spielfilme, Herr Kommissar. Die meisten Filme werden heutzutage digital geschnitten. Die Montage ist wesentlich präziser und noch dazu viel günstiger.«

Der Mörder musste also nur zwei DVDs kaufen, sich an seinen Rechner setzen und sein eigenes Video zusammenstellen. Bislang haben wir nur nach dem Schierling gefahndet. Jetzt kommt noch der Computer dazu, weil der nationale Steuereintreiber ihn fast wie eine Tatwaffe benutzt.

Nun eskortieren wir den Pakistaner in mein Büro: Ich bilde die Vorhut, hinter mir kommt der Pakistaner, und Dermitsakis folgt als Schlusslicht.

»Setz dich«, sage ich zum Pakistaner, um ihm Vertrauen einzuflößen.

»Macht nix, geht auch im Stehen.«

»Keine Angst, wir wollen dich nicht ausweisen. Du sollst uns nur erzählen, was du gesehen hast.«

»Ich kommen von Ermou-Straße, dann in Melidoni-Straße, beim Kerameikos.«

»Und du hast jemanden beobachtet, der Fotos gemacht hat?«

»Ja, aber vorher noch was anderes.«

»Was denn?«

»Ein Mann, der von Bäumen rüberkommt.«

»Von der Kirche?«

»Ja. Der Mann zieht –«, er sucht nach dem passenden Wort, »*big bundle*«, ergänzt er dann auf Englisch, »*very big*.«

»Was meinst du mit *bundle*?«, fragt Dermitsakis. »Einen Sack?«

»*Yes*, Sack. Eine große Sack der Mann schleppt. Dann er bleibt stehen und öffnet die Sack. Holt was raus und macht Foto mit Blitz.«

»Was hat er dann getan?«, frage ich.

»Dann er nimmt leere Sack und geht zu Bäume, wo er hergekommen ist.«

»Hat er sofort fotografiert, nachdem er den Sack aufgeschnürt hatte?«

Er denkt darüber nach. Dann geht er die Abfolge noch einmal im Einzelnen durch, um sie sich in Erinnerung zu rufen. »Zuerst er öffnet Sack, dann er zieht daran, dann er sich bückt, dann er macht Foto.«

Jetzt kennen wir zumindest den Weg und die einzelnen Bewegungen des Mörders, obwohl mir noch nicht ganz klar ist, wozu uns diese Informationen nützlich sein könnten. Höchstwahrscheinlich hat er seinen Wagen in der wenig befahrenen Salaminos-Straße abgestellt und ist von dort auf das Gelände gelangt. Von der Pireos-Straße aus kann er jedenfalls nicht eingedrungen sein, da der Verkehr dort niemals stillsteht. Dann hat er den Sack bis zur Grabstele geschafft und dort geöffnet. Nachdem er Korassidis' Leiche in die gewünschte Position gebracht hatte, fotografierte er sie. Danach hat er den leeren Sack gepackt und sich abgesetzt.

»Konntest du den Mann erkennen?«, hake ich nach.

»Nein, es war ganz finster. Nur *shadow*.« Er sucht nach dem passenden Ausdruck und ergänzt: »Schatten.«

»Und du hast gar nicht nachgesehen, was er dort zurückgelassen hat?«, fragt ihn Dermitsakis.

»Nein.«

»Warum nicht?«

»*The less you know, the better*«, gibt er auf Englisch die weise Erkenntnis des illegalen Einwanderers zum Besten: Je weniger man weiß, desto besser.

»Wieso warst du dort überhaupt unterwegs?«, fährt Dermitsakis fort.

»Ich kommen von Monastiraki… Von Platz… Ich wohnen in Gegend Ajios Assomatos, *Tournavitou Street*.«

Wenn er tatsächlich vom Monastiraki-Platz aus in Richtung Tournavitou-Straße gegangen ist, dann lag die Melidoni-Straße tatsächlich auf seiner Strecke. Gerade als ich überlege, ob ich noch weitere Fragen an ihn habe, tritt Koula herein und reißt mich aus meinen Gedanken: »Kommen Sie mal kurz, Herr Kommissar?«

Ihre Miene verheißt wichtige Neuigkeiten. »Nimm seine

Personalien auf, mach das Protokoll fertig und lass ihn laufen«, weise ich Dermitsakis an.

»Sie hatten mir doch aufgetragen, die ganze Zeit über im Internet Ausschau zu halten. Und sehen Sie mal, worauf ich heute gestoßen bin.«

Als ich auf ihrem Bürostuhl Platz nehme, habe ich das neueste Schreiben des Mörders vor meiner Nase.

Sehr geehrter Herr Agapios Polatoglou,

Sie haben halb Attika mit illegalen Bauten überzogen. Von Penteli bis Pallini, von Dionyssos bis Nea Makri haben Sie Häuser und Villen errichtet: mitten in Forstgebieten, in Gegenden, die nach Waldbränden neu aufgeforstet werden sollten, und auf widerrechtlich angeeignetem öffentlichen Gelände.

Und all das, ohne offiziell überhaupt zu existieren. Nach außen hin sind Sie ein kleiner Unternehmer, der Bautrupps für diverse Reparaturarbeiten zusammenstellt. Doch in Wahrheit führen Sie keine Reparaturen durch, sondern stampfen Neubauten aus dem Boden. Sie bestechen Beamte der Kommunalverwaltung und der Bauämter sowie Funktionäre aus dem Umweltministerium, um ohne Baugenehmigung luxuriöse Häuser zu errichten, die Sie dann diversen Steuersündern »schlüsselfertig« übergeben.

Schätzungsweise schulden Sie dem Staat Steuern in Höhe von einer halben Million Euro. Unter Anrechnung der 200 000 Euro Schmiergeld, die ja als abzugsfähige Ausgaben gelten, sobald Sie Ihr Einkommen tatsächlich versteuern, schulden Sie dem Fiskus 300 000 Euro.

Hiermit ersuche ich Sie, obengenannte Summe innerhalb von fünf Tagen an das Finanzamt zu entrichten.

Widrigenfalls wird anders abgerechnet, und Sie werden liquidiert.

Der nationale Steuereintreiber

Ich gehe den Brief mehrmals hintereinander durch und frage mich, wie ich Agapios Polatoglou ausfindig machen soll, wenn er offiziell doch gar nicht existiert.

Koula reißt mich aus meinen Gedanken. »Ist Ihnen etwas aufgefallen, Herr Kommissar?«

»Was denn?«

»Das Schreiben ist einen Tag später als der Brief an Lazaridis verfasst worden. Doch bisher ist noch kein Toter namens Polatoglou aufgetaucht.«

»Suchen Sie mir Polatoglous Privatadresse heraus«, sage ich zu Koula, während ich an meinen Schreibtisch laufe, um Merenditis anzurufen.

»Wie kriege ich heraus, wer für die Überwachung der Athener Ausgrabungsstätten zuständig ist?«, frage ich, nachdem ich ihm von dem neuesten Schreiben berichtet habe.

»Ich würde sagen, Sie rufen Efstathiou von der Generaldirektion für Altertümer im Kultusministerium an«, meint er und gibt mir dessen Telefonnummer durch.

»Könnten nicht Sie ihn zuerst anrufen und schon mal auf meine Anfrage vorbereiten?«

»Selbstverständlich.«

Ich gebe Merenditis zehn Minuten Vorsprung, bevor ich Efstathious Nummer wähle.

»Herr Merenditis hat mich über die Sache aufgeklärt, und

ich habe bereits alle archäologischen Stätten im Landkreis Attika angewiesen, Kontrollgänge durchzuführen«, sagt er ohne Umschweife.

»Bitte geben Sie mir umgehend Bescheid, es ist dringend.«

Ich bin schon drauf und dran, im Zuge meiner Informationspflicht zu Gikas hochzufahren, als mir Koula eine Notiz mit Polatoglous Adresse in die Hand drückt. Er wohnt in der Filoktitou-Straße in Pallini.

»Was, noch ein Opfer?«, fragt Gikas, dem die Lektüre des Briefes die Laune verdorben hat.

»Das steht noch nicht fest. Bis jetzt liegt uns keine Nachricht von einem weiteren Opfer vor. Ich habe, um sicherzugehen, die Generaldirektion für Altertümer gebeten, alle Ausgrabungsstätten zu überprüfen. Vielleicht hat ja der Mörder noch gar nicht zuschlagen können, und wir kommen ihm zuvor.«

»Schön wär's. Was meinen Sie? Soll ich den Minister informieren?«

Diese Frage zeigt neben Gikas' Unsicherheit auch, wie sehr ihm die Sache an die Nieren geht. Unter anderen Umständen wäre es ihm nie in den Sinn gekommen, mich um Rat zu fragen.

»Warten wir erst einmal das Resultat der Überprüfungen ab. Taucht keine Leiche auf, ist Polatoglou vielleicht noch am Leben. Es ist unwahrscheinlich, dass der Mörder beim dritten Opfer von seinem Muster abweicht und den Toten plötzlich nicht mehr wie gewohnt auf einer antiken Stätte platziert. Wir sollten jetzt keine Panik schüren.«

»Einverstanden, ich warte erst mal ab.«

Als ich hinunterfahre, läutet mein Handy. »Ich kann

Ihnen hundertprozentig versichern, dass in den archäologischen Stätten Attikas kein Toter gefunden wurde«, sagt Efstathiou am anderen Ende.

Daraufhin weise ich Koula an, Polatoglou anzurufen und ihm einzuschärfen, dass er sich bis zu unserem Eintreffen nicht aus dem Haus rühren soll.

23

Diesmal habe ich dem Streifenwagen den Vorzug gegeben, weil ich keine Zeit verlieren darf. Der Verkehr auf der Messojion-Straße pulsiert allerdings – medizinisch gesprochen – so schwach, dass ich auch mit dem Seat problemlos vorangekommen wäre. Mit heulender Sirene nähern wir uns Ajia Paraskevi. Dort erweist sich meine Entscheidung dann doch noch als richtig, denn die Verkehrsadern sind verstopft und auf der Messojion gibt es kein Durchkommen mehr: ein Infarkt erster Güte.

»Was haben denn all diese Leute hier vor? Können Sie mir das sagen?«, fragt mich Vlassopoulos ärgerlich. »Wäre es ein Samstag, dann könnte ich es ja noch irgendwie nachvollziehen, aber wo fahren die wochentags alle hin?«

»Nach Rafina, zur Fähre. Nach Jerakas, um frisches Brot zu kaufen, weiß der Geier ...«

»Und wo nehmen die in Zeiten wie diesen den Sprit dafür her?«

Seine Frage bleibt unbeantwortet im Raum stehen, und wir setzen den Weg schweigend fort. Mit dem frischen Brot lag ich jedenfalls richtig, denn hinter Jerakas entspannt sich die Lage.

Bei Pallini verlassen wir den Marathonos-Boulevard, und kurz darauf erreichen wir die Filoktitou-Straße. Polatoglous Haus hat zwei Stockwerke und einen Vorgarten. Es gehört zu jener Sorte von Schwarzbauten, die mit den Jahren den Status von Wochenendhäusern erlangt haben.

Eine mürrische, ungeschminkte Frau öffnet uns die Tür und führt uns stumm ins Wohnzimmer, wo ein untersetzter Sechzigjähriger in einem Sessel sitzt. Er muss zu der Sorte Mensch zählen, die selbst in Alaska schwitzen, denn ihm steht der Schweiß auf der Stirn. Obwohl es draußen kühl ist und nieselt, trägt er Jeans und eines jener kurzärmeligen Polo-Shirts mit dem Krokodilchen. Er gibt sich nicht einmal den Anschein von Höflichkeit, sondern verfolgt wortlos, wie Vlassopoulos und ich auf dem Sofa Platz nehmen.

Da er die Begrüßung unter den Tisch fallen lässt, erspare auch ich mir die Einleitungsfloskeln. »Herr Polatoglou, haben Sie vor etwa sechs Tagen einen Brief erhalten, in dem Sie aufgefordert werden, 300 000 Euro Steuern zu zahlen, wenn Ihnen Ihr Leben lieb ist?«

»Ja. Das heißt, meine Tochter hat den Brief vorgefunden, da sie am Computer arbeitet.«

»Und wie haben Sie darauf reagiert?«

»Ich hab gezahlt«, erwidert er ohne Umschweife.

Uns bleibt die Spucke weg, und wir starren ihn fassungslos an. »Sie haben gezahlt?«, frage ich zurück, da ich meinen Ohren nicht traue. Daraus erklärt sich, warum er noch am Leben ist.

»Was hätte ich denn tun sollen, Herr Kommissar? Ich habe im Fernsehen gesehen, wie es den anderen beiden ergangen ist, die auch angeschrieben wurden und nicht gezahlt haben. Einen ganzen Tag lang habe ich hin und her überlegt, bis ich mir schließlich sagte: ›Agapios, ist dir dein Leben keine 300 000 Euro wert?‹ Andere müssen in Entführungsfällen eine Million und mehr hinblättern. Da bin ich mit meinen 300 000 ja noch günstig davongekommen.«

Wie typisch für griechische Emporkömmlinge, denke ich mir. Wenn man ihn auf der Straße ohne sein Edel-Polo-Shirt sähe, würde man ihn glatt für einen Landwirt oder Tagelöhner halten. Doch er macht, ohne mit der Wimper zu zucken, innerhalb eines einzigen Tages 300 000 Euro locker.

»Wieso haben Sie sich nicht an uns gewendet?«, fragt Vlassopoulos.

Polatoglou wirft ihm einen arroganten, gelangweilten Blick zu. »Mein Lieber, hätte ich nicht zahlen, sondern beschützt werden wollen, wäre ich zur Polizei gegangen, und zwar direkt zum Revierleiter in Pallini. Dem hätte ich ein Geldbriefchen mit fünf Tausendern zugesteckt, und dann wäre ich ins Personenschutzprogramm aufgenommen und Tag und Nacht bewacht worden.«

»Lassen Sie die Spielchen, Polatoglou«, sage ich knapp. »Okay, überall wird geschmiert, aber das heißt nicht, dass wir durch die Bank bestechlich sind. Und erklären Sie mir jetzt nicht, dass die Ausnahme die Regel bestätigt.«

Doch er zeigt sich von meiner strengen Miene unbeeindruckt. »Wissen Sie, wie man mich nennt?«, fragt er. »›Ölscheich‹, weil ich mich so gut darauf verstehe, das Getriebe zu schmieren.«

»Ja, aber dass Sie jetzt die 300 000 gezahlt haben, ist ein Eingeständnis, dass Sie Steuern hinterzogen haben.«

»Eingeständnis? Ich hab nicht gezahlt, weil ich Steuerschulden hatte, sondern um mein Leben zu retten.«

»Also gut, das kaufe ich Ihnen ab«, meint Vlassopoulos.

»Aber werden Sie das Geld zurückverlangen, wenn wir den Mörder kriegen?«

Polatoglou blickt uns an und grinst vom einen Ohr zum anderen. »Ihr werdet ihn nicht kriegen«, sagt er. »Das ist der Grund, warum ich mich nicht an euch gewandt habe, deshalb hab ich auch dem Revierleiter die fünf Tausender nicht zugesteckt. Das wird man zu verhindern wissen.«

»Wer wird das zu verhindern wissen?«, frage ich baff.

»Na, der Staat«, antwortet er wie aus der Pistole geschossen.

»Und wieso sollte der Staat das nicht zulassen?«, fragt nun auch Vlassopoulos, der ebenso entgeistert reagiert wie ich.

»Weil der Staat hinter alldem steckt. Der lässt einfach ein paar Typen umbringen, damit die Übrigen Angst kriegen und ihre Steuern zahlen. Keine Ahnung, ob jetzt der Mörder einer von euch, vom Griechischen Nachrichtendienst oder irgendein angeheuerter rumänischer Killer ist. Eins ist jedenfalls sicher: Ihr kriegt ihn nicht.«

»Sind Sie noch bei Trost?«, rufe ich außer mir. »Der Staat soll seine eigenen Bürger umbringen, um Steuern einzutreiben?«

»Also, jetzt mal ganz langsam, zum Mitschreiben«, erklärt er gelassen. »Ich habe, so wahr ich hier sitze, rings um den Marathonos-Boulevard ein Haus nach dem anderen hochgezogen. Nun wirft man mir vor, das wäre alles illegal gewesen: auf von Waldbränden zerstörtem Land, in Forstgebieten, auf Baugründen in Staatsbesitz. Ich behaupte ja gar nicht das Gegenteil. Aber ich habe vielen Menschen Arbeit gegeben, ich habe eine Menge Baumaterial und Maschinen gekauft, die Käufer meiner Häuser haben Kredite aufgenommen, an denen die Banken gut verdient haben. Das nennt man Wachstum, mein Lieber. Warum ist denn der Staat all die Jahre nie zu mir gekommen und hat gesagt: ›Also hör mal, du baust auf Grundbesitz, der aufgeforstet werden soll, in Waldgebieten und auf öffentlichem Boden. Das ist illegal. Daher nehme ich es dir weg und lasse alles einreißen.‹ Warum hat man keinen Ton gesagt? Weil auch der Staat das bis gestern für Wachstum hielt und beide Augen zugedrückt hat. Jetzt könnten Sie mir sagen: Dieses Wachstum war eine Mogelpackung. Richtig, aber wie sollte es denn anders sein, wo doch der griechische Staat selbst eine Mogelpackung ist?«

»Und warum sollte der Staat jetzt seine Meinung ändern?«, wundert sich Vlassopoulos.

»Weil all seinen Vertretern der Arsch auf Grundeis geht«, meint er. »Deshalb hat man sich diese Lösung einfallen lassen. Zwar sind sie bestimmt nicht von selbst darauf gekommen, sondern andere haben es ihnen eingeflüstert. Wie sollten diese Weicheier auch von allein auf so etwas kommen?«

»Wer hat sich denn Ihrer Meinung nach das alles ausgedacht?«, frage ich, weil ich gespannt bin, was Polatoglou sonst noch für Ansichten auf Lager hat.

»Na, diese gerissene Merkel!«

»Die Merkel hat also der griechischen Regierung empfohlen, die eigenen Bürger umzubringen, um sie zu braven Steuerzahlern zu erziehen?«

»Woher stammt die Merkel?«, fragt er zurück.

»Na, aus Deutschland.«

»Ja, aber aus der DDR. Wissen Sie, was das heißt?«

»Ich habe in der Juntazeit meinen Schulabschluss gemacht und bin dann zur Polizeischule gegangen. Ich weiß, wovon Sie reden.«

»Na, sehen Sie. Aber eins kann ich Ihnen sagen, mein Lieber: Als ich unter der Junta beim Internationalen Straßengütertransport gearbeitet habe, haben mir die deutschen Lkw-Fahrer Folgendes erzählt: Wenn man sich in der DDR nur mit der rechten Hand die Nase kratzte, wurde man gleich als US-Spion hingerichtet. Dementsprechend hat die Merkel zu unseren Politikern gesagt: Macht ruhig ein paar kalt, damit die Übrigen Angst kriegen und schnell aufs Finanzamt laufen. Die hat sich gedacht: Warum soll ich das Geld der deutschen Steuerzahler nach Griechenland pumpen? So ist sie auf diese Lösung verfallen, die sowohl unseren Politikern als auch ihr selbst von Nutzen ist.«

»Es gibt uns ja nicht allein Deutschland Geld. Und die Merkel war, soweit ich weiß, Regimegegnerin.«

»Kann sein, aber wir Griechen sind ein weises Volk und haben für jede Gelegenheit das passende Sprichwort.«

»Und das wäre?«

»Wie der Herr, so 's Gescherr.«

Der Zweck unseres Besuchs scheint mir nun doch erfüllt. Polatoglou ist ganz offensichtlich noch am Leben und nicht länger in Gefahr. Da der Aufgabenbereich der Polizei an dieser Stelle endet, beschließe ich aufzubrechen.

»Wenn Sie den Mörder fassen, stelle ich Ihnen zur Belohnung ein Häuschen hin!«, ruft er mir noch hinterher.

Als wir in den Streifenwagen steigen, fahren wir nicht gleich los. Vlassopoulos braucht noch eine kleine Erholungspause, um seinen Ärger loszuwerden.

»Haben Sie gehört, was er uns da aufgetischt hat?«, fragt er, während er den Motor anlässt.

»Klar! Dass die Merkel mit Schierlingsgift Steuern eintreibt. Und dass illegale Bauten und Korruption das Wachstum ankurbeln. Wer nicht schmiert, schadet der Wirtschaft, weil er die Rezession heraufbeschwört.«

»Dürfte ich mich einmal kurz versündigen, Herr Kommissar? Wenn mir noch so einer über den Weg läuft, fange ich wirklich an zu hoffen, dass uns der Mörder durch die Lappen geht.«

Er hebt die Hand zum Abschied und rollt langsam die Dimokratias-Straße hinunter.

24

Es gibt kaum Schlimmeres, als wenn man nach der Arbeit nach Hause kommt und die Stunden bis zum Schlafengehen in quälender Langsamkeit dahinkriechen. Wenn Adriani und ich nur das Nötigste miteinander sprechen, wir uns dann vor den Fernseher setzen und uns die Erklärungen der Politiker, die Querelen zwischen diversen, live geschalteten Diskussionsteilnehmern und die Expertengespräche anschauen, die weder Interessantes noch Neues zutage bringen. Da sämtliche Argumente vorhersehbar sind, stürzen sie uns bloß in eine abgrundtiefe Traurigkeit.

Genau so war es gestern Abend. Nachdem ich mir Polatoglous Verschwörungstheorien hatte anhören müssen, kehrte ich nach Hause zurück, um – in sämtlichen Spielarten und quer durch die TV-Kanäle – den zweiten Akt des Dramas zu erleben, der sich um die entscheidende Frage drehte: Rettung oder Ruin für Griechenland? Siehst du das Glas halb voll, wie man so schön sagt, meinst du, es sei noch etwas zu retten. Siehst du es halb leer, meinst du, der Ruin stehe unmittelbar bevor. Die Sache ist nur die, dass uns das Wasser unverändert bis zum Hals steht.

Irgendwann, mitten in der Nachrichtensendung, hielt ich es einfach nicht mehr aus. »Komm, zieh dich an, wir gehen raus«, sagte ich zu Adriani.

»Bist du in der Stimmung, essen zu gehen?«

»Nein, aber auch nicht in der Stimmung, zu Hause zu hocken und wie jeden Abend die Krise als Leichenschmaus vorgesetzt zu bekommen.«

So fuhren wir zu einer Taverne in Kessariani, eine der wenigen, in die Adriani ohne Widerrede essen geht, da sie die Speisekarte übersichtlich und das Angebot schmackhaft findet. In der Regel hasst sie Tavernen. Mal knallen sie einem ein lieblos gebratenes, staubtrockenes Stück Fleisch auf den Teller, mal bieten sie so raffinierte Gerichte an, dass der Geschmack nicht mehr authentisch ist, sondern wie geliehen scheint. Genauso wie die Kredite, die Griechenland in den Abgrund gestürzt haben.

Wir plauderten über Gott und die Welt, und ich erzählte ihr von meinem Treffen mit Polatoglou, worauf sie sich bekreuzigte und meinte: »Wenn an einem kein Mangel herrscht in Griechenland, dann an Verrückten. Das hat Karamanlis schon treffend formuliert.«

Alle beide vermieden wir tunlichst, das Thema anzusprechen, das uns beiden auf der Seele liegt. So verbrachten wir einen relativ erträglichen Abend, was auf jeden Fall besser war, als niedergeschlagen zu Hause zu sitzen.

Daher ist heute einer der seltenen Tage, an dem ich nicht übel gelaunt von zu Hause aufbreche. Als ich gerade an der Ampel zur Spyrou-Merkouri-Straße warte, läutet mein Handy, und Koulas aufgeregte Stimme ist dran.

»Herr Kommissar, soeben hat man uns verständigt, dass noch jemand tot aufgefunden wurde, genauer gesagt ein Pärchen.«

»Wo?«

»Auf der Akropolis, mitten im Parthenon.«

O nein, denke ich mir. Da muss uns eine Zahlungsaufforderung entgangen sein. Polatoglou hat brav gezahlt, doch die anderen beiden haben sich offenbar geweigert. Deshalb wurden sie kaltgemacht und als Sehenswürdigkeit für die Touristen im Parthenon ausgestellt.

»Suchen Sie nach dem Brief«, sage ich zu Koula, während ich am Hilton Hotel in den Vassileos-Konstantinou-Boulevard Richtung Innenstadt einbiege. »Und informieren Sie die Gerichtsmedizin und die Spurensicherung.«

Der morgendliche Berufsverkehr staut sich an der großen Kurve am Zappion-Palais. Mein Seat verfügt zwar über ein nutzloses Navigationsgerät, aber eine Sirene geht ihm leider ab, so dass ich in nervenaufreibendem Zeitlupentempo den Amalias-Boulevard überqueren muss, bis ich endlich die Altstadt erreicht habe.

Den Seat lasse ich in der Dionyssiou-Aeropagitou-Straße stehen, da ich mich nicht getraue, den Burgfelsen mit dem Auto hochzufahren. Am Eingang zur Akropolis erwartet mich ein Sechzigjähriger in höchster Aufregung.

»Konstantinidis, Direktor des archäologischen Geländes«, stellt er sich vor. »Herr Kommissar, dieses unglückselige Ereignis muss um jeden Preis geheim gehalten werden.«

»Darüber können wir später reden«, unterbreche ich ihn. »Zuerst einmal möchte ich die beiden Toten sehen.«

Er führt mich direkt zum Parthenon und klettert mir voran die vorderen Stufen hoch. Zwischen den Säulen erkenne ich zwei Leichen, die ganz anders aussehen als erwartet.

Es sind zwei junge Leute, ein Mann und eine Frau von nicht einmal dreißig Jahren, die eng umschlungen und Auge in Auge auf dem Fußboden liegen. Die Sportjacke des jungen Mannes und der Blazer der jungen Frau sind an den Stellen, wo sie sich an der Hand halten, von Blut durchtränkt. Zwischen ihnen breitet sich eine kleine Blutlache aus. An der Jacke des Mannes ist ein A-4-Blatt festgepinnt.

»Hier handelt es sich nicht um Mord«, wende ich mich an Konstantinidis. »Diese jungen Leute haben Selbstmord begangen.«

In der Blutlache blitzt eine Rasierklinge auf. Offenbar sind sie auf die Akropolis hochgestiegen und in den Parthenon eingedrungen, haben sich dort die Pulsadern aufgeschnitten und Arm in Arm hingelegt, um gemeinsam zu sterben.

Von meinem Handy aus rufe ich Stavropoulos an. »Ersparen Sie sich die Anreise«, erkläre ich ihm. »Es handelt sich um einen Doppelsuizid. Ich lasse die beiden mit dem Krankenwagen zu Ihnen bringen. Vor Ort brauchen wir nur die Spurensicherung.«

»Anscheinend fühlen Sie sich mit Morden allein nicht genug ausgelastet und haben jetzt auch noch die Selbstmorde übernommen. Na dann, viel Erfolg!«, ermuntert er mich, bevor er auflegt.

Ich bücke mich und löse das Blatt Papier vorsichtig von der Sportjacke des jungen Mannes. Es handelt sich um den Computerausdruck eines Abschiedsbriefes.

Wir heißen Marina und Jannis. Marina hat den Magister in Psychologie und ich einen Master in Geschichte. Seit fünf Jahren sind wir ein Paar und wollen heiraten. Doch wie soll das gehen, wenn wir beide arbeitslos sind? Marina arbeitete in einer Stiftung, doch jetzt hat man sie entlas-

sen. Und ich habe überhaupt keinen Job gefunden. Auch unsere Eltern können uns nicht mehr länger unterstützen. Mein Vater musste sein Schuhgeschäft in der Patission-Straße zumachen, und Marinas Vater hat seine Arbeit verloren, weil seine Firma pleitegegangen ist. Weder finden wir ein Auskommen, noch können wir zusammenziehen. Es gibt für uns keine andere Lösung als den Freitod. Wir haben beschlossen, uns im Parthenon das Leben zu nehmen, damit unsere antiken Ahnen sehen, in welche Misere uns ihre Nachfahren gestürzt haben. Phidias, Perikles, Sokrates – wir sterben, um nicht länger erdulden zu müssen, was eure Nachfahren uns antun.

Adieu,
Marina und Jannis

Nun stehe ich mit dem Abschiedsbrief in der Hand da und weiß nicht, wohin damit. Soll ich ihn hierlassen oder lieber mitnehmen? Schließlich hefte ich ihn wieder an die ursprüngliche Stelle. Da der Abschiedsbrief nicht an die zeitgenössischen, sondern an die antiken Griechen gerichtet ist, habe ich kein Recht, ihn an mich zu nehmen.

»Herr Kommissar, diese Sache darf auf keinen Fall an die Öffentlichkeit dringen«, hebt Konstantinidis erneut an, als wir den antiken Tempel verlassen.

»Das wird sich kaum machen lassen, Herr Konstantinidis, aber es handelt sich ja nicht um Mord, sondern um Selbstmord. Die beiden hätten sich auf einer öffentlichen Toilette, in einem Zimmer oder im Stadtpark umbringen können. Aber sie haben es auf der Akropolis getan, und zwar aus einem ganz bestimmten Grund.«

»Trotzdem, wenn sich das herumspricht, sinken unsere Besucherzahlen. Und das in einer Zeit, wo wir es uns nicht leisten können, auch nur einen einzigen Touristen zu verlieren. Etliche Athenbesucher werden die Akropolis aus ihrem Programm streichen. Viele Leute sind abergläubisch und lassen sich von so unerfreulichen Ereignissen abschrecken.«

»Haben Sie den Abschiedsbrief gelesen?«

»Ja, sicher. Gleich nachdem man sie gefunden hatte.«

»Wir beide, Sie und ich, zählen zu diesen Nachfahren, wenn Ihnen das noch nicht aufgefallen sein sollte«, sage ich zu ihm und mache mich auf den Weg zu meinem Seat, der am Fuß des Burgfelsens auf mich wartet.

Die Zeiten können tatsächlich nur noch schlimmer werden.

25

Zur Dienststelle kehre ich mit dem übersteigerten Aktionismus eines Menschen zurück, der etwas Schockierendes erlebt hat und händeringend nach einer Beschäftigung sucht, um darüber hinwegzukommen. Doch mit den Ermittlungen sind wir in einer Sackgasse gelandet, aus der ich keinen Ausweg weiß. Das Einzige, was ich im Moment tun kann, ist, diesen Nassiotis anrufen, der die PR-Videos zu den betroffenen archäologischen Stätten angefertigt hat. Das ist zwar nur eine Formalität zur Vervollständigung der Ermittlungsakte, muss aber auch erledigt werden.

Doch Lambropoulos' Anruf kommt mir dazwischen. »Bei mir im Büro sitzt gerade Spyridakis. Wir haben ein paar Hinweise gefunden, die Sie interessieren werden. Wann wollen wir sie durchgehen?«

»Sofort, aber am besten in Gikas' Anwesenheit. Ich frage schnell wegen eines Termins bei ihm an und melde mich dann zurück.« Gikas erfährt besser alles aus erster Hand.

»Er ist sehr beschäftigt. Ich bezweifle, dass er Sie empfangen kann«, höre ich Stellas kühle Stimme am Apparat.

»Sagen Sie ihm, dass neue Fakten vorliegen. Und wenn Sie dann immer noch meinen, er hätte keine Zeit, rufe ich direkt bei ihm an.«

Sie meldet sich umgehend zurück und gibt mir steif und mit spröder Stimme bekannt, dass er uns sofort sehen will.

Ich gebe Lambropoulos Bescheid, und kurz darauf sitzen wir alle drei im Büro des Kriminaldirektors.

»Gute oder schlechte Neuigkeiten?« Mit dieser Frage eröffnet Gikas das Gespräch, sobald wir am Konferenztisch Platz genommen haben.

»Weder noch. Wir haben ein paar Hinweise gesammelt, die uns bei den Ermittlungen weiterhelfen und Ihnen ermöglichen könnten, dem Minister von Fortschritten zu berichten«, entgegnet Lambropoulos, der ihn genauso gut kennt wie ich.

Bei der Aussicht auf positive Berichterstattung beim Minister setzt Gikas sich auf.

»Ich höre.«

»Zunächst einmal haben wir herausgefunden, auf welchem Weg der Täter in die Steuersoftware Taxis eingedrungen ist«, beginnt Lambropoulos.

»Die Sicherheitslücke lag leider in unserem Bereich«, ergänzt Spyridakis mit betretener Miene. »Wir haben natürlich sofort die Codes geändert und denken jetzt sogar daran, das ganze Sicherheitssystem umzukrempeln.«

»Schon richtig, aber das will noch nicht viel heißen«, schaltet sich Lambropoulos ein. »Wir haben zwar die eine Lücke geschlossen, aber er kann anderswo genauso gut zuschlagen. Der Typ muss ein genialer Hacker sein.«

»Wie groß ist der entstandene Schaden? Können Sie das abschätzen?«, fragt Gikas Spyridakis.

»Nicht genau. Er kann nicht allzu oft ins System eingedrungen sein, aber wenn er sich nachts oder am Wochenende eingeloggt hat, dann hat er wohl wesentlich mehr Daten geklaut als nur die seiner bisherigen Opfer. Durchaus denkbar, dass er sensible Informationen über eine große Anzahl weiterer Personen in der Hand hat.«

»Eine davon hat er bereits publik gemacht«, sage ich und lege ihnen den Fall Polatoglou dar.

»Er hat gezahlt?«, fragen Spyridakis und Lambropoulos wie aus einem Mund.

»Zu diesem Zweck hat er doch die Schreiben an die TV-Sender geschickt: um zu zeigen, dass mit ihm nicht zu spaßen ist. Bei Polatoglou ist sein Plan aufgegangen.«

»Heute noch fordere ich bei den Athener Finanzämtern eine Aufstellung darüber an, wie viele Personen in der letzten Zeit größere Summen überwiesen haben«, sagt Spyridakis. »Immerhin kennen wir jetzt die Firmendaten des Offshore-Unternehmens, dem Korassidis' Landhaus gehört.«

»Was ist das für eine Firma?«, frage ich.

»Wie zu erwarten eine mit Firmensitz auf den Kaimaninseln. Dass Korassidis Anteile besaß, ist somit schwer nachzuweisen. Aber ich möchte wetten: Wenn wir doch noch herausfinden, wem sie gehört, wird nicht er, sondern eine seiner Töchter als Anteilseigner aufscheinen.«

»Hilft es uns weiter, wenn wir seine Konten überprüfen?«, fragt Gikas.

»Schon geschehen. Es gibt zwar keine direkten Überweisungen an die Offshore-Firma, dafür aber monatliche Abbuchungen einer gleichbleibenden Summe von seinem Konto. Höchstwahrscheinlich hat er Geld von seinem Konto abgehoben und per Scheck von einer anderen Bank aus dorthin transferiert. Da die Abhebungen 5000 Euro nicht überschritten haben, gab es für die Bank keinen Grund, Fragen zu stellen. Überweisungen bis 10 000 Euro fallen nicht unter die Bestimmungen des Geldwäschegesetzes.«

»Korassidis war ein Arzt. Woher kannte er all diese Tricksereien?«, frage ich Spyridakis.

»Kommen Sie, Charitos«, mischt sich Lambropoulos ein. »Einheimische wie ausländische Finanzberater, die mit ihrem Wissen hausieren gehen, gibt's doch wie Sand am Meer.«

»Wenn es Sie interessiert, kann ich Ihnen ein paar Namen nennen«, fügt Spyridakis hinzu.

»Uns interessieren nur die Namen derjenigen, die Tricks gegen Zulagenkürzungen auf Lager haben«, meldet sich Gikas mit einer seiner seltenen humoristischen Anwandlungen zu Wort.

»Korassidis' Töchter sind jedenfalls gerade in Athen, falls Sie sie befragen möchten«, informiert mich Spyridakis. »Sie sind zum Begräbnis ihres Vater angereist.«

»Ich will sie so schnell wie möglich sprechen.« Unverzüglich rufe ich Dermitsakis an. »Schaff mir Korassidis' Töchter her, die gerade in Athen sind. Sag ihnen, ich möchte sie auf dem Präsidium befragen. Wenn möglich, noch heute.«

Nachdem ich aufgelegt habe, wende ich mich an Spyridakis: »Ich hätte Sie gerne bei der Vernehmung dabei.«

»Kein Problem. Sagen Sie Bescheid, wenn's so weit ist.«

Am Ende der Besprechung fahre ich zu meinem Büro hinunter, um vor dem Eintreffen von Korassidis' Töchtern das Telefonat mit Nassiotis zu erledigen. Zunächst einmal versuche ich es auf der deutschen Festnetznummer, doch dort springt nur der Anrufbeantworter mit einer zweisprachigen Ansage auf Deutsch und Griechisch an. Dann probiere ich es auf seinem Handy und habe ihn sofort in der Leitung.

»Herr Nassiotis?«

»Am Apparat.«

»Hier spricht Kommissar Charitos, Polizeipräsidium Attika. Ich wollte Ihnen ein paar Fragen zu den Videofilmen stellen, die Sie im Auftrag des Tourismusministeriums gedreht haben.«

»Aber gern. Man hat mir schon berichtet, dass jemand sie benutzt hat, um daraus seine eigenen Aufnahmen zu montieren.«

»Genau darum geht es. Sind Sie derzeit in Griechenland?«

»Leider nein. Ich bin gerade in Taormina auf Sizilien und arbeite an einem Video über die Stadt und ihre Altertümer.«

»Dann müssen wir uns mit einem Telefongespräch begnügen. Wann haben Sie diese Videos gedreht, Herr Nassiotis?«

Er denkt kurz nach, bevor er mir antwortet. »Das muss rund zwei Jahre her sein, Herr Kommissar. Wenn ich mich nicht irre, habe ich sie im September 2009 fertiggestellt.«

»Könnte es sein, dass Sie Kopien an Dritte weitergegeben haben?«

»Nein, Herr Kommissar«, erwidert er entschieden. »Ich drehe meine Videos immer allein, füge dann die Untertitel und die Sprecherstimme hinzu und mache auch den Filmschnitt selbst. Danach liefere ich fünf reproduktionsfähige Kopien ans Ministerium, und eine Kopie wandert in mein Archiv in Deutschland. Da in meine Werkstatt in Mannheim nicht eingebrochen wurde, kann die Ursache des Problems nicht bei mir liegen.« Er zögert kurz. »Obwohl, wieso sollte man in mein Büro einbrechen, Herr Kommissar? Meine Videofilme liegen in allen Souvenirläden aus. Wer sie für seine eigenen Zwecke benutzen will, braucht nur einen zu kaufen.«

»Ja, das hat man mir beim Dokumentationszentrum des Kerameikos-Friedhofs auch schon erklärt. Damit wäre die Sache erledigt, aber ich hätte noch eine Bitte. Gehen Sie, wenn Sie wieder in Deutschland sind, in das nächstgelegene griechische Generalkonsulat und schicken Sie mir von dort eine offizielle Niederschrift Ihrer Aussage.«

»Selbstverständlich, nur müssen Sie sich ein paar Tage gedulden. Ich habe noch ungefähr eine Woche hier in Taormina zu tun.«

»In Ordnung, es ist nicht so dringend.«

Gleich nachdem ich aufgelegt habe, tritt Dermitsakis in mein Büro. »Ich habe mit Thalia, einer von Korassidis' Töchtern, gesprochen. Zunächst wollte sie morgen früh vorbeikommen, nachdem sie sich mit ihrem Anwalt besprochen hätte. Doch dann rief sie noch einmal an und meinte, morgen um eins wäre besser, da ihr Anwalt vorher einen Gerichtstermin hat.«

Ich versuche mir ins Gedächtnis zu rufen, welche der beiden Korassidis-Töchter Frau Anna, die Haushälterin, als kalt und autoritär beschrieben hat. Ich glaube fast, es war Thalia.

Der folgende Anruf kommt von Dakakos aus Elefsina. »Herr Kollege, wir haben hier einen Zeugen, der am Tatabend eine Beobachtung gemacht hat.«

»Ein Immigrant?«

»Nein, ein Einheimischer. Einer von diesen miesen Antikenräubern, die nachts, vorwiegend bei Vollmond, in die archäologischen Stätten eindringen und ein Stück Marmor klauen, das sie dann an irgendwelche Spinner oder Hehler verkaufen. Als er von uns in die Mangel genommen wurde, hat er die Geschichte ausgespuckt. Sollen wir ihn ins Präsidium schicken oder kommen Sie hierher?«

»Lieber komme ich zu Ihnen, damit wir die Szene gleich nachstellen können.«

»Gut, dann warten wir auf Sie.«

Diesmal entscheide ich mich für den Seat. Eine Reihe von Streifenwagen ist nämlich nicht zu gebrauchen, da kein Geld mehr da ist für dringend nötige Reparaturen. Und es besteht kein Anlass, für diese Fahrt einen der wenigen verfügbaren Dienstwagen zu blockieren.

26

Das Glück scheint auf meiner Seite zu sein. Bis Skaramangas ist der Straßenverkehr nicht beeinträchtigt, auch danach bleibt das Verkehrsaufkommen mäßig. Eine halbe Stunde später befinde ich mich bereits auf der Autobahn Athen-Korinth. Endlich einmal kommt mir das Navigationsgerät des Seat zupass. Da Elefsina nicht zu meinem vertrauten Aktionsradius gehört, fürchte ich sonst auf Abwege zu geraten.

Die weibliche Stimme des Navigationssystems geht mir zwar wie immer ziemlich auf die Nerven, doch diesmal füge ich mich all ihren Anweisungen. Sie trägt mir auf, nach dreihundert Metern in die Iera Odos abzubiegen, zweihundert Meter später geht's nach rechts und kurz darauf erneut nach rechts. »Sie sind am Ziel«, verkündet sie großspurig, als ich vor der Polizeiwache Elefsina anlange.

Als ich dem Wachtposten am Eingang meinen Namen und meinen Ansprechpartner nenne, führt er mich direkt zum Büro des Revierleiters. Dakakos erhebt sich zur Begrüßung. »Schön, dass Sie da sind, Herr Kommissar. Die Athener Kollegen bekommen wir nicht oft zu Gesicht«, erklärt er lachend.

»Erst mal mein Kompliment«, erwidere ich. »Ehrlich gesagt hatte ich keine großen Hoffnungen, dass uns Ihre Ermittlungen weiterbringen würden.«

»Kalodimos, ein junger und aufgeweckter Beamter, war auf die entscheidende Idee gekommen. Tsobanas ist bei uns aktenkundig. Wir wissen, dass er im Mysterientempel herumschleicht und immer wieder mal was mitgehen lässt. Kalodimos hat angeregt, wir sollten ihm einfach mal ein bisschen auf den Zahn fühlen. Anfangs stellte er sich dumm und wollte nichts gesehen und gehört haben. Er hatte nämlich Angst, dass wir jede seiner Äußerungen nur dazu benutzen wollten, ihm gleich noch ein paar Diebstähle in die Schuhe zu schieben. Ich habe ihm erklärt, genau das täten wir, wenn er den Mund nicht aufmachen würde. Schließlich haben wir einen Kompromiss gefunden. Wir akzeptieren seine Version der Geschichte, nämlich dass er bei der Kapelle einen Spaziergang gemacht hat, um die Abendluft zu genießen. Und dafür erzählt er uns ein paar Schwänke aus seinem Leben.«

»Kann ich mit ihm sprechen?«

»Ja, natürlich.« Er tritt zur Tür und ruft hinaus: »Kalodimos, bring uns deinen Schützling her!«

Kurz darauf erscheint ein spindeldürrer Mittdreißiger in Begleitung eines jungen Beamten. Der Dünne bleibt an der Tür stehen und heftet seinen Blick auf mich. Er versucht zu erraten, worauf ich hinauswill, um einschätzen zu können, wie er sich mir gegenüber verhalten soll.

»Das ist Tsobanas«, stellt ihn Dakakos vor.

»Revierleiter Dakakos hat mir gesagt, dass Sie am Abend bei der Kapelle spazieren gegangen sind und dabei etwas beobachtet haben.«

Sobald ich die abgesprochene Version wiederhole, entspannt er sich. Gerade als er zu seiner Erzählung ausholen will, falle ich ihm ins Wort. »Nein, nicht hier. Ich würde gern zusammen mit Ihnen zu der Stelle gehen, wo alles passiert ist.«

Zusammen mit Kalodimos brechen wir auf. Zunächst treten wir auf die Iroon-Polytechniou-Straße, zwei Ecken weiter biegen wir nach links in ein Gässchen, das uns zum Park führt, in dem eine Kapelle mit Glockenturm steht.

»Ich war gerade in der Nähe der kleinen Kapelle«, hebt Tsobanas an.

»Wo genau? Können Sie mir den Platz zeigen?«

Schlagartig wirkt sein Gesicht verschlossen und argwöhnisch. »Das ist jetzt eine ganze Weile her. Daran kann ich mich nicht mehr erinnern.«

»He, Tsobanas, jetzt machen Sie uns das Leben nicht schwer«, meint Kalodimos. »Sie kennen die Gegend wie Ihre Westentasche. Reden Sie schon. Wir haben doch geklärt, dass Sie nichts zu befürchten haben.«

»Sagen Sie mal, Minas ... Trauen Sie mir über den Weg?«, fragt ihn Tsobanas.

Kalodimos lacht auf. «Klar, aber meine Brieftasche würde ich Ihnen nicht anvertrauen.»

»Ganz meinerseits, ich traue euch nämlich auch nicht. Drum schaue ich zu, dass ich meinen Arsch retten kann.«

»Hören Sie, da Sie deutliche Worte gebrauchen, mache ich auch eine klare Ansage«, wende ich mich an Tsobanas. »Ich weiß genau, was Sie treiben, aber das interessiert hier überhaupt keinen. Niemand hat Sie auf dem Kieker, niemand wirft Ihnen irgendetwas vor. Wir haben derzeit zwei Morde an prominenten Personen an der Backe und suchen händeringend nach Anhaltspunkten. Im Vergleich zu den beiden

Gewaltverbrechen sind Ihre Delikte Kinkerlitzchen. Machen Sie sich Folgendes klar: Wenn Sie uns helfen, steht die Polizei in Ihrer Schuld und wird Ihre Mitarbeit honorieren.«

Er blickt mich unschlüssig an und wägt meine Worte ab. Dann meint er knapp: »Kommen Sie.«

Er führt mich zu einer Stelle unter den Bäumen. »Hier habe ich gestanden und über das Gelände geschaut.«

»Und was haben Sie gesehen?«

»Gar nichts, aber gehört hab ich etwas.«

»Und zwar?«

»Das Geräusch eines Automotors, von der Giokas-Straße her.«

»Das ist die Straße gleich bei der Kapelle«, erläutert Kalodimos, »auf der wir vorhin hergekommen sind.«

»Ich hatte Angst, es könnte ein Streifenwagen sein. Daher habe ich mich schnell hinter der Kapelle versteckt«, fährt Tsobanas fort. »Dann wurde der Motor ausgestellt, und ich hörte das Schlagen von Autotüren. Ich habe mich nicht vom Fleck gerührt. Kurze Zeit später sah ich, wie ein Typ einen Sack herüberschleppte.«

»Konnten Sie sein Gesicht erkennen?«, frage ich.

»So nah kam er nicht an mich heran. Er trug Jeans und ein Sweatshirt.«

»Mich interessieren mehr seine Gesichtszüge«, beharre ich.

»Die habe ich nur undeutlich gesehen, weil er sein Basecap tief ins Gesicht gezogen hatte.«

»Was hat er dann gemacht?«

»Er ist bis zu der Säule dort gegangen, hat den Sack geöffnet und sich dann hinuntergebeugt. Aus der Entfernung konnte ich nicht genau erkennen, was er weiter getan hat. Jedenfalls hat er sich wenig später wieder aufgerichtet und den leeren Sack an der Säule abgelegt. Danach hat er etwas ans Gesicht gehalten. Als das Blitzlicht aufleuchtete, war mir klar, dass er ein Foto gemacht hat. Danach hat er sich den Sack unter den Arm geklemmt und hat denselben Weg zurück genommen, den er gekommen war. Kurz darauf habe ich gehört, wie der Motor angesprungen und der Wagen weggefahren ist. Das war alles.«

»Sie erzählen uns nur die halbe Wahrheit, Tsobanas«, stellt Kalodimos fest. »Jetzt behaupten Sie bloß noch, Sie hätten sich nicht aus der Nähe angesehen, was er dort zurückgelassen hat.«

Egal, was man über uns Polizisten sagt: Unsere Nachwuchskräfte sind nicht auf den Kopf gefallen. Diesen Kalodimos würde ich jederzeit auf unserer Dienststelle einstellen.

Tsobanas blickt ihn einen Moment lang betreten an. »Also gut«, meint er dann. »Zuerst habe ich nachgeschaut, was er dort deponiert hat. Als ich den Toten mit den vor der Brust gekreuzten Armen gesehen habe, bin ich schnell abgehauen.«

»Wieso haben Sie uns das nicht gemeldet?«, hakt Kalodimos unerbittlich nach.

Tsobanas wirft ihm einen Blick zu. »Wenn man Dreck am Stecken hat, hält man besser seinen Mund«, sagt er. »Euch hat man die Gehälter gekürzt und die Zulagen gestrichen. Könnt ihr euch vorstellen, wie der Gefängnisfraß mittlerweile schmeckt?«

Das Argument klingt so überzeugend, dass Kalodimos klein beigeben muss.

»Wissen Sie noch, um welche Uhrzeit sich das alles zugetragen hat?«, frage ich.

»Also, irgendwann zwischen zehn und elf. Eine genauere Uhrzeit kann ich jetzt nicht angeben.«

»In Ordnung, das war's. Sie können gehen, aber auf dem Revier müssen Sie noch ein offizielles Vernehmungsprotokoll unterschreiben«, erörtere ich ihm. »Damit ich Sie nicht mit dem Streifenwagen nach Athen holen muss.«

»Dann komme ich lieber gleich mit.« Augenscheinlich fühlt er sich in meiner Gegenwart in Sicherheit.

Nun weiß ich ganz genau, wie der Mörder vorgegangen ist. Er hat den Wagen in der Giokas-Straße abgestellt und sein Opfer bis zum Fundort der Leiche geschleppt. Dort hat er sie fotografiert und ist mit dem leeren Sack unterm Arm unbehelligt wieder abgezogen. Obwohl ich mittlerweile alle Details der Tat kenne, bleibt der Täter selbst noch im Dunkeln. Andernfalls hätte ich die Beförderung schon in der Tasche.

Wir kehren auf genau demselben Weg wieder zur Polizeiwache zurück. Einmal halte ich kurz an, um mir die Giokas-Straße näher zu besehen. Der Mörder hat sich eine Gegend ausgesucht, die nachts vollkommen verlassen daliegt. Zweifellos hat er die Gegend gründlich erkundet, bevor er die Leiche herbrachte.

Ich verabschiede mich von Dakakos und trete die Rückfahrt an. Als ich mich Egaleo nähere, klingelt mein Handy.

»Fahr nicht nach Hause, sondern komm direkt zu Katerina«, höre ich Adrianis Stimme. »Sie hat uns nämlich zum Abendessen eingeladen.«

»Ach so?«, wundere ich mich.

»Ich kann mir den Grund schon denken. Obwohl ich sehr hoffe, dass ich mich täusche«, sagt sie, bevor sie auflegt.

27

Katerina hat nichts besonders Aufwendiges zubereitet: Hähnchen an Zitronensoße mit Kartoffeln und Reis. Vielleicht habe ich genau deshalb, weil wir nicht oft bei Katerina essen, den Eindruck, dass sich ihre Kochkünste ständig verbessern. Natürlich kann man sie nicht mit denen ihrer Mutter vergleichen, doch auch Adriani hielt am Anfang unseres gemeinsamen Lebens einem Vergleich mit meiner Mutter nicht stand.

Obwohl die Mahlzeit gut schmeckt, haben wir alle kein bisschen Appetit. Katerina und Fanis stochern in ihrem Essen herum und warten nur auf den geeigneten Augenblick, um uns eine Neuigkeit zu servieren, die sie uns beiden – unabhängig voneinander und unter dem Siegel der Verschwiegenheit – längst eröffnet haben und die wir nun mit gespielter Überraschung zur Kenntnis nehmen müssen. Wie soll man auch Appetit entwickeln, wenn man wie gebannt auf den Beginn einer Tragödie wartet, die besser ins antike Theater von Epidauros als in Katerinas Wohnung gepasst hätte? Es herrscht eine derartige Anspannung, dass Adriani sogar vergisst, die Kochkünste ihrer Tochter zu loben. Katerina wartet ab, bis das Obst serviert ist, um endlich mit dem Thema herauszurücken, um das es eigentlich geht.

»Es gibt gute Neuigkeiten: Man hat mir eine sehr interessante Stelle angeboten«, teilt sie uns mit.

»Ja, aber du hast doch einen Job!«, meint Adriani.

»Ja schon, aber der ist quasi ehrenamtlich, während die Arbeit, die mir jetzt angeboten wird, sehr gut bezahlt ist«, hält ihr Katerina entgegen und beschreibt uns nun zum zweiten Mal die Stelle, die man ihr angetragen hat.

»Weißt du, wo genau man dich hinschicken wird?«, fragt Adriani, als ihre Tochter zu Ende gesprochen hat. Ich wundere mich über ihre Contenance, die nichts durchschimmern lässt.

»Es gibt drei Alternativen: Entweder schickt man mich nach Eritrea oder an die Elfenbeinküste, oder nach Uganda, wo nach dem Völkermord in Ruanda viele Flüchtlinge der Tutsi-Minderheit leben.«

Ich merke, wie Adriani sich auf die Lippen beißt, um nicht mit dem Ausruf herauszuplatzen: »Uganda! Hab ich's doch gewusst!« Sie beherrscht sich zwar gut, doch ganz hat sie sich nicht unter Kontrolle.

»Du willst wegen irgendeiner Stelle in Uganda oder Eritrea deinen Mann verlassen und dein ganzes Leben hier aufgeben?«, ruft sie. »Wozu hast du so lange studiert? Wozu haben wir dafür Jahr für Jahr unser ganzes Geld zusammengekratzt? Um dir eine Ausbildung zu ermöglichen, mit der du ausgerechnet in Uganda einen Job findest?«

Jetzt erhebt Katerina ihrerseits ihre Stimme – doch nicht aus Wut, sondern aus Verzweiflung. »Was soll ich denn sonst tun, Mama? Okay, vorläufig kann Fanis die Wohnung noch finanzieren, und ihr könnt mir mit Lebensmitteln aushelfen. Aber was ist, wenn morgen Fanis' Gehalt noch mehr zusammengestrichen wird oder Papas Zulagen weiter gekürzt werden? Wie sollen wir dann über die Runden kommen? Wo sollen wir das Geld für unseren Lebensunterhalt herzaubern?«

»Dieser Zustand kann ja nicht ewig dauern. Wir müssen alle den Gürtel enger schnallen und so lange durchhalten, bis sich die Lage bessert.«

»Aber wie lang denn noch, Mama? Gib mir irgendeine Perspektive, und ich bleibe hier.«

Notgedrungen hüllt sich Adriani in Schweigen. Auch Fanis sagt nichts. Und auch ich bleibe stumm, aber aus einem anderen Grund. Denn ich habe die beiden jungen Leute vor Augen, wie sie Arm in Arm mitten im Parthenon-Tempel in ihrem Blut liegen. Besser, sie wandert aus, sage ich mir. Wenn sie hier bleibt, weiß ich nicht, wozu die Hoffnungslosigkeit sie noch treibt. Besser, sie geht weit fort. Mir ist lieber, wir sehen sie monatelang nicht. Kummer und Sorgen nehme ich in Kauf. Alles ist besser als der Tod.

»Fanis, was sagst du eigentlich dazu?«, erkundigt sich Adriani.

»Die Entscheidung liegt nicht bei mir, sondern bei Katerina«, gibt Fanis zurück. »Ihr geht's viel schlechter als mir. Ich kann, nur weil wir verheiratet sind, nicht von ihr erwarten, dass sie tatenlos dasitzt und nichts unternimmt.«

»Und wie gehst du damit um?«, will Adriani von ihm wissen. »Kehrst du zum Junggesellendasein zurück? Isst du dann wieder in der Garküche oder kommst zu uns, wenn du mal wieder etwas Warmes kriegen möchtest?«

»Ich werde nicht zu euch kommen müssen. Vergiss nicht, dass ich als Student von zu Hause ausgezogen und nach Athen gekommen bin. Also kann ich mich durchaus selbst versorgen. Aber das wird gar nicht nötig sein.«

»Fanis und ich haben eine Lösung gefunden«, mischt sich Katerina ein. »Fanis hat mit der Organisation ›Ärzte ohne Grenzen‹ gesprochen, die Niederlassungen in allen drei Ländern hat. Ich werde erst einmal allein hinfahren und mich dort einrichten, und dann kommt Fanis nach und arbeitet für ›Ärzte ohne Grenzen‹.«

Wie früher die Gastarbeiter, denke ich mir. Genauso sind sie damals aufgebrochen. Zuerst ist der Mann nach Deutschland ausgewandert, hat nach Arbeit gesucht, eine Wohnung gefunden und dann seine Frau nachgeholt. Die Kinder blieben einstweilen bei den Großeltern zurück. Nicht anders als die Auswanderer, die nach Amerika oder Australien gegangen sind. Bei Katerina und Fanis ist es zwar umgekehrt – sie sondiert die Lage, bevor er nachzieht –, doch das spielt weiter keine Rolle. Ausschlaggebend ist, dass wir Griechen immer zum Ausgangspunkt zurückkehren. Wir legen eine bestimmte Strecke zurück, machen aber nicht vom erreichten Ziel aus weiter, sondern fangen nach einigen Jahren, nach einem Rückschlag, wieder von vorne an. Ich tröste mich mit dem Gedanken, dass Fanis und Katerina wenigstens keine Kinder haben, die sie bei uns zurücklassen müssten.

»Und du willst wirklich deinen Posten im staatlichen Gesundheitswesen aufgeben?«, höre ich Adriani zu Fanis sagen. »Nur ein Wahnsinniger lässt in Zeiten wie diesen eine Beamtenstelle sausen.«

»Der öffentliche Dienst ist auch nicht mehr das, was er einmal war«, erwidert Fanis. »Kostas hat nur noch ein paar Jahre bis zur Rente. Bei mir ist das etwas anderes. Der Staat macht eine Hungerperiode durch und kann uns nicht mehr ernähren.«

»Wenn wir zurückkommen, dann ziehen wir nach Volos, Mama. Mit dem ersparten Geld kann Fanis eine Praxis einrichten und ich eine Rechtsanwaltskanzlei eröffnen oder als Partnerin bei einer bestehenden Kanzlei einsteigen.«

Genauso haben es die Gastarbeiter gemacht. Sie haben ihr Geld in Deutschland auf die hohe Kante gelegt und dann nach ihrer Rückkehr einen kleinen Laden oder ein Hotel eröffnet. Meine Tochter und mein Schwiegersohn planen – als Gastarbeiter mit Hochschulabschluss – auch nichts anderes, nämlich die Rückkehr zum Ausgangspunkt.

Katerina steht auf, um ihre Mutter zu umarmen. »Alles wird gut, Mama. Du wirst sehen, das ist die beste Lösung. Wir werden genug Geld verdienen, um euch Flugtickets besorgen zu können – und dann kommt ihr uns besuchen.«

Adriani drückt ihre Tochter an sich und bricht in Schluchzen aus.

»Nicht, Tränen bringen Unglück«, sagt Katerina zu ihr und beherrscht sich mit letzter Kraft, um nicht selbst loszuheulen.

Als wir in den Seat steigen, um nach Hause zu fahren, geht Adriani, bevor ich auch nur den Motor starten kann, schon auf mich los. Wie immer in solchen Momenten kühlt sie nun an mir ihr Mütchen.

»Kein einziges Mal hast du den Mund aufgemacht«, beschwert sie sich. »Wieder einmal hast du es allein mir überlassen, die Kastanien aus dem Feuer zu holen. Mir ist schon klar, dass es dir vor lauter Traurigkeit die Sprache verschlagen hat, aber Schweigen ist auch keine Lösung. In schwierigen Zeiten muss man Stärke zeigen.«

»Ja, mir hat es tatsächlich die Sprache verschlagen. Aber

nicht aus dem Grund, den du meinst. Mir ist etwas anderes nicht aus dem Kopf gegangen.«

»Was war denn so viel wichtiger als die Zukunft deiner Tochter und ihres Mannes?«, schießt sie ihren Giftpfeil ab.

Ich schildere ihr das Bild der beiden jungen Leute im Parthenon auf der Akropolis, und als ich geendet habe, starrt sie noch eine Weile wortlos durch die Windschutzscheibe.

»Stimmt«, meint sie dann mit kaum vernehmbarer Stimme. »Es gibt noch Schlimmeres.«

»Ich wollte dich nicht noch trauriger machen, wir haben schon mehr als genug Sorgen.«

»Es war richtig, dass du es mir erzählt hast. Wenn man es so sieht, können wir eigentlich nur froh sein, wenn unsere Kinder einem solchen Schicksal entgehen.«

Stumm kehren wir nach Hause zurück und gehen sofort ins Bett, was noch lange nicht heißt, dass wir auch auf der Stelle einschlafen. Da sich vor uns Abgründe auftun und hinter uns ein Sturzbach liegt, wälzen wir uns noch lange hin und her.

28

Gegen zehn Uhr morgens erscheint Spyridakis in meinem Büro. Ich habe gerade meinen ersten Mokka ausgetrunken, um den Schlaf aus Kopf und Gliedern zu vertreiben und mein Denkvermögen auf Touren zu bringen.

»Gestern Abend wäre ich fast ausgeflippt«, meint Spyridakis anstelle eines Gutenmorgengrußes.

»Wieso?«

Er holt ein Blatt Papier aus seiner Aktenmappe und legt es auf meinen Schreibtisch. »Es ist unfassbar: Innerhalb von zehn Tagen sind gut sieben Millionen Euro bei den Zahlstellen der Finanzämter eingegangen.«

»Und Sie glauben, das geht auf das Konto des nationalen Steuereintreibers?«

»Was sonst? Oder meinen Sie, die Steuersünder hätten sich plötzlich auf ihre Pflichten besonnen?«

Auf der Liste steht:

Ioannis Tamakoglou	350 000
Fedon Peletis	450 000
Ägäis Immobilien (Sissis Kontis)	800 000
Hotelunternehmen Langoussis	900 000
Technisches Büro Ioannis Valvis	800 000
Software Systems	500 000
Sarantos Inosoglou	400 000

Tourism Enterprises	800 000
Spezialanfertigungen GmbH	700 000
Agapios Polatoglou	300 000
Lakodimos Consultants	600 000
Modekette Doukakis	500 000

»Wir müssen sofort im Internet prüfen, ob er Mahnschreiben an diese Adressen gepostet hat.«

»Gestern habe ich gesagt, dass er bestimmt eine Menge Daten gestohlen hat. Doch nun geht aus der Liste hervor, dass er nicht nur die systematischen Steuerhinterzieher verfolgt, sondern auch alle, die dem Finanzamt seit Jahren Beträge schulden und es mit diversen Rechtsmitteln hinkriegen, die Zahlung immer wieder aufzuschieben.«

Ich rufe Koula herüber und übergebe ihr die Aufstellung. »Suchen Sie im Internet, ob Sie Mahnschreiben des nationalen Steuereintreibers finden können, die an diese Personen oder Firmen hier gerichtet sind.«

Sieh mal einer an, denke ich mir, die Bezeichnung »nationaler Steuereintreiber« hat sich bereits als Berufsbezeichnung durchgesetzt.

»Wie gehen wir weiter vor?«, fragt Spyridakis. »Warten wir erst mal ab, ob sich unser Verdacht bestätigt?«

»Gikas informieren wir am besten gleich. Wenn die alle tatsächlich freiwillig gezahlt haben, dann schmeißt der Finanzminister eine Riesenparty.«

»Wohl kaum«, meint Spyridakis kühl.

»Durchaus denkbar, dass sie von Korassidis' und Lazaridis' Ermordung gehört haben und nun rasch ihre Steuerschuld begleichen, bevor auch bei ihnen ein Mahnschreiben eingeht.«

»Ich möchte Sie ja nur ungern enttäuschen, aber die Chancen dafür stehen eins zu zehn«, rechnet mir Spyridakis vor.

Dann fahren wir zu einem unangekündigten Besuch in die fünfte Etage hoch. »Herr Spyridakis und ich hätten etwas Dringendes mit dem Herrn Kriminaldirektor zu besprechen«, erkläre ich Stella.

Gikas empfängt uns ungnädig. »Schlechte Neuigkeiten behalten Sie am besten für sich«, stellt er von vornherein klar. »Der Minister hat mir heute Morgen ordentlich die Laune verdorben.«

»Unsere Neuigkeiten sind möglicherweise gar nicht so schlecht«, sage ich.

»Dann bin ich ganz Ohr.«

Als ich ihm Spyridakis' Liste unter die Nase halte, wirft er einen kurzen Blick darauf und fragt: »Was ist das?«

»Eine Aufstellung der in den letzten zehn Tagen bei den Finanzämtern beglichenen Steuerschulden. Mehr als sieben Millionen Euro.«

»Na bravo! Aber wieso servieren Sie mir das als gute Nachricht? Soviel ich weiß, hat mich das Personalkarussell der Sparmaßnahmen noch nicht ins Finanzministerium verschlagen.« Er hält inne und fügt dann vergrämt hinzu: »Obwohl, so wie die Dinge liegen, kann das ja noch kommen.«

»Herr Spyridakis ist der Meinung, das alles sei das Werk des nationalen Steuereintreibers.«

Er greift zu ganz ähnlichen Argumenten wie ich. »Möglich, aber nicht gezwungenermaßen. Vielleicht haben sie ja von sich aus gezahlt, weil sie befürchteten, sonst ebenfalls ermordet zu werden.«

In der letzten Zeit haben sich meine Prophezeiungen immer bewahrheitet. So auch jetzt: Kaum hat Gikas ausgeredet, tritt Stella mit einem Briefumschlag herein.

»Das hat Koula für Sie vorbeigebracht«, sagt sie zu mir.

Ich reiße das Kuvert auf und ziehe einige kurze Schreiben heraus. Das erste enthält eine Nachricht an Polatoglou.

Sehr geehrter Herr Polatoglou,
erfreut nehme ich zur Kenntnis, dass Sie sich zur Tilgung Ihrer Steuerschuld entschlossen haben. Somit kann von der Liquidierung Ihrer Person abgesehen werden.
Der nationale Steuereintreiber

Der zweite, gleichlautende Brief ist an Fedon Peletis gerichtet, der eine Steuerschuld von vierhunderttausend Euro beglichen hat.

Der dritte Text ist keine Kurzmitteilung, sondern das übliche Mahnschreiben und daher von größerem Interesse.

Sehr geehrter Herr Evangelos Langoussis,
Ihr Hotelunternehmen schuldet dem Staat 900 000 Euro. Bis heute haben Sie mit Hilfe diverser legaler Kunstgriffe und Winkelzüge erreicht, dass Ihnen diese Steuerschuld gestundet wird.
Hiermit fordere ich Sie auf, diese innerhalb der nächsten fünf Tage zu tilgen. Leider ist keine Teilzahlung möglich. Daher ist die ganze Summe auf einmal zu entrichten.
Widrigenfalls wird anders abgerechnet, und Sie werden liquidiert.
Der nationale Steuereintreiber

»Sie haben ins Schwarze getroffen«, sage ich zu Spyridakis. »Er jagt nicht nur die Steuerhinterzieher, sondern auch die Steuerschuldner.«

»Das ist konsequent und effizient zugleich. Nur, damit stellt er das Finanzministerium noch ärger bloß. Es ist, als ob er den Leuten sagte: ›Seht her, in nur zehn Tagen habe ich schon so viele Steuern eingetrieben, die den Finanzbehörden seit Jahren entgehen.‹«

»Über eine Sache wundere ich mich, Herr Spyridakis«, meint Gikas. »Wo treiben die Leute in so kurzer Zeit so viel Geld auf? Gehen wir jetzt einmal davon aus, dass Polatoglou dreihunderttausend auf der hohen Kante hatte. Aber im Fall von Langoussis sprechen wir von neunhunderttausend Euro, die auf einen Schlag gezahlt wurden. Wo stammt das ganze Geld her?«

»Mit neunundneunzigprozentiger Sicherheit würde sich bei einer Kontenüberprüfung herausstellen, dass das Geld aus dem Ausland stammt. Er zwingt diejenigen, die ihr Geld auf ausländische Konten verschoben haben, es wieder ins Land zurückzuholen.«

»Gut, aber wieso lassen sich die Leute darauf ein?«

Jetzt antworte ich anstelle von Spyridakis. »Als ich Polatoglou getroffen habe, hat er zu mir gesagt: ›Was sind dreihunderttausend im Vergleich zu einer Million, die man im Falle einer Entführung bezahlen müsste?‹ Hier liegt meiner Ansicht nach der Knackpunkt. Der Täter hat alle davon überzeugt, dass er wie ein Kidnapper vorgeht: Wenn nicht bezahlt wird, macht er ernst.«

»Das wird den Minister auf Trab bringen«, bemerkt Gikas. »Aber sorgen Sie bitte dafür, dass nichts nach außen dringt.«

»Genau wie bei den Mahnschreiben wird der Täter schon selbst dafür sorgen, dass die Neuigkeit die Runde macht«, antworte ich. »Nicht, um das Staatsdefizit zu verringern, sondern damit die ganze Welt erfährt, wie tüchtig er als nationaler Steuereintreiber ist. Daher ist es nur eine Frage der Zeit, bis er den Fernsehsendern die Liste zuspielt.«

»Ganz meine Meinung«, pflichtet mir Spyridakis bei.

»Dann wird der Minister die undichte Stelle auch nicht bei uns vermuten«, schlussfolgert Gikas.

Als wir in mein Büro zurückkehren, berichtet Vlassopoulos, dass die Korassidi-Schwestern bereits in Begleitung ihres Rechtsanwalts auf mich warten. Ich lasse sie in den Verhörraum bringen und schicke nach Koula, damit sie ihren Laptop fürs Protokoll mitbringt. Die Vernehmung soll ganz nach den Regeln der Kunst geführt werden.

Thalia und Dora haben mit ihrem Rechtsanwalt, einem gewissen Petratos, Platz genommen. Während Koula ihren Computer für die Mitschrift der Vernehmung vorbereitet, stelle ich ihnen Spyridakis vor.

»Es gibt noch ein paar Ermittlungslücken, was den gewaltsamen Tod Ihres Vaters anbelangt«, hebe ich an. »Die müssen unbedingt geschlossen werden, damit wir den Täter dingfest machen können.«

»Dafür sind wir ja hier, Herr Kommissar«, erwidert Petratos.

»Meine erste Frage betrifft Ihr Haus in Ekali«, ergreift Spyridakis das Wort. »Wenn ich mich nicht irre, läuft die Villa auf Ihren Namen, oder?«

»Richtig, das Anwesen ist im Besitz der Geschwister Korassidi«, greift Petratos ein.

»Da gibt es jedoch ein Problem«, fährt Spyridakis fort. »Aus unserer Überprüfung geht hervor, dass Sie das Haus beim Finanzamt nicht angeführt haben. Besser gesagt, Sie haben überhaupt keine Steuererklärung abgegeben.«

»Hören Sie, von diesen Dingen verstehen wir nichts«, antwortet Thalia. »Wir wohnen beide im Ausland. Unser Vater hat sich um alle Steuerfragen gekümmert. Also müssen Sie seinen Steuerberater fragen.«

»Das haben wir getan, und der hat uns bestätigt, dass er nur die Steuererklärung Ihres Vaters angefertigt hat.«

»Und, was erwarten Sie jetzt von uns?«, blafft Thalia Spyridakis an.

»Sie sind doch beide volljährig und stehen nicht unter der Vormundschaft Ihres Vaters«, schalte ich mich zum ersten Mal in das Gespräch ein. »Wenn hier irgendeine Gesetzwidrigkeit vorliegt, dann sind Sie selbst dafür verantwortlich.«

»Ich muss mich schon sehr wundern, Herr Kommissar«, sagt Petratos. »Wenn wir zu Steuerangelegenheiten der Geschwister Korassidi Stellung nehmen sollen, wieso sind wir nicht aufs Finanzamt vorgeladen worden? Sollte alles noch beim Alten sein, und das sage ich unter Vorbehalt, weil sich in der letzten Zeit in Griechenland viele Zuständigkeiten geändert haben, dann ist in Steuerfragen immer noch das Finanzamt maßgebend, und nicht die Polizei.«

»Der Mörder hat die Tat mit Korassidis' Steuerdaten begründet. Daher betreffen sie unmittelbar die polizeilichen Ermittlungen.«

»Warum wird auf dem Thema so herumgeritten? Es liegt vielleicht keine Steuererklärung vor. Doch schließlich ist das

Haus in Ekali der erste Wohnsitz der Geschwister Korassidi.«

»Beim Erstwohnsitz gibt es eine Größenbeschränkung«, erwidert Spyridakis. »Eine zweistöckige Villa mit Garten und Swimmingpool ist nicht, wie möglicherweise andere Hauptwohnsitze, automatisch steuerfrei.«

»Wenn es damit ein Problem gibt, werden wir das mit dem Finanzamt regeln«, lautet Petratos' trockene Antwort.

Während Spyridakis den größten Anteil der Vernehmung bestreitet, mustere ich in der Zwischenzeit die beiden Schwestern. Thalia, die ältere, behandelt uns von oben herab, als beträfe sie die ganze Sache gar nicht. Dora, die jüngere, rutscht hingegen nervös auf ihrem Stuhl hin und her und fühlt sich sichtlich unwohl.

Ich beschließe, Dora anzusprechen. »Ihr Vater war im Besitz einer großen Gemäldesammlung. Wissen Sie, ob er sich auch für antike Kunstwerke interessierte?«

»Wenden Sie sich bitte an mich, und nicht an meine Schwester«, fährt Thalia dazwischen. »Darüber weiß ich besser Bescheid.« Dora macht nicht den leisesten Versuch, sich gegen die Bevormundung durch die Schwester aufzulehnen.

»Gut, dann beantworten Sie mir die Frage.«

»Nein, mein Vater hatte mit antiker Kunst nichts am Hut, er liebte nur die moderne Malerei. Ich kann mich nicht erinnern, dass er uns jemals auf die Akropolis oder zum Poseidon-Tempel nach Sounion mitgenommen hätte.«

»Wissen Sie, ob Ihr Vater Feinde hatte? Ich meine jetzt keine kleineren Meinungsverschiedenheiten oder irgendwelche alltäglichen Konflikte, sondern einen Feind, dem Sie einen Mord zutrauen würden.«

»Es gibt nur einen solchen Feind.«

»Und der wäre?«

»Die ›Dame‹, die uns auf die Welt gebracht hat«, gibt sie prompt zurück.

Bei diesen Worten springt Dora auf. »Was soll das?«, fährt sie ihre Schwester an. »›Die Dame, die uns auf die Welt gebracht hat‹ – das ist unsere Mutter! Auch wenn wir keinen Kontakt mehr zu ihr haben.«

Völlig aufgebracht reißt sie die Tür auf und stürmt hinaus. Ich bedeute Koula, dass sie ihr folgen soll. Petratos' besorgter Blick wandert zwischen Thalia und mir hin und her, doch die junge Frau behält die Nerven.

»Ach, lassen Sie sie doch. Sie dreht eine Runde um den Block und beruhigt sich wieder«, sagt sie leichthin. »Es gibt ein paar Wahrheiten, die meine Schwester nur schwer erträgt.«

Spyridakis blättert peinlich berührt in seinen Notizen herum. »Sagt Ihnen eine Offshore-Firma namens Ocean Estates etwas?«

»Nein, noch nie gehört«, antwortet Thalia. »Was haben wir damit zu schaffen?«

»Das ist die Firma, der Ihr Landhaus auf Paros gehört.«

»Wie gesagt, Dora und ich haben von solchen Dingen keine Ahnung. Selbst die Papiere, die uns Vater ab und an zur Unterschrift vorgelegt hat, haben wir einfach so abgezeichnet, ohne zu wissen, worum es eigentlich geht.«

»Also gut, dann sind wir jetzt fertig«, sage ich. »Nur hätte ich gerne Ihre auswärtigen Adressen, falls noch Fragen auftauchen.«

»Die kann ich Ihnen geben, Herr Kommissar«, bietet Petratos an. »Hier ist übrigens noch meine Visitenkarte.«

Als wir alle zusammen auf den Flur treten, ist von Dora weit und breit nichts zu sehen. Thalia schreitet, ohne mit der Wimper zu zucken, mit Petratos im Schlepptau zum Fahrstuhl. Wenn Thalia ihrem Vater tatsächlich zum Verwechseln ähnlich ist, kann ich jetzt gut nachvollziehen, warum Korassidis überall aneckte.

Ich werfe einen kurzen Blick ins Büro meiner Assistenten und stelle fest, dass Koula noch nicht wieder zurück ist. Dann verabschiede ich mich von Spyridakis und kehre in mein Büro zurück.

Kurze Zeit später taucht Koula auf. »Ich habe Dora zur Cafeteria hinunterbegleitet und ihr zum Trost einen Mokka spendiert«, erläutert sie mir. »Unter Tränen hat sie gesagt: ›Meine Mutter fehlt mir.‹«

»Warum hat sie ihre Mutter nie besucht, wenn sie sie so sehr vermisst?«

»Weil ihr der Vater mit Enterbung gedroht hat, sollte sie Kontakt zu ihrer Mutter aufnehmen.«

Koula hat verdächtig rote Augen. »Was ist denn mit Ihnen los?«, frage ich.

»Ich musste an meine eigene Familie denken. Mein Vater ist ein ähnliches Scheusal. Mit seinem üblen Charakter hat er meine Mutter ins Grab gebracht.«

Ich schicke Koula in ihr Büro zurück, da ich keine weiteren Gefühlsausbrüche ertrage. Dann versuche ich, mich mit der Erledigung von Kleinkram abzulenken, um mir darüber klar zu werden, wie ich weiter vorgehen will. Diesmal jedoch kommt mir Gikas in die Quere.

»Kommen Sie schnell«, zischt er in den Hörer.

Kaum trete ich in sein Büro, springt er mir schon ins Gesicht. »Sie haben das Unheil herbeigeredet, Kostas«, sagt er. »Bei Ihnen wird man noch abergläubisch. Bald mache ich lieber einen großen Bogen um Sie.«

»Was ist denn passiert?«

»Kaum hatten Sie davor gewarnt, dass der nationale Steuereintreiber die Neuigkeiten an die Presse durchsickern lassen würde, war es auch schon so weit! Gerade eben hat mich Papalambrou, der Nachrichtenchef des staatlichen Rundfunks, angerufen. Man hat ihm eine Liste zukommen lassen, die genau so aussieht wie die von Spyridakis. Rückfragen bei den anderen Sendern haben ergeben, dass alle die gleiche Liste erhalten haben. Jetzt fragt er mich, was er damit tun soll.«

»Na, auf Sendung gehen«, lautet meine prompte Antwort.

»Wissen Sie, was dann für ein Chaos losbricht? Dann droht mir die Versetzung, und Sie können Ihre Beförderung vergessen.«

»Ich weiß, aber wäre es Ihnen lieber, wenn wir morgen an allen Athener Strommasten Plakate mit der Namensliste finden? Ganz abgesehen davon, dass er sie genauso gut ins Internet stellen könnte. Wir haben keine Möglichkeit, ihn daran zu hindern. Ja, wir sollten es gar nicht tun. Je sicherer er sich im Sattel fühlt, desto unvorsichtiger wird er, bis er irgendwann den entscheidenden Fehler macht. Eine andere Hoffnung, ihn zu kriegen, haben wir nicht.«

»Ich muss dem Minister Bericht erstatten.« Allein der Gedanke treibt ihm schon den Schweiß auf die Stirn.

»Ja gewiss, und erklären Sie ihm, dass wir – bei den Privatsendern zumindest – keine Möglichkeit zur Zensur haben.«

Ich lasse ihn allein, damit er sich seelisch auf das Telefonat mit dem Minister vorbereiten kann. Es mag ja sein, dass sich alle meine Voraussagen bewahrheiten, denke ich mir, während ich zu meinem Büro hinunterfahre, doch dem nationalen Steuereintreiber bin ich dadurch noch keinen einzigen Schritt näher gekommen.

29

Die Namensliste des nationalen Steuereintreibers ist die Spitzenmeldung auf allen Kanälen. Auch der öffentlich-rechtliche Rundfunk bildet da keine Ausnahme. Offenbar hält die Regierung diesmal eine Geheimhaltung für überflüssig. Ich erkläre Adriani in wenigen Worten den Sachverhalt, damit sie weiß, was auf sie zukommt. Trotzdem bin ich fast noch überraschter als sie, als ich feststellen muss, dass auf der Liste der TV-Sender noch zwei weitere Namen aufscheinen, die die Gesamtsumme auf sieben Millionen achthunderttausend hochtreiben. Offensichtlich war Spyridakis' Liste nicht vollständig. Andererseits könnte auch die Tilgung der Steuerschulden in der Zwischenzeit einfach weitergegangen sein.

Nachdem sich Adriani die einführenden Worte der Moderatorin angehört an, liest sie die Liste durch. Schließlich schlägt sie das Kreuzzeichen und meint: »Herr, steh mir bei! Unsere frischgebackenen Doktoren sehen sich gezwungen, nach Uganda auszuwandern, während ein Mörder die Steuern eintreibt, die eigentlich der Staat einkassieren sollte. Was für ein unwürdiges Schauspiel!«

Ich mische mich nicht ein, da ich voller Neugier auf den Kommentar der Moderatorin warte. »Wir werden gerade Zeugen eines noch nie da gewesenen Phänomens, meine Damen und Herren. Und das gilt nicht nur für Griechenland, sondern weltweit. Einem Mörder ist es gelungen, sieben Millionen achthunderttausend Euro an Steuern einzunehmen. Und das in einer Zeit, in der weder der Staat noch – entgegen allen erklärten Bemühungen – die Regierung irgendwelche Erfolge im Eintreiben von Steuern verzeichnen.« Sie hält inne und wendet sich an den gegenübersitzenden Nachrichtenkommentator. »Wie lautet Ihre Einschätzung, Nikos?«

»Tja, Eleni, in der Tat handelt es sich um ein weltweit einzigartiges Phänomen«, bestätigt er. »Doch das ist vermutlich zweitrangig angesichts der Tatsache, dass der selbsternannte nationale Steuereintreiber etwas geschafft hat, worum sich der offizielle Staat seit Jahrzehnten erfolglos bemüht. Es ist ihm geglückt, den öffentlichen Kassen innerhalb von zehn Tagen eine für griechische Verhältnisse enorme Summe zuzuführen.«

»Hören wir uns einmal an, was der stellvertretende Finanzminister dazu zu sagen hat«, schlägt die Moderatorin vor.

»In seiner Haut möchte ich jetzt nicht stecken«, lautet Adrianis Zwischenbemerkung.

Das für Liveschaltungen typische Fensterchen öffnet sich und zeigt den Vizefinanzminister. Auch mir ist schleierhaft, wie er jetzt argumentieren will. Doch im Grunde erübrigen sich alle Worte, denn seine Miene spricht Bände.

»Herr Minister, wie kommentieren Sie die neue Wendung im Fall des selbsternannten nationalen Steuereintreibers?«, fragt die Moderatorin.

»Eins möchte ich gleich klarstellen: Die griechische Regierung ist nicht auf die Mithilfe eines Mörders angewiesen, um die fälligen Steuern einzunehmen«, entgegnet der Vizeminister großspurig.

»Ja, aber erwiesenermaßen ist die Regierung ohne sein Zutun nicht in der Lage dazu«, hält ihm der Nachrichtenkommentator vor. »Während im Parlament ein Gesetzentwurf nach dem anderen eingebracht wird, hat der Mörder, wie Sie ihn titulieren, der Staatskasse innerhalb von nur zehn Tagen 7,8 Millionen Euro eingebracht. Und das in einer Zeit, in der die Regierung öffentlich eingestehen muss, dass die Staatseinnahmen den Erwartungen hinterherhinken.«

Nacheinander hageln die Fragen der Moderatorin auf den Vizefinanzminister ein. »Meinen Sie nicht, dass sich dadurch für die Regierung ein gewaltiges moralisches Problem ergibt?«

»Diese Ansicht teile ich absolut nicht, sondern ich sage Ihnen noch einmal: Der Staat ist auf die Mithilfe eines Mörders nicht angewiesen, um zu seinem Recht zu kommen.«

»Also gut, wenn der Staat die Unterstützung eines Mörders nicht nötig hat, damit die Steuerzahler ihren Pflichten nachkommen, wären Sie dann bereit, die auf diese Weise entrichteten Beträge zurückzuerstatten?«, hakt der Nachrichtenkommentator nach.

»Ha, garantiert nicht!«, zischt Adriani verächtlich, und ihre Zweifel finden augenblicklich Bestätigung.

»Es ist nun keineswegs erwiesen, dass die Bürger nur deshalb ihre Steuern zahlen, weil sie von diesem selbsternannten nationalen Steuereintreiber bedroht werden«, antwortet der Vizeminister. »Höchstwahrscheinlich hat sie der von der Regierung ausgeübte Druck dazu gebracht.«

»Und wieso hat dieser Druck so lange keine Wirkung gezeigt und in den letzten zehn Tagen plötzlich doch?«, fragt der Kommentator.

»Darauf gibt es eine einfache Antwort«, erwidert die Moderatorin dem Kommentator und wendet sich an den Politiker. »Wie Sie wissen, Herr Minister, korrespondiert dieser nationale Steuereintreiber mit seinen Opfern. Mit Sicherheit hat er nicht nur diejenigen angeschrieben, die er dann ermordet hat, sondern auch die, die schließlich gezahlt haben. Sie müssen also einfach nur die Steuerzahler fragen, die nun plötzlich ihrer Pflicht nachgekommen sind, ob sie in ihrer Post ein Briefchen vorgefunden haben, und zwar nicht etwa die Zahlungsaufforderung des Finanzamtes, sondern das Mahnschreiben des Mörders. Nur so werden Sie herausfinden, ob die wundersamen Überweisungen dem nationalen Steuereintreiber zu verdanken sind oder nicht.«

Prima Idee, stimme ich innerlich zu.

»Die griechische Regierung, Frau Fosteri, ist von den Bürgern demokratisch gewählt«, erwidert der Vizeminister. »Sie ist nur dem Parlament Rechenschaft schuldig und macht sich nicht mit Mördern gemein.«

Hierauf schließt sich das Fensterchen mit dem Politiker, und die Moderatorin sagt mit Blick in die Kamera: »Sie hörten die Stellungnahme des stellvertretenden Finanzministers. Die Schlussfolgerungen bleiben ganz Ihnen überlassen.«

»Genau das habe ich dir kürzlich zu erklären versucht«, meint Adriani. »Du solltest ihn nicht so gnadenlos jagen. Wer weiß, vielleicht könnt ihr mit seiner Hilfe eure Zulagen retten.«

Ich komme nicht mehr dazu, ihr zu antworten, denn das

Telefon läutet. »Haben Sie das gesehen?«, höre ich Gikas' Stimme am anderen Ende.

»Ja. Der treibt nicht nur die Staatseinnahmen in die Höhe, sondern auch die Einschaltquoten.«

»Haben Sie gehört, was der Vizeminister gesagt hat?«

»Mhm.«

»Gut, morgen können Sie ihn aus nächster Nähe erleben. Um neun Uhr werden wir von unserem obersten Chef erwartet. Da muss ich keine hellseherischen Fähigkeiten haben wie Sie, um zu prophezeien, dass auch der Vizefinanzminister dabei sein wird.«

Der morgige Termin setzt mir weit weniger zu, als Gikas meint. Zwar ist die Verfolgung des Mörders nach wie vor unsere Aufgabe, doch der größte Druck lastet jetzt nicht mehr auf uns, sondern auf der Politik.

30

Koulas Anruf erreicht mich, während ich auf der Katechaki- zur Messojion-Straße fahre.

»Die Ministerrunde ist auf heute Nachmittag verschoben worden, Herr Kommissar.«

Ich biege nach rechts zum Sanatorium Apollon ab, um am Rot-Kreuz-Krankenhaus vorbei auf den Kifissias-Boulevard zu gelangen. Nach meiner Ankunft im Präsidium eile ich schnurstracks zu Gikas' Büro. Mich interessiert, ob irgendein neuer Vorfall der Grund für die Terminverschiebung ist.

»Ist er zu sprechen?«, frage ich Stella.

»Ja. Aber... kann ich Sie kurz etwas fragen?«

»Na klar.«

»Was habe ich Ihnen getan, Herr Kommissar, dass Sie so abweisend zu mir sind?«

Ihre Frage kommt völlig unerwartet und bringt mich entsprechend in Bedrängnis. Doch sie bietet auch eine gute Gelegenheit, unser Verhältnis ein für alle Mal zu klären. »Das haben Sie richtig beobachtet, und ich erkläre Ihnen gerne, was mich stört«, sage ich. »Wir alle hier rennen uns die Hacken ab, während Sie auf Formalitäten herumreiten. Außerdem hat es mich irritiert, dass Sie meinen Assistenten die Durchführung eines Disziplinarverfahrens angekündigt haben. Das ist nicht Ihre Aufgabe, ganz abgesehen davon, dass es noch nicht einmal offiziell eingeleitet wurde.«

»Ich habe es doch nur gut gemeint, damit sich die Kollegen darauf einstellen können.«

»Ja, aber Sie haben sie grundlos in Aufregung versetzt. Am Ende war ja dann keine Rede mehr davon.«

»Ich bemühe mich, meine Arbeit so korrekt wie möglich zu erledigen, aber das geht immer nur nach hinten los«, beschwert sie sich.

»Lassen Sie sich eins gesagt sein, und dabei spreche ich aus Erfahrung: Wenn Sie sich hier bemühen, Ihre Arbeit so korrekt wie möglich zu erledigen, kommen Sie in Teufels Küche.«

»Da könnten Sie recht haben«, erwidert sie mit einem Auflachen. Ich stimme in ihre Heiterkeit ein, und das Missverständnis ist aus der Welt geräumt. »Kann ich zu ihm?«, frage ich.

»Ja, er ist allein.«

Gikas steht am Fenster und betrachtet den Straßenverkehr auf dem Alexandras-Boulevard. Anscheinend hat er genug von den Naturbetrachtungen auf seinem Computerbildschirm und wendet sich lieber wieder dem urbanen Leben zu.

»Warum ist die Besprechung verschoben worden? Ist etwas passiert?«, frage ich.

»Tja, nach der Sendung von gestern Abend herrscht Panik. Unser oberster Chef konferiert gerade mit dem Finanz- und dem Justizminister. Da solche Treffen nichts Gutes verheißen, machen Sie sich besser auf einiges gefasst.«

In solchen Dingen habe ich vollstes Vertrauen in Gikas' Urteilsvermögen. Daher wende ich mich zum Gehen und fahre zu meinem Büro hinunter. Prompt finde ich die Journalisten an ihrer üblichen Position auf dem Korridor vor. Ich spare mir, sie hereinzubitten, da sie mir ohnehin folgen. Wie üblich treten sie sich in meinem engen Büro auf die Füße.

»Was wollen Sie denn hier? Gibt's noch offene Fragen?«, wundere ich mich.

Sie wechseln überraschte Blicke. »Wir sind überhaupt nicht auf dem Laufenden«, meint die kurze Dicke, die normalerweise rosa Strümpfe trägt, heute jedoch zu Grün gegriffen hat.

»Ja, hat Sie denn unser Pressesprecher nicht informiert?«

Verdattert blicken sie sich an. »Welcher Pressesprecher?«, fragt die Dürre.

»Na, unser Mörder. Der verteilt doch jetzt die offiziellen Verlautbarungen.«

Meinen Scherz findet niemand lustig, nur Sotiropoulos schüttelt sich vor Lachen.

»Schön, dass Sie so gut gelaunt sind, Herr Kommissar«, sagt der junge Mann in Jeans und T-Shirt. »Dann können Sie uns ja gleich Näheres zum Fortgang der Ermittlungen sagen.«

»Stimmt es, dass es ihm gelungen ist, 7,8 Millionen Euro an Steuern einzutreiben?«, fragt die kurze Dicke.

»Laut Auskunft des Amtes für Steuerfahndung, ja.«

»Aber wo hat er die Daten her?«

»Das müssen Sie das Amt für Steuerfahndung oder das Finanzministerium fragen. Für die Finanzämter bin ich nicht zuständig.«

»Wo stehen Sie mit Ihren Ermittlungen?«, fragt die Dürre.

»Hört mal her, Leute, ich will ganz aufrichtig sein, aber

das habt ihr bitte schön nicht von mir: Momentan tappen wir völlig im Dunkeln. Nicht nur, dass wir keinen einzigen Hinweis auf die Identität des Mörders haben, wir wissen nicht einmal ansatzweise, was sein Motiv sein könnte.«

»Also gibt es noch ein anderes Motiv?«, wundert sich die Dürre.

»In all meinen Dienstjahren bei der Polizei ist mir noch nie ein Mörder untergekommen, der tötet, um für den Staat Geld einzusammeln. Deshalb muss es noch ein anderes Motiv geben, das wir leider noch nicht aufdecken konnten.«

»Es ist ja auch nicht das erste Mal, dass die Polizei im Blindflug unterwegs ist«, bemerkt die Dürre bissig.

»Nein, und es wird auch nicht das letzte Mal sein«, halte ich dagegen. »Vorläufig kann ich nichts weiter sagen.«

Nachdem sich mein Büro geleert hat, nimmt Sotiropoulos mir gegenüber Platz.

»Dieser Typ ist genial, Hut ab!«, sagt er.

»Sie haben leicht reden. Wenn wir ihn nicht bald haben, rollen hier die Köpfe.«

»Wenn Sie mich fragen, ist es jemand, der sich vom Finanzamt ungerecht behandelt fühlt.«

»Toller Tipp! Neun von zehn Griechen sind felsenfest davon überzeugt, dass ihnen das Finanzamt unrecht tut. Wo sollen wir da mit der Suche anfangen?«

»Na kommen Sie, so viele brave Steuerzahler gibt es in Griechenland auch wieder nicht. Einer der wenigen ist der Meinung, dass ihm Unrecht geschieht, und rächt sich dafür an den säumigen Zahlern.«

Der Gedanke ist nicht von der Hand zu weisen, doch er erklärt weder das Schierlingsgift noch die Ausstellung der

Leichen auf archäologischen Stätten. Gut, es wäre nicht das erste Mal, dass einer, der sich ungerecht behandelt fühlt, zum Mörder wird. Aber so jemand hätte doch zu einer Schusswaffe gegriffen, nicht zu Schierling. Er hätte sich wohl kaum die Mühe gemacht, seine Opfer zum Kerameikos-Friedhof und nach Eleusis zu schaffen.

»An Ihrer Stelle würde ich all diejenigen überprüfen, die wegen Steuerschulden in Haft waren und kürzlich freigelassen wurden«, meint Sotiropoulos, bevor er sich verabschiedet.

Dieser Idee kann ich einiges abgewinnen und beschließe, sie unverzüglich umzusetzen. Sotiropoulos kann einem zwar lästig sein, aber er ist lange im Geschäft. Außerdem befinden wir uns tatsächlich, wie die Dürre es formulierte, im Blindflug und suchen, weil keine Hinweise vorliegen, auf gut Glück.

Ich rufe Vlassopoulos und Dermitsakis zu mir, erkläre ihnen, wonach wir suchen, und ordne an, dass sie eine Liste der Haftentlassenen aus dem letzten Jahr zusammenstellen. Dort können wir ansetzen und anschließend entscheiden, ob wir uns weiter darin vertiefen wollen.

Da die Nachforschungen zu den entlassenen Häftlingen zeitaufwendig sind, beschließe ich, in der Zwischenzeit dem Hotelunternehmer Evangelos Langoussis einen Besuch abzustatten. Davon erwarte ich mir keine neuen Erkenntnisse zu unserem mörderischen Steuereintreiber. Aber ich möchte zu gern erfahren, wieso sich Langoussis für die Zahlung der neunhunderttausend Euro entschieden hat. Zwar hat sich auch Polatoglou zu demselben Schritt durchgerungen, aber es ist etwas anderes, wenn sich ein Unternehmer, der illegale Gebäude errichtet, zur Zahlung entschließt, als wenn es der Eigentümer einer renommierten Hotelkette tut.

Auf meinen Anruf hin werde ich mit seiner Sekretärin verbunden. Ich lege ihr dar, dass ich Herrn Langoussis sprechen möchte.

»Haben Sie einen Termin?«, fragt sie.

»Nein, aber es geht um ein paar dringende Fragen, die ich ihm im Zuge unserer polizeilichen Ermittlungen stellen muss.«

»Einen Moment«, lautet die Antwort. Der eine Moment wächst sich zu einer Wartezeit von fünf Minuten aus, bis die Sekretärin wieder auf mich zurückkommt. »Herr Langoussis ist leider unabkömmlich und kann Sie nicht empfangen. Versuchen Sie es morgen noch einmal, vielleicht kann ich dann etwas für Sie tun und einen Termin einschieben.«

»Haben Sie ihm gesagt, dass es dringend ist?«

»Ja, aber seine Besprechungen sind sehr knapp getaktet, da haben wir kaum Luft.«

»Na gut, das macht nichts«, sage ich zuvorkommend. »Dann schicke ich heute noch eine offizielle Vorladung an Herrn Langoussis, dann kann er meine Fragen morgen im Polizeipräsidium Attika beantworten.«

»Einen Moment«, sagt sie erneut und hängt mich wieder in die Warteschleife. »Dann kommen Sie am besten gleich, und wir sehen, was sich machen lässt.«

Bevor ich aufbreche, ersuche ich Koula, nach einem Brief des nationalen Steuereintreibers zu fahnden, der Langoussis nach der Tilgung seiner Schulden ›freispricht‹. Schon nach zehn Minuten ist sie fündig geworden. Ich stecke sowohl das ursprüngliche Mahnschreiben als auch den ›Sündenerlass‹ ein und mache mich auf den Weg.

Die Büros des Hotelunternehmens Langoussis liegen in der Voulis-Straße in der Nähe des Syntagma-Platzes, in der zweiten Etage eines Bürokomplexes im Stil der dreißiger Jahre. Ich nenne der jungen Empfangsdame meinen Namen, worauf sie mich zu Langoussis' Sekretärin am Ende des Korridors schickt.

Die ist Mitte dreißig, hochgewachsen und schick gekleidet. Sie zählt zu den Sekretärinnen, die schon allein durch die Wahl ihres Outfits von vornherein klarstellen, dass sie die Vorzimmerdame des Chefs sind. Sie deutet auf einen Stuhl und lässt mich schmoren. Zum Glück nicht lange, da sie kurz darauf aus Langoussis' Büro tritt und die Tür für mich auflässt.

Langoussis ist etwa fünf Jahre älter als seine Sekretärin, trägt Jeans, ein Hemd ohne Krawatte und ein sportliches Jackett passend zum Dreitagebart. Er pflegt ganz den dandyhaften Look des modernen Geschäftsmannes, wie man Lackaffen heutzutage nennt.

Die Begrüßung spart er sich. »Ich hoffe, Sie haben einen triftigen Grund für Ihren Besuch, Herr Kommissar. Sonst verschwenden Sie nur meine wertvolle Zeit. Mein Terminkalender platzt aus allen Nähten.«

Ich ziehe das Mahnschreiben des nationalen Steuereintreibers aus der Tasche, in dem Langoussis zur Zahlung aufgefordert wird, und lege es ohne ein Wort auf den Tisch. Er liest es mit ausdrucksloser Miene durch.

»Ja, und?«, fragt er, als er damit fertig ist.

»Diesen Brief haben wir im Internet gefunden. Mich interessiert, ob Sie ihn auch erhalten haben.«

»Nein, den sehe ich zum ersten Mal.«

»Herr Langoussis, ein Arzt und ein Unternehmer, die auch so ein Schreiben erhalten hatten, der Zahlungsaufforderung jedoch nicht Folge leisteten, sind jetzt tot. Ein Bauunternehmer hingegen, der gezahlt hat, ist noch am Leben. Daher ist es für unsere Ermittlungen sehr wichtig zu erfahren, ob ein solcher Brief auch bei Ihnen eingetroffen ist.«

»Also noch einmal: Den Schrieb sehe ich zum ersten Mal.«

»Wir haben herausgefunden, dass Sie in den letzten zehn Tagen eine offene Steuerschuld von 900 000 Euro beim Finanzamt beglichen haben.«

»Und jetzt glauben Sie, dass ich wegen so einem Wisch gezahlt habe?«

»Nun, die Frage stellt sich schon.«

Er wirft mir einen langen Blick zu, bevor er antwortet. »Kann es sein, Herr Kommissar, dass wir in verschiedenen Ländern leben?«, fragt er dann.

Durch diese Wendung des Gesprächs fühle ich mich überrumpelt, und ich flüchte mich in eine hilflose Gegenfrage. »Wie kommen Sie darauf?«

»Weil unser Land in außerordentlich großen Schwierigkeiten steckt. Daher habe ich es als meine Pflicht angesehen, diesen Betrag jetzt, da er so dringend benötigt wird, zu zahlen.«

»Ja, aber die Prüfung durch das Amt für Steuerfahndung hat ergeben, dass Sie mit dieser Steuerschuld schon jahrelang im Verzug waren, sich einer Zahlung durch das Einlegen verschiedener Rechtsmittel jedoch entzogen haben.«

»Und zwar vollkommen legal, Herr Kommissar. Obwohl wir in einer Demokratie leben, werden bei uns mittlerweile die Bürger an den Pranger gestellt, die sich auf Gesetze berufen, die ein demokratisch gewähltes Parlament verabschiedet hat.«

»Warum haben Sie ausgerechnet jetzt gezahlt?«

»Lassen Sie es mich so sagen: Ich habe mich lange geweigert, diesem Staat auch nur einen Euro in den Rachen zu werfen. Die Behörden verschlingen Unsummen, ohne den Bürgern irgendeinen Service zu bieten. Alles, was der Staat einnimmt, geht den Bach runter. Trotzdem ist er unersättlich und verlangt ständig nach mehr. Aus diesem Grund habe ich ihm nichts gegeben. Jetzt habe ich gezahlt, um unser Land zu retten. Unser Staat und unser Land sind zwei verschiedene Dinge. So, wie Sie einen Teil Ihres Gehalts und Ihrer Zulagen opfern, habe auch ich die Summe gezahlt, die ich schuldig war. Für die Rettung unseres Landes gibt jeder, was er kann.«

»Der Mörder behauptet aber, Sie hätten nur gezahlt, weil seine Drohung gewirkt habe.«

Ich ziehe das zweite Schreiben aus der Tasche und lege es vor ihn hin. Als er es durchgelesen hat, hebt er den Blick.

»Es ist Ihre Pflicht, diesen Mörder zu fassen, Herr Kommissar. Das ist Ihre Aufgabe, dafür werden Sie bezahlt. Doch statt ihn festzunehmen, berufen Sie sich auf ihn wie auf einen glaubwürdigen Zeugen!« Dann fügt er hinzu: »Sorry, aber ich habe viel zu tun und kann dieses sinnlose Gespräch nicht länger fortsetzen.«

Ich hätte die größte Lust, ihm die beiden Schreiben in die Brusttasche seines sportlich-eleganten Jacketts zu stopfen, doch ich denke an meine Beförderung und nehme Abstand von jeder Art von Rowdytum. Wortlos erhebe ich mich und verlasse sein Büro. Diesmal bin ich es, der den Gruß unter den Tisch fallen lässt.

Als ich die Treppen hinuntersteige, fällt mir seltsamerweise das kleine Gedicht ein, das wir in der Volksschule auswendig lernen mussten: »Was ist unsere Heimat? Sind's die weiten Ebenen? Sind's die kahlen Bergeshöhen? Sind's die goldenen Sonnenstrahlen? Sind's die leuchtenden Sterne?« Das Gedicht endet, soweit ich mich erinnern kann, mit der Aufforderung »Auf auf, ihr Kinder!«.

Ich frage mich, wer sich von diesen Zeilen angesprochen fühlt: Langoussis, Polatoglou, Korassidis oder Lazaridis. Am ehesten vielleicht Polatoglou, der die Ebenen und Bergeshöhen mit seinen illegalen Häusern überzieht.

31

Als ich von der Ermou-Straße auf den Syntagma-Platz komme, sind das Gelände vor dem Parlament sowie die beiden den Platz begrenzenden Querstraßen gesperrt. Nur noch die Stadiou-Straße ist für den Verkehr geöffnet.

»Was ist jetzt wieder los?«, frage ich den uniformierten Beamten, der an der Ecke Vassileos-Jeorjiou-Straße und Syntagma-Platz vor einem Streifenwagen steht.

»Der alltägliche Tumult, Herr Kommissar. Zweihundert Demonstranten blockieren den Syntagma-Platz.«

»Wer ist es diesmal? Empörte Bürger?«

»Nein, begeisterte«, erwidert er.

Ich starre ihn an. »Begeisterte Bürger?« Haben ihn die Strapazen, die er tagtäglich auf sich nehmen muss, wohl um den Verstand gebracht?

»Ja, begeistert von diesem nationalen Steuereintreiber. Sie wollen ihn an der Spitze des Finanzministeriums sehen.«

Aus der Ferne dringen Parolen an mein Ohr, die seine Worte bestätigen: »Steuereintreiber an die Macht!« und »Steuerprüfung der Volksvertreter!«

Der Vizefinanzminister und der Hotelunternehmer Langoussis mögen ja die Schlagkraft des nationalen Steuereintreibers kleinreden mit der Behauptung, der Druck durch die Regierung hätte gefruchtet und Steuerzahler wie Langoussis wollten zur Rettung Griechenlands beitragen. Doch die auf dem Syntagma-Platz versammelte Menschenmenge ist da anderer Meinung.

»Hören Sie das?«, fragt mich der uniformierte Kollege.

»Ja, zum Glück muss ich nicht über den Syntagma-Platz fahren. Ich habe meinen Wagen auf dem Parkplatz in der Kriesotou-Straße gelassen.«

»Und wo müssen Sie hin, wenn ich fragen darf?«

»Zum Bürgerschutzministerium in der Katechaki-Straße.«

»Dann sollten Sie den Kolonaki-Platz meiden. Dort ist der Teufel los. Fahren Sie lieber die Pindarou bis zur Anagnostopoulou, dann kommen Sie beim Evangelismos-Krankenhaus heraus.«

Ich folge dem Rat des Uniformierten und gelange problemlos zum Bürgerschutzministerium. Gikas, Lambropoulos und Spyridakis warten bereits vor dem Büro des Ministers. An Gikas' Miene kann ich ablesen, dass er unter Strom steht, die anderen beiden plaudern hingegen gelassen miteinander.

Die Sekretärin verkündet das Offensichtliche. »Sie müssen sich etwas gedulden, Herr Kommissar. Der Herr Minister ist in einer Besprechung.«

Als sie uns eine halbe Stunde später hereinruft, finden wir unseren Minister in Gesellschaft des Vizefinanzministers vor. Sie warten, bis wir Platz genommen haben, bevor der Vizefinanzminister das Wort ergreift.

»Können Sie mir erklären, wie eine solche Datenmenge aus der Steuersoftware Taxis in die Hände des Mörders gelangen konnte?«, wendet er sich an Spyridakis.

Lambropoulos, der als Spezialist für Computerkriminalität über die größte Erfahrung und Autorität auf diesem Gebiet verfügt, springt Spyridakis bei.

»Es gab im Amt für Steuerfahndung eine Lücke im Sicherheitssystem, Herr Minister. Die haben wir geschlossen, doch leider haben wir nach wie vor zwei Schwierigkeiten. Zum einen ist es, wie Sie auch festgestellt haben, dem Mörder gelungen, eine Menge Daten zu entwenden. Zum anderen können wir nicht garantieren, dass er sich nicht an anderer Stelle Zugang zum System verschafft.«

»Wieso können Sie ihn nicht eruieren, wenn Sie doch die undichte Stelle gefunden haben?«, fragt der Minister.

»Das werden wir schon tun, nur braucht das Zeit. In der Zwischenzeit kann er uns aber weiterhin Schaden zufügen.«

»Warum sperren Sie den Zugang zu Taxis nicht einfach?«, fragt der Vizefinanzminister.

»Gerne, wenn das Finanzministerium die Verantwortung dafür übernimmt, dass in ganz Griechenland der Zahlungsverkehr mit den Finanzämtern zusammenbricht«, antwortet Spyridakis.

Der Vizefinanzminister hält den Mund, da ihm klar ist, dass das auf keinen Fall passieren darf.

»Wie steht es mit den Ermittlungen?«, fragt unser oberster Chef.

Die Frage ist zwar an die Allgemeinheit gerichtet, doch ihre Beantwortung fällt mir zu.

»Ehrlich gesagt, Herr Minister, ist die Indizienlage spärlich«, erwidere ich. »Wir tappen nach wie vor im Dunkeln. Mit Sicherheit wissen wir nur, dass er sich Zugang zu Taxis verschafft hat. Darüber hinaus haben wir zwei Augenzeugen gefunden, die ihn dabei beobachtet haben, wie er seine Opfer auf das jeweilige archäologische Gelände transportiert hat. Doch wir wissen nichts über sein Motiv, und wir wissen nicht, was er als Nächstes tun wird. Dazu kommt, dass wir es mit jemandem zu tun haben, der seine Spuren perfekt verwischt.«

»Konnten ihn die Augenzeugen nicht beschreiben?«

»Es war Nacht, und sie haben ihn nur von weitem gesehen.«

»Die Ermittlungen sind ab sofort auf Eis gelegt«, verkündet der Minister.

Uns bleibt die Spucke weg, und wir starren ihn fassungslos an.

»Entschuldigung, wie bitte?«, meint Gikas.

»Ich habe mich doch deutlich genug ausgedrückt. Ab sofort sind die Ermittlungen auf Eis gelegt.«

»Wieso denn?«, entfährt es mir. Gleichzeitig wird mir klar, dass Gikas' schlimmste Befürchtungen sich wieder einmal bewahrheiten.

»Wissen Sie, Herr Kommissar, was auf dem Syntagma-Platz los ist?«, hält mir der Minister entgegen.

»Ja, von dort komme ich gerade.«

»Wenn Sie ihn jetzt festnehmen, haben wir einen neuen Volkshelden«, erläutert er. »Ein frei herumlaufender Mörder ist besser als ein Volksheld im Gefängnis.«

»Aber was tun wir, wenn er wieder zuschlägt?«, fragt Gikas.

»Wenn die Steuersünder aus Angst seinen Forderungen nachkommen, hat er keinen Grund, weitere Morde zu begehen«, behauptet der Vizefinanzminister. »Machen wir uns nichts vor, der Mörder besänftigt den Volkszorn, der sich gegen die Steuerhinterzieher richtet. Seine Festnahme nützt momentan keinem. Die Steuerschuldner werden nicht wegen dem Mörder weiter ihre Schulden begleichen, sondern weil ihnen der Volkszorn Angst einjagt.«

Mir liegt die Bemerkung auf der Zunge, dass sich von gestern Abend auf heute seine Argumentation vom ach so effektiven Druck der Regierung auf den Volkszorn verschoben hat. Doch ich verkneife mir jeden Kommentar.

»Wenn Sie weitere Indizien entdecken, sprechen Sie Ihr Vorgehen jedes Mal mit mir ab. Darauf bestehe ich«, betont der Minister. »Wenn Sie auf eigene Faust weiterermitteln, heißt das, dass Sie ohne Rückendeckung von oben handeln.«

»Selbstverständlich setzen Sie Ihre Bemühungen fort, um eventuelle Hackerangriffe auf Taxis zu unterbinden«, meint der Vizefinanzminister. »Doch damit hat es sich auch.«

»Ich glaube, das wär's«, sagt unser Minister abschließend, und zu seinem Amtskollegen: »Nicht wahr, Dimos?«

Nach einem zustimmenden Nicken des Vizefinanzministers sind wir entlassen. Vor dem Eingang des Ministeriums bleiben wir stehen und wechseln ratlose Blicke. Alle vier – drei Funktionäre aus dem Polizeipräsidium und einer aus dem Amt für Steuerfahndung – ringen wir nach Worten.

Als Erster bricht Spyridakis das Schweigen. »Ich habe ja mit allem Möglichen gerechnet, aber das übertrifft all meine Befürchtungen«, erklärt er.

»Heutzutage übertrifft so gut wie alles unsere Befürchtungen«, entgegnet Lambropoulos. »Der einzige Rat, den ich Ihnen geben kann, lautet: Augen zu und durch.«

Sobald wir auf der Dienststelle zurück sind, eile ich direkt in Gikas' Büro.

»Was soll ich jetzt tun?«, frage ich ihn. »Soll ich weitermachen oder die ganzen Ermittlungen einfrieren?«

»Sie tun alles, was nötig ist, um den Leuten Sand in die Augen zu streuen«, lautet seine Antwort. »Und da Sie eine Menge Freizeit haben werden, können Sie sich schon mal nach einem guten Schneider für Ihre neue Uniform umsehen. Die Beförderung haben Sie so gut wie in der Tasche.«

»Wollen Sie mich auf den Arm nehmen?«

Er lacht auf. »Sie sind naiv, Kostas«, sagt er. »Wieso sollte der Minister meinem Vorschlag widersprechen? Er weiß ganz genau: Wenn von einem von uns beiden durchsickert, dass er angeordnet hat, die Ermittlungen in diesem Fall einzustellen, zahlt er einen hohen Preis. Wie Sie sehen, unternimmt die Regierung zwar große Anstrengungen, alle möglichen Kosten zu senken, doch ihre eigene Haut verkauft sie immer noch teuer. Daher wird er meinem Vorschlag folgen, um seine Ruhe zu haben.« Als ich ihn immer noch dusselig anstarre, bricht er erneut in Lachen aus. »So läuft es, Kostas. Was glauben Sie denn? Dass Sie aufgrund Ihrer Verdienste befördert werden? Wieso, glauben Sie, hat sich bis jetzt bei Ihnen nichts getan?«

Seine Worte klingen überzeugend. Der einzige Grund, wofür man im griechischen öffentlichen Dienst befördert wird, ist Nichtstun. Und genau diese Chance serviert mir der Minister auf dem Tablett.

32

Hätte man mir angekündigt, dass mich zu Hause Gäste erwarten, hätte ich auf Katerina und Fanis getippt. Mit all den noch offenen Fragen drängt sich so ein Besuch ja auch fast auf. Sie könnten uns mitteilen wollen, wo Katerina ihren Posten antreten wird oder auch wann sie abzureisen gedenken. Weder das eine noch das andere wäre angenehm, aber zu erwarten.

Meine Verwunderung ist groß, als ich mich plötzlich Prodromos und Sevasti gegenübersehe, Fanis' Eltern aus Volos. Sie haben mit Adriani im Wohnzimmer Platz genommen und offensichtlich auf meine Ankunft gewartet.

»Was für eine nette Überraschung!«, sage ich herzlich, da ich die beiden – und insbesondere Prodromos – sehr mag.

»Tja, der Anlass unseres Besuchs ist leider nicht ganz so erfreulich, Kostas. Da braut sich ein großes Unheil über unseren Köpfen zusammen«, antwortet Sevasti.

Jetzt erst dämmert mir, dass ihr Besuch wohl mit Katerinas und Fanis' Auswanderungsplänen zu tun hat. Als ich Adriani einen fragenden Blick zuwerfe, bestätigt sie meinen Eindruck durch ein unmerkliches Kopfnicken.

»In guten wie in schlechten Zeiten muss die Familie zusammenhalten«, gebe ich vage von mir.

»Schlechter könnten die Zeiten kaum sein«, ergreift Prodromos das Wort. »Weißt du, was es heißt, wenn dir eines

Morgens aus heiterem Himmel ein Ziegelstein auf den Kopf fällt?«

»Na und ob, uns hat doch derselbe Ziegelstein getroffen, Prodromos«, meint Adriani.

»Mir ist unbegreiflich, wie zwei junge Menschen, gut ausgebildet und frisch verheiratet, wobei der eine auch noch eine sichere Position im öffentlichen Gesundheitswesen hat, den Entschluss fassen können, bei den Zulus zu leben«, wundert sich Prodromos.

Die Zulus sind nicht einmal Adriani in den Sinn gekommen, mit Uganda und Senegal hatte sie die Lage allerdings schon sehr realistisch eingeschätzt. »Genau deshalb wollen die beiden ja fort. Weil sie gut ausgebildet sind und sich ein besseres Leben aufbauen wollen.«

»Und dieses bessere Leben wollen sie sich ausgerechnet in Afrika aufbauen?«, wirft Sevasti ein. »Fanis hat uns gesagt, dass sie ein paar Jahre bleiben wollen, um der notleidenden Bevölkerung zu helfen. Aber müssen sie dafür nach Afrika? Hier in Griechenland wächst die Armut Tag für Tag. Und sind die Patienten der staatlichen Krankenhäuser nicht auch bedürftig? Welcher zahlungskräftige Grieche vertraut sich denn dem öffentlichen Gesundheitswesen an? Die Wohlhabenden wenden sich an Ärztezentren oder Privatkliniken. Also hilft Fanis auch hier bei uns der notleidenden Bevölkerung. Wozu also nach Afrika?«

»Ihr müsst ihnen ins Gewissen reden, Kostas«, dringt Prodromos in mich.

»Haben wir ja getan, und zwar allen beiden.«

»Ja, aber fasst sie nicht mit Samthandschuhen an, ein wenig Nachdruck schadet nicht.«

»Glaubst du, wir hätten sie nicht unter Druck gesetzt? Glaubst du, wir hätten ihnen nicht die Meinung gesagt?«, hält Adriani Prodromos entgegen.

»Dann war das eben nicht genug«, schlussfolgert Sevasti und wendet sich an mich. »Du bist doch Polizeibeamter und weißt, wie man Ordnung schafft. Warum setzt du dich nicht durch?«

»Was soll ich tun, Sevasti? Soll ich ihnen die Pässe abnehmen? Oder soll ich sie in polizeilichen Gewahrsam nehmen, um sie an der Ausreise zu hindern? Unsere Kinder sind volljährig. Wenn sie auswandern wollen, kann weder Militär noch Polizei sie aufhalten.«

»Entschuldigt, wenn ich das sage, nehmt es mir bitte nicht übel«, sagt Sevasti. »Aber dieses Schlamassel ist allein eurer Tochter zu verdanken, und damit stürzt sie auch Fanis ins Unglück. Was fehlt ihr denn, dass sie unbedingt fortwill? Sie muss weder hungern noch betteln gehen. Vielen jungen Leuten geht es heutzutage noch viel schlechter.«

»Die Schuld liegt auch bei Fanis, Sevasti«, meint Prodromos zu seiner Frau. »Wir haben ihm immer gesagt, er soll in Volos bleiben, eine Praxis eröffnen und eine junge Frau aus der Gegend heiraten. Aber er hat darauf beharrt, Krankenhausarzt in Athen zu werden. Jetzt bekommt er eben die Quittung dafür.«

Ich merke, wie Adrianis Groll wächst. Ob sie selbst ihre Tochter kritisiert oder ob es andere tun, sind zwei grundverschiedene Dinge. Genau so ergeht es uns Griechen auch mit Griechenland. Wir selbst lassen kein gutes Haar an unserem Land, doch sobald jemand anderer scharfe Kritik äußert, verteidigen wir es mit Zähnen und Klauen.

»Moment mal, Sevasti«, sagt sie zu Fanis' Mutter. »Auch mir blutet das Herz bei dem Gedanken, dass sie auswandern wollen, und zwar nicht nur wegen Katerina, sondern auch wegen Fanis. Nicht nur dein Sohn, sondern auch meine Tochter hat eine gute Ausbildung. Und wenn sie in Griechenland keine Arbeitsstelle findet, die ihren Fähigkeiten entspricht, sucht sie sich eben woanders einen Job.«

»Aber wäre es denn so schlimm, wenn sie bei ihrer Familie zu Hause bliebe, Adriani? Wäre es denn so schlimm, wenn sie sich um Haushalt, Mann und Kinder kümmerte? Haben wir denn irgendetwas verpasst, nur weil wir nicht berufstätig waren?«

Da das Gespräch nun abzugleiten droht, verwandle ich mich rasch vom Polizisten zum Feuerwehrmann. »Hört mal, das führt doch alles zu nichts. Wenn sie zur Auswanderung entschlossen sind, werden wir sie kaum daran hindern können. Vielleicht aber sollten wir alle zusammen einen letzten Versuch machen, sie doch noch umzustimmen. Lasst uns morgen Abend zusammenkommen, um das Ganze gemeinsam zu besprechen.«

Doch Sevasti ist in Fahrt gekommen und hat nicht vor, frühzeitig aufzugeben. »Ich will dich mit meinen Worten nicht kränken, Kostas, aber Katerina wirkt auf mich nicht im Geringsten wie die Tochter eines Polizisten.«

»Wie sind denn Polizistentöchter?«, frage ich.

»Junge Frauen, die Älteren gegenüber Gehorsam und Respekt zeigen. Katerina ist sehr eigenwillig. Sie hört auf absolut niemanden. Wenn sie sich etwas vornimmt, kann nichts sie aufhalten. Schon damals, als sie sich auf eine standesamtliche Hochzeit versteift hat, hat sie uns ganz aus dem Konzept gebracht. Aber jetzt ist es noch schlimmer. Du bist Polizist, Kostas. Bring sie zur Räson!«

Gerade als ich ihr etwas erwidern will, schnappt mir Adriani den Bissen vor der Nase weg. »Fanis ist wie ein eigener Sohn für uns, Sevasti, und es schmerzt mich, wenn ich merke, dass für euch Katerina immer noch eine Fremde ist. Vielleicht habt ihr euch die Zukunft eures Sohnes anders vorgestellt, aber daran sind weder wir noch Katerina schuld. Jedenfalls kann ich es nicht hinnehmen, wenn ihr in meinem eigenen Haus meine Tochter beleidigt.«

»Es tut mir leid, da hast du mich falsch verstanden, Adriani«, entgegnet ihr Sevasti. »Ich habe nur gesagt, dass Katerina ihre Entscheidungen sehr oft ganz allein trifft, ohne die anderen mit einzubeziehen. Doch beleidigen wollte ich niemanden, schon gar nicht in seinem eigenen Haus. Wir kommen vielleicht aus der Provinz, aber wir wissen, was sich gehört.«

Sie springt auf und läuft ins Badezimmer, um ihre Tränen zu verbergen. Adriani eilt ihr hinterher.

»Nicht doch, Sevasti ...« Sobald die beiden um die Ecke verschwunden sind, rückt Prodromos auf dem Sofa neben mich.

»Unternimm etwas, Kommissar«, murmelt er mir leise, fast flüsternd zu. »Es darf nicht sein, dass unsere Kinder auswandern und wir uns völlig zerstreiten und dass wir, anstatt uns gegenseitig zu trösten, kein Wort mehr miteinander sprechen.«

Ich bleibe ihm die Antwort schuldig, nicht weil er unrecht hätte, sondern weil meine Nerven blank liegen. Prodromos rückt noch ein Stück näher an mich heran.

»Mache ich Katerina vielleicht einen Vorwurf? Warum sollte ich? Keine Ahnung, ob sie zu Hause tatsächlich das Sagen hat, wie meine Frau behauptet. Aber wer, glaubst du, hat bei uns zu Hause die Hosen an? Ich vielleicht?« Dann blickt er mich still an. »Deshalb sage ich dir: Du bist Polizist, also tu was!«

Klar, sage ich mir, in Griechenland löst die Polizei sämtliche Probleme. Vom Familienstreit bis zum schweren Verbrechen, von der illegalen Immigration bis hin zu den Randalen der Demonstranten – in allen Belangen wird Hilfe und Rettung einzig und allein von der Polizei erwartet.

Als wir uns kurze Zeit später zum Abschied erheben, liegen sich Sevasti und Adriani in den Armen. »Verzeih mir, Adriani«, sagt Sevasti. »Nein, du musst mir verzeihen«, erwidert Adriani. Sie vergeben einander ihre Sünden und verabschieden sich mit einem Kuss.

»Also, wie besprochen«, wispert mir Prodromos verschwörerisch zu, während er mir die Hand drückt.

Sobald Fanis' Eltern aus der Tür sind, verwandeln sich Adrianis nette Abschiedsworte in eine Gardinenpredigt.

»Siehst du, was unsere Tochter da angerichtet hat?«, schimpft sie. »Um ein Haar hätten wir uns mit Fanis' Eltern überworfen.«

»Trotzdem hast du sie verteidigt«, kontere ich.

»Das sind zwei Paar Schuhe. Ich lasse nicht zu, dass Sevasti über meine Tochter herzieht. Wenn ich sie selber kritisiere, ist das etwas anderes.«

Darauf erwidere ich nichts. Insgeheim gebe ich Prodromos recht: Weder sie noch wir wollen, dass unsere Kinder Griechenland verlassen. Sollten sie wirklich auswandern, werden wir noch einige bittere Pillen zu schlucken haben.

Mir fällt nur ein einziges Gegenmittel ein. Doch ich bin mir nicht sicher, ob es wirkt.

33

Als ich eintreffe, ist Sissis beim Blumengießen. Die Uhrzeit meines Besuchs habe ich mit Absicht gewählt, weil ich weiß, dass er das immer am frühen Vormittag oder nach Sonnenuntergang tut, und zwar prinzipiell zu allen Jahreszeiten. Bei der Gartenpflege ist er nämlich gut gelaunt, und sein üblicher Eigensinn tritt in den Hintergrund.

Als er bemerkt, dass ich die Gartentür aufstoße, unterbricht er seine Tätigkeit. »Na so was! In aller Herrgottsfrühe?«, wundert er sich.

Halb zehn Uhr vormittags ist zwar nicht wirklich in aller Herrgottsfrühe, doch ich gehe nicht weiter darauf ein. »Ich bin gekommen, weil ich etwas mit dir besprechen muss«, antworte ich.

»Wenn du auf der Suche nach dem nationalen Steuereintreiber bist, kann ich nur sagen: Leider hatte ich bisher noch nicht das Vergnügen, seine Bekanntschaft zu machen.«

»Du stehst doch sicherlich auch auf der Seite dieses Volkshelden, oder?«, necke ich ihn.

»Ob er wirklich ein Volksheld ist, kann ich nicht sagen. Jedenfalls sind mir seine Aktionen recht, solange die Revolution noch auf sich warten lässt. Falls sie denn überhaupt noch kommt.«

»Ich bin nicht wegen des nationalen Steuereintreibers hier, sondern privat.«

»Privat?«

»Ja.«

»Komm mit hoch, dann trinken wir einen Mokka.«

Wir steigen die Treppe zu seinen Wohnräumen hinauf. Ich setze mich auf meinen Stammplatz und warte, bis der Mokka fertig ist. Doch er braucht seine Zeit, bis er die richtige Temperatur erreicht hat. Schließlich wird er mir zusammen mit eingelegten Feigen serviert, wohingegen sein Mokka ohne Begleitung auskommt. Die Sitte, dass die Süßigkeit den Gästen vorbehalten bleibt, hat ihm seine Mutter, eine aus Kleinasien vertriebene Griechin, beigebracht.

»Also?«, brummt er.

Da erzähle ich ihm die ganze Sache mit Katerina. Nicht einmal die gestrige Auseinandersetzung mit Fanis' Eltern unterschlage ich. Er hört mir zu, ohne mich zu unterbrechen. Erst am Schluss entfährt ihm ein Seufzer:

»Tja, Charitos, Katerina ist nun mal die Tochter eines Polizisten«, meint er.

Wenn wir unter uns sind und ihm etwas gegen den Strich geht, bin ich für ihn immer nur der »Bulle«. Aber wenn er von Katerina spricht, nennt er mich »Polizist«, da er fürchtet, meine Tochter zu beleidigen, selbst wenn sie persönlich gar nicht anwesend ist.

»Was meinst du damit?«, will ich von ihm wissen.

»Sie hat keine Ahnung, was es heißt, im Exil zu leben. Wie sollte sie auch? Als Tochter eines Polizisten?«

An seine spitzen Bemerkungen habe ich mich so sehr gewöhnt, dass sie mich gar nicht mehr treffen. Sowohl bei spontaner Empörung als auch bei lange angestautem Verdruss macht er sich damit Luft.

»Ich wollte dich bitten, mit ihr zu reden«, bekunde ich. »Oft zählt für Katerina deine Meinung mehr als meine.«

»Gut, ich rede mit ihr«, meint er entschieden. »Darf ich erwähnen, dass ich das alles von dir weiß?«

»Ja, das ist kein Geheimnis. Sag ihr, ich hätte dir erzählt, ihre und Fanis' Auswanderungspläne seien beschlossene Sache.«

»Na, dann lass mich mal nachdenken, wie ich es ihr beibringe. Dann melde ich mich bei ihr.«

Bevor ich die Weiterfahrt antrete und er seine Blumen zu Ende gießt, sagt er unten im Hof zu mir: »Weißt du, viele von uns sind hoch erhobenen Hauptes in die Verbannung gegangen. Erst als sie dort ihr neues Leben anfingen, ist ihnen klar geworden, was für einen hohen Preis sie für ihren Stolz bezahlt haben.«

Dann greift er wieder nach seiner Gießkanne, während ich die Gartentür öffne und auf die Straße trete. Mit einem Schlag fühle ich mich erleichtert. Ich bin mir zwar nicht sicher, ob er Katerina überzeugen kann, aber ich weiß, dass Sissis' Ansichten einen hohen Stellenwert für sie haben.

Am Ende der Dekelias-Straße läutet mein Handy. »Wo bleiben Sie denn?«, höre ich Gikas' Stimme. »Sind Sie nicht in Ihrem Büro?«

»Ich bin durch einen privaten Termin aufgehalten worden.«

»Und wo sind Sie jetzt?«

»Gleich auf der Patission-Straße.«

»Kommen Sie direkt ins Finanzministerium. Wir treffen uns im Büro des Ministers«, sagt er kurz angebunden.

Wenn uns der Finanzminister höchstpersönlich in sein

Büro einbestellt, muss die Lage verdammt ernst sein. Und geradezu bedrohlich wird die Lage momentan für das Finanzministerium, wenn der nationale Steuereintreiber involviert ist. Obwohl ich mir den Kopf zerbreche, was er jetzt wieder ausgeheckt haben könnte, will mir nichts einfallen.

Als ich eine dreiviertel Stunde später im Vorzimmer des Ministers eintreffe, empfängt mich eine seiner Sekretärinnen. »Kommen Sie, Sie werden schon erwartet.«

Alle hohen Herren sind hier versammelt: neben dem Finanzminister, der uns alle einberufen hat, auch dessen Vizeminister, dann unser Minister aus dem Bürgerschutzministerium, der Polizeipräsident, der Leiter des Amts für Steuerfahndung, Gikas und Lambropoulos – daneben zwei kleine Fische: Spyridakis und ich. Dazu kommt noch ein Mittfünfziger, dessen Identität vorläufig noch nicht gelüftet wird.

»Meine Herren, ich habe Sie heute hierhergebeten, weil sich im Fall dieses selbsternannten nationalen Steuereintreibers neue und besorgniserregende Entwicklungen abzeichnen«, hebt der Finanzminister an. »Er hatte nämlich die Stirn, an mich persönlich ein Schreiben zu richten, das meine Sekretärin heute Morgen unter meinen E-Mails vorgefunden hat.«

Er zieht einen Stoß Kopien aus einem Ordner und verteilt sie an alle Anwesenden. Als ich mein Exemplar in Empfang nehme, lese ich:

Herr Minister,
  dank meiner unermüdlichen Bemühungen hat der griechische Staat innerhalb von zehn Tagen 7,8 Millionen Euro eingenommen. Dabei handelt es sich um eine Summe, die

sich zum einen aus hinterzogenen Steuern, zum anderen aus vom Finanzamt berechneten, jedoch niemals entrichteten Abgaben zusammensetzt. Dermaßen hohe Einnahmen innerhalb eines so kurzen Zeitraums wären von einem verfilzten und ineffektiven Staatsapparat wie dem griechischen niemals erzielt worden.

Hiermit biete ich Ihnen weiterhin meine Dienste an, um in einer Zeit, in der die mangelnde Steuermoral zu einem Albtraum für Griechenland geworden ist, die Staatseinnahmen zu steigern.

Sie können gewiss nachvollziehen, dass ich diesen Service nicht ohne Gegenleistung anbieten kann, da ich mich dabei persönlich in Gefahr bringe.

Daher fordere ich Sie auf, mir eine handelsübliche Provision von 10 % dieser Einnahmen, also 780 000 Euro, zu entrichten.

Den genannten Betrag hinterlegen Sie mir morgen um drei Uhr nachmittags in Fünfzig-Euro-Scheinen auf dem Nymphenhügel, genau fünfzig Meter von dem Eingang der Sternwarte entfernt, in einem Rucksack.

Der nationale Steuereintreiber

Obwohl sich mittlerweile alle das Schreiben durchgelesen haben, hört man keinen Mucks. Man könnte eine Stecknadel fallen hören, so still ist es.

»Nun, was meinen Sie?«, fragt der Finanzminister in die Runde, da keiner bereit ist, das Schweigen von sich aus zu brechen.

»Was sagen Sie, Nikos?«, wendet sich der Polizeipräsident schließlich an Gikas. So läuft es immer: Fühlen sich die Führungskräfte in die Enge getrieben, spielen sie den Ball an ihre Untergebenen weiter, um ihr wertes Hinterteil aus der Gefahrenzone zu bringen.

Lambropoulos kommt Gikas' Antwort zuvor. »Wenn Sie meine Meinung hören wollen: Sie sollten zahlen, Herr Minister.«

»Ausgeschlossen, Herr Lambropoulos, dass die griechische Regierung einem Mörder eine Provision bezahlt«, mischt sich der Minister für Bürgerschutz ein. »Können Sie sich vorstellen, was passiert, wenn die Medien davon Wind bekommen?«

»Das ließe sich ja vermeiden«, erwidert Lambropoulos. »Überlegen Sie sich die Sache, Herr Minister. Wenn Sie zahlen, wird er weitermachen. Damit gewinnen wir die nötige Zeit, um ihn aufzuspüren. Wenn uns das nicht gleich beim ersten Versuch gelingt, dann eben beim zweiten Anlauf.«

»Und in der Zwischenzeit mordet dieser Irre weiter.«

»Wenn ich mich recht erinnere, waren wir doch zu der Auffassung gelangt, dass er keine weiteren Morde begehen wird, solange die Steuerschuldner zahlen«, wirft Gikas ein.

Anstelle einer Antwort wirft ihm der Minister einen giftigen Blick zu.

»Ja, aber die Rahmenbedingungen haben sich geändert, wie Sie sehen«, wendet der Vizefinanzminister ein.

»Was schlagen Sie vor, Herr Sifadakis?«, fragt unser Minister den Unbekannten, den er uns nun vorstellt. »Herr Sifadakis ist vom Griechischen Nachrichtendienst EYP.«

»Es ist nicht anders zu erwarten, dass die Polizei das Problem so zu lösen versucht«, sagt Sifadakis. »Sie hat immer wieder – und in letzter Zeit sogar vermehrt – mit Entführungsfällen zu tun. Bei Entführungen wird prinzipiell gezahlt, um das Leben der Opfer nicht zu gefährden, und erst im Anschluss bemüht man sich um eine Festnahme des Entführers. Hier haben wir es jedoch weder mit einem Kidnapper noch mit einer Geisel zu tun.«

»Und was folgt daraus?«, fragt der Polizeipräsident. »Sollen wir einen Rucksack mit Papierschnipseln füllen und obenauf ein paar Geldscheine legen? Und zuschlagen, sobald er zur Geldübergabe auftaucht?«

»Wer behauptet denn so was!«, erwidert Sifadakis. »Der Mörder stellt doch genau dieselben Überlegungen an wie wir.«

»Und was folgt daraus?«, will der Polizeipräsident wissen.

»Zunächst einmal können wir davon ausgehen, dass er nicht selbst zur Geldübergabe erscheinen, sondern einen Strohmann schicken wird. Wenn wir den schnappen, werden wir feststellen, dass er völlig ahnungslos ist. Er kennt weder die wahre Identität des Mörders noch sein Versteck. Demzufolge werden wir nicht so dumm sein, ihn festzunehmen, sondern wir werden ihn frei abziehen lassen.«

»Sie müssen bedenken, dass er die archäologischen Stätten in Attika wie seine Westentasche kennt«, werfe ich ein. »Wenn er den Nymphenhügel ausgewählt hat, dann heißt das, er hat den Fluchtweg seines Helfers bis ins Detail geplant.«

»Wir haben nicht vor, ihm zu folgen. Ich sage es noch einmal: Wir lassen ihn frei abziehen«, antwortet Sifadakis.

»Na gut, und weiter?«, fragt Gikas.

»Wir platzieren einen Sender im Rucksack«, erläutert Sifadakis. »Und der wird uns direkt zum Versteck des Mörders führen.«

»Ausgezeichnet!«, erklärt unser oberster Chef begeistert. »Ich frage mich, wieso die Polizei nicht darauf gekommen ist.« Er wirft, vor allem um Gikas eins auszuwischen, unserer Truppe einen stechenden Blick zu und fährt fort: »Die generalstabsmäßige Planung obliegt dem Griechischen Nachrichtendienst. Die Polizei wirkt unterstützend mit und bleibt dem Oberkommando des EYP unterstellt.« Dann wendet er sich wieder an uns. »Selbstverständlich werden – unabhängig vom morgigen Einsatz des EYP – die Ermittlungen zur Festnahme des Täters weitergeführt.«

Es steht mir nicht zu, in Frage zu stellen, warum wir die gerade vor vierundzwanzig Stunden eingefrorenen Ermittlungen jetzt wieder »auftauen« sollen. Dennoch lasse ich mich zu einer Bemerkung hinreißen, da mir das alles überhaupt nicht schmeckt. »Wir sollten ihn keinesfalls unterschätzen, Herr Sifadakis«, sage ich zum Kollegen vom EYP. »Er ist äußerst clever.«

»Wir sind schon mit Schlaueren fertig geworden«, erwidert er von oben herab.

»Es bleibt unklar, worauf er mit seiner Aktion eigentlich hinauswill.«

»Er will das Geld, was sonst?«, erklärt unser Minister kühl. »Das liegt doch auf der Hand.«

»Ich denke, das wär's für heute«, meint der Finanzminister. »Hoffen wir, dass alles glattgeht. Nur, lassen Sie bitte das Schreiben hier. Wir dürfen nicht das Risiko eingehen, dass es in falsche Hände gelangt. Allein Herr Sifadakis darf eine Kopie behalten.«

Die Bonzen regieren, und das Fußvolk muss parieren. Sifadakis notiert sich Gikas' Telefonnummer, um sich im

Falle eines Falles direkt an ihn wenden zu können, und lässt uns einfach stehen. Die Gruppe aus dem Amt für Steuerfahndung geht zu ihrem Wagen, und die Vertreter der Polizei bleiben wie drei geprügelte Hunde zurück.

»Der Minister hat recht, wir hätten auch an diese Möglichkeit denken müssen«, sagt der Polizeipräsident. »Jetzt hat der EYP das Sagen.«

»Was hatten Sie im Hinterkopf, als Sie zu Sifadakis sagten, dass der Mörder äußerst clever ist?«, fragt mich Gikas, der mich mittlerweile gut kennt.

»Ich fürchte, dass wir geradewegs auf ein Fiasko zusteuern«, entgegne ich.

»Wie kommen Sie darauf, Herr Charitos?«, fragt der Polizeipräsident.

»Es könnte sich um einen ausgeklügelten Schachzug des Täters handeln, um hinter die Absichten des Ministers zu kommen. Meiner Meinung nach wird er das Geld gar nicht holen kommen. Er will uns nur beobachten, um unsere Taktik zu studieren und sich auf alle Eventualitäten vorzubereiten. Erst dann, wenn er sich ganz sicher ist, wie er weiter vorgehen will, wird er unter irgendeinem Vorwand eine erneute Geldübergabe fordern.«

»Nun, dann gehen wir ihm in die Falle«, sagt Gikas.

»Nicht wir, sondern der Griechische Nachrichtendienst«, erwidere ich. »Wir sind ja, wie der Minister klargestellt hat, nur die Zuarbeiter.«

Wie dem auch sei, wenigstens dürfen wir wieder in Aktion treten. Bloß die Beförderung ist vorerst auf Eis gelegt.

34

Als ich mein Büro erreiche, herrscht in meinem Kopf ein heilloses Durcheinander. Meine Befürchtungen habe ich zwar ruhig und sachlich vorgetragen, da in Gefahrensituationen und nicht zuletzt in Anwesenheit des Polizeipräsidenten Zurückhaltung geboten ist, doch im tiefsten Innern schätze ich die Chancen auf siebzig zu dreißig, dass es sich um einen Hinterhalt des nationalen Steuereintreibers handelt. Sollte ich damit recht haben, lässt sich schwer abschätzen, wie weit er es noch treiben wird. Sein bisheriges Vorgehen zeigt, dass wir es mit jemandem zu tun haben, der über ein großes Selbstbewusstsein verfügt und zu extremen Aktionen neigt. Daraus könnte man schließen, dass er auch mit anderen Steuerschuldnern zügig »abrechnen« wird. Das Schlimmste ist, dass wir nicht wissen, wann er wieder zuschlagen wird. Logischerweise müsste er es auch weiterhin auf Steuersünder abgesehen haben. Doch was ist, wenn er hinter die Sache mit dem Sender kommt und den Kreis der Opfer ausweitet?

Zugegeben, ich bewege mich im Reich der Spekulation. Abgesehen von den Morden finden die Taten des nationalen Steuereintreibers im Internet statt, von dem ich vielleicht noch weniger Ahnung habe als Gikas. Das Heft liegt daher nicht in meiner Hand, sondern ich bin und bleibe von Lambropoulos' Ermittlungen abhängig. Wenn er nicht auf einen grünen Zweig kommt, komme ich es ebenso wenig.

Der Mut der Verzweiflung bringt die größten Plattitüden, aber auch die besten Einfälle hervor. Vielleicht stehen die Chancen auch nur fünfzig zu fünfzig für meine Theorie. Da ich allein nicht weiterkomme, rufe ich meine Assistentin herein.

»Koula, haben Sie die ganze Korrespondenz des nationalen Steuereintreibers gebündelt?«

»Natürlich, Herr Charitos. Ich habe sie in einem Ordner auf meinem Computer gespeichert, aber für alle Fälle auch ausgedruckt.«

»Schön, dann sollten Sie noch einmal probieren, die digitalen Kontaktdaten des nationalen Steuereintreibers herauszufinden.«

Ihre Miene wirkt wenig begeistert. »Das tut doch bereits die Abteilung für Computerkriminalität, Herr Charitos. Dort sitzen die Fachleute. Ich habe als jahrelange Computernutzerin doch nur ein paar Kniffe im Umgang mit dem Gerät gelernt.«

»Es kann ja nicht schaden, wenn wir es auf eigene Faust auch noch versuchen, selbst wenn wir keine Spezialisten sind.«

»Nun, da bin ich anderer Meinung.«

»Warum denn?«

»Je mehr Stellen in die Suche involviert sind, desto schneller wird er auf uns aufmerksam, und desto genauer beobachtet er unsere Aktivitäten. Ganz besonders, wenn Amateure wie ich am Werk sind. Am besten überlassen wir die Sache der Abteilung für Computerkriminalität. Abgesehen davon suche ich natürlich weiter nach eventuellen Mahnschreiben. So bin ich auch mit den Kollegen verblieben: Ich suche nach neuen Lebenszeichen des nationalen Steuereintreibers, weil unsere Abteilung viel besser weiß, wonach wir Ausschau halten müssen. Drei bis vier Mal täglich durchkämme ich sämtliche sozialen Netzwerke im Internet.«

»Na gut, Sie haben mich überzeugt«, gebe ich schließlich klein bei. »Aber schicken Sie mir Vlassopoulos und Dermitsakis rüber.«

Es scheint ihr leidzutun, dass sie mir den Wind aus den Segeln genommen hat, denn sie hält an der Tür inne und wendet sich noch einmal um. »Soll ich bei der Abteilung für Computerkriminalität nachfragen, ob es neue Erkenntnisse gibt?«

»Nicht nötig. Das hätte Lambropoulos in der Besprechung bestimmt erwähnt.«

Kurz darauf sitzen Vlassopoulos und Dermitsakis an Koulas Stelle vor meinem Schreibtisch, womit ich aus dem digitalen Zeitalter der Hacker direkt zurück in die Steinzeit der polizeilichen Tretmühle geworfen werde.

»Hat sich aus den Nachforschungen zu den kürzlich aus der Haft entlassenen Steuerschuldnern etwas ergeben?«

Nach einem kurzen Blickwechsel einigen sich die beiden, wer das Wort ergreift. Daraus schließe ich, dass es Neuigkeiten geben muss.

»Nichts Besonderes, Herr Kommissar«, antwortet Vlassopoulos. »Erstens sind es nicht nur einer oder zwei, sondern ganz schön viele. Zweitens sind die meisten Inhaber von Klein- und Mittelbetrieben, die jahrelang ihre Steuerschuld nicht abbezahlt haben, da sie glaubten, der träge griechische Staat würde sie nie drankriegen. Und so haben sie die Zahlung von einer Gerichtsverhandlung zur nächsten verschleppt. Bis das Gerichtsurteil schließlich rechtskräftig war und sie im Gefängnis landeten, war ihre Steuerschuld immer weiter angewachsen.«

»Doch ein Fall ist uns untergekommen, der interessant sein könnte«, ergänzt Dermitsakis. »Ein gewisser Chomatas.«

»Was ist das Besondere an ihm?«

»Er hatte eine Werkstatt für Gipsabgüsse antiker Motive. Sie wissen schon: Parthenon- und Theseustempel, Sokratesfiguren, die ganze Palette. Sein Unternehmen muss floriert haben, da Touristenläden und Museumsshops Stammkunden bei ihm waren. Mit einem bestimmten Dreh hat er der Kasse für Archäologische Einnahmen im Kultusministerium Geld abgeluchst. Eines Tages kam man ihm auf die Schliche, und er wanderte für zwei Jahre in den Knast.«

»Sitzt er immer noch?«

»Nein, er wurde vor sechs Monaten entlassen.«

Ich muss meinen Assistenten beipflichten, Chomatas könnte tatsächlich von Interesse sein: Im Gefängnis legt er sich einen Plan zurecht, um sich für das erlittene Unrecht zu rächen. Das Unrecht besteht in seinen Augen nämlich darin, dass er, der kleine Fisch, in Netz der Justiz zappelt, während die Finanzhaie ihr Leben in Freiheit in vollen Zügen genießen. Gleich nach der Haftentlassung nimmt er die Umsetzung seines Plans in Angriff. Zuerst tötet er Korassidis, dann folgt Lazaridis, danach verschickt er die Mahnschreiben, bis er schließlich siebenhundertachtzigtausend Euro vom Minister fordert, um selbst auch auf seine Rechnung zu kommen.

Da er sich mit Modellen antiker Bauten und Personen befasst, könnte ihm die Wirkung des Gefleckten Schierlings bekannt sein. Seine Beschäftigung mit der Antike würde auch erklären, warum er seine Opfer an archäologischen Stätten zurücklässt. Nur eine Sache erklärt sich daraus noch lange nicht, nämlich Chomatas' Geschicklichkeit im Umgang mit dem Computer. Es kommt mir unglaubwürdig vor, dass ein Handwerker, der antike Gipsabgüsse herstellt, dermaßen versiert im digitalen Datenaustausch sein soll. Dennoch vergebe ich mir nichts, wenn ich ihm einen Besuch abstatte.

»Wisst ihr, wo dieser Chomatas wohnt?«

»Am unteren Ende der Mithymnis-Straße. Ich habe seine Adresse drüben in unserem Büro«, meint Dermitsakis.

»Gut, dann statten wir ihm einen Besuch ab. Vlassopoulos, du suchst inzwischen weiter. Vielleicht ergeben sich weitere Anhaltspunkte.«

Da eventuell ein Besprechungstermin mit dem EYP angesetzt wird, informiere ich Koula, dass ich auf dem Mobiltelefon für Gikas erreichbar bin. Wir fahren den Alexandras-Boulevard und dann die Patission-Straße nahezu ungehindert bis zum Amerikis-Platz hinunter.

»Ist dir aufgefallen, dass es in Athen viel weniger Staus gibt?«, frage ich Dermitsakis.

»Ja, und dafür gibt es zwei Gründe«, erwidert er. »Einer ist dauerhaft und einer vorübergehend.«

»Und welcher ist der dauerhafte?«

»Wenn man sich den Kopf zerbricht, wie man die Raten für das Auto abstottern soll, damit es die Bank einem nicht wegnimmt, beschränkt man seine Benzinkosten auf das Allernotwendigste. Spritztouren sind gestrichen.«

»Und was ist mit dem vorübergehenden Grund?«

»Heute streiken die Taxifahrer, deshalb sind nur halb so viele Autos unterwegs.«

Wir biegen am Amerikis-Platz ab und fahren die Mithymnis bis zur Acharnon-Straße hinunter. Dabei verkehrt sich die Bevölkerungsstruktur ins Gegenteil: Der Anteil der Griechen wird immer geringer, und der Prozentsatz der Zuwanderer steigt. Wie sie da so auf den Treppenstufen der Wohnhäuser sitzen oder an den Häuserwänden lehnen, muss ich Katerina zustimmen. Was soll man an den Fällen dieser Recht- und Besitzlosen verdienen? Wer seinen Aufenthaltsstatus legalisieren möchte, besitzt keinen Cent. Und wer von Schwarzgeld lebt, will von Rechtsanwälten und Gerichten nichts wissen. Daher ist es nur konsequent, wenn sich Katerina aufmacht und direkt an der Quelle der Einwanderungsströme auf Besserung ihrer Lage hofft.

Chomatas' Wohnung liegt in einem knapp fünfzig Quadratmeter großen Souterrain kurz vor der Kreuzung mit der Acharnon-Straße. Als er uns die Tür öffnet, wird mir sofort klar, dass unser Besuch pure Zeitverschwendung ist. Vor uns steht ein kleingewachsenes, schmächtiges Männchen Mitte fünfzig. Zwar könnte er theoretisch den beiden Opfern das Schierlingsgift gespritzt haben, doch es ist schwer vorstellbar, wie er sie vom Wagen zur Fundstelle geschleppt haben soll. Unsere einzige Hoffnung ist, dass er irgendetwas weiß oder gehört hat, das uns weiterhilft. Andernfalls war unsere Mühe vollkommen umsonst.

Sobald wir uns als Polizeibeamte vorstellen, fängt er an zu schwitzen, als würde er von Malariafieber gepackt.

»Was wollt ihr denn schon wieder von mir? Für den Fehler, den ich gemacht habe, habe ich bezahlt. Ich bin niemandem mehr etwas schuldig«, sagt er.

»Keine Angst, wir sind nicht wegen der alten Geschichten

hier. Wir hätten nur gern ein paar Auskünfte«, erklärt ihm Dermitsakis.

Anscheinend ist er nach seiner Haftentlassung wieder zu seinem alten Handwerk zurückgekehrt, denn auf dem Tisch im vorderen Raum stehen unterschiedliche Statuetten.

»Herr Chomatas, haben Sie von dem nationalen Steuereintreiber gehört?«

Statt einer Antwort kontert er mit einer Gegenfrage: »Was habe ich denn mit dem zu schaffen?«

»Ich sage ja nicht, dass es eine Verbindung zwischen Ihnen beiden gibt. Ich will nur wissen, ob Sie von ihm gehört haben.«

»Na ja, aus dem Fernsehen eben.« Und er deutet auf ein laufendes Schwarzweißgerät, das auf einem alten Holztisch steht.

»Dann wissen Sie ja auch, dass er seine Opfer auf archäologischen Stätten zurücklässt.«

»So sagt man, ja.«

»Haben Sie vielleicht auch davon gehört, dass er seine Opfer mit Schierling vergiftet?«

Augenscheinlich hört er das zum ersten Mal, denn er starrt mich mit offenem Mund an. »Mit Schierling?«, wiederholt er. »Wie Sokrates?«

»Ja, genau. Wie Sokrates.«

»Wieso wendet er so viel Zeit auf, um dieses Gift herzustellen?«, wundert er sich. »Gibt's denn keine Pistolen oder Messer mehr?«

»Genau darum dreht sich meine Frage. Wissen Sie vielleicht, ob jemand aus Ihren Berufskreisen Schierlingsgift herstellen kann?«

Er macht einen Versuch, sich zu konzentrieren, gibt ihn jedoch rasch wieder auf. »Ähm, also... Ihre Frage kommt etwas plötzlich. Da fällt mir spontan niemand ein.«

»Das verstehe ich. Hier meine Karte – wenn Ihnen jemand in den Sinn kommt, rufen Sie mich bitte an.«

Er nimmt meine Karte entgegen und überfliegt sie. Dann hebt er den Blick. Es liegt ihm etwas auf der Zunge, doch er zögert, es auszusprechen. »Soll ich Klartext reden?«, fragt er schließlich.

»Ich bitte darum.«

»Ich bin mir nicht sicher, ob ich Sie anrufen würde.«

»Warum nicht? Wir haben doch klargestellt, dass Sie aus dem Schneider sind. Sie haben nichts zu befürchten.«

»Darum geht es nicht«, antwortet er. »Sehen Sie mal, Herr Kommissar. In meinem Leben habe ich ein einziges Mal Mist gebaut und bezahle bis heute dafür. Zwei Jahre war ich im Gefängnis, meine Frau hat sich scheiden lassen, und mein Sohn will nichts mehr von mir wissen. Mutterseelenallein bin ich jetzt, aber zum Sterben fehlt mir der Mut. Alle, die der nationale Steuereintreiber umgebracht hat, haben viel Schlimmeres verbrochen als ich. Trotzdem blieben sie auf freiem Fuß und führten ein schönes Leben, mit Mercedes, Villa und Ferienhaus. Doch dann kommt der nationale Steuereintreiber, und endlich ist Zahltag. Daran sehe ich, dass es doch so etwas wie ausgleichende Gerechtigkeit auf dieser Welt gibt, selbst wenn sie nicht von derselben Gerichtsbarkeit eingefordert wird, die mich damals verurteilt hat. Und genau diese Gerechtigkeit, die der nationale Steuereintreiber herstellt, hindert mich daran, mir die Pistole an die Schläfe zu setzen und mir eine Kugel in den Kopf zu jagen.«

Er hält inne und blickt mich an. Als er merkt, dass ich stumm bleibe, fährt er fort. »Das ist der Grund dafür, dass ich mir nicht sicher bin, ob ich es Ihnen erzählen würde, wenn mir jemand einfiele.«

Ich muss gestehen, dass der Minister in einer Sache ins Schwarze getroffen hat. In der Tat haben wir es mit einem Volkshelden zu tun. Doch ich fürchte, wenn bei der morgigen Aktion etwas schiefläuft, haben wir es nicht nur mit einem Volkshelden, sondern mit dem Anführer einer Massenbewegung zu tun. Zuerst hat uns der Minister eingeschärft, wir sollten ihn nicht festnehmen, jetzt befiehlt er, ihn um jeden Preis zu schnappen. Doch morgen schon wagen wir es vielleicht nicht einmal mehr, ihm auch nur ein Haar zu krümmen.

Bevor ich gehe, stelle ich Chomatas noch eine letzte Frage: »Sagen Sie, haben Sie einen Computer?«

Erst blickt er mich verdutzt an, dann beginnt er so sehr zu lachen, dass ihm fast die Luft wegbleibt.

35

Wir haben uns in einem großen Saal der Athener Sternwarte versammelt, von wo aus wir den Eingang des Gebäudes überblicken. Sifadakis, der den Einsatz koordiniert, hat das Kommando. Die Gruppe besteht aus Gikas, Dolianitis, dem Leiter der Abteilung für Wirtschaftskriminalität, Lambropoulos und mir. Doch wir dienen alle nur als Staffage, da Sifadakis die ganze Aktion auf eigene Faust organisiert hat, ohne uns einzubeziehen. Anhand einer Landkarte hat er gerade knapp erläutert, wo Einsatzkräfte in Zivil platziert wurden, um den Fluchtweg des Boten zu verfolgen, der den Geldrucksack abholen wird. Kein einziges Mal äußerte Gikas Widerspruch. Wir drei von der Polizei haben uns auf Gikas' Anweisung hin in der Sternwarte eingefunden, werden aber von Sifadakis konsequent ignoriert. Er unterhält sich ausschließlich mit dem Assistenten an seiner Seite, den er uns nicht einmal vorgestellt hat.

Es ist jetzt 14.55 Uhr, und theoretisch sollte in fünf Minuten der Geldrucksack abgeholt werden, der fünfzig Meter vom Eingang des Observatoriums entfernt hinterlegt wurde. Die Stimmung im Saal ist aus unterschiedlichen Gründen angespannt. Die beiden Mitarbeiter des EYP sind hochgradig nervös, weil sie auf das Gelingen ihres Einsatzplans hoffen. Wir vier von der Polizeitruppe stehen unter Strom, weil wir befürchten, dass sie die Aktion vergeigen.

Punkt drei Uhr nähert sich eins der unzähligen Motorräder, die tagtäglich durch Athen brausen, dem Nymphenhügel.

»Er kommt«, meint Sifadakis und führt den Feldstecher, der ihm um den Hals baumelt, an die Augen.

»Der Typ ist da«, höre ich den Assistenten ins Funkgerät sagen. Er lässt ein paar Sekunden verstreichen, um ihn dann genauer zu beschreiben. »Motorrad Marke Suzuki, Farbe blau, mittlerer Hubraum. Fahrer bekleidet mit weißem Helm, Jeansjacke, Jeanshose, Sportschuhen und schwarzen Handschuhen. Los, auf eure Posten!«

Das Motorrad nähert sich dem Rucksack. Der Fahrer vermindert die Geschwindigkeit, bückt sich hinunter, hebt den Rucksack hoch, streift ihn sich über die eine Schulter, gibt Gas und fährt denselben Weg den Nymphenhügel wieder hinunter. Sifadakis und sein Assistent verlassen ihre Position am Fenster und eilen zu einem großen elektronischen Stadtplan, der an einer Saalwand installiert wurde. Ein Lämpchen leuchtet auf und bewegt sich langsam voran. Das ist der Sender, der im Rucksack platziert wurde. Das Lämpchen blinkt die Otryneon-Straße entlang und gelangt schließlich auf die Apostolou-Pavlou-Straße in Fahrtrichtung Thissio.

»Achtung! Er fährt die Apostolou-Pavlou hinunter«, sagt Sifadakis' Assistent in das Funkgerät.

Sifadakis verfolgt das Lämpchen mit Argusaugen. »Jedes Mal, wenn er einen Kontrollposten passiert, möchte ich eine Bestätigung hören«, erklärt er dem Assistenten, der seinen Wunsch weiterleitet.

Ein kurzes Stück weiter biegt das Motorrad nach links ab und gelangt zunächst auf die Agias-Marinas- und dann auf die Flamarion-Straße.

»Seltsam. Wieso biegt er nach links ab?«, bemerkt Sifadakis' Assistent. »Nach Thissio müsste er doch geradeaus fahren.«

»Er will uns verwirren«, meint sein Chef.

Das Motorrad biegt wieder nach links in die Akamantos-Straße und fährt erneut in Richtung des Observatoriums.

»Was macht er denn da? Kommt er zurück? Jetzt verstehe ich gar nichts mehr«, wundert sich der Assistent, dem Sifadakis diesmal die Antwort schuldig bleibt.

Das Motorrad fährt in die Galatias-Straße und biegt dann nach rechts in die Evrysichthonos.

»Von der Evrysichthonos- kommt er auf die Poulopoulou-Straße«, meint Sifadakis. »Meiner Meinung nach will er auf die Agion-Assomaton-Straße, fährt jedoch im Kreis, um uns aus dem Konzept zu bringen.«

Seine Annahme erweist sich als falsch, da das Motorrad wiederum nach links abbiegt und schließlich in einem kleinen Gässchen, der Fyllidos-Straße, stehen bleibt.

»Warum fährt er nicht weiter?«, fragt Sifadakis beunruhigt. »Steht er an einer Ampel?«

»Gibt's in der Fyllidos-Straße eine Ampel?«, funkt der Assistent an die Kollegen. Als er die Antwort hört, wendet er sich an Sifadakis. »Nein, da ist keine Ampel.«

»Was zum Teufel macht er dann dort? So nah kann sein Versteck doch nicht liegen«, murmelt Sifadakis vor sich hin.

»Außer, er wechselt das Fahrzeug«, antwortet der Assistent.

»Ja, das wird es sein.«

Das Lämpchen sieht aus, als wäre es defekt, denn es bleibt immer am gleichen Ort. Mit einem Blick auf meine Uhr stelle ich fest, dass sich das Motorrad bereits seit zehn Minuten nicht von der Stelle bewegt.

»So lange kann er gar nicht brauchen, um das Fahrzeug zu wechseln«, kommentiert Sifadakis. »Mittlerweile hätte er längst weiterfahren müssen.«

»Könnte der Sender schadhaft sein?«, fragt der Assistent.

»Ach was!«, blafft Sifadakis ungehalten. »Da ist etwas anderes im Busch. Sagen Sie dem allernächsten Kontrollposten, er soll sich so diskret wie möglich heranpirschen und nachsehen, was los ist.«

Im Verlauf der nächsten zehn Minuten rührt sich das Lämpchen weiterhin nicht von der Stelle, und auch das Funkgerät bleibt stumm. Die Spannung ist fast unerträglich, und Sifadakis steht kurz vor einem Kollaps. Schließlich ertönt eine Stimme aus dem Funkgerät.

»Bist du sicher?«, fragt der Assistent und leitet Sifadakis die Auskunft weiter. »Soweit der Kollege sehen kann, wurde der Rucksack in der Fyllidos-Straße zurückgelassen. Kein Mensch und auch kein Motorrad weit und breit. Die Straße ist vollkommen leer.«

»Die Umgebung abriegeln! Und dass sich keiner dem Rucksack nähert! Wir sind gleich da«, befiehlt Sifadakis.

Noch bevor der Assistent seine Anweisung weiterleiten kann, ist Sifadakis schon aus dem Raum gerannt und die Treppen, zwei Stufen auf einmal nehmend, hinuntergestürmt. Die Übrigen rennen hinter ihm her, das Schlusslicht bildet der Assistent. Sifadakis prescht vom Nymphenhügel in die Akteon-Straße, der Assistent hat ihn inzwischen wieder eingeholt. »Der Rucksack liegt immer noch dort«, keucht er.

»An alle: Finger weg! Ich will ihn zuerst sehen.«

Keuchend hetzen wir die Galatias-Straße hoch, gelangen auf die Evrysichthonos und daraufhin in die Fyllidos.

Der Rucksack liegt ein Stück vor uns an der ersten Biegung des gewundenen Gässchens. Beim Näherkommen wird klar, dass er geöffnet wurde. Als Sifadakis den Rucksack durchsucht, entnimmt er ihm sämtliche Geldscheinbündel, bis er zuunterst auf den vollkommen intakten eingenähten Sender stößt. Der nationale Steuereintreiber hat genau das getan, was im Plan des Griechischen Nachrichtendienstes nicht vorgesehen war. Da er davon ausging, dass man ihn oder seinen Helfershelfer nicht verfolgen würde, hielt er ein Stück entfernt an. Bevor er den Rucksack in sein Versteck mitnahm, wollte er den Inhalt überprüfen. Er begnügte sich aber nicht damit, die Geldsumme zu kontrollieren, sondern inspizierte auch den Boden, wo ihm der Sender auffiel. Daraufhin ließ er den Rucksack zurück und machte sich aus dem Staub.

Sifadakis und sein Assistent starren den Rucksack mit einem so betroffenen Gesichtsausdruck an, als seien sie soeben Augenzeugen eines Verkehrsunfalls geworden. Wir andern heften unsere Blicke nicht auf den Rucksack, sondern auf die beiden EYP-Experten.

»Wie recht Sie doch hatten, Kostas«, sagt Gikas lautstark zu mir, so dass Sifadakis ihn auf jeden Fall hört. »Der nationale Steuereintreiber hat uns ins offene Messer laufen lassen.«

»Das war der Grund, warum er den Nymphenhügel vorgeschlagen hat. Damit wir glauben, dass er sich über die engen Gässchen von Thissio und Petralona absetzt«, ergänze ich.

Sifadakis beteiligt sich nicht an unserem Gespräch, sondern versenkt sich in die Betrachtung der umliegenden Landschaft. »Irgendjemand muss den Minister informieren«, stellt er unbestimmt fest.

»Nein, nicht ›irgendjemand‹, sondern der Griechische Nachrichtendienst!«, hält ihm Gikas mit Nachdruck entgegen. »Der EYP hatte die Einsatzleitung. Wir waren bloß ausführende Organe. Schon vergessen?«

Hat er nicht, da er sein Handy herausholt und sich mit dem Ministerbüro verbinden lässt. Dann erstattet er vor unseren Ohren korrekt Bericht über den Ablauf der Ereignisse. Nachdem er aufgelegt hat, wendet er sich an uns.

»Sofortige Lagebesprechung beim Minister mit sämtlichen Beteiligten bis auf Herrn Dolianitis.«

Hier trennen sich unsere Wege. Sifadakis steuert, den Rucksack im Arm, in Begleitung seines Assistenten auf seinen Wagen zu, während wir in unser Fahrzeug steigen.

36

Im Angesicht des Misserfolgs schlägt die Stunde der Wahrheit«, würde Adriani sagen, die eine Schwäche für weise Sentenzen hat. Diese Erkenntnis zeichnet sich auch auf den Gesichtern all derer ab, die sich im Büro des Ministers für Bürgerschutz versammelt haben. Der Spitzenpolitiker selbst trägt einen finsteren und grimmigen Ausdruck zur Schau, der sich in den Gesichtern der Übrigen widerspiegelt.

Sifadakis ist mit den Nerven am Ende. Gewiss quält ihn die Frage, wie er dem Minister seinen Misserfolg erklären soll. Der Polizeipräsident und Gikas blicken ebenfalls unfreundlich drein. Sie schauen Sifadakis direkt ins Gesicht, als wollten sie von vornherein jeden Versuch abblocken, dass dieser die Schuld für den Fehlschlag auf sie abwälzt. Nur Lambropoulos nimmt gelassen auf seinem Stuhl Platz und mustert die Anwesenden mit unbeteiligter Miene.

Sollte Sifadakis vorgehabt haben, uns die Erklärungen zu überlassen, so macht ihm der Minister einen Strich durch die Rechnung. »Können Sie mir erklären, wie wir dem Täter dermaßen auf dem Leim gehen konnten, Herr Sifadakis?«

»Alles war bis ins kleinste Detail geplant«, entgegnet Sifadakis. »Für uns war unvorstellbar, dass er den Rucksack in einem Seitengässchen durchsucht! Wir hatten unsere Leute an allen Hauptverkehrsachsen postiert. Jede Quergasse zu überprüfen übersteigt einfach unsere Möglichkeiten.«

»Kostas, Ihre Einschätzung war goldrichtig«, meldet sich Lambropoulos zu Wort. Da er in zwei Jahren mit dem Dienstgrad des Abteilungsleiters in Rente geht, hat er vom Minister nichts zu befürchten. Ganz im Gegenteil, jetzt genießt er seine Position – nach all den Jahren, in denen er alles hinunterschlucken musste.

Alle bis auf Sifadakis blicken mich an. Nun ist der Polizeipräsident am Zug, wenn er Lambropoulos nicht die Initiative überlassen will.

»Das ist nicht belehrend gemeint, Herr Minister. Aber solche Einsätze sind Aufgabe der Polizei und nicht des EYP. Der Griechische Nachrichtendienst verfügt auf anderen Gebieten über viel Erfahrung und großes technisches Knowhow. Aber die Polizei weiß einfach besser, wie sie mit Straftätern umgehen muss.«

»Ja, aber auch der Polizei ist bis heute kein Durchbruch bei den Ermittlungen gelungen«, fährt ihm der Minister in die Parade und wendet sich dann an mich. »Ich muss zugeben, dass Sie auf die Gefahren dieses Einsatzes hingewiesen haben, Herr Charitos. Glauben Sie, dass er den Rucksack selbst abgeholt hat?«

»Nein, Herr Minister.«

»Das heißt, es gibt einen Mittäter.«

»Das kommt darauf an, wen wir als Mittäter bezeichnen. Heutzutage würden sich jederzeit Hunderte Freiwilliger melden, um sich auf ein Motorrad zu setzen, einen Rucksack abzuholen, dann einer bestimmten Route zu folgen und ihn schließlich – gegen eine respektable Summe – an einem vereinbarten Ort zu hinterlegen. Ich bin der Meinung, dass er ihm einen Vorschuss gezahlt und den Rest bei Abgabe des

Rucksacks in Aussicht gestellt hat. So gesehen war der Plan bombensicher.«

»Haben wir das KFZ-Kennzeichen des Fahrzeugs?«

»Ja, schon. Aber es ist bestimmt gestohlen.«

»Können Sie abschätzen, was er als Nächstes unternimmt?«

»Nicht genau, aber ich kann Ihnen sagen, welche Alternativen er hat. Erstens könnte er weiterhin die Steuerhinterzieher zur Zahlung drängen, so dass die gezahlte Steuersumme und damit seine Provision steigt. Das bedeutet: Er schlägt zu, sobald einer nicht zahlt. Die andere Möglichkeit wäre, dass er sich auf die Eintreibung der Provision konzentriert und uns mit verschiedenen Mitteln unter Druck setzt. Diesmal hatte er nicht vor, das Geld entgegenzunehmen. Er wollte uns nur auf die Probe stellen. Beim nächsten Mal wird er es vermutlich nehmen. Die dritte Möglichkeit wäre, dass er weitertötet, um uns zu bestrafen, weil wir versucht haben, ihn reinzulegen.«

»Welche Möglichkeit halten Sie für die wahrscheinlichste?«

»Die zweite. Und hoffentlich liege ich richtig damit.«

»Wieso?«

»Weil es in diesem Fall tatsächlich zu einer Geldübergabe käme. Das ist die einzige sichere Lösung, Herr Minister. Zuerst erfolgt die Geldübergabe, und im Anschluss daran versuchen wir den Täter zu fassen. Diese Taktik ist nicht nur bei Entführungsfällen angesagt.« Diese Spitze gilt Sifadakis, der wohlweislich den Mund hält, um keine weiteren Standpauken heraufzubeschwören.

»Womöglich nimmt er das Geld und macht im Anschluss seinen Erfolg, so wie bisher, publik«, meint der Minister.

»Wenn er damit an die Öffentlichkeit geht, erklären wir,

die Geldübergabe habe der Rettung von Menschenleben gedient«, erläutert ihm Lambropoulos.

Der Minister überlegt kurz. »Einverstanden, ich gebe meinem Amtskollegen aus dem Finanzministerium Bescheid, die Summe für den Fall, dass er sich noch mal mit einer Forderung meldet, bereitzustellen. Aber nur, wenn Sie mir diesmal einen überzeugenden Einsatzplan vorlegen.«

Als wir aufbrechen wollen, tritt die Sekretärin des Ministers herein und flüstert ihm etwas ins Ohr. »Warten Sie noch einen Moment, der Finanzminister ist am Apparat«, sagt der Minister und verlässt sein Büro.

»Sie wollten auf eigene Faust vorgehen und sind damit baden gegangen, Sifadakis«, sagt Lambropoulos. »Das mit der Einsatzleitung wäre schon okay gewesen, aber war es nötig, uns zu Komparsen zu degradieren, statt auf Augenhöhe mit uns zu kooperieren?«

Da der Minister in diesem Augenblick zurückkehrt, kommt Sifadakis um eine Antwort herum. Die Miene des Ministers spricht Bände: Offenbar gibt es Neuigkeiten, die alles andere als erfreulich sind.

»Es liegt eine Nachricht des nationalen Steuereintreibers an den Finanzminister vor«, verkündet er in die Runde. »Ich weiß noch nicht, was drinsteht, aber er wollte sie mir gleich weiterleiten. Bleiben Sie also noch so lange hier.«

Zwei Minuten später erscheint die Sekretärin erneut und überreicht ihrem Chef ein Schreiben. Beim Lesen verdüstert sich seine Miene immer mehr, bis sie schließlich versteinert. »Die Lage ist leider äußerst ernst«, sagt er, als er zu Ende gelesen hat. »Hören Sie zu.«

Herr Minister,

Sie haben mich hintergangen. Doch da ich dem Repräsentanten eines korrupten und unglaubwürdigen Staates vertraut habe, bin ich zum Teil selbst schuld daran.

Aufgrund des mir zustehenden Schmerzensgeldes erhöht sich meine Provision von 780 000 Euro um 50 % auf 1 170 000 Euro. Obige Summe schicken Sie mit einem Scheck des griechischen Staates an mein Postfach Nr. 11152 beim Hauptpostamt der Insel Grand Cayman.

Da mein Vertrauen Ihnen gegenüber unwiederbringlich zerstört ist, werde ich dieselbe Taktik wie die EU gegenüber Griechenland verfolgen. Genauso, wie die EU Ihnen gegenüber erklärt hat, dass die nächste Kreditrate erst ausbezahlt wird, wenn Sie sich an die Vereinbarungen halten, erkläre auch ich, dass ich die Liquidierung von Personen so lange fortsetzen werde, bis obengenannte Summe eingetroffen ist.

Demzufolge werde ich für den griechischen Staat keine weiteren Steuern eintreiben. Die nächsten Opfer werden also keine Steuerhinterzieher sein, sondern Vertreter der Politik und staatliche Funktionäre sowie Personen, die seit Jahren von ihren Verbindungen zu dem von Ihnen geschaffenen System aus Parteienfilz und Korruption profitieren.

Es hängt von Ihnen ab: Tätigen Sie die Überweisung schnellstmöglich, vermeiden Sie neue Liquidationen.

Der nationale Steuereintreiber

Der Minister hat zu Ende vorgelesen und wendet sich an mich. »Zu unserem Leidwesen hat er sich für die dritte

Alternative entschieden, Herr Charitos. Die Frage ist nun: Wie gehen wir vor?«

Ich mustere den Polizeipräsidenten, Gikas und Lambropoulos. Sie würden, wenn sie könnten, dem nationalen Steuereintreiber am liebsten um den Hals fallen, da er den Handlungsdruck von der Polizei auf die Minister abgewälzt hat. Denn sobald das Geld ins Ausland transferiert wird, hat die griechische Polizei keine Zugriffsmöglichkeit mehr. Genau das gibt Gikas, wenn auch nur durch die Blume, dem Minister zu verstehen.

»Herr Minister, nun liegt die Entscheidung, ob die Summe gezahlt werden soll oder nicht, bei der politischen Führung.«

»Vorrang hat für uns jetzt erst einmal etwas anderes«, ergänzt der Polizeipräsident. »Mit sofortiger Wirkung müssen das Sicherheitspersonal aufgestockt und die Schutzmaßnahmen für den Finanzminister erhöht werden.«

Anscheinend bin ich nach Sifadakis' Versagen zum Seelentröster des Ministers avanciert, denn wiederum spricht er mich persönlich an.

»Was meinen Sie, Herr Charitos?«

»Das ist auf jeden Fall vordringlich, Herr Minister. Doch ich fürchte, damit begeben wir uns auf die Ebene der Terrorismusbekämpfung.«

Alle blicken mich überrascht an. »Was wollen Sie damit sagen?«, fragt der Minister.

»Folgendes: Weltweit werden die Flughäfen mit drakonischen Maßnahmen überwacht. Doch die Terroristen schlagen in Zügen, U-Bahnen oder Bussen zu. Genau so kann es uns auch hier ergehen. Wir können zwar den Herrn Finanzminister rund um die Uhr bewachen, doch der Mörder wird sich andere Ziele suchen. Leider haben wir nicht die Mittel, alle zu schützen.«

»Da gibt es auch noch einen anderen Punkt«, sagt Lambropoulos. »Hätten wir die 780 000 Euro in cash gezahlt, hätten wir das mit der Rettung von Menschenleben rechtfertigen können. Wenn wir ihm jetzt aber den Scheck schicken, könnte man uns vorwerfen, dass wir die Politiker und ihre Cliquen schützen wollen. Ich weiß nicht, welche Reaktionen so etwas in Zeiten wie diesen heraufbeschwören wird.«

»Können wir ihn, sobald er den Scheck einlöst, auf den Kaimaninseln verhaften lassen?«, fragt der Minister.

»Diese Frage kann uns nur ein Staatsanwalt beantworten, Herr Minister«, erklärt der Polizeipräsident. »Aber auf welchen Namen soll der Haftbefehl ausgestellt werden? Nach wem fahnden wir eigentlich? Wir haben keine einzige Spur, die zu diesem nationalen Steuereintreiber führt. Und wenn der Scheck von einem Bewohner der Kaimaninseln abgeholt wird, der niemals griechischen Boden betreten hat? Auf welcher Grundlage sollen die Behörden ihn festnehmen?«

»Diese Entscheidung kann ich nicht alleine treffen«, meint der Minister schließlich. »Ich werde den Finanzminister, aber auch den Premier informieren müssen. Damit wir Rückendeckung haben, muss der Ministerrat darüber abstimmen.«

Bis dahin, sage ich mir, wird der nationale Steuereintreiber weitermorden, während wir uns immer noch die Hacken nach ihm ablaufen.

37

Zu Hause finde ich Sevasti vor, diesmal allein und ohne ihren Mann Prodromos. Bei meinem Eintreffen springt sie auf und kommt auf mich zu.

»Ich wollte mich wegen vorgestern entschuldigen«, sagt sie.

»Sag ihr bitte«, kommt Adriani meiner Antwort zuvor, »dass wir ihr nicht böse sind. Sie hört mit dem Weinen sonst gar nicht mehr auf.«

»Aber Sevasti, so etwas kann im Eifer des Gefechts passieren«, beruhige ich sie. »In der Not rutscht einem schon mal eine spontane Bemerkung heraus. Deswegen sind wir dir doch nicht böse.«

»Du hättest hören sollen, was ich meiner Tochter alles an den Kopf geworfen habe, als sie mir von ihrem Vorhaben erzählt hat«, meint Adriani.

»Ich habe wirklich nichts gegen Katerina, das schwöre ich. Aber da ist mir der Kragen geplatzt. Wieso sollten zwei junge Leute mit Hochschulabschluss nach Afrika auswandern? Gut, sie sind weder die Ersten noch die Letzten, die so etwas tun. Als damals die Gastarbeiter in Scharen nach Deutschland gingen, waren die griechischen Dörfer wie ausgestorben. Auch aus Volos sind viele weggegangen, manche Bauarbeiter haben sich Jobs in Libyen und Saudiarabien gesucht. Ja, aber das ist nicht dasselbe. Wir haben Opfer gebracht, damit unsere Kinder studieren konnten. Beide Familien haben es sich vom Mund abgespart – ihr vom Gehalt eines Polizeibeamten, und wir von den Einnahmen einer Kurzwarenhandlung und eines Stücks Acker. Und jetzt müssen sie trotzdem fort!«

»So weit ist es ja noch nicht. Solange sie noch hier sind, ist noch nicht Hopfen und Malz verloren.« Meine Worte sind als Trost für Sevasti gedacht, andererseits helfen sie auch mir, die schwache Hoffnung weiter zu nähren, die sich auf Sissis' mögliche Intervention stützt. Sevastis Antwort geht im Klingeln meines Handys unter.

»Herrn Kommissar Charitos, bitte«, höre ich eine Männerstimme sagen.

»Am Apparat.«

»Hier Dr. Lefkomitros aus dem KAT-Krankenhaus, Herr Kommissar. Heute Abend wurde ein Patient bei uns eingeliefert, dem ein Pfeil in der Brust steckte.«

»Ein Pfeil?«, frage ich fassungslos.

»Genau. Wie man ihn beim Bogenschießen benutzt.«

»Wer hat den Verletzten zu Ihnen gebracht?«

»Seine Frau und sein Sohn. Eine Nachbarin hat das Unfallopfer vor dem Eingang seines Hauses gefunden. Auf ihr Schreien hin ist die Ehefrau auf die Straße gelaufen.«

»Befindet sich der Mann noch im Krankenhaus?«

»Ja, er ist hier, aber es gibt Komplikationen, Herr Kommissar.«

»Welcher Art?«

»Die Wunde ist eigentlich nicht besonders tief. Er wurde an der rechten Brust getroffen, also nicht auf der Seite des Herzens. Nachdem wir den Pfeil entfernt hatten, haben wir den Verletzten stationär aufgenommen, doch auf einmal begann sich sein Zustand zu verschlechtern. Wir konnten uns diesen Verlauf nicht erklären, bis die Laborergebnisse vorlagen. Denen war zu entnehmen, dass die Pfeilspitze mit einem hochwirksamen Gift präpariert war.«

»Schierling?« Was die Wahl der Waffen noch nicht offenbart hat, erschließt sich nun durch die Wahl des Gifts.

Lefkomitros zögert mit der Antwort. »Woher wissen Sie das?«, fragt er schließlich. Dann folgt eine weitere Pause. »Könnte es sein, dass der nationale Steuereintreiber…?«, fragt er zaghaft.

»Es sieht ganz danach aus. Außer, Schierling ist bei den griechischen Mördern seit neuestem in Mode gekommen. Ich bin gleich bei Ihnen.«

»Ja, aber ich befürchte, Sie werden ihn nicht mehr lebend antreffen.«

»Haben Sie seinen Namen und die Adresse?«

»Moment mal. Ja, hier: Er heißt Loukas Sissimatos und wohnt in der Doryleou-Straße 8 in Nea Erythrea.«

Unverzüglich rufe ich die örtliche Polizeiwache an und lasse mich mit dem Revierleiter verbinden. »Ist bei Ihnen die Anzeige eines Mordversuchs eingegangen, und zwar in der Doryleou-Straße 8 in Nea Erythrea?«, frage ich. »Das Opfer ist ein gewisser Loukas Sissimatos.«

»Nein, davon höre ich zum ersten Mal«, erwidert er überrascht. Im Anschluss liefere ich ihm eine kurze Zusammenfassung. »Mit einem Pfeil?«, fragt er entgeistert, als er von der Tatwaffe hört. »Sind Sie sicher, Herr Kollege?«

»Ganz sicher. Schicken Sie gleich einen Streifenwagen los, um die Straße abzusperren. Da das Opfer womöglich nicht mehr lange durchhält, haben wir es demnächst nicht mehr mit einem Mordversuch zu tun, sondern mit Mord.«

Nachdem ich aufgelegt habe, rufe ich meine Assistenten an und pfeife sie aus dem Feierabend. Sie sollen sofort in die Doryleou-Straße fahren, ebenfalls dafür sorgen, dass die Umgebung abgeriegelt wird, und die Spurensicherung verständigen.

»Ihr müsst mich entschuldigen«, sage ich zu meiner Frau und Sevasti. »Ich muss leider sofort wieder los, es ist etwas passiert.«

»Siehst du, Sevasti? So ergeht es dir, wenn du mit einem Polizisten verheiratet bist.«

Es gibt drei Arten von Märtyrern auf dieser Welt. Die islamischen Fundamentalisten, die sich als Selbstmordattentäter in die Luft sprengen, die Zeugen Jehovas und Adriani. Sie weiß sehr wohl, dass ich sie nicht jeden Abend allein herumsitzen lasse und auf Verbrecherjagd gehe. Meine Abende verbringe ich normalerweise mit ihr, vor der Mattscheibe und vor den Fensterchen der live zugeschalteten Talkshowgäste. Doch Sevasti schildert sie die Sache anders, um sich als Märtyrerin darzustellen. Ich halte meinen Zorn im Zaum und versuche es lieber auf die sanfte Tour. »Aber ich lasse dich doch gar nicht allein, du hast ja Gesellschaft.«

Darauf kann sie mir nichts erwidern, und ich mache mich auf den Weg.

Während ich vom Hilton aus auf den Kifissias-Boulevard fahre, versuche ich meine Gedanken zu ordnen. Der nationale Steuereintreiber handelt auch diesmal konsequent. Er hat angekündigt, er würde weitermorden, bis er sein Geld bekommt. Und schon haben wir das nächste Opfer. Das dürfte unseren Minister, die Leitung des Finanzministeriums, den Premier und die gesamte Ministerriege dermaßen aufschrecken, dass sie die Provision sogar aus eigener Tasche hinblättern würden. Das wäre vielleicht auch die einzige saubere Lösung, denn dringt an die Öffentlichkeit, dass sie eine Überweisung aus dem Staatssäckel tätigen, wird man ihnen Erpressbarkeit vorhalten. Zahlen sie nicht, wird man ihnen vorwerfen, sie setzten Menschenleben aufs Spiel.

Wurde der Mord an Sissimatos durch den nationalen Steuereintreiber begangen, was mit neunundneunzigprozentiger Sicherheit anzunehmen ist, dann hat er seine Taktik zumindest ein Stück weit geändert. Er bleibt zwar beim Schierlingsgift, lässt es jedoch nicht durch eine Injektion, sondern durch eine Pfeilspitze in den Körper des Opfers dringen. Obwohl er die Leiche diesmal nicht auf archäologischem Gelände deponiert hat, bleibt der Bezug zur Antike durch die Wahl von Pfeil und Bogen erhalten. Nun bleibt abzuwarten, was er seinem neuesten Opfer anlastet, denn er hat es bestimmt nicht willkürlich ausgewählt. Der Typ überlässt nichts dem Zufall.

Ich erreiche Koula auf ihrem Mobiltelefon und ersuche sie, im Internet zu recherchieren, ob sie irgendein Schreiben des nationalen Steuereintreibers an Loukas Sissimatos ausfindig machen kann.

An der Unterführung in der Nähe des Altenheims gerate ich in einen Stau und verliere weitere zehn Minuten. Mittlerweile bin ich mir sicher, dass ich das letzte Opfer nicht mehr lebend antreffen werde.

Meine Ahnung bestätigt sich, als man mich im KAT zu Dr. Lefkomitros führt. Kaum habe ich meinen Namen genannt, schüttelt er nur bedauernd den Kopf. »Wir haben getan, was in unserer Macht stand. Doch leider war nichts mehr zu machen.«

Bevor ich weitere Schritte unternehme, rufe ich Gerichtsmediziner Stavropoulos an und berichte ihm das Neueste. »Wenigstens mal ein Opfer, das ordentlich und anständig im Krankenhaus gestorben ist«, lautet sein Kommentar. »Dann muss ich ja nicht hinkommen. Sie können mir die Leiche zusammen mit dem Pfeil rüberschicken.«

Mein nächster Anruf gilt Gikas. »Wir haben ein weiteres Opfer«, falle ich gleich mit der Tür ins Haus.

Zu meinem großen Erstaunen zeigt er sich gar nicht überrascht. »Das war ja zu erwarten. Aber so schnell?«, erwidert er.

»Zum einen will er die Provisionszahlung beschleunigen, zum anderen will er zeigen, dass er es ernst meint und seine Ankündigungen wahr macht. Benachrichtigen Sie den Minister?«

»Selbstverständlich, und zwar ohne mit der Wimper zu zucken. Dem Minister soll klar werden: Wie man sich bettet, so liegt man. Geben Sie mir das Wichtigste durch, damit ich es weiterleiten kann.«

Nachdem ich Gikas den Stand der Dinge übermittelt habe, frage ich Dr. Lefkomitros, ob mit Sissimatos' Ehefrau und Sohn ein kurzes Gespräch möglich wäre.

»Kommt darauf an. Wenn sie ansprechbar sind, schicke ich sie Ihnen rüber.«

Fünf Minuten später erscheinen in Dr. Lefkomitros' Büro eine Frau um die fünfzig und ein junger Mann, der etwa halb so alt sein muss. In ihren rotgeweinten Augen stehen noch immer Tränen.

»Es tut mir leid, dass ich Sie in diesem schrecklichen Moment mit meinen Fragen quälen muss«, beginne ich. »Vorläufig geht es nur um das Nötigste. Alles andere hat Zeit. Können Sie mir sagen, wie Sie ihn gefunden haben?«

Die Frau bleibt vollkommen teilnahmslos, sie murmelt bloß »O mein Gott, o mein Gott!« vor sich hin. Der Sohn reagiert gefasster und ist in der Lage, meine Frage zu beantworten.

»Wir haben Schreie gehört. Eine Frauenstimme hat um Hilfe gerufen. Wir dachten: vielleicht ein Unfall oder ein Raubüberfall. Wir rannten runter auf die Straße, und erst da haben wir gesehen, dass es um meinen Vater ging.«

Da die Polizei nicht rechtzeitig vor Ort war, gibt es auch keine Tatortskizze des Toten auf dem Bürgersteig. »Können Sie sich vielleicht erinnern, wie er dalag? In welche Richtung zeigte sein Kopf und wohin seine Beine?«

»Sein Kopf zeigte zum oberen Ende der Straße.«

»Was meinen Sie mit ›oberem Ende‹?«

»Zum Chryssostomou-Smyrnis-Platz hin.«

»Haben Sie ihn genau so, wie er war, ins Krankenhaus gebracht?«

»Ja, wir haben nichts verändert. Meine Mutter wollte den Pfeil aus der Wunde ziehen, doch ich habe sie davon abgehalten. Ich meinte zu ihr: ›Komm, lassen wir das lieber die Ärzte machen, damit wir nicht noch mehr Schaden anrichten.‹«

Während unseres Gesprächs starrt die Frau die ganze Zeit vor sich hin und murmelt immer wieder: »O mein Gott!«

»Wissen Sie noch, wie spät es war, als Sie ihn gefunden haben?«

Er besinnt sich kurz, bevor er antwortet. »Es muss kurz nach acht gewesen sein, weil die Abendnachrichten gerade erst begonnen hatten.«

»Kennen Sie die Frau, die Ihren Vater gefunden hat?«

»Ja, sie ist eine Nachbarin, Frau Kavki aus dem Nebenhaus.«

»Eine letzte Frage noch, dann sind wir fertig. Was hat Ihr Vater beruflich gemacht?«

»Er hatte eine Firma, die Windparks errichtet.«

Bei diesem Stichwort taucht die Frau auf einmal aus ihrer Verwirrtheit auf und fragt: »Sagen Sie mir eins: Wer will einem Menschen Böses, dessen Lebenstraum es war, die Umwelt zu schützen und das ökologische Wachstum zu fördern?«

Ich ziehe es vor, nichts zu erwidern. Andernfalls müsste ich ihr sagen, dass es uns der nationale Steuereintreiber schon offenbaren wird, der mit Sicherheit minutiöse Nachforschungen angestellt hat, um die Schmutzwäsche ihres Gatten ans Licht zu zerren. Lieber wende ich mich noch einmal dem Sohn zu.

»Könnten Sie mir die Büroadresse Ihres Vaters geben?«

»Kifissias-Straße 31.«

»Vielen Dank«, sage ich zu beiden. »Und entschuldigen Sie, dass ich Sie in dieser schweren Stunde mit meinen Fragen behelligt habe.«

Der junge Mann hält an der Tür inne. »Werden Sie ihn kriegen?«, fragt er mich.

»Wir bemühen uns jedenfalls.«

»Wie viele hat er bis jetzt schon auf dem Gewissen?«

»Wer?«, frage ich erstaunt.

»Der nationale Steuereintreiber.«

»Es steht noch gar nicht fest, dass er es war«, erwidere ich, während ich mir sage: Sieh mal einer an, er hat es tatsächlich geschafft, dass seine Markenzeichen sofort erkannt werden.

38

Als ich gegen halb elf Uhr abends einen ersten Blick auf die Doryleou-Straße werfe, ist mir sofort klar, dass hier ein Mordversuch in neun von zehn Fällen gelingen muss. Es ist eine Straße, die nur von den Anwohnern benutzt wird und mehr Einfamilienhäuser als Apartmentwohnungen aufweist. Sie dürfte auch tagsüber ruhig sein, doch nach acht Uhr abends ist sie mit Sicherheit kaum noch befahren. Meinem Gefühl nach hat der nationale Steuereintreiber Sissimatos gleich beim ersten Versuch zur Strecke gebracht. Doch selbst wenn der Angriff aus irgendeinem Grund misslungen wäre, am nächsten Abend hätte es auf jeden Fall geklappt.

An beiden Enden ist die Straße durch ein rotes Band abgesperrt. Dimitrious Truppe ist im Licht der Straßenlaternen zugange, unterstützt von den Suchscheinwerfern der Polizeibeamten. Sissimatos' Haus ist hell erleuchtet. Meine beiden Assistenten stehen mit zwei uniformierten Kollegen und dem Revierleiter, der höchstpersönlich erschienen ist, neben einem Streifenwagen der örtlichen Polizeiwache.

»Können Sie mir sagen, was genau passiert ist?«, fragt der Revierleiter. »Ihre beiden Assistenten konnten mir nämlich keine Einzelheiten nennen.«

Ich stelle ihm die Sache in groben Zügen dar und erkläre ihm, dass seine Anwesenheit nicht notwendig sei, da wir den weiteren Ablauf übernähmen.

»Ist jemand im Haus?«, frage ich Dermitsakis, nachdem sich der Revierleiter verabschiedet hat.

»Eine Asiatin, die von dem Vorfall nichts mitbekommen hat.«

Dann winke ich Dimitriou zu mir herüber. »Das Opfer ist mittlerweile gestorben. Also haben wir es mit Mord zu tun«, verkünde ich ihm und meinen beiden Mitarbeitern.

»Schon wieder der nationale Steuereintreiber?«, fragt Dimitriou.

»Diesmal ist der Tod durch einen mit Schierling vergifteten Pfeil eingetreten, der von einem Bogenschützen abgeschossen wurde. Also ich kenne nicht viele Mörder in Griechenland, die Schierlingsgift verwenden.«

»Der Typ treibt uns noch zum Wahnsinn«, bemerkt Vlassopoulos.

»Habt ihr was gefunden?«, frage ich.

»Wir haben kurz mit der Frau gesprochen, die ihn auf der Straße gefunden hat, mit der Befragung aber auf Sie gewartet. Darüber hinaus haben wir einen Mann eruiert, dem ein auf der gegenüberliegenden Straßenseite geparktes Motorrad aufgefallen ist.«

»Habt ihr Sissimatos' Auto sichergestellt?«, frage ich Dimitriou.

»Ja, es ist das hier.« Er deutet auf einen BMW-Geländewagen, der vor der Haustür steht.

»Klappert die Straße ab, aber ich glaube kaum, dass sich daraus groß was ergibt. Vielleicht bringt uns der Wagen mehr Glück, aber auch davon erwarte ich mir nicht wirklich viel. Der Typ leistet saubere Arbeit und hinterlässt keine Spuren.« Dann wende ich mich an Vlassopoulos.

»Komm, wir sprechen mit der Frau, die Sissimatos gefunden hat.«

Eleni Kavki sitzt im Wohnzimmer eines Hauses, das ursprünglich bestimmt einer Flüchtlingsfamilie aus Kleinasien Zuflucht bot, in der Folge jedoch zu einem dreistöckigen Gebäude ausgebaut wurde. Sie ist an die sechzig und hat den Schock offensichtlich noch nicht ganz überwunden.

»Ich hoffe, Herrn Sissimatos geht es schon besser«, eröffnet sie das Gespräch.

»Er liegt noch im Krankenhaus«, antworte ich vage. Ich möchte ihr noch nicht eröffnen, dass Sissimatos tot ist. Das würde sie nur noch mehr aufwühlen und daran hindern, korrekt zu antworten.

»Schildern Sie mir, wie Sie ihn gefunden haben«, fordere ich sie auf.

»Ich war gerade auf dem Nachhauseweg. Zunächst habe ich vor dem Haus der Familie Sissimatos einen dunklen Umriss bemerkt, konnte aber nicht ausmachen, was es war. Als ich näher kam, erkannte ich dann Herrn Sissimatos. Er lag auf dem Rücken, und in seiner Brust steckte ein Pfeil. Da habe ich laut aufgeschrien und, wenn ich mich recht erinnere, um Hilfe gerufen. Als Erster stürzte Herr Keramis heraus. Er hat dann auch bei Familie Sissimatos geklingelt.«

Demnach lief die Familie Sissimatos nicht vors Haus, weil sie Geschrei gehört, sondern weil jemand bei ihnen geklingelt hatte. Sissimatos' Sohn muss sich, was vollkommen verständlich ist, in der Aufregung geirrt haben.

»Was ist danach passiert?«

»Es liefen noch ein paar Nachbarn auf die Straße, doch die meisten schauten nur aus ihren Fenstern. Dann hat jemand einen Krankenwagen gerufen, nur weiß ich nicht genau, ob es Herr Keramis war oder der junge Sissimatos. Jedenfalls wurde sein Vater rasch abtransportiert.«

»Ist Ihnen irgendetwas aufgefallen, als Sie die Straße entlanggegangen sind, bevor Sie Sissimatos erkannt haben? War sie leer? Waren Passanten unterwegs? Oder vielleicht irgendein Fahrzeug?«

»Ich kann es nicht genau sagen, weil ich nur auf Sissimatos geachtet habe. Während ich die Straße entlangging, habe ich jedenfalls nichts Auffälliges gesehen. Da stand nur eine Reihe geparkter Autos. Es war alles wie immer. Aber ich kann es, wie gesagt, nicht beschwören.«

Ausgeschlossen, dass der nationale Steuereintreiber mit dem Wagen vorgefahren ist. PKWs sind für derartige Verbrechen viel zu unbeweglich. »Haben Sie eventuell ein Motorrad gesehen?«

»Ein Motorrad? Bestimmt nicht.«

Also hatte der nationale Steuereintreiber sein Werk bereits vollendet und den Schauplatz der Tat verlassen, als die Kavki das Opfer fand.

»Sind Sie mit der Familie Sissimatos gut bekannt?«

»Nun ja, wie man seine Nachbarn in einer Straße wie der Doryleou eben kennt. Über ein paar Floskeln wie ›Guten Tag, wie geht's?‹ oder ›Sieht nach Regen aus‹ oder auch ›Mächtig heiß heute‹ ging der Kontakt nicht hinaus.«

»Vielen Dank, Frau Kavki. In Kürze wird man Sie für eine offizielle Vernehmung auf die örtliche Polizeiwache vorladen, wo Sie Ihre Aussage genau wiederholen sollten.«

Es ist wenig sinnvoll, auch den Nachbarn zu befragen, der als Erster auf Kavkis Hilferuf herbeigeeilt kam, da er auch nicht mehr gesehen haben wird. Lieber suche ich direkt denjenigen auf, der das Motorrad beobachtet hat.

Es handelt sich um einen gewissen Michail Saratsidis, der in einem zweistöckigen Bau drei Häuser weiter in Richtung Anaxagora-Straße wohnt. Er steht vor seiner Haustür und lässt die Einsatzkräfte der Polizei nicht aus den Augen.

»Herr Saratsidis, Sie sollen ein Motorrad gesehen haben, das auf der Straße geparkt hatte. Stimmt das?«

»Ja, es war eine Honda mit einem großen Gepäckkoffer. Sie stand ein Stück von meinem Haus entfernt. Ich habe sie für das Fahrzeug eines Kurierfahrers gehalten, weil die immer so große Gepäckkoffer haben. Weiter habe ich dann nicht darauf geachtet.«

»Haben Sie auch den Fahrer gesehen?«

»Nicht wirklich. Er trug einen Helm, daher konnte ich sein Gesicht nicht erkennen. Als ich an ihm vorüberging, beugte er sich gerade über sein Motorrad und machte sich daran zu schaffen.«

Alles war ganz simpel. Er wusste, um welche Uhrzeit Sissimatos nach Hause kam und welchen Wagen er fuhr. Er lauerte ihm auf, Pfeil und Bogen lagen griffbereit im Gepäckkoffer des Motorrads. Wäre zufällig auf der Doryleou-Straße doch einmal mehr los gewesen, wäre er einfach am nächsten Tag wiedergekommen.

»Kannten Sie Sissimatos?«, frage ich Saratsidis.

»Er ist vor fünf Jahren hierhergezogen. Er hat das Haus da drüben gekauft und ist mit einem schicken Geländewagen herumkutschiert. Jedes Familienmitglied hat ein eigenes Auto. Dass man mit Ammenmärchen ein Vermögen machen kann, gibt's wirklich nur in Griechenland.«

»Wie meinen Sie das?«, frage ich perplex.

»In Griechenland ist grüne Umweltpolitik doch ein Ammenmärchen, Herr Kommissar.«

»Meinen Informationen nach hat er sich mit der Errichtung von Windparks befasst.«

»Schon richtig, doch jeder Mensch hat eine Vorgeschichte und eine Vergangenheit.«

»Was wollen Sie damit andeuten?«

»Dass der Mann jahrelang Gewerkschaftsfunktionär bei der staatlichen Elektrizitätsgesellschaft DEI war. Dort habe ich ihn zufällig kennengelernt, weil die Firma, bei der ich damals arbeitete, Aufträge von der DEI bekommen hat. Vom Gewerkschafter wurde er dann zum Parlamentsabgeordneten weggelobt. Als er bei den letzten Wahlen nicht mehr bestätigt wurde, gründete er diese Windparkfirma. Können Sie mir sagen, woher ein ehemaliger Gewerkschafter das Kapital nimmt, um ein solches Unternehmen zu finanzieren?«

Mir liegt schon der Ratschlag auf der Zunge, er möge sich vertrauensvoll an den nationalen Steuereintreiber wenden, doch in letzter Minute schlucke ich die Bemerkung hinunter. Es ist auch nicht nötig, denn ich bin mir sicher, dass der Täter es der Öffentlichkeit früher oder später ohnehin auf die Nase binden wird.

»Erinnern Sie sich vielleicht, wie viel Uhr es war, als Sie das Motorrad gesehen haben?«

»Das muss zwischen sieben und halb acht gewesen sein«, schätzt er schließlich.

Da wir unser heutiges Pensum erledigt haben und es schon ziemlich spät ist, bestelle ich meine Assistenten für den nächsten Morgen vor Ort ein, damit sie auf der Suche nach möglichen Anhaltspunkten noch einmal eine Runde drehen. Von einer Durchsuchung seines Büros verspreche ich mir nicht viel, doch ein Besuch bei der Gewerkschaftsvertretung der DEI könnte sich lohnen.

39

Loukas war zwar nicht besonders beliebt«, meint der Gewerkschaftssekretär der Stromgesellschaft DEI, »aber alle – selbst die Betriebsleitung – haben ihn geschätzt und respektiert. Bei ihm galt: Ein Mann, ein Wort. Was er ankündigte, setzte er auch um. Das hat ihn vielleicht Sympathien gekostet, doch Vertrauen hat er sich dadurch auf jeden Fall erworben.«

»Warum war er unbeliebt?«, frage ich.

»Er hat es sich nur mit bestimmten Leuten verscherzt.« Er sucht nach den passenden Worten, um mir die Sachlage zu erklären. »Sehen Sie, egal, was die breite Masse dazu meint, die Arbeit eines Gewerkschafters ist nicht einfach. Gewerkschaften legen sich nicht nur mit den Arbeitgebern an, sondern sehr oft auch mit den Arbeitnehmern. Wenn sich beispielsweise eine Gruppe von Arbeitnehmern eine Zulage sichert, kommen die anderen und beschweren sich darüber, dass sie leer ausgegangen sind. Dann erklärt man ihnen die Gründe, kann sie aber so gut wie nie überzeugen. Loukas war in solchen Dingen unnachgiebig. Mit unendlicher Geduld versuchte er die Kollegen umzustimmen. Nie hat er es sich leichtgemacht und – wie viele andere – versprochen, was er nicht halten konnte. Mit unpopulären Entscheidungen macht man sich eben keine Freunde.«

Ich hake nicht weiter nach, da ich nicht glaube, dass der

Bogenschütze, der Sissimatos auf dem Gewissen hat, aus dem Kreis der Arbeitnehmer kommt, mit denen er beruflich zu tun hatte.

»Warum hat er das Unternehmen verlassen?«

»Als er die Voraussetzungen für die Mindestrente erreicht hatte, schlug man ihm vor, als Abgeordneter zu kandidieren. Da er genug von den Querelen hatte und die Ablehnung der Leute spürte, ließ er sich darauf ein. Zweimal hat er den Sprung ins Parlament geschafft und uns von dort aus immer unterstützt. Als er beim dritten Mal nicht wiedergewählt wurde, beschloss er, sich seinem alten Hobby zuzuwenden.«

»Und was war das?«

»Sein Lebenstraum: Ökostrom. Immer wieder hatte er sich wegen umweltschädlicher Konzepte mit der Betriebsleitung angelegt.« Er lacht auf. »Wissen Sie, wie wir ihn genannt haben? Den ›grünen Loukas‹. Doch das störte ihn überhaupt nicht, er war sogar stolz auf den Spitznamen.«

Obwohl mir der Sekretär alles in rosigen Farben ausmalt, bleibe ich skeptisch. Lägen die Dinge so, wie er sagt, dann hätte der nationale Steuereintreiber keinen Grund gehabt, ihn zu liquidieren. Irgendwo muss Sissimatos eine dunkle Seite gehabt haben, die sich vielleicht nicht unbedingt in seinem gewerkschaftlichen Engagement geäußert hat. Möglicherweise hatte sie eher mit seiner Tätigkeit als Parlamentarier oder Unternehmer zu tun. Um doch noch etwas aus ihm herauszulocken, entschließe ich mich zu einem Frontalangriff.

»Wir haben den Verdacht, dass es sich auch hier um eine Tat des nationalen Steuereintreibers handelt. Auch diesmal wurde zur Tötung Schierlingsgift verwendet. Bei den vorangegangenen Morden hat der Mörder seine Tat jedes Mal begründet. Deshalb wollen wir mehr über Sissimatos' Vergangenheit wissen. Bestimmt liegt dort ein Motiv für den Mörder verborgen.«

»Also«, erwidert er ratlos, »wenn es so ein Motiv gibt, dann ist es bestimmt nicht in Loukas' Engagement bei der Gewerkschaft zu suchen. Was er als Abgeordneter oder als selbständiger Unternehmer gemacht hat, weiß ich nicht. Menschlich war er jedenfalls in Ordnung.«

Auch die früheren Opfer schienen menschlich in Ordnung und gut beleumundete Bürger zu sein, doch der nationale Steuereintreiber hat die dunklen Kapitel in ihrer Biographie ausfindig gemacht. Ganz bestimmt hat er auch über Sissimatos etwas Zweifelhaftes in Erfahrung gebracht.

Als ich auf die Stournara-Straße gelange, ist sie bis zur Patission hinunter gesperrt. Eine ganze Menge junger Leute hat sich dort versammelt, die Besitzer und Angestellten der anliegenden Läden schließen gerade die Rollläden.

»Was ist los?«, frage ich einen jungen Mann, der den Rolladen seines Geschäfts bereits zu zwei Dritteln heruntergelassen hat und gerade unten hineinschlüpfen möchte, um ihn von innen ganz zu schließen.

»Die Studenten haben zu einer Kundgebung aufgerufen. Das heißt, wir müssen Feierabend machen, ob wir wollen oder nicht«, entgegnet er. »Jeden Tag macht ein anderes Geschäft hier dicht, die Kundschaft lässt sich wegen der ständigen Demonstrationen nicht mehr blicken. Und was ist, wenn mich mein Chef morgen auf die Straße setzt? Dann kann ich mit den Studenten zusammen protestieren, soviel ich will, einstellen wird er mich nicht mehr.«

Als ich die Kurve zum Kaningos-Platz geschafft habe, stauen sich vor mir bereits zwanzig Wagen und verstopfen jedes noch vorhandene Schlupfloch. Eine Viertelstunde später biege ich mit dem Mut der Verzweiflung nach rechts in die Kapodistriou-Straße ein. Das macht sich bezahlt, denn die Verkehrspolizei hält die Durchfahrt von der Patission- zur Tritis-Septemvriou-Straße offen. Nach einer wilden Zickzacktour erreiche ich endlich das Polizeipräsidium. Der ganze Weg bis zur Dienststelle hat mich eine knappe Stunde gekostet.

Im Büro meiner Assistenten verschnaufe ich kurz, bevor ich Koula frage, ob sie schon das Schreiben des nationalen Steuereintreibers an Sissimatos entdeckt hat.

»Nein, nichts, Herr Charitos.«

»Sind Sie sicher?«

»Absolut. Ich habe alles durchforstet. Wenn es einen Brief gäbe, hätte ich ihn gefunden.«

Das macht mich nun doch ziemlich nervös. Bislang gab der nationale Steuereintreiber immer eine Art Presseerklärung ab. Selbst nach der Geldübergabe-Aktion stand sie in null Komma nichts im Netz. Wenn sie diesmal ausbleibt, liegt der Schluss nahe, dass er etwas anderes vorbereitet, um ein für alle Mal reinen Tisch zu machen.

Auch meine anderen beiden Assistenten haben nichts Nennenswertes zu berichten. Die meisten Anwohner haben die Szene in der Doryleou-Straße von ihren Fenstern aus verfolgt und die Ereignisse nicht aus nächster Nähe miterlebt.

Auf meinem Schreibtisch liegt eine Notiz mit der Aufforderung, mich bei Gikas zu melden. Ich kündige meinen

Besuch bei Stella an, um die gute Stimmung, die mittlerweile zwischen uns herrscht, weiter zu pflegen.

»Unser Minister möchte uns gleich nach der Tagung des Ministerrats sprechen. Also erwarte ich Ihren Bericht«, erklärt mir Gikas kurz am Telefon.

Vollkommen zu Recht, wie ich finde, und ich beeile mich, seiner Bitte zu entsprechen. Er sitzt an seinem Schreibtisch und unterzeichnet diverse Papiere.

»Irgendwelche Fortschritte?«, will er wissen.

»Kein Licht am Ende des Tunnels«, erwidere ich und liefere ihm einen detaillierten Rapport.

»Wohin soll das noch führen, Kostas? Sifadakis' Fauxpas hatte uns wenigstens eine kurze Atempause verschafft, aber jetzt sind wir wieder dran. Die werden uns gehörig in die Mangel nehmen, Sie werden schon sehen. Zuerst wird uns der Minister in die Enge treiben und die Daumenschrauben ansetzen, dann die Journalisten.«

»Ich weiß, aber ehrlich gestanden: Der Typ ist eine Nummer zu groß für uns. Er macht einfach keine Fehler bei der Planung und Durchführung der Morde und weiß exakt, wie er an seine Informationen kommt. Und er hat keine Mittäter. Dadurch ist er so schwer zu fassen.«

»Aber wenn er alles so minutiös plant, wie wählt er dann seine Opfer aus? Sammelt er zuerst einmal einfach die verschiedensten Informationen, bevor er entscheidet, wer als Nächster dran ist?«

»Meiner Meinung nach wählt er zuerst das Opfer aus. Nach Steuersündern musste er nicht lange suchen. Vergessen Sie nicht, dass das Finanzministerium immer wieder entsprechende Listen veröffentlicht hat. An Namen kommt er also spielend heran. Darüber hinaus hat er sich Zugang zu Taxis verschafft. Sobald er jemanden im Visier hat, intensiviert er seine Nachforschungen zu dieser Person.«

»Und Sissimatos? Warum hat er ihn ausgesucht? Stand sein Name auf einer Liste?«

»Nein, der war ja Gewerkschafter, Parlamentarier und als solcher Nutznießer des politischen Systems. Kann sein, dass die Wahl rein zufällig auf ihn gefallen ist. Vielleicht hatte er aber auch erste Hinweise und ist der Sache danach genauer nachgegangen.«

Darauf weiß Gikas nichts zu sagen. Und wenn man nichts zu sagen weiß, flüchtet man sich in symbolische Gesten. Er schlägt das Kreuzzeichen und murmelt: »Hat man da noch Worte? Jetzt können wir nur noch auf himmlischen Beistand hoffen.«

40

Nachdem uns Sifadakis abhandengekommen ist, nehmen nur noch der Polizeipräsident, Gikas, Lambropoulos und meine Wenigkeit im Ministerbüro Platz. Der Minister unterzieht uns alle einer eingehenden Musterung. Dabei trägt er die Miene eines Politikers zur Schau, der gleich eine ungeheuer wichtige Erklärung abgeben wird. Dieser Eindruck bestätigt sich auch prompt:

»Meine Herren, der Ministerrat hat auf Antrag des Premiers beschlossen, diesem Mörder und selbsternannten nationalen Steuereintreiber die vom Finanzministerium geforderte Summe nicht zu zahlen. Der Ministerrat ist sich einig, dass der griechische Staat einem erpresserischen Mörder nicht nachgeben darf. Zu dieser Entscheidung hat auch die weltweite Erfahrung mit ähnlich gelagerten Fällen beigetragen. Also liegt es nun an Ihnen, diesen abscheulichen Gewalttäter in allernächster Zukunft aufzuspüren und festzunehmen. Wenn ich mir jedoch Ihre bisherigen Leistungen betrachte, muss ich leider sagen, dass ich es Ihnen nicht zutraue, diese schwere Aufgabe zu meistern.«

Er verstummt und lässt seinen Blick ein zweites Mal über unsere Gesichter schweifen, bis er beim Polizeipräsidenten innehält.

»Herr Polizeipräsident, ich fürchte, Sie haben den Fall nicht mit dem gebührenden Nachdruck verfolgt. Sie haben ihn als Routineangelegenheit eingestuft und den Ernst der Lage verkannt. Dadurch ist die Situation außer Kontrolle geraten.«

Er wartet auf eine Reaktion des Polizeipräsidenten, doch als der stumm bleibt, knöpft er sich den Nächsten vor. »Das gilt auch für Sie, Herr Gikas. Sie haben Herrn Charitos und seine minimal ausgestattete Abteilung mit dem Fall alleingelassen und nicht rechtzeitig wahrgenommen, dass ein konzertiertes Vorgehen all Ihrer Abteilungen erforderlich gewesen wäre.«

Diesmal wartet er Gikas' Entgegnung gar nicht erst ab, die ohnehin nicht gekommen wäre, da auch der Polizeipräsident geschwiegen hat. Dann nimmt er sich Lambropoulos zur Brust.

»Herr Lambropoulos, der griechische Staat hat Millionen in die technische und personelle Aufrüstung der Abteilung für Computerkriminalität gesteckt. Obwohl das bestimmt keine Fehlinvestition war, hat sich herausgestellt, dass sie im entscheidenden Moment nicht die erhofften Ergebnisse liefert. Ich bin zwar kein Fachmann, aber mir ist schleierhaft, wieso Sie so lange brauchen, um diesen nationalen Steuereintreiber anhand seiner Aktivitäten im Netz aufzuspüren.«

Anscheinend hat der Polizeipräsident uns allen ein unausgesprochenes Schweigegelübde auferlegt, denn auch Lambropoulos macht den Mund nicht auf.

Mich hat sich der Minister bis zuletzt aufgehoben – vielleicht, weil er mich als Sahnetörtchen mit kandierter Kirsche betrachtet, obwohl ich mich selbst eher mit einem Sauerteigbrot vergleichen würde.

»Herr Charitos, obwohl ich Ihre Analysen und Anmerkungen zu schätzen weiß, haben Ihre Ermittlungen bisher keine handfesten Resultate erbracht. Der Mörder hat bereits drei angesehene Bürger auf dem Gewissen, und Sie schauen untätig zu.«

Das war's wohl, Charitos, sage ich mir, deine Beförderung ist und bleibt Wunschdenken. Der Minister ist mit seinen Standpauken zu Ende und wendet sich wieder an die ganze Runde.

»Eins steht fest: Die Ermordung von Loukas Sissimatos ist ein schwerer Schlag für das Ansehen der Regierung. Sissimatos war eine exponierte Persönlichkeit. Er war Gewerkschaftsfunktionär, er war Parlamentsabgeordneter, und er hat sich mit einem der Prestigeprojekte unserer Regierung, der Errichtung von Windparks, beschäftigt. Wenn wir parallel dazu den Mord an Lazaridis betrachten, der Generalsekretär für Technologie und Forschung war, dann können Sie sich denken, dass der gesamte Ministerrat in Aufruhr ist. Jetzt werden handfeste Resultate von Ihnen erwartet. Wenn Sie die nicht liefern, und zwar bald, dann müssen Sie mit Konsequenzen rechnen.« Somit hat er uns allen die Leviten gelesen und beendet seinen Sermon mit einem trockenen »Also, Sie sind dran«.

Als Erster ermannt sich Lambropoulos. Vielleicht deshalb, weil es ihm nichts ausmacht, zwei Jahre früher pensioniert zu werden. »Es ist vollkommen nachvollziehbar, Herr Minister, dass Sie nach all den Investitionen, die in die Bekämpfung der Computerkriminalität geflossen sind, nun entsprechende Resultate erwarten. Doch die Welt des Internets ist unendlich weit. Viele nutzen sie, um Zugang zu Informationen zu bekommen, die sie nirgendwo sonst so rasch gefunden hätten. Andere wiederum finden dort die Gelegenheit, ihre verbrecherischen Taten ohne große Anstrengung zu verschleiern. Manchmal ist es einfacher, einen Straftäter durch ganz Griechenland zu verfolgen, als ihn im Internet zu jagen. Ich bin sicher, dass wir dem nationalen Steuereintreiber auf die Spur kommen werden. Aber ich kann Ihnen nicht garantieren, dass es schon morgen oder nächste Woche so weit sein wird. Womöglich brauchen wir wesentlich länger. Eins kann ich Ihnen jedoch sagen: Das ganze Präsidium ist momentan mit nichts anderem beschäftigt.«

Ermutigt von Lambropoulos' Beitrag, mischt sich der Polizeipräsident ins Gespräch. »Dass wir den Mörder unterschätzt haben, stimmt so nicht, Herr Minister. Ich versichere Ihnen, nicht nur Herr Lambropoulos, sondern auch das ganze Polizeipräsidium unternimmt große Anstrengungen, um ihn zu fassen. Es gibt Verbrechen, die innerhalb von vierundzwanzig Stunden aufgedeckt werden, in anderen Fällen arbeitet die Polizei über Jahre hinweg an der Aufklärung. Der nationale Steuereintreiber zählt zu den wirklich harten Nüssen.«

Jetzt ergreift Gikas das Wort und spielt mir den Ball zu. »Kostas, wiederholen Sie doch dem Herrn Minister, was Sie mir heute Morgen erläutert haben.«

Der Blick des Ministers richtet sich auf mich.

»Zunächst einmal muss ich sagen, dass Herr Lambropoulos die Problematik treffend umrissen hat, Herr Minister«, sage ich. »Der Mörder beherrscht alle Tricks im Umgang mit dem Internet. Doch das ist es nicht allein, er geht dazu auch äußerst methodisch vor. Sobald er ein Opfer ausgewählt hat, stellt er umfassende Recherchen an und sammelt alle benötigten Informationen.«

»Nach welchen Kriterien sucht er seine Opfer aus?«

»Darüber kann ich nur spekulieren. Man kann nicht ausschließen, dass er Vertreter bestimmter Berufszweige, wie zum Beispiel die Ärzte, ins Auge fasst. Vielleicht pickt er jedoch seine Opfer auch aus den Steuersünderregistern heraus, die das Finanzministerium wiederholt publiziert hat. Aufgrund seines Zugangs zu Taxis könnten aber auch Steuererklärungen seine Inspirationsquelle sein.« Ich pausiere kurz, bevor ich fortfahre: »Übrigens gibt es da noch etwas anderes, das seine Festnahme erheblich erschwert.«

»Und das wäre?«

»Er ist ein Einzelgänger, er hat keine Komplizen. Gäbe es welche, hätten wir vielleicht schon jemanden eruiert. Und dann wäre die Sache einfacher. Doch ich bin mir sicher, dass er im Alleingang handelt.«

»Glauben Sie, dass er weitermachen wird?«

»Also, eine Sache gibt es da, die mich sehr beunruhigt.«

»Und welche?«

»Die Tatsache, dass im letzten Fall weder ein Mahnschreiben an das Opfer noch eine andere Mitteilung im Netz aufgetaucht ist. Mein Gefühl sagt mir, dass er ein zweites Mal in Aktion treten und dann für beide Taten zusammen Rechenschaft ablegen will.«

»Können Sie sich vorstellen, wo er zuschlagen könnte?«

»Das könnte überall sein, Herr Minister. Vielleicht nimmt er einen Parlamentarier, einen höheren Staatsfunktionär oder auch einen Steuerhinterzieher ins Visier, vielleicht auch den Leiter eines Finanzamtes oder einen Unternehmer. Wenn wir wüssten, nach welchem Prinzip er seine Opfer aussucht, hätten wir ihn schon dingfest gemacht.«

Der schroffe und selbstherrliche Gesichtsausdruck unseres Ressortchefs hat sich verflüchtigt und ist zu einer ängstlichen Maske geronnen. »Ich sehe ja ein, dass es nicht leicht ist«, sagt er. »Andererseits kann ich auch meine Ministerkollegen verstehen, die sich nicht auf den Erpressungsversuch eines Mörders einlassen wollen. Sie sehen, ich sitze zwischen zwei Stühlen. Auf der einen Seite sind Sie und Ihre komplexen Ermittlungen, auf der anderen Seite meine Amtskollegen mit ihren Forderungen. Ich stehe nicht gerade am glücklichsten Punkt meiner politischen Karriere.«

Mit dieser Feststellung endet unsere Besprechung. Nachdem wir das Ministerbüro verlassen haben, lädt uns der Polizeipräsident in seinen Amtsräumen auf einen Kaffee ein, um den Spießrutenlauf, den wir gerade absolvieren mussten, noch einmal durchzugehen.

»Meinen Sie wirklich, dass der Täter ein weiteres Mal zuschlägt?«, fragt er mich schließlich.

Ich hebe die Schultern. »Ich kann es nicht beschwören, aber ich glaube, dass er weitermachen wird, ohne auf eine Geldübergabe zu warten. Darauf deutet auch der Brief an den Finanzminister hin.«

»Jede Ihrer Analysen hat bis jetzt ins Schwarze getroffen. Das Schlimme ist nur, dass Sie den Täter nicht zu fassen kriegen.«

Gikas und ich schauen uns in die Augen, und sein Blick bestätigt mir, dass meine Beförderung an einem seidenen Faden hängt.

Mein persönliches Sahnetörtchen inklusive kandierter Kirsche bilden an diesem Tag die Journalisten, die mich im Korridor vor meinem Büro empfangen. Sie warten gar nicht erst ab, bis ich mein Refugium betrete, sondern legen schon auf dem Flur mit ihren Fragen los.

»Stimmt es, dass der Fall des nationalen Steuereintreibers im Ministerrat diskutiert wurde?«, fragt mich die Stämmige mit den rosa Strümpfen.

»Das müssen Sie den Premierminister fragen«, blocke ich sie ab.

»Und stimmt es, dass der nationale Steuereintreiber für die eingetriebenen Steuern eine Provision verlangt hat?«, fragt mich die Dürre.

»Von wem soll er sie verlangt haben?«

»Vom Finanzminister.«

»Dann müssen Sie ihn das fragen. Die Polizei weiß davon erklärtermaßen nichts.«

»Weshalb die ständigen Ausflüchte, Kommissar?«, schaltet sich Sotiropoulos ein. »Wir wissen doch, dass der EYP vor ein paar Tagen einen Rieseneinsatz auf dem Nymphenhügel organisiert hat.«

»Für Fragen, die den EYP betreffen, bin ich nicht zuständig.«

»Na gut, dann gehen wir zu Fragen über, die Sie beantworten können«, fährt Sotiropoulos fort. »Seit gestern gibt es einen weiteren Toten. Glauben Sie, dass auch diese Tat auf das Konto des nationalen Steuereintreibers geht?«

»Es deutet alles darauf hin.«

»Sind Sie mit Ihren Ermittlungen vorangekommen?«

»Vorläufig sichten wir noch die Spuren.«

»Und bis Sie fertig gesichtet haben, hat der nationale

Steuereintreiber alle antiken Waffengattungen durchprobiert«, spottet die Dürre. »Bis jetzt hat er Schierling und Pfeil und Bogen verwendet. Was machen Sie, wenn er morgen mit Speer oder Doppelaxt zuschlägt?«

»Das kann ich nicht ausschließen, doch wir unternehmen alles Menschenmögliche, um es zu verhindern. Die Festnahme eines Mörders ist immer eine Frage der Zeit, unabhängig von der Anzahl seiner Opfer. Und eins noch: Stellen Sie mir keine Fragen, die nur der Herr Polizeipräsident oder der Herr Minister beantworten können«, füge ich hinzu, um sie loszuwerden.

Sie haben den Wink mit dem Zaunpfahl verstanden und rüsten sich zum Aufbruch. Bestimmt rennen sie schnurstracks zum Bürgerschutzministerium in die Katechaki-Straße, doch ich habe sowohl ihnen als auch dem Minister gegenüber ein reines Gewissen.

Dann trete ich in mein Büro und lasse die Tür offen stehen. Ich rechne damit, dass mir Sotiropoulos folgt, und so ist es auch.

»Es ist zwar nicht Ihre Schuld, aber diese Geschichte ist einfach peinlich, sowohl für die Regierung als auch für die griechische Polizei«, sagt er.

»Und was soll ich dagegen tun, Sotiropoulos? Soll ich den nationalen Steuereintreiber anrufen und ihm nahelegen, dass er uns doch bitte nicht zum Gespött machen soll?«

»Hat er wirklich eine Provision verlangt?«

»Ja, aber fragen Sie mich nicht, wie und wie viel. Darüber weiß der EYP Bescheid, der den Einsatz geleitet hat.«

Da ich die Beförderung ohnehin vergessen kann, sehe

ich keinen Grund, den Leuten vom EYP auch noch Rückendeckung zu geben.

»Glauben Sie mir, ich kann Ihre Sorgen wirklich nachvollziehen«, erklärt Sotiropoulos noch, bevor er geht.

41

Beförderung, die; -, -en: 1. ‹o. Pl.› das Befördern: die B. von Gütern, Waren, Menschen. 2. das Aufrücken in einen höheren Rang, eine höhere Stellung: die schnelle B. des Majors, Inspektors; die B. zum Abteilungsleiter, Oberstudienrat; auf B. hoffen, warten; jmdn. von der B. ausschließen.

Mich betrifft die zweite Bedeutung. Beförderung ist gleichzusetzen mit Aufstieg und Vorwärtskommen. Doch wer befördert wird, ist – theoretisch zumindest – ein Emporkömmling, und die Griechen halten von ihrer Polizei heute dermaßen wenig, dass eine Beförderung zum Kriminalrat kaum als gesellschaftliches Vorwärtskommen gelten kann. Auch daran wird deutlich, dass Dimitrakos in einer ganz anderen Epoche lebte.

Das Lexikon verweist von »Beförderung« unter anderem auf »Förderung«, was schon etwas besser zu meiner Situation passt. Hier treten Wörter wie Fürsprache, Protektion und Gönnerschaft in den Vordergrund. Sich für jemanden verwenden, jemandem in den Sattel helfen, jemanden unter seine Fittiche nehmen – all diese Redewendungen treffen auf Gikas zu. Was nicht erläutert wird, ist, wie ich ihm dafür danken soll.

Der Wecker, der wie immer an seinem Stammplatz auf

dem Nachttischchen steht, zeigt acht Uhr. Daher schlage ich das Dimitrakos-Lexikon zu, um gemeinsam mit Adriani die Nachrichten zu schauen. Auf den ersten Blick wird ersichtlich, dass Sotiropoulos und die Moderatorin keine Neuigkeiten zu präsentieren haben und versuchen, aus jedem noch so unbedeutenden Detail Kapital zu schlagen. Sie nehmen den Vizefinanzminister unter Beschuss, der von seinem Fensterchen aus die Angriffe zu parieren versucht, und setzen alles daran, ihm doch noch irgendein Zugeständnis zu entlocken.

»Es zirkulieren Gerüchte, dass der nationale Steuereintreiber für seinen ›unermüdlichen Einsatz zur Füllung der Staatskassen‹, wie er sich ausdrückt, eine Provision verlangt hat«, sagt die Moderatorin.

»In Zeiten wie diesen wirbeln ständig neue Gerüchte Staub auf, Frau Fosteri«, erwidert der Minister. »Die Regierung kann sich nicht damit aufhalten, jede einzelne Meldung zu bestätigen oder zu dementieren.«

»Da haben Sie recht, aber aus vertrauenswürdiger Quelle haben wir von einem Einsatz des EYP auf dem Nymphenhügel erfahren«, schaltet sich Sotiropoulos ein. »Aus dem bisherigen Verhalten des nationalen Steuereintreibers wissen wir, dass er mit Schierlingsgift tötet und seine Opfer auf archäologischen Stätten zurücklässt. Daher liegt der Schluss nahe, dass auch die Aktion auf dem Nymphenhügel mit dem nationalen Steuereintreiber zu tun hatte. Was hätte der Griechische Nachrichtendienst dort sonst zu suchen? An diesem Ort hat er sich bestimmt keine Verfolgungsjagd mit ausländischen Agenten geliefert.«

Der Vizefinanzminister fühlt sich sichtlich in die Enge

getrieben und greift zur nächstliegenden Ausrede. »Der Griechische Nachrichtendienst untersteht nicht dem Finanzministerium. Daher sollten Sie sich direkt an den EYP oder an den zuständigen Minister wenden. Bitte haben Sie Verständnis, dass ich Ihnen dazu gar nichts sagen kann.«

Die Antwort nimmt Sotiropoulos den Wind aus den Segeln. Da er zudem genau weiß, dass der EYP der Öffentlichkeit keine Details über seine Einsätze preisgibt, muss seine Frage unbeantwortet bleiben.

»Was ist Ihr Eindruck?«, fragt die Moderatorin Sotiropoulos, sobald sich das Fensterchen des Vizeministers schließt.

»Wenn Politiker sich für nicht zuständig erklären und sich gegenseitig die Verantwortung zuschieben, bedeutet das Folgendes: Es ist etwas im Busch, aber noch nicht spruchreif. Die Vergangenheit hat uns allerdings gelehrt, dass solche Ausflüchte des Öfteren zum Bumerang werden. Aber die heutige Situation in Griechenland zeigt uns ja, wie langsam unsere Politiker dazulernen.«

»Glauben Sie, dass der nationale Steuereintreiber seine Aktivitäten fortsetzen wird?«

»Leider deutet alles in diese Richtung.«

Während ich die Sendung verfolge, schwanke ich zwischen Freude und Sorge. Einerseits freue ich mich, dass nichts durchgesickert ist und wir unsere Ermittlungen fortführen können, ohne andauernd vor den Journalisten Rede und Antwort stehen zu müssen. Andererseits befürchte ich, dass Sotiropoulos' Einschätzung stimmt, da bisher kein Mahnschreiben aufgetaucht ist.

»Ja hat man diesem Steuereintreiber denn tatsächlich Geld gegeben?«, wundert sich Adriani.

»Steuereintreibern gibt man immer Geld, das liegt in der Natur der Sache«, entgegne ich. »Nur dass der hier es nicht genommen hat.«

Sie wirft mir einen ungläubigen Blick zu. »Soll das ein Scherz sein?«

Ich komme nicht dazu, zu antworten, da es an der Wohnungstür läutet und Adriani öffnen geht. Ich frage mich, wer uns um diese Uhrzeit besuchen will, und stehe auch auf.

Mit Katerina und Fanis habe ich nicht gerechnet, weil sie sonst nie unangemeldet hereinschneien. Als ich Adriani in die Augen blicke, erkenne ich dieselbe Angst, die sich auch in meinem Blick spiegeln muss: Sie sind gekommen, um uns den Tag ihrer Abreise oder zumindest den Termin von Katerinas Abfahrt anzukündigen. Keinem von uns beiden fällt eine andere Erklärung für diesen unerwarteten Besuch ein. Trotzdem gelingt es mir, ein freudig überraschtes »Na so was!« von mir zu geben. Doch Adriani steht der Sinn nicht nach derartigen Spielchen. Ihr Credo lautet: Lieber ein Ende mit Schrecken als ein Schrecken ohne Ende.

»Sie sind wohl gekommen, um uns zu sagen, wann Katerina abreist«, meint sie zu mir.

»Aber nein, Mama. Wir sind gekommen, um euch zu sagen, dass wir hierbleiben«, meint Katerina lachend.

Uns bleibt beiden die Spucke weg. Als ich merke, dass mir die Beine schwach werden, lasse ich mich aufs Sofa sinken. Adriani findet als Erste die Sprache wieder. »Du wanderst also nicht aus?«, stammelt sie ungläubig.

»Nein, Mama. Wir haben die Sache durchdiskutiert und –«

»Immer schön der Reihe nach, Katerina«, unterbricht sie

Fanis, »sonst muss ich noch mit zwei Notfällen von akuter Herzinsuffizienz ins Krankenhaus rasen.«

Bis Katerina und Fanis Platz genommen haben, können wir uns ein wenig von dem freudigen Schrecken erholen. Dann beginnt Katerina, den Blick auf ihre Mutter gerichtet, zu erzählen.

»Vorgestern wurde mir der Vertrag zur Unterschrift vorgelegt«, sagt sie zu Adriani, hält jedoch inne, weil sie nach Worten sucht, um ihren plötzlichen Sinneswandel zu erklären. »Wisst ihr, es sind zwei verschiedene Dinge, zu sagen: ›Gut, mein Entschluss steht fest: Ich gehe fort‹, oder den Vertrag vor Augen zu haben und zu wissen, dass man nicht mehr zurückkann, sobald man unterschrieben hat. Also habe ich ihn mit nach Hause genommen und Fanis gezeigt.«

»Ich habe ihr geraten, mit der Unterschrift noch zu warten«, ergänzt Fanis. »Drei oder vier Tage, bis sie für sich geklärt hat, ob sie wirklich fortwill.«

»Ich bin seinem Rat gefolgt, und plötzlich wurde mir klar, dass ich hierbleiben will. Der Vertrag war sehr vielversprechend, und ich wusste, ich trete mein Glück mit Füßen, wenn ich nicht unterschreibe. Aber ich wollte einfach nicht fort.« Sie hält kurz inne, bevor sie schlicht sagt: »Also habe ich nicht unterschrieben.«

Adriani springt auf und umarmt sie. »Gott segne dich, mein Schatz! Du weißt ja gar nicht, was für eine Freude du mir damit machst«, sagt sie. Sie drückt und küsst sie, während ihr die Tränen aus den Augen strömen.

»Schluss jetzt, Mama!«, ruft Katerina gerührt. »Wenn ich weggehen will, weinst du. Und wenn ich hierbleiben will, weinst du auch.«

»Lass die beiden doch in Ruhe zu Ende erzählen«, sage ich zu Adriani, damit sie sich wieder etwas in den Griff kriegt.

Adriani lässt ihre Tochter los, und die Tränen versiegen, doch sie bleibt an Katerinas Seite und streicht ihr zärtlich übers Haar.

»Hat sich denn bei deinem Job etwas Neues ergeben?«, frage ich.

»Nein, aber als ich die Entscheidung getroffen hatte, sind mir auf einmal andere Möglichkeiten für ein zusätzliches Einkommen in den Sinn gekommen. Zum Beispiel habe ich bei dem privaten Nachhilfeinstitut für Jurastudenten angerufen, wo ich nach meiner Rückkehr aus Thessaloniki unterrichtet habe, und sie haben mich gleich wieder genommen. Viel Geld bringt das natürlich nicht, aber immerhin ein kleines Zubrot. Wenn Fanis' Gehalt noch weiter gekürzt wird, können wir mit meinem Lohn wenigstens unseren derzeitigen Lebensstandard halten.«

»Diese guten Neuigkeiten müsst ihr unbedingt Fanis' Eltern erzählen. Die waren nämlich vollkommen geknickt«, meint Adriani.

»Wir rufen sie gleich von daheim aus an«, verspricht Fanis.

»So, jetzt haben wir euch die gute Nachricht überbracht und müssen nach Hause«, meint Katerina, während sie sich zum Aufbruch erhebt. »Fanis hat morgen Frühschicht und ich einen Gerichtstermin. Wir besprechen alles ausführlich, wenn ich erst mal verdaut habe, was ich da beinahe angerichtet hätte«, fügt sie scherzend hinzu.

Adriani umarmt ihre Tochter noch einmal ganz fest und wispert ihr etwas ins Ohr. Fanis nutzt die Gelegenheit und pirscht sich an meine Seite.

»Deinem Freund, dem Kommunisten, stifte ich eine Ikone«, flüstert er mir zu. Da erst erkenne ich, dass Sissis in der ganzen Angelegenheit eine entscheidende Rolle gespielt haben muss.

»Lambros hat sie umgestimmt?«, frage ich, ebenfalls mit gedämpfter Stimme.

»Lass mal, das erzähle ich dir ein andermal. Nur eins noch: Dass wir solche Menschen vor die Hunde gehen ließen, ist unverzeihlich.«

Wir begleiten die beiden noch bis zur Tür. Dann kehren wir ins Wohnzimmer zurück und lassen uns erschöpft fallen – Adriani aufs Sofa und ich in einen Sessel. Wir fühlen uns so ausgelaugt, als hätten wir vierundzwanzig Stunden am Stück harte Feldarbeit verrichtet.

»Gleich morgen stifte ich der gnadenreichen Madonna eine Kerze«, verkündet Adriani.

»Tu das, nur solltest du auch Sissis eine Kerze stiften. Auch wenn es bei ihm nicht viel nützen wird...«

»Welchen Sissis meinst du?«, fragt sie verdutzt.

Nun scheint der Zeitpunkt gekommen, Adriani die Geschichte meiner Bekanntschaft mit Sissis von Anfang an zu erzählen: wie ich ihn in der Folterzentrale der Junta in der Bouboulinas-Straße kennenlernte, wie ich mit ansehen musste, wie er gequält wurde, und wie ich ihn abends in seiner Isolationszelle an der Heizung seine Kleider trocknen ließ, weil man ihn stundenlang in ein Fass mit eiskaltem Wasser gesteckt hatte. Und wie sich dann, nachdem er ins Präsidium gekommen war, weil er eine Bescheinigung für seine Widerstandskämpferrente benötigte, nach und nach eine Freundschaft entwickelte. Jetzt erzähle ich ihr alles, bis ins kleinste Detail, auch Sissis' Beziehung zu Katerina, und dass ich ihn – in der Hoffnung, er könnte sie vielleicht umstimmen – gebeten hatte, mit ihr zu sprechen.

Als ich verstumme, starrt sie mich mit offenem Mund an. »Ich fass es nicht! Du bist jahrelang mit diesem Mann befreundet, dann lernt ihn auch noch meine Tochter kennen, und ich habe von alledem keine blasse Ahnung?«, fragt sie entgeistert. Und wie immer liegen bei Adriani Freudentränen und Zornesausbrüche nah beieinander. »Weißt du was? Seine Frau betrügt man nicht nur mit einer Geliebten, sondern auch, wenn man Freundschaften vor ihr geheim hält. Es kommt mir gerade vor, als hättest du mich mit einer anderen betrogen.«

»Du übertreibst! Durch Zufall habe ich Sissis in der Bouboulinas-Straße kennengelernt und dann den Kontakt aufrechterhalten. Außerdem hast du ihn schon mal gesehen. Er war ja auf Katerinas Hochzeit.«

»Ja klar, unter hundert anderen Gästen! Woher soll ich ihn kennen, wenn keiner von euch beiden ihn mir vorstellt.«

»Vielleicht habe ich es nicht für nötig gehalten. So eng sind wir auch wieder nicht befreundet.«

»Nicht eng befreundet! Wie soll man das denn anders nennen, wenn du ausgerechnet ihn darum bittest, mit deiner Tochter zu sprechen? Und wo wir auf Granit beißen, schafft er es, sie umzustimmen! Es ist wie immer zwischen dir und deiner Tochter: Ihr regelt alles ganz allein unter euch, und ich bleibe außen vor.«

»Es ist nicht so, wie du denkst. An dem Abend, als Sevasti und Prodromos hier waren, hat mich Prodromos dringend gebeten, etwas zu unternehmen. Und da ich in meiner Verzweiflung weder ein noch aus wusste, fiel mir Sissis ein.«

»Na schön, die Verzweiflung nehme ich dir ab. Aber du hast diese Freundschaft einfach für dich behalten.«

»Das ist mir nicht leichtgefallen«, gebe ich zu. »Ich wusste nicht, wie du darauf reagieren würdest, dass ich als Polizeibeamter mit einem Kommunisten befreundet bin. Besonders deshalb, weil ich ja weiß, dass der Bruder deines Vaters im Bürgerkrieg den Linken zum Opfer gefallen ist.«

Mein Argument scheint ihr einzuleuchten, sie sinnt darüber nach. »Wir sollten deinen Freund zum Essen einladen«, meint sie schließlich. »Das ist das mindeste, was wir tun können.«

»Du möchtest, dass ich Sissis zum Essen herbitte? Im Ernst?«, frage ich perplex.

»Aber sicher. Die Kommunisten haben zwar meinen Onkel auf dem Gewissen, aber jetzt hat ein Kommunist mir mein Kind wiedergegeben. Somit sind wir quitt«, meint sie und bricht erneut in Tränen aus.

42

Ich hatte vor, Sissis am Morgen während des Blumengießens zu besuchen. Sosehr ich mich auch über Katerinas Entscheidung freute, wurmte es mich irgendwie, dass es ausgerechnet Sissis gelungen war, sie zu überzeugen, wo doch alle anderen, egal ob einzeln oder mit vereinten Kräften, gescheitert waren. Doch wie immer kommt es anders, als man denkt. Um sechs Uhr morgens reißt mich das Klingeln des Telefons aus dem Schlaf. Ich schnelle aus dem Bett und haste ins Wohnzimmer, da Adriani den Telefonapparat nicht im Schlafzimmer duldet, um nicht bei nachtschlafender Zeit durch dienstliche Anrufe geweckt zu werden. Ich gebe ein verschlafenes »Ja?« von mir und höre Vlassopoulos' Stimme.

»Tut mir leid, dass ich Sie in aller Herrgottsfrühe störe, aber wir haben einen weiteren Toten, Herr Kommissar.«

»Fundort?«

»Eine Grünanlage in der Ejialias-Straße in Maroussi.«

»Wer hat ihn gefunden?«

»Die Putzkolonne, die morgens den anliegenden Bürokomplex saubermacht.«

»Weitere Spuren?«

»Im Körper des Opfers steckt ein Pfeil, aber ich habe noch keine Informationen darüber, wo genau.«

»Ruf Dermitsakis an, dann fahrt ihr gemeinsam hin. Ich bin auch schon unterwegs.«

»Der Fundort liegt an der Ecke Theotokopoulou- und Ejialias-Straße.«

Ich nehme die Meldung einigermaßen gelassen auf, da ich auf einen weiteren Mord des nationalen Steuereintreibers innerlich vorbereitet war. Ich höre den Minister und den Polizeipräsidenten schon sagen, dass ich mit meinen Weissagungen wieder einmal den Nagel auf den Kopf getroffen habe, aber nicht imstande bin, den Schuldigen zu fassen.

Ich kehre ins Schlafzimmer zurück, um mich anzuziehen.

»Was ist los?«, murmelt Adriani ganz benommen.

»Der nationale Steuereintreiber macht wieder Jagd auf säumige Zahler.«

»Na, wenigstens einer, der nach dem Rechten sieht.« Dann dreht sie sich auf die andere Seite und schlummert weiter.

Der Spruch, dass Lachen und Weinen nah beieinanderliegen, ist absolut zutreffend. Daran muss ich denken, während ich beim Hilton auf den Vassilissis-Sofias-Boulevard biege. Gestern Abend war die Stimmung himmelhochjauchzend wegen Katerinas Sinneswandel. Kaum zwölf Stunden später quäle ich mich wieder mit einem Anschlag des nationalen Steuereintreibers herum und frage mich, wer ihm diesmal zum Opfer gefallen ist. Wenn ich von Sissimatos' Fall ausgehe, müsste es ein Steuersünder sein. Doch nachdem man dem nationalen Steuereintreiber die geforderte Provision verweigert hat, gibt es für ihn keinen Grund mehr, die Staatseinnahmen durch Morddrohungen in die Höhe zu treiben. Jetzt sucht er sich vermutlich andere Opfer, um das Finanzministerium zur Zahlung der Provision, die ihm seiner Meinung nach zusteht, zu zwingen. Das heißt, der Tote muss ein gut vernetzter Nutznießer des politischen Establishments gewesen sein. All das geht mir durch den Kopf, während ich durch die leeren Straßen fahre. Dabei werde ich ohnehin in Kürze erfahren, wer der Tote ist und wie er finanziell dasteht.

Die Ejialias-Straße ist zwischen Theotokopoulou- und Paradissou-Straße gesperrt. Ich ersuche einen uniformierten Kollegen, die Absperrung zu öffnen, die den Zugang zur Theotokopoulou blockiert, damit ich gleich vor Ort parken kann.

Kaum hat Vlassopoulos mich erblickt, eilt er auf mich zu. »Der Tote ist ein gewisser Theodoros Karadimos«, berichtet er. »Ihm gehört das private Berufsbildungsinstitut Progress in der dritten Etage. Was dort genau unterrichtet wird, kann ich erst sagen, wenn die Lehrer eingetroffen sind.«

»Gib den Kollegen Bescheid, dass man die Angestellten durchlässt, damit ich mit ihnen sprechen kann. Wo ist das Personal, das ihn gefunden hat?«

»Es sind drei Putzfrauen. Sie warten im Hauptgebäude auf die Befragung.«

Ich lasse Vlassopoulos zurück und gehe mir das Opfer genauer anschauen, das an der Ecke Theotokopoulou- und Ejialias-Straße auf der Seite des Griechischen Reitsportvereins aufgefunden wurde. Der Tote liegt bäuchlings auf einer quadratischen Grünfläche vor dem Eingang eines jener großen Bürogebäude, welche die ganze Ejialias-Straße säumen. Die Pfeilspitze hat sich von hinten durch das Jackett auf der Seite des Herzens in die Schulter gebohrt. Das Gesicht des Opfers kann ich nur im Profil erkennen. Er ist ein dunkler Typ um die fünfzig mit dichtem schwarzem Haar und einem kräftigen Schnurrbart.

»An der Identität des Täters besteht ja wohl kein Zweifel«, höre ich eine Stimme hinter mir sagen.

Als ich mich umwende, erblicke ich Stavropoulos. »Nein, an der Substanz an der Pfeilspitze auch nicht.«

»Wohl kaum. Ich lade ihn in den Krankenwagen und mache mich auf den Weg. Dafür hätte ich mich also wirklich nicht im Morgengrauen hierherquälen müssen.«

»Den Todeszeitpunkt wüsste ich gern, mehr nicht.«

»Ich melde mich bei Ihnen.«

Eigentlich braucht man keine Autopsie, um sich den Tathergang zusammenzureimen. Der nationale Steuereintreiber hat in dem Moment auf Karadimos gezielt, als der auf dem Nachhauseweg war und dem Bürogebäude den Rücken zugekehrt hatte.

Ein paar Schritte weiter stoße ich auf eine Straße, die am Griechischen Reitsportverein entlangführt. Vermutlich war er von dort gekommen, hatte sein Motorrad in der Nähe abgestellt, an der Straßenecke Position bezogen und gewartet, bis Karadimos das Gebäude verließ. Die Straße muss abends, wenn die Büros leer sind, vollkommen verwaist sein. Auch im Reitsportverein werden dann keine Besucher mehr sein. Der nationale Steuereintreiber ist erneut umsichtig vorgegangen und hat sein Opfer in dem Augenblick erwischt, als es aus dem Bürogebäude trat.

Ich wende mich meinen beiden Assistenten zu, die sich mit Dimitriou unterhalten. »Hier draußen sind kaum Spuren zu erwarten«, sage ich. »Schaut euch lieber, wenn die Lehrkräfte eintreffen, die Büros des Berufsbildungsinstituts genauer an.«

Eiligen Schrittes und alarmiert um sich blickend nähern

sich eine junge Frau und ein Mann, die uns wie gerufen kommen. Sie erkundigen sich bei einem uniformierten Kollegen, was passiert sei, worauf er sie zu mir weiterschickt.

»Arbeiten Sie hier?«, frage ich sie.

»Ja, im Berufsbildungsinstitut Progress«, erwidert der junge Mann.

»Auf Ihren Chef ist ein Mordanschlag verübt worden«, erläutere ich ihnen. »Gehen Sie in Ihre Büros und warten Sie dort auf uns. Bitte fassen Sie nichts an.«

Sie wechseln einen entsetzten und bangen Blick und steuern dann auf den Eingang zu. Zunächst hat für mich die Aussage der Putzfrauen Vorrang, die den Toten entdeckt haben. Dass es sich um Migrantinnen handelt, erkennt man auf den ersten Blick. Sie haben vor dem Fahrstuhl Aufstellung genommen, und Vlassopoulos lässt sie von einem uniformierten Beamten bewachen – für den Fall, dass sie illegal im Land sind und sich aus Angst vor den Behörden aus dem Staub machen wollen.

»Aus welchem Land kommen Sie?«, frage ich.

»Georgien«, antwortet eine großgewachsene, dunkelhaarige Vierzigjährige.

»Wann beginnen Sie morgens hier zu arbeiten?«

»Sechs Uhr.«

»Wie kommen Sie rein? Haben Sie einen Schlüssel?«

»Nein, Tür geht sechs Uhr allein auf«, erwidert die Zweite, die mittelgroß ist und ein Kopftuch trägt.

»Erzählen Sie mir, was Sie gesehen haben.«

»Mann liegt mit Gesicht nach unten, und in seinem Rücken –« Sie sucht nach dem treffenden Wort.

»Steckt ein Pfeil?«

»Ja. Wie alte Krieger...«

»Haben Sie jemand anderen in der Nähe gesehen?«

»Nein, Straße am Morgen immer leer«, sagt die Erste.

»In Ordnung, ich brauche Sie nicht länger«, sage ich zu den Frauen und wende mich dann an den uniformierten Beamten. »Nehmen Sie sie im Streifenwagen mit zum Revier, damit sie dort die offizielle Aussage unterschreiben. Sonst verschwinden sie womöglich auf Nimmerwiedersehen.«

Ich nehme den Fahrstuhl in die dritte Etage. Zu Karadimos' Büroräumen gelangt man durch die zweite Tür rechts, auf der »Berufsbildungsinstitut Progress – Zentrale« steht. Auf mein Klingeln hin öffnet mir die junge Frau von vorhin und führt mich in ein Büro, in dem mich eine Mittfünfzigerin empfängt. Auch sie kenne ich bereits, da sie während der Befragung der Putzfrauen an mir vorübergegangen ist.

»Stefania Archontidi, Herr Kommissar. Ich bin Herrn Karadimos' Stellvertreterin.« Sie streckt mir ihre zitternde Rechte entgegen, während sie sich bemüht, ihre Bestürzung unter Kontrolle zu bringen.

»Progress ist ein Berufsbildungsinstitut, wenn ich richtig informiert bin«, sage ich.

»Genau. Wir haben fünf Institute in Athen, drei in Thessaloniki, zwei in Patras und einige weitere in anderen größeren griechischen Städten.«

»Gehörte das Unternehmen voll und ganz Herrn Karadimos?«

»Ja, er war der alleinige Eigentümer. Wissen Sie, unsere Abschlüsse werden von zahlreichen ausländischen Universitäten anerkannt.«

»Hat Herr Karadimos selbst unterrichtet?«

»Nein, er war Verwaltungsdirektor. Obwohl er Bauingenieur war, hat er selbst nie unterrichtet.«

»Wie viel Personal ist in der Zentrale beschäftigt?«

»Wir sind zu zwölft.«

»Können Sie mir einen Überblick über die Arbeitszeiten von Herrn Karadimos geben?«

»Selbstverständlich. Herr Karadimos achtete nicht nur sehr streng auf die Arbeitszeiten aller Mitarbeiter, sondern hielt auch seine eigenen penibel ein. Normalerweise kam er um neun Uhr und arbeitete bis um zwei. Danach besuchte er unsere Zweigstellen. Für gewöhnlich kam er gegen fünf wieder und arbeitete dann bis spätabends. Wir haben um sechs Uhr Büroschluss, aber er ging immer als Letzter und verließ das Haus nie vor acht.«

Stavropoulos' Auskunft ist somit überflüssig. Der nationale Steuereintreiber hat Karadimos gestern Abend beim Verlassen des Bürogebäudes getötet. Da die Gegend nach Büroschluss vollkommen unbelebt ist, haben ihn die Putzfrauen erst heute früh gefunden.

»Könnten Sie Ihre Kollegen hereinbitten, da ich Sie noch kurz gemeinsam befragen möchte?«

Wortlos verlässt sie das Büro und kehrt kurz darauf mit der jungen Frau und dem Mann wieder, den ich ebenfalls von vorhin kenne. In ihrer Begleitung befindet sich ein weiterer, etwas jüngerer Mitarbeiter um die dreißig.

»Ist in den letzten Tagen im Büro etwas Ungewöhnliches vorgefallen oder haben Sie etwas Auffälliges beobachtet?«

Sie blicken einander an und schütteln alle gleichzeitig den Kopf.

»Sind verdächtige Besucher aufgetaucht, die womöglich zum ersten Mal hier waren?«

»Nein, Herr Kommissar. In der Zentrale haben wir keinen Publikumsverkehr. Hierher kommen bloß die Zweigstellenleiter oder Lehrkräfte, aber auch nur, wenn sie von Herrn Karadimos herbestellt werden. Für unsere Kurse schreibt man sich direkt an unseren Instituten ein, und die Kursgebühren bezahlt man auf das Bankkonto der entsprechenden Niederlassung.«

Da er nicht vorhatte, Karadimos eine Injektion zu verabreichen, war ein persönlicher Besuch – wie noch bei Korassidis – unnötig. Er konnte sich darauf beschränken, die gewohnten Wege und Arbeitszeiten des Opfers herauszufinden. Ein Punkt muss jedoch noch geklärt werden: Im Untergeschoss des Bürohauses befindet sich eine Garage. Aus welchem Grund sollte Karadimos das Gebäude zu Fuß verlassen und nicht mit seinem Wagen?

»Hatte Herr Karadimos kein Auto?«, frage ich die Angestellten.

»Doch«, antwortet die junge Frau.

»Können Sie mir dann erklären, wieso er das Bürohaus durch den Haupteingang verlassen hat und nicht mit dem Auto durch die Garagenausfahrt?«

Sie verständigen sich durch Blicke, als wollten sie einander bei der Beantwortung der Frage den Vortritt lassen. »Sehen Sie, Herr Karadimos war kein besonders guter Autofahrer«, sagt schließlich der junge Mann. »Er tat sich schwer damit, den Wagen aus der engen Garage zu fahren. Immer wieder bekam er Scherereien, weil er anderen reingefahren ist. Deshalb hat er sein Auto nur noch draußen abgestellt. Dort, wo gerade ein Parkplatz frei war – entweder auf der Ejialias-, der Theotokopoulou- oder der Andromachis-Straße.«

Möglicherweise hatte der nationale Steuereintreiber auch diese Einzelheit recherchiert. Vielleicht hatte er aber auch einfach Glück.

»Hat Herr Karadimos Angehörige?«

»Er war geschieden«, antwortet der ältere Mann. »Und er hat einen Sohn, der in London Medizin studiert.«

»In Ordnung, das war's«, teile ich ihnen mit, worauf sich die Mitarbeiter verabschieden.

»Ist Herr Karadimos schwer verletzt?«, fragt mich die Archontidi, als wir allein zurückbleiben.

»Er war leider schon tot, als ihn die Putzfrauen gefunden haben.«

»Das dachte ich mir schon«, haucht sie. Dann sinkt sie auf einen Stuhl und hält sich die Hände vors Gesicht.

Ohne mich zu verabschieden, verlasse ich den Raum. Als ich zu meiner Truppe stoße, läutet mein Handy.

»Der Todeszeitpunkt liegt zwischen zehn Uhr abends und ein Uhr morgens«, höre ich Stavropoulos' Stimme sagen. »Da der Pfeil das Herz nicht durchbohrt hat, ist er, wie auch die anderen Opfer, am Schierlingsgift gestorben. Wenn man zwei Stunden bis zum Eintritt der Wirkung ansetzt, muss ihn der Pfeil zwischen acht und elf Uhr abends getroffen haben.«

»Vielen Dank für die rasche Bearbeitung.« Ich will ihm jetzt nicht sagen, dass ich ohne seine Mithilfe zu demselben Ergebnis gekommen bin, um ihm nicht noch mehr die Laune zu verderben.

Dimitriou und die Mannschaft der Spurensicherung schicken sich an, zu den Büroräumen hochzufahren, und ich schlage mit meinen Assistenten den Weg zur Dienststelle ein.

43

Auf dem Weg zum Präsidium nimmt in meinem Kopf langsam eine bestimmte Idee Gestalt an: Die Ermittlungen sind deshalb in eine Sackgasse geraten, weil wir nichts über die Persönlichkeit des nationalen Steuereintreibers wissen. Wir kennen zwar seine Vorgehensweise, und wir wissen ziemlich genau, nach welchen Kriterien er seine Opfer auswählt, doch auf seine Person und seinen Charakter gibt es keinerlei Rückschlüsse. Sicher ist nur, dass er im Alleingang handelt. Dadurch kommen zwei Aspekte nicht zum Tragen, die üblicherweise zum Ziel führen: Man kann ihn nicht auf bestimmte kriminelle Kreise festnageln, und man kann auch keine Mittäter ausforschen und verhören. Er geht einfach unglaublich vorsichtig und systematisch vor, ohne die geringste Spur zu hinterlassen.

In solchen Fällen gibt es zwei Alternativen. Entweder warten wir geduldig ab, bis er den alles entscheidenden Fehler macht, der jedem Mörder früher oder später unterläuft – wobei jedoch nicht absehbar ist, wie viele Opfer wir in Kauf nehmen müssten, bis er diesen Fehler endlich begeht –, andererseits können wir versuchen, uns ein Bild von der Persönlichkeit des Mörders zu machen, was für ein Mensch er ist, wie er lebt und in welchem Umfeld er sich bewegt, so dass wir den Personenkreis schließlich immer mehr einengen können, zu dem er aller Wahrscheinlichkeit nach gehört.

Wenn ich auch Ersteres nicht ausschließen will, ist die zweite Alternative doch besser, weil sie uns nicht zur Untätigkeit oder zum Abwarten verurteilt. Ganz im Gegenteil, sie ermöglicht uns, die Ermittlungen voranzutreiben, auch wenn wir dafür eine gehörige Portion Glück brauchen. Doch leider gehört die Persönlichkeitsanalyse nicht zum Aufgabengebiet der Kriminalpolizei, hier sind vielmehr andere Fachleute gefragt.

Im Büro angelangt, berufe ich eine Mini-Konferenz mit meinen drei Assistenten ein. »Wie ihr schon gemerkt habt, kommen wir mit unseren Ermittlungen nicht voran«, beginne ich. »Und der nationale Steuereintreiber mordet immer weiter. Nun hat er den Kreis seiner Opfer erweitert. Er bringt nicht mehr bloß namhafte Steuersünder um, sondern auch Personen, die dadurch in sein Visier geraten, dass sie mit dem politischen Establishment verbandelt sind. Das bedeutet, dass wir unter immer größerem Druck stehen. Wir dürfen jetzt aber nicht in Hektik verfallen, sonst finden wir ihn nie.«

»Stimmt, Herr Kommissar«, meint Dermitsakis. »Aber was können wir tun? Die ganze durch Koula verstärkte Abteilung für Computerkriminalität sucht nach irgendeinem Fingerzeig. Bis heute ist das Ergebnis gleich null.«

»Er spielt Blindekuh mit uns«, kommentiert Vlassopoulos. »Der Mann ist wie ein Phantom, er taucht auf und verschwindet, ohne dass wir ihn zu Gesicht bekommen. Mit Ausnahme von Korassidis' Sekretärin hat ihn keiner je gesehen. Alle anderen Augenzeugen haben ihn entweder nachts mit einem Basecap gesehen oder tagsüber mit seinem Motorrad, als er einen Helm aufhatte. Wir haben keinen einzigen glaubwürdigen Augenzeugen, wir haben kein einziges Indiz, wir haben rein gar nichts in der Hand.«

»Wissen Sie, wie er mir vorkommt?«, fragt mich Dermitsakis. »Wie einer jener Obdachlosen, die von morgens bis abends mit ihren ganzen Habseligkeiten unterwegs sind und jede Nacht woanders Unterschlupf finden. Wie soll man so jemanden bloß finden? Genauso ergeht es uns mit dem nationalen Steuereintreiber.«

»Ihr habt in allen Punkten recht«, sage ich. »Aber genau deshalb, weil die bekannten Methoden hier nicht greifen, müssen wir auf andere Mittel ausweichen. Es würde uns sehr helfen, wenn wir uns mit den bisher vorhandenen Erkenntnissen ein Bild des Mörders machen könnten. Doch das fällt nicht in unseren Aufgabenbereich, dafür brauchen wir einen Psychologen. Kennt ihr vielleicht jemanden, der uns unterstützen könnte?«

»Ja, Mania«, erklärt Koula.

»Welche Mania?«

»Mania Lagana, eine Psychologin, die bei der Suchtgiftfahndung arbeitet. Wenn man Drogenabhängige zur Vernehmung bringt oder in Gewahrsam nimmt, wird sie als Unterstützung hinzugezogen.«

Sie merkt, dass die anderen noch nicht ganz überzeugt sind. Inwiefern soll uns eine Psychologin, die sich mit Drogenabhängigen beschäftigt, im Fall des nationalen Steuereintreibers helfen können?

»Lassen Sie sich bitte nicht davon irritieren, dass sie mit Drogenabhängigen arbeitet, Herr Kommissar. Sie ist eine hervorragende Fachfrau, blitzgescheit und sehr gebildet.«

Einerseits begeistert mich ihr Vorschlag wenig, doch andererseits denke ich mir, dass wir momentan keine bessere Lösung haben und die Sache irgendwie anpacken müssen. Ich schicke meine Assistenten wieder an ihre Arbeit zurück und fahre hoch zu Gikas' Büro.

»Er ist allein, aber ich muss Sie warnen: Er ist gereizt und gar nicht gut drauf«, informiert mich Stella mit einem Lächeln.

Die Gemütsbeschreibung erweist sich als zutreffend, da Gikas mich mit grimmigem Gesicht empfängt. »Wir haben noch eine Leiche an der Backe, ich weiß schon Bescheid.«

Ich hebe zum Rapport an, was stets Vorrang hat. In seiner Miene spiegelt sich die Enttäuschung darüber wider, dass meine Schilderung sich durch nichts von allen vorangegangenen Lageberichten unterscheidet. Er hört mir zu, als würde ich ihm die Zusammenfassung eines Films erzählen, den er schon dreimal gesehen hat.

»Wir müssen handeln, Kostas«, sagt er, als ich geendet habe. »Ich weiß zwar nicht, wie, aber wir müssen unbedingt etwas unternehmen. Jetzt setzt mich nicht nur der Minister unter Druck, sondern auch noch der Polizeipräsident. Andauernd ruft er mich an, und ich habe nichts vorzuweisen. Sie können sich vorstellen, was passiert, wenn er von dem neuen Todesfall erfährt.«

Da bringe ich die Idee mit dem Polizeipsychologen ins Spiel, und schlagartig erhellen sich seine Züge. »Na endlich!«, ruft er freudig, und wie zur Bestätigung wiederholt er gleich noch einmal: »Na endlich! Seit Jahren versuche ich Sie davon zu überzeugen, dass die Profiler des FBI wertvolle Arbeit leisten, aber Sie, als waschechter Grieche, haben stets die hiesige Krämermentalität vertreten. Jetzt, da Sie nicht mehr ein noch aus wissen, kommen Sie auf meine Anregung zurück. Spät, aber doch!«

Wie ein begossener Pudel lasse ich den Wortschwall über mich ergehen, da er mir tatsächlich seit Jahren mit seinen *profiles* und seinen FBI-Methoden, die ich innerlich als Ami-Scheiß abtue, in den Ohren liegt.

»Man hat mir Mania Lagana empfohlen«, würge ich hervor.

»Bravo, Kostas! Sie lassen sich nicht nur endlich auf meine Anregung ein, sondern wählen auch gleich die richtige Person aus. Letztlich sind Sie wie ein Elefant. Sie kommen zwar langsam in Schwung, aber wenn Sie mal in Fahrt sind, dann kann Sie nichts mehr stoppen. Mania leistet bei der Suchtgiftfahndung hervorragende Arbeit. Sechtaridis hält große Stücke auf sie. Wenn sie heute im Dienst ist, schicke ich sie Ihnen gleich vorbei.«

Ich fahre zu meinem Büro hinunter und rufe Koula zu mir, um ihr zu gratulieren. »Herzlichen Glückwunsch, das war ein Volltreffer! Gikas hat die Lagana in den höchsten Tönen gelobt.«

Sie blickt mich pikiert an, als hätte ich etwas Falsches gesagt.

»Was gibt's?«, wundere ich mich.

»In solchen Fragen sollten Sie auf mich und nicht auf Herrn Gikas hören«, meint sie.

»Aber warum?«

»Weil Herr Gikas eine Schwäche für hübsche junge Frauen hat. Und Mania zählt zu dieser Kategorie«, klärt sie mich unwillig auf.

Ihre Begründung bringt mich zum Lachen, doch eine

Viertelstunde später bewahrheitet sich ihre Aussage, als nach einem kurzen Klopfen eine großgewachsene, dunkelhaarige junge Frau mit blauen Augen zur Tür hereinkommt. Sie ist einfach gekleidet und vollkommen ungeschminkt.

»Guten Tag, Herr Kommissar. Ich bin Mania Lagana«, stellt sie sich vor.

»Setzen Sie sich. Ich brauche Ihre Hilfe.«

Dann gebe ich ihr eine allgemeine Einführung in den Fall, berichte von der Vorgehensweise des nationalen Steuereintreibers, von den Morden und den Opfern. »Sie könnten uns helfen, indem Sie uns ein Bild dieses Mannes zeichnen. Wir wissen, dass er ganz allein agiert, doch das ist für unsere Ermittlungen zu wenig. Wir wollen wissen, was für ein Mensch er ist, in welchen Kreisen er verkehrt und womit er sich beschäftigt, so dass wir das Umfeld besser sehen, in dem er sich bewegt, und dort unsere Recherchen intensivieren können, bis wir auf irgendeinen Hinweis stoßen, der uns zu ihm führt.«

»Verstehe, Sie brauchen ein Täterprofil.«

»Genau«, stimme ich zu, ganz in Gikas' Sinne. »Zu diesem Zweck stellen wir Ihnen ein Dossier mit allen vorhandenen Informationen zur Verfügung.«

Als ich Koula hereinrufe, begrüßen sich die beiden jungen Frauen freundschaftlich, und ich ersuche meine Assistentin, Mania das vollständige Material zur Verfügung zu stellen.

»Ich will Sie nicht hetzen, aber eins müssen Sie wissen: Wir sitzen auf glühenden Kohlen«, beschreibe ich unsere Lage.

»Das ist mir bewusst. Herr Sechtaridis hat mir gesagt, ich soll alles andere stehen und liegen lassen und mich nur auf Ihren Fall konzentrieren.«

»Koula weiß über alles Bescheid. Hier noch meine Handynummer. Sie können mich jederzeit anrufen.«

»Gut, für alle Fälle hinterlasse ich Ihnen auch meine.«

Nachdem ich mir alles notiert habe, erkläre ich ihr, wo Koulas Büro liegt. Daraus schließt sie, dass unsere Besprechung zu Ende ist, und erhebt sich. An der Tür hält sie kurz inne und wendet sich noch einmal zu mir um.

»Wie geht es Katerina?«, fragt sie plötzlich.

»Sie kennen meine Tochter?«, frage ich erstaunt.

»Ja, wir haben zur gleichen Zeit in Thessaloniki studiert und waren oft zusammen. Doch dann haben wir uns aus den Augen verloren, als ich nach dem Tod meines Vaters nach Athen zurückgekehrt bin und mein Studium hier fortgesetzt habe. Grüßen Sie sie bitte ganz herzlich von mir«, sagt sie, bevor sie den Raum verlässt.

Ich greife sofort zum Telefon, um Katerina anzurufen.

»Ich soll dir schöne Grüße ausrichten«, sage ich.

»Von wem?«

»Von Mania.«

»Lagana?«, ruft sie überrascht. »Woher kennst du sie?« In kurzen Worten erzähle ich ihr, wie ich Mania Laganas Bekanntschaft gemacht habe.

»Also, wenn sie als Polizeipsychologin so gut ist wie als Studentin, dann habt ihr einen Glücksgriff getan.«

»Ich nehme es fast an, da alle hier von ihr schwärmen.«

»Hast du ihre Telefonnummer? Wir haben seit Jahren nicht mehr miteinander gesprochen.«

Bevor wir das Gespräch beenden, gebe ich ihr die Handynummer durch. Dank meiner Tochter, sage ich mir, habe ich bei Mania Lagana gute Karten.

44

Sissis trinkt seinen Mokka auf der »Galerie«, wie er die kleine Veranda auf dem Treppenabsatz im oberen Stock seines Häuschens nennt. Als er mich durch die Gartentür treten sieht, ruft er zu mir herunter: »Schön, dass du kommst. Bringst du gute oder schlechte Nachrichten?«

»Gute«, erwidere ich, während ich den Garten durchquere und die Treppe hinaufsteige.

Ohne weitere Umschweife komme ich zum Grund meines Besuchs. »Ich wollte mich wegen Katerina bei dir bedanken«, sage ich. »Du hast uns allen eine große Freude gemacht.«

»Als sie von hier wegging, spürte ich, dass ihre Entscheidung gefallen war, aber etwas unsicher war ich mir trotzdem noch«, gesteht er ein.

»Wie hast du das bloß geschafft? Alle anderen haben sich vergeblich bemüht, sie von ihren Plänen abzubringen.«

»Warte, ich mach dir erst einen Kaffee«, meint er, während er aufsteht.

»Ach, den verschieben wir auf ein andermal.«

»Ich weiß schon, was ich tue. Das kann ich nicht so auf die Schnelle erzählen.«

Ich nehme auf dem zweiten Stuhl der »Galerie« Platz und warte ab. Kurz darauf kehrt er mit dem Mokka und einer kleinen Portion gelierter Früchte als Beilage zurück. Da ich

Sissis' Gepflogenheiten kenne, nehme ich gleich den ersten Schluck. Andernfalls fängt er gar nicht erst an zu erzählen.

»Nun, wie hast du es hingekriegt?«

»Ich habe deine Tochter und Fanis zum Essen eingeladen.«

»Und das allein hat genügt, um sie zu überzeugen?«, wundere ich mich.

»Ich habe ihnen ein Menü à la Ai Stratis serviert«, stellt er klar.

»Menü à la Ai Stratis? Was ist das denn?«

Er lacht auf, wie jedes Mal, wenn er sich über meine Unwissenheit amüsiert.

»Das weißt du nicht, Charitos? Nun ja, du warst eben nie Wärter auf den Verbannungsinseln. Das Menü à la Ai Stratis hat zwei Gänge. Der erste besteht aus ›schwimmenden Bohnen‹, das heißt Wassersuppe mit ein paar einsamen, harten Bohnen, der zweite aus ›schwimmenden Kritharaki‹. Zunächst kam der erste Gang. Sie haben die Bohnen angestarrt, die wie Kakerlaken in der Brühe herumschwammen, und das Essen gar nicht angerührt. Nur höflichkeitshalber haben sie einen Löffel voll probiert, aber auch nur von der Wassersuppe. Währenddessen habe ich angefangen zu essen, als wäre gar nichts dabei. Ehrlich gesagt ist es mir schwer gefallen, weil ich dieses Essen nach so vielen Jahren auch nicht mehr gewohnt war. Doch ich habe die Zähne zusammengebissen und weitergekaut. Als ich fertig war, habe ich den zweiten Gang aufgetragen. Wieder starrten die beiden die trübe Brühe mit den kleinen Teigwarenstückchen an, die darin trieben wie ersoffene Ameisen. Diesmal machten sie nicht einmal den Versuch, einen Löffel davon zu kosten, sondern sahen mich an, als sei ich endgültig durchgedreht. ›Guckt nicht so, ich weiß, das ist ungenießbar‹, sagte ich zu ihnen. ›Ihr müsst wissen: Das war das Essen, das man uns auf der Deportationsinsel Ai Stratis vorgesetzt hat. Die eine Hälfte von uns bekam vom Dünnpfiff schreckliche Darmkrämpfe, die andere Hälfte Hämorrhoiden. Die konnten nicht mehr sitzen, verbrachten den ganzen Tag im Stehen und schliefen auf dem Bauch. Wisst ihr, wie ich mir das alles hätte ersparen können? Ich hätte nur zur Kommandantur zu gehen und eine Reueerklärung zu unterschreiben brauchen, und am nächsten Tag wäre ich ein freier Mann gewesen. Obwohl ich damals chronisch zu wenig Geld hatte, hätte ich mir draußen was Besseres leisten können als das, was ich euch jetzt gerade vorgesetzt habe. Aber ich habe nicht unterschrieben und jeden Tag, fünf ganze Jahre lang, diesen Fraß ertragen. Dir, Katerina, geht es selbst in deiner jetzigen schwierigen Situation noch so gut, dass du die Suppe nicht einmal antastest‹, habe ich zu deiner Tochter gesagt. ›Warum also willst du eine Reueerklärung unterschreiben und weggehen?‹ Sie saß mit dem Löffel in der Hand da und starrte mich so lange an, bis sie schließlich in Tränen ausbrach. Sie lief zu mir herüber und umarmte mich. ›Du hast recht, Onkel Lambros, ich habe mich geirrt‹, sagte sie. ›Ich gehe nicht fort, sondern ich werde mich der Situation stellen. Darauf gebe ich dir mein Wort.‹«

Das also ist die Erklärung. Da wir nicht dasselbe durchgemacht haben wie Sissis, konnten wir auch nicht so überzeugend argumentieren wie er.

»Kommst du am Sonntag zu uns zum Mittagessen?«, frage ich ihn. »Du kennst jetzt Katerina und mich. Da kannst du auch Adriani, meine Frau, kennenlernen.« Und um ihn nicht in Verlegenheit zu bringen, füge ich noch rasch hinzu:

»Außer, es wäre dir unangenehm, wenn dich ein Bulle zu sich nach Hause einlädt.«

Es scheint ihn zu rühren, dass ich mich für seine Bemühungen revanchieren möchte. Und so tut er etwas Ungewöhnliches: Er lacht ein zweites Mal auf.

»Jetzt, da die Jagdsaison vorbei ist, kann ich auch bei einem Bullen zu Mittag essen«, sagt er.

»Jagdsaison?«, wundere ich mich.

»Die Polizei jagt den Kommunisten nicht mehr hinterher, genauso wenig wie die Linken dem Traum des Sozialismus. Also ist die Jagdsaison zu Ende«, erläutert er und fügt hinzu: »Und weißt du was? Alle beide haben wir nicht mal eine Schnepfe getroffen. Schau dich nur um, dann verstehst du, was ich meine.«

Zum ersten Mal drücke ich ihn an mich und flüstere ihm zu: »Adriani und ich sind dir sehr dankbar für alles, was du für uns getan hast.«

Obwohl seine Tasse noch halb voll ist, verabschiede ich mich und mache mich auf den Heimweg. Inzwischen fühle ich mich viel gelassener als noch bei meiner Ankunft. Ich habe es eilig, nach Hause zu kommen, um Adriani von Sissis' Taktik zu erzählen, mit der er Katerina bekehrt hat. Doch wie schon erwähnt, kommt es immer anders, als man denkt. Sobald ich die Wohnungstür hinter mir ins Schloss ziehe, höre ich Adrianis Stimme aus dem Wohnzimmer.

»Schnell, es gibt ein neues Schreiben!«

»Was für ein Schreiben?«

»Vom nationalen Steuereintreiber.«

Als ich an ihrer Seite Platz nehme, ist nur das altbekannte Trio zu sehen: die Moderatorin, Sotiropoulos und der Vizefinanzminister. Der Minister für Bürgerschutz zieht verständlicherweise einen Platz hinter den Kulissen vor. Leider stoße ich mitten in der Diskussionsrunde dazu und habe das Schreiben verpasst.

»Bei unserem letzten Gespräch haben Sie vehement abgestritten, dass der nationale Steuereintreiber eine Provision verlangt hat. Lag diese Forderung während unseres Gesprächs schon vor?« Der Vizefinanzminister bleibt stumm. »Ich frage Sie: ja oder nein?«, beharrt die Moderatorin.

»Ja, aber das Ganze war noch nicht spruchreif«, ringt sich der Minister zu einer Antwort durch.

»Noch nicht spruchreif? Wollten Sie dem nationalen Steuereintreiber den Vortritt lassen, um ihm nicht die Show zu stehlen?«, meint Sotiropoulos spöttisch.

»Die Lage ist ernst, also lassen Sie bitte die Scherze«, erwidert der Vizefinanzminister pikiert.

»Das sind keine Scherze«, hält ihm Sotiropoulos unnachgiebig entgegen. »Weder, dass der Öffentlichkeit absichtlich Informationen vorenthalten werden, während ein gefährlicher Gewaltverbrecher ungestört am Werk ist, noch, dass die Medien vom Täter höchstpersönlich auf dem Laufenden gehalten werden und nicht von den verantwortlichen Ministern und den zuständigen staatlichen Behörden.«

Der Vizefinanzminister schweigt.

»Wie hoch ist die Summe, die der nationale Steuereintreiber fordert?«, fragt ihn die Moderatorin.

»Das tut hier nichts zur Sache. Ausschlaggebend ist einzig und allein, dass die griechische Regierung nicht erpressbar sein darf und keinem Mörder Geld bezahlt.«

»Ja, aber wir wissen, dass der Griechische Nachrichtendienst auf dem Nymphenhügel einen Einsatz organisiert hat. Und ich frage Sie: Zu welchem anderen Zweck, als dem Mörder die geforderte Provision zu übergeben?«

»Das habe ich Ihnen doch schon beim letzten Mal erklärt, Frau Fosteri. Ich bin nicht befugt, zu Aktionen des EYP Stellung zu nehmen.«

»Gut, dann sehen wir mal, ob wir eine Antwort bekommen, wenn wir uns direkt an die Verantwortlichen wenden.«

Zwei weitere Fensterchen öffnen sich. In dem einen ist Sifadakis zu sehen, in dem anderen der Polizeipräsident, beide jeweils in ihrem Büro.

»Herr Sifadakis, stimmt es denn, dass der Griechische Nachrichtendienst auf dem Nymphenhügel eine Operation durchgeführt hat?«, fragt die Moderatorin.

»Ja, das ist richtig.«

»Was war das Ziel der Unternehmung? Eine Geldübergabe?«, fragt Sotiropoulos.

»Nein, Herr Sotiropoulos. Ziel des Einsatzes war die Festnahme des Mörders.«

»Und wieso wurde er nicht festgenommen?«

»Die Operation wurde akribisch geplant und durchgeführt. Doch wie es ab und zu bei solchen Aktionen vorkommt, ist uns im letzten Augenblick etwas dazwischengekommen.«

»Und was?«, fragt die Moderatorin.

»Das kann ich Ihnen leider nicht sagen, weil ich dadurch dem Mörder, der die Nachrichtensendung möglicherweise verfolgt, Insiderwissen preisgeben würde.«

»Sind die denn so unfähig?«, wundert sich Adriani.

»Keine Sorge, wir sind auch nicht viel cleverer«, antworte ich, was sich auch prompt bestätigt.

»Herr Polizeipräsident, in welchem Stadium befinden sich die Ermittlungen?«, fragt Sotiropoulos.

»Momentan befassen sich alle Einsatzkräfte der Polizei mit der Festnahme dieses selbsternannten nationalen Steuereintreibers«, entgegnet der Polizeipräsident. »Wir tun alles Menschenmögliche, doch für Ermittlungsarbeit braucht man Zeit und Geduld, Herr Sotiropoulos. Wir werden ihn hoffentlich bald aufspüren.«

Das werden wir keineswegs, denke ich mir. Der nationale Steuereintreiber wird uns weiter auf der Nase herumtanzen.

An Sotiropoulos gewandt verkündet die Moderatorin: »Ich glaube, für uns und die Fernsehzuschauer ist der Täter selbst die einzige zuverlässige Informationsquelle. Diesbezüglich sollten wir uns sein Schreiben noch einmal ansehen.«

Die Fensterchen schließen sich, und langsam flimmert der Text des Briefs über den Bildschirm, den der nationale Steuereintreiber an die Medien geschickt hat.

Der griechische Staat hat mich betrogen. Er hat mich um die zehnprozentige Provision geprellt, das heißt um 780 000 Euro, die mir angesichts der Geldsumme zustehen, die ich den Staatskassen eingebracht habe. Demzufolge habe ich nicht vor, mich weiterhin für den griechischen Staat einzusetzen und mich um die Eintreibung von Steuern zu kümmern. Da mir der Staat meinen rechtmäßigen Lohn vorenthält, werde ich ganz im Gegenteil all jene, die sich dank ihrer Beziehungen zum politischen System bereichert haben, liquidieren. Die ersten beiden Opfer sind bereits bekannt.

Loukas Sissimatos war Gewerkschaftsfunktionär und in der Folge Parlamentsabgeordneter. In beiden Eigenschaften legte er allen in- und ausländischen Firmen, die in Griechenland Windparks errichten wollten, Steine in den Weg. In der Zwischenzeit reiste er sowohl als Gewerkschafter als auch als Parlamentarier auf Spesen etliche Male ins Ausland, um sein eigenes Windparkunternehmen auf die Beine zu stellen. Für die Gründung seiner Firma griff er auf Bankkredite zurück, die ihm dank seiner Verbindungen zu politischen Kreisen genehmigt wurden. Und obwohl er die Kredite nicht zurückzahlte, gelang es ihm, immer neue zu bekommen. Darüber hinaus erhielt er zweimal eine EU-Strukturhilfe aus dem Dritten Gemeinschaftlichen Förderkonzept, während andere Personen und Unternehmen heute noch auf zugesagte Gelder warten.

Theodoros Karadimos war Generalsekretär im Ministerium für öffentliche Arbeiten und ein Produkt des verfilzten Parteiensystems. Woher nahm er das Kapital, um griechenlandweit eine ganze Kette von Berufsbildungsinstituten zu gründen? Und warum musste er die Kredite, die er aufnahm, nie bedienen, wo doch die Banken anderen kleinen und mittleren Unternehmen selbst Kleinstkredite verweigern? Darüber hinaus hat Theodoros Karadimos ebenfalls von EU-Fördergeldern aus dem Nationalen Strategischen Rahmenplan profitiert.

Jeder griechische Bürger hat das Recht, von den Verantwortlichen zu erfahren, wie es Loukas Sissimatos und Theodoros Karadimos gelungen ist, eine steuerliche Unbedenklichkeitsbescheinigung zu ergattern, um Gelder aus dem Dritten Gemeinschaftlichen Förderkonzept und dem Nationalen Strategischen Rahmenplan zu erhalten, obwohl sie beide dem Fiskus Geld schuldeten – 900 000 Euro der eine und 650 000 Euro der andere.

Die Troika soll das tun, was sie für richtig hält. Ich hingegen ziehe die von Apollon vorgeschlagene Lösung vor, wie Homer sie im 1. Gesang der Ilias, Vers 43-52, beschreibt.

Also rief er betend; ihn hörete Phöbos Apollon.
Schnell von den Höhn des Olymps enteilet' er zürnenden Herzens,
Auf der Schulter den Bogen und rings verschlossenen Köcher.
Laut erschollen die Pfeile zugleich an des Zürnenden Schulter,
Als er einher sich bewegt'; er wandelte, düster wie Nachtgraun;
Setzte sich drauf von den Schiffen entfernt und schnellte den Pfeil ab;
Und ein schrecklicher Klang entscholl dem silbernen Bogen.
Nur Maultier' erlegt' er zuerst und hurtige Hunde:
Doch nun gegen sie selbst das herbe Geschoss hinwendend,
Traf er; und rastlos brannten die Totenfeuer in Menge.

Der nationale Steuereintreiber hat es geschafft, dass mir die Buchstaben vor den Augen tanzen. Ich mache den Fernseher aus, um wieder zu mir zu kommen.

»Der gibt euch ganz schön Zunder«, bemerkt Adriani.

»Mehr noch, der macht uns richtig Feuer unterm Hintern«,

erwidere ich und greife zum Telefon, um Spyridakis vom Amt für Steuerfahndung anzurufen.

»Haben Sie das auch gerade gesehen?«, fragt er mich.

»Ja, und morgen früh würde ich gerne zusammen mit Ihnen zu einem der beiden Finanzämter fahren, am besten zu dem, das für Sissimatos zuständig war.«

»Und was wollen Sie dort herauskriegen?«

»Wie die beiden an ihre Unbedenklichkeitsbescheinigungen gekommen sind. Mich interessiert, wer ein gutes Wort für sie eingelegt hat.«

»Ich rufe Sie morgen früh an, wenn ich weiß, bei welchem Finanzamt wir anfangen.«

»In meinem Kopf dreht sich alles. Komm, lass uns was essen«, meint Adriani, als ich auflege.

Während des Essens werde ich ihr von Sissis erzählen. Dann wird es ihr richtig gut schmecken.

45

Spyridakis wartet auf der stadtauswärts führenden Seite des Kifissias-Boulevards vor dem Hotel President auf mich, damit wir zusammen zum Finanzamt Psychiko fahren, das für Loukas Sissimatos' Firma zuständig ist. Da sich der Verkehr ausschließlich in der Gegenrichtung staut, haben wir freie Bahn.

»Konnten Sie die Fakten überprüfen, die der nationale Steuereintreiber in seinem Brief erwähnt?«, frage ich ihn.

»Ja, sie stimmen alle.«

»Kann es sein, dass er wieder eine Sicherheitslücke für sich ausgenützt hat?«

»Das halte ich für unwahrscheinlich, aber ganz ausschließen möchte ich es nicht. Die logischste Erklärung wäre meiner Meinung nach, dass er Sissimatos' und Karadimos' Daten bereits vorher besorgt hatte. Vielleicht wollte er sie benutzen, um die beiden zur Zahlung ihrer Rückstände zu zwingen. Und als er dann aufhörte, Steuern einzutreiben, hat er die Informationen unter anderem Vorzeichen verwendet.«

Dieser Gedanke leuchtet mir ein. Er hatte die Liste mit den reuigen Steuersündern in Umlauf gebracht und plante, die Jagd auf säumige Zahler fortzusetzen. Doch als er sich um seine Provision geprellt sah, änderte er seine Taktik und begann, die Daten für Liquidierungen zu benutzen, die auch noch andere Hintergründe hatten.

Wir wenden uns direkt an den Leiter des Finanzamtes, der, als er hört, dass Spyridakis vom Amt für Steuerfahndung kommt, aus seiner Antipathie keinen Hehl macht. Er übersieht ihn geflissentlich und hält seinen Blick ausschließlich auf mich gerichtet. Doch Spyridakis scheint solche Reaktionen gewohnt zu sein und schert sich nicht darum. Damit jedoch Spyridakis nicht wie gegen eine Wand reden muss, beschließe ich, den Anfang zu machen.

»Herr Finanzdirektor, wir würden Ihnen gern ein paar Fragen stellen.«

»Es geht um Loukas Sissimatos, ich weiß«, unterbricht er mich. »Auch ich habe gestern Abend die Nachrichten gesehen.«

»Stimmt es, dass er dem Fiskus Steuern in Höhe von 900 000 Euro schuldete?«, mischt sich Spyridakis ins Gespräch.

Der Leiter des Finanzamtes blickt ihm zum ersten Mal direkt ins Gesicht. »Es stimmt, aber fragen Sie mich nicht, wie es der nationale Steuereintreiber herausgefunden hat. Die Sicherheitslücke klaffte jedenfalls in Ihrem System!«

»Ich weiß, aber ich würde trotzdem gern Folgendes wissen«, erwidert Spyridakis unbeeindruckt. »Wie ist es möglich, dass er eine so hohe Summe schuldig war, seine Bankkonten jedoch nicht beschlagnahmt wurden?«

»Alle paar Monate ersuchte er um Ratenzahlung, tilgte einen Teil seiner Steuerschuld und stellte die Zahlungen dann wieder ein. Insgesamt ging er vier- oder fünfmal so vor, genau weiß ich es selber gar nicht mehr.«

»Ja, aber das Gesetz schreibt vor: Wenn der Steuerpflichtige die Ratenzahlung nicht einhält, wird die Gesamtsumme fällig«, wirft Spyridakis ein.

»Wir haben Anweisung, bei hohen Summen flexibel zu sein«, entgegnet der Leiter des Finanzamtes.

»Okay, doch können Sie mir erklären, wie Sissimatos mit einer so hohen Steuerschuld eine Unbedenklichkeitsbescheinigung ausgestellt bekommt, mit der er dann EU-Gelder aus dem Gemeinschaftlichen Förderkonzept abkassiert?«

Offensichtlich ist der Leiter des Finanzamtes auf diese Frage vorbereitet, denn er hat die Antwort sofort parat. »Das wurde von einem hochrangigen Regierungsmitglied angeregt.«

»Wie hochrangig?«, fragt Spyridakis, während ich konkreter werde: »Von wem?«

Der Finanzdirektor blickt mich an. »Das kann ich Ihnen nicht sagen, Herr Kommissar.«

»Wieso nicht?«, frage ich.

»Sagt Ihnen der Begriff ›Arbeitsreserve‹ etwas, Herr Kommissar?«

»Ja, wie jedem Griechen.«

»Ich habe nicht vor, Ihnen den Namen zu nennen, nur um dann mit sechzig Prozent meines Gehalts in die ›Arbeitsreserve‹ geschickt zu werden. Ich habe eine vierköpfige Familie zu ernähren.« Er hält inne und wartet auf eine Reaktion meinerseits, die jedoch ausbleibt. »Hören Sie, Herr Kommissar. Gestern Abend habe ich nach der Nachrichtensendung die ganze Nacht kein Auge zugetan, weil ich wusste, dass man mir diese Frage stellen würde. Nenne ich Ihnen den Namen, lande ich mit Sicherheit in der ›Arbeitsreserve‹. Behalte ich ihn für mich, rette ich damit meinen Kopf, weil ich das Regierungsmitglied, das interveniert hat, in der Hand habe.«

Als er merkt, dass es uns beiden die Sprache verschlagen hat, fährt er fort: »Aber lassen Sie mich eine dritte Lösung vorschlagen, die beiden Seiten gerecht wird.«

»Und die wäre?«

»Da ich mich weigere, die Person zu nennen, die sich für Sissimatos' Unbedenklichkeitsbescheinigung eingesetzt hat, legen Sie eine Dienstaufsichtsbeschwerde ein, im Zuge derer man mich vorladen und von mir Rechenschaft verlangen wird. Doch die Person, die Sissimatos protegiert hat, wird die Befragung nach Kräften verhindern, weil sie nicht will, dass ihr Name publik wird, und sich auf diesem Wege outen. So sind Sie formal abgesichert, und auch ich bin aus dem Schneider.«

Die schlaflose Nacht hat sich gelohnt. Mit dieser Idee der Dienstaufsichtsbeschwerde hat er einen Ausweg gefunden, der ihm und uns von Nutzen ist.

»Gehen wir«, sage ich zu Spyridakis und erhebe mich. »Ich denke, den Worten des Herrn Finanzdirektors ist nichts hinzuzufügen.«

Der Leiter des Finanzamtes bleibt auf seinem Stuhl sitzen. Sein Abschiedsgruß beschränkt sich auf ein Kopfnicken.

»Wir hätten da aber noch eine andere Möglichkeit«, sagt Spyridakis, als wir vor dem Eingang des Finanzamtes stehen.

»Ja? Was denn?«

»Ich bin mit einem Sachbearbeiter im Finanzamt Maroussi befreundet. Möglicherweise kann er mir sagen, wer die Person ist, der Karadimos die Unbedenklichkeitsbescheinigung verdankt. Aber dort muss ich allein hingehen.«

»Wieso?«

»Weil er in Ihrer Anwesenheit den Mund nicht aufmachen würde. Selbst mit mir wird er nur auf neutralem Boden reden. Dazu muss ich mich außerhalb des Finanzamtes mit ihm treffen.«

Er verabschiedet sich von mir, und ich gehe allein zu meinem Seat. Der Verkehr hat sich etwas beruhigt, doch wieder einmal bleibe ich beim Altenheim im Stau stecken. Mitten in der Unterführung läutet mein Handy. Ich erkenne Vlassopoulos' Stimme, kann jedoch kein Wort verstehen.

»Warte, ich ruf dich gleich zurück«, sage ich. Sobald ich vor dem Altenheim aus der Unterführung auftauche, wähle ich Vlassopoulos' Nummer.

»Es gibt noch einen Todesfall, Herr Kommissar. Obwohl das Ganze nicht nach der Handschrift des nationalen Steuereintreibers aussieht, habe ich mir gesagt, man kann nicht vorsichtig genug sein, ich ruf Sie lieber gleich an.«

»Adresse?«

»Ein Laden in der Evangelistrias-Straße, das ist eine Nebenstraße der Mitropoleos. Man hat das Opfer dort erhängt aufgefunden.«

»Gut, dann treffen wir uns dort. Dermitsakis brauchst du nicht mitzubringen. Wir checken erst einmal die Lage.«

Tod durch Erhängen gehört zwar nicht zum Repertoire des nationalen Steuereintreibers, doch Vlassopoulos hat recht. Man kann nie wissen, was er noch so alles aushecht.

46

Statt auf den Alexandras-Boulevard abzubiegen, fahre ich den Vassilissis-Sofias-Boulevard weiter. Auf der Höhe der US-Botschaft kommen die Wagen ins Stocken. Bis zum Hilton wird der Verkehr immer schleppender, die Fahrer schreien sich gegenseitig an und beleidigen einander mit der Moutsa-Geste.

Als ich bei der Rigillis-Straße anlange, bin ich mir sicher, dass auf dem Syntagma-Platz eine Protestkundgebung stattfindet. Anders ist ein derartiger Stau nicht zu erklären. Meine letzten Zweifel nimmt mir ein uniformierter Beamter, der vor dem Absperrungsband an der Ecke zur Irodou-Attikou-Straße steht. Ich zähle die heilige Dreifaltigkeit auf, die unseren Alltag beherrscht: »Versammlung, Kundgebung oder Protestmarsch?«

»Eine Versammlung der Empörten zu Ehren des nationalen Steuereintreibers, Herr Kommissar. Sie verlangen, dass er auf dem Syntagma-Platz eine Rede hält.«

»Schön wär's, das würde uns die Arbeit erleichtern. Aber das verkneift er sich wohl leider.«

»Sie haben sogar eine Spendenbox aufgestellt«, erzählt der Kollege weiter.

»Eine Spendenbox?«

»Ja, auf einem Tischchen haben sie einen großen Pappkarton platziert, um die Summe zusammenzukriegen, die der nationale Steuereintreiber fordert, bevor er weiter Steuersünder verfolgt.«

»Und in diesem Pappkarton sollen die 780 000 Euro zusammenkommen?«

»Vielleicht hoffen sie, dass er ihnen Rabatt gibt, weil es sich um eine Bürgerinitiative handelt.«

»Ja, aber wie komme ich jetzt in die Mitropoleos-Straße?«

»Am besten lassen Sie Ihren Wagen in der Irodou-Attikou-Straße stehen und gehen zu Fuß«, lautet seine simple und einleuchtende Antwort.

Ich folge seinem Rat, und der Polizeibeamte entfernt die Absperrung, so dass ich an der Mourousi-Straße parken kann. Zu Fuß kehre ich zum Vassilissis-Sofias-Boulevard zurück, der vollkommen menschenleer ist, und mache mich auf den Weg zum Syntagma-Platz. Die Kundgebung findet vor dem Parlament statt, wo sich etwa fünftausend Empörte versammelt haben. Vor der Treppe, die zum Park und zu den U-Bahn-Eingängen führt, thront auf einem Klapptischchen der Pappkarton. Obenauf klebt ein Schild, auf dem mit Filzstift geschrieben steht: »Spendensammlung für den Steuereintreiber«.

Ich nehme lieber die Vassileos-Jeorjiou-Straße, um der Menschenmenge auszuweichen. Nichtsdestotrotz tritt mir ein Mann um die fünfzig in den Weg, kaum dass ich den Bürgersteig vor dem Hotel Grande Bretagne betrete.

»Ein Mordskerl ist das!«, meint er begeistert. »Der nationale Steuereintreiber ist unser Erlöser!«

»Das ist Griechenland, mein Freund«, sagt ein Jüngerer, der seinen Ausruf mitbekommen hat. »Wenn man meint, dass es in den letzten Zügen liegt, bringt es – schwupp! – einen

Helden hervor. Aus diesem Grund werden wir auch nicht untergehen. Da können Merkel, Sarkozy und Olli Rehn sagen, was sie wollen. Griechenland ist unsterblich, weil es selbst fünf vor zwölf einen Helden aus dem Hut ziehen kann.«

»Und wenn diese Finnen weiter auf Garantien bestehen, bevor sie uns die Kredite geben, schicken wir ihnen eben den nationalen Steuereintreiber. Der wird ihnen schon zeigen, wo's langgeht«, fügt eine Frau mit runzligem Gesicht hinzu.

»Wollen Sie nichts spenden?«, fragt mich der Erste. »Alle geben etwas. Jeder einzelne Euro zählt.«

Wenn ich jetzt sage, dass ich der Polizeibeamte bin, der den nationalen Steuereintreiber sucht, komme ich hier lebend nicht mehr raus. »Ich habe in der Mitropoleos-Straße etwas Dringendes zu erledigen. Auf dem Rückweg spende ich was.« Mit dieser Ausrede schlüpfe ich an ihnen vorbei.

Der untere Abschnitt des Syntagma-Platzes an der Filellinon-Straße ist frei befahrbar, wenn auch die Autos nur im Schritttempo vorankommen. Ich gehe die Mitropoleos-Straße hinunter, wo die meisten Geschäfte in weiser Voraussicht geschlossen sind. Als ich in die Evangelistrias-Straße einbiegen will, fällt mir ein, dass ich vergessen habe, Vlassopoulos nach der Hausnummer zu fragen. Doch das erweist sich als überflüssig, denn vor einem der Geschäfte hat sich eine Menschenansammlung gebildet, die mir den Weg weist.

Es handelt sich um ein kleines Sportartikelgeschäft mit Laufschuhen, Trainingsanzügen und ähnlichen Dingen mehr. Ich bahne mir einen Weg durch die Menge. Vlassopoulos hat sich am Eingang aufgebaut, um die Schaulustigen fernzuhalten. Die erste Person, die ich drinnen antreffe, ist eine

Frau um die vierzig, die ohnmächtig auf einen Stuhl gesunken ist. Zwei andere Frauen besprengen sie mit Wasser und tätscheln ihr die Wangen, damit sie wieder zu sich kommt. »Wach auf, Antigoni«, sagt die eine zu ihr. »Komm schon, mach die Augen auf.«

»Das ist seine Frau«, erklärt mir Vlassopoulos.

»Hast du einen Krankenwagen gerufen? Sie braucht dringend einen Arzt.«

»Die Rettung ist verständigt, aber ein Teil des Personals streikt, deshalb braucht sie heute länger. Da kommt man mit den Notfällen nicht so schnell hinterher.« Nach einer kleinen Pause fügt er hinzu: »Ich hab Sie ganz umsonst hergebeten. Es handelt sich eindeutig um Selbstmord.«

»Macht nichts.«

»Doch, das macht was. Es ist kein erfreulicher Anblick.«

Auf einem zweiten Stuhl sitzt, der Frau gegenüber, ein Sechzigjähriger und hält den Kopf in beide Hände gestützt.

»Wer ist das?«, frage ich Vlassopoulos.

»Der Ladenbesitzer von nebenan, der ihn gefunden hat.«

»Und wo ist der Tote?«

»Hinten, im Lagerraum.«

Er deutet auf ein Türchen hinter dem Tresen. Ich stoße es auf und betrete das Warenlager. Der Selbstmörder baumelt an einem Seil, das er am Lampenhaken festgemacht hat. Ein Stuhl liegt umgestürzt zu seinen Füßen. Er muss zwischen fünfundvierzig und fünfzig sein. Sein Kopf ist zur Seite gesunken, und seine Zunge hängt ihm aus dem Mund. Eine weitere Begutachtung erspare ich mir, da der Anblick unerträglich ist. Stattdessen rufe ich nach Vlassopoulos.

»Also wirklich! Ist denn niemand auf die Idee gekommen,

ihn da runterzuholen?«, sage ich aufgebracht, doch meine Entrüstung ist nicht gegen ihn gerichtet. Ich möchte einfach dieses Bild aus meinem Kopf verscheuchen.

»Keiner traute sich, ihn anzufassen. Da dachte ich, dann lassen wir ihn am besten in Ruhe, dann sehen Sie ihn wenigstens am ursprünglichen Fundort.«

»Gib den Kollegen draußen am Streifenwagen Bescheid. Sie sollen ihn runterholen.«

»Haben Sie den Brief gesehen?«, fragt er mich und deutet auf ein Blatt Papier, das auf einem Schuhkarton liegt.

Es ist eigentlich kein Brief, sondern eine handschriftliche Erklärung.

Ich kann meine Einkommensteuer nicht bezahlen, und auch für die Umsatzsteuer fehlt mir das Geld. Da ich meine Kredite nicht bedienen kann und mir die Bank nichts mehr gibt, kann ich keine Ware mehr einkaufen. Auch mein Mut und meine Kraft sind auf den Nullpunkt gesunken. Meine Frau soll mich nicht mit Handschellen im Gefängnis sehen. Und mein Sohn soll sich nicht für mich schämen. Manche werden mir vielleicht Feigheit vorwerfen. Vielleicht haben sie sogar recht damit. Aber ich kann einfach nicht mehr. Jannis.

Ich lege den Zettel wieder hin und trete, ohne noch einmal zurückzublicken, aus dem Warenlager. Da man, wenn man aufgewühlt ist, sich am besten mit etwas ablenkt, wende ich mich an den Nachbarn.

»Wie haben Sie ihn gefunden?«, will ich von ihm wissen.

»In der letzten Zeit war Jannis ganz schlecht drauf. Immer

wieder sagte er: ›Selbstmord ist die letzte Rettung.‹ Anfangs nahm ich das nicht ernst, aber dann begann ich mir Sorgen zu machen und versuchte ihm Mut zuzusprechen. Heute hat er seinen Laden aufgemacht, ohne mich auch nur anzuschauen. Sonst grüßte er mich jeden Morgen. Das kam mir komisch vor, deshalb beschloss ich nach einer Weile, nach ihm zu sehen, doch der Laden war verschlossen. Ich habe ein paar Mal seinen Namen gerufen. Als er nicht öffnete, ahnte ich, dass etwas geschehen war, und rief die Nachbarn zu Hilfe. Gemeinsam haben wir die Tür aufgebrochen. Ich habe ihn dann gefunden, weil ich als Erster im Lager war.«

Er redet drauflos, als hätte er alles auswendig gelernt. Ich klopfe ihm tröstend auf die Schulter und wende mich zum Gehen. In der Zwischenzeit ist der Rettungswagen eingetroffen, die Sanitäter betten die Frau gerade auf eine Trage. Sie hat die Augen jetzt geöffnet und starrt ins Leere.

Ich warte noch ab, bis der Krankenwagen abgefahren ist. Als ich auf den Gehsteig trete, spricht mich ein kleingewachsener, kahlköpfiger Typ an.

»So werden wir alle enden«, sagt er. »Es wird sich zwar nicht jeder gleich das Leben nehmen, aber wenn uns das Geld fehlt, sind uns die Hände gebunden, und wir können unseren Verpflichtungen nicht mehr nachkommen. Dann müssen wir unsere Läden schließen, haben nichts zu beißen und können unsere Kinder nicht mehr auf die Uni schicken. Das ist so gut wie Selbstmord.«

Darauf erwidere ich nichts und lasse ihn stehen. »Reden ist Silber, Schweigen ist Gold«, sagte meine selige Mutter immer. Doch nun sind wir so weit, dass uns sogar die Worte fehlen.

47

Da ich keine Lust auf eine nach dem nationalen Steuereintreiber johlende Menge habe, biege ich in die Voulis-Straße ein, gehe dann weiter in die Karajorgi-Servias, folge der Fußgängerzone auf der Voukourestiou-Straße und erreiche über die Akadimias-Straße den Vassilissis-Sofias-Boulevard. Ich genieße es, den Verkehrsstau als unbeteiligter Zuschauer mitzuerleben, während vom Syntagma-Platz zwar Parolen herüberdringen, mir der Anblick der Demonstranten jedoch erspart bleibt.

Ich starte den Seat und fahre los. Die Strecke zum Syntagma-Platz war zwar die Hölle, doch umso paradiesischer ist nun die Fahrt nach Ambelokipi. Im Handumdrehen erreiche ich die Dienststelle und finde auf meinem Schreibtisch die Nachricht von Koula vor, dass Mania Lagana persönlich vorbeigeschaut hat.

»Wann war sie denn hier?«, frage ich Koula am Telefon.

»Vor einer Stunde. Sie hat mir gesagt, sie hätte Ihnen einiges zu berichten.«

»So schnell?«

»Ich hab Ihnen doch gesagt, dass sie ihr Handwerk versteht«, erwidert sie stolz. »Sie ist in ihrem Büro. Soll ich Sie herüberrufen?«

»Sobald Vlassopoulos da ist. Das hören wir uns am besten alle zusammen an.«

Ich fühle mich niedergeschlagen und habe Kopfschmerzen, da ich die Erinnerung an den Erhängten nicht loswerde. So fahre ich auf einen Mokka in die Cafeteria hinunter, in der Hoffnung, dass sich damit meine Stimmung aufhellt. Dolianitis steht vor mir in der Schlange und wartet auf seinen Tee, den er immer trinkt. Als mich die Frau hinter dem Tresen begrüßt, dreht er sich zu mir um. »Also, Sie beneide ich im Moment nicht«, meint er. »Zum Glück ist dieser Kelch an mir vorübergegangen.«

»Tja, auf mich braucht wirklich keiner neidisch zu sein.«

»Andererseits habe ich absolut nichts dagegen, wenn der nationale Steuereintreiber die ganzen Häuptlinge und den EYP dermaßen vorführt. Ist schon ein ›krasser Typ‹, wie sich mein Sohn ausdrücken würde.«

Als ich ihm von der Kundgebung auf dem Syntagma-Platz und der Spendensammlung erzähle, lacht er auf. »Sehen Sie zu, dass Sie ihn schnappen, sonst kandidiert er noch bei den nächsten Wahlen. Und als Premierminister wäre er unantastbar, ganz abgesehen davon, dass seine Straftaten nach der zweiten Amtszeit verjährt wären. Da braucht er nur einen Untersuchungsausschuss einzuberufen, und die Sache ist gegessen.«

Als ich zurück im Büro bin, meldet sich Vlassopoulos zum Rapport. Daher weise ich Koula an, Mania Lagana herzuholen. Während ich auf die Psychologin warte, läutet mein Handy. Spyridakis ist dran. »Ich weiß jetzt, wer sich für Karadimos' Unbedenklichkeitsbescheinigung starkgemacht hat.«

»Wer?«

»Der Vizefinanzminister, mein politischer Vorgesetzter, der ständige Stargast der Nachrichtensendungen.«

Mir ist klar, dass ich Gikas benachrichtigen muss, denn das ist keine Information, die man einfach so für sich behält. Doch Mania Laganas Eintreffen verschafft mir eine kleine Atempause. Ich rufe meine drei Assistenten herbei, damit wir alle zusammen ihren Schlussfolgerungen lauschen können.

»Da Sie doch so dringend eine erste Einschätzung benötigen, habe ich mich sofort an die Arbeit gemacht«, sagt sie lachend. »Also habe ich das Dossier gelesen, das Sie mir gegeben haben, und mir die gestrige Nachrichtensendung und das dort veröffentlichte Schreiben angesehen.«

»Und was schließen Sie daraus?«

»Ich weiß ja nicht, in welchen Kreisen Sie genau ermitteln, Herr Kommissar, aber wenn Sie ihn unter Leuten suchen, die sich ungerecht behandelt fühlen – entweder weil sie wegen Schulden beim Staat im Gefängnis gesessen haben, oder weil ihr Vermögen beschlagnahmt wurde, da sie ihre Kredite nicht zurückzahlen konnten –, dann fürchte ich, dass Sie nur Ihre Zeit verschwenden.«

»Wie kommen Sie darauf?«, fragt Dermitsakis.

»Erstens, weil wir es mit einer sehr belesenen Person zu tun haben. Seine Briefe sind gut geschrieben. Er hat nicht nur einen Hochschulabschluss, sondern mein Gefühl sagt mir, dass er sich ständig weiterbildet. Und da ist noch etwas, das mir in Bezug auf seinen intellektuellen Hintergrund aufgefallen ist.«

Ich packe die Gelegenheit beim Schopf, um mit meinem Wissen zu prahlen. »Die antiken Quellen, die er in zwei seiner Schreiben zitiert.«

»Ja, aber nicht nur. Heutzutage können Sie alle antiken Texte bei Google finden und mit *copy-paste* jeden beliebigen Ausschnitt verwenden. Um den richtigen auszuwählen, muss man allerdings wissen, wo man ihn suchen muss. Die von ihm ausgewählten Zitate zeigen, dass er ganz bestimmte Quellen aussucht und auch weiß, wo er sie finden kann. Mir ist aber noch etwas anderes aufgefallen.«

»Und was?«, fragt Koula.

»Haben Sie gestern die Übersetzung der *Ilias* gesehen, aus der er zitiert hat?«

»Ja«, stimme ich zu.

»Hat der Stil der Übersetzung gar keinen Eindruck auf Sie gemacht?«

»Mir kam die Sprache so alt vor wie die *Ilias* selbst«, bemerkt Koula.

»Das stimmt, Koula. Und weißt du, warum? Weil der Ausschnitt aus einer uralten Übertragung stammt. Das lässt zwei Schlüsse zu. Erstens, dass er mit alten Texten sehr vertraut ist. Denn er hätte ja auch andere, modernere Übersetzungen der *Ilias* verwenden können. Wir können also festhalten, dass der nationale Steuereintreiber nicht nur aus antiken Quellen zitiert, sondern auch eine Übersetzung auswählt, die aus einem anderen Jahrhundert stammt. Warum tut er das, Herr Kommissar?«

»Sagen Sie es mir«, erwidere ich lachend.

»Also: Er tötet mit Schierlingsgift, das heutzutage nicht mehr benutzt wird. Seine ersten beiden Opfer lässt er auf archäologischen Stätten zurück. Und in der Folge tötet er mit Pfeil und Bogen – wie Apollon, auf den er sich beruft. Und als er eine Übersetzung der *Ilias* braucht, greift er auf die besagte Übertragung zurück. Es ist, als wollte er uns sagen, dass er mit unserer Zeit nichts zu tun haben will«, erläutert sie. »Es ist, als ob er alles Moderne ablehnte und lieber zu einem antiken Gift, zu antiken Orten, zu antiken Texten und zu altertümlichen Übersetzungen greift. All das legt den Schluss nahe, dass der Mörder jede Beziehung zum heutigen Griechenland verweigert.«

Sie lässt ihren Blick über uns schweifen. Als sie merkt, dass wir ihr nichts entgegenhalten können, sondern auf die Fortsetzung warten, macht sie weiter.

»Zweitens, dieser Mann übt Rache«, sagt sie. »Doch nicht an einem einzelnen Finanzamt oder Minister oder an irgendeiner Bank. Dahinter steckt vermutlich ein tief traumatisches Erlebnis, das lange latent vorhanden war, bis etwas in seinem Leben passiert ist, das es ans Tageslicht gebracht hat. Er macht zwar heute als Mörder von sich reden, doch das Ereignis, das ihn zu den Taten antreibt, liegt sehr weit zurück.«

»Wie haben Sie das alles innerhalb von nur vierundzwanzig Stunden herausgefunden?«, fragt Vlassopoulos perplex.

»Dafür haben Sie mich doch herbestellt, oder?«, entgegnet sie mit einem bescheidenen Lächeln.

»Wo suchen wir jetzt am besten?«, frage ich.

»Ich würde bei den Archäologen anfangen. Sowohl der Schierling als auch die antiken Stätten sowie die antike Waffe weisen in diese Richtung. Wenn Sie dort nicht fündig werden, dann müssen Sie Ihre Suche auf die klassischen Philologen ausweiten und, wenn das alles nichts nützt, auf intellektuelle Kreise im Allgemeinen. Mir ist natürlich klar, dass Sie es dann mit einem großen Personenkreis zu tun haben und nur schwer weiterkommen werden.«

»Vielen Dank, Mania«, sage ich. »Sie haben uns sehr geholfen.«

»Wenn mir in der Zwischenzeit noch etwas einfällt, melde ich mich bei Ihnen«, sagt sie noch und verlässt mein Büro.

»Nun?«, fragt Koula triumphierend. »Sie ist nicht auf den Kopf gefallen, was?«

»Absolut nicht. Sie und Gikas lagen goldrichtig mit Ihrer Empfehlung.«

»Soll ich das jetzt als Kompliment auffassen?« Sie lächelt schelmisch.

Ich nehme mir vor, Katerina zu erzählen, dass sie auf ihre Kommilitonin und Freundin stolz sein kann. Doch das bringt mich bei meiner Suche auch nicht weiter. Mania hat vermutlich recht, wenn sie mir rät, zuerst in Archäologenkreisen zu suchen. Die Frage ist nur, wie ich die ganze Sache aufziehen soll. Ich kann doch nicht sämtliche Archäologen der Reihe nach anrufen und zur Vernehmung vorladen. Das heißt, ich muss einen anderen Weg finden. Doch das verschiebe ich auf später und fahre zwecks Berichterstattung zu Gikas hoch. Er weidet sich wieder an der Naturlandschaft seines Computerbildschirms, was darauf schließen lässt, dass keine alarmierenden Neuigkeiten vorliegen. Ich beginne meinen Rapport mit dem von Mania Lagana erstellten Täterprofil des nationalen Steuereintreibers.

»Dann hat sie Ihnen also weitergeholfen?«, fragt er.

»Ja, weil ich mir dadurch ein besseres Bild des Mörders machen kann. Zumindest weiß ich jetzt, wo ich nicht zu suchen brauche, und verliere nicht noch mehr Zeit.«

»Dann sehen Sie jetzt also endlich ein, wie nützlich so ein *profile* ist?«, frohlockt er. »Beim nächsten Mal hören Sie gleich auf mich.«

Ob Koula oder Gikas, jeder möchte recht haben. Nachdem

ich ihm also eine Löffelsüßigkeit à la Sissis serviert habe, zücke ich jetzt das Rizinusöl, indem ich ihm eröffne, wer zugunsten von Karadimos' Unbedenklichkeitsbescheinigung interveniert hat.

»Haben Sie vor, den Vizeminister zu vernehmen?«, fragt er vorsichtig.

Du kannst froh sein, dass die Beförderung im Raum steht, denke ich bei mir, sonst hätte ich ihn schon längst – und ohne lange zu fackeln – verhört.

»Diesbezüglich wollte ich Sie um Rat fragen«, entgegne ich diplomatisch.

Unmittelbar platzt es aus ihm heraus: »Sie bleiben gefälligst an Ihrem Schreibtisch und lassen die Finger davon. Wir haben rein gar nichts in der Hand! Auf welcher Grundlage wollen Sie einen Vizeminister zur Vernehmung zitieren? Sollen etwa die Fernsehsender davon Wind bekommen und ihn öffentlich hinrichten? Die haben doch auch uns im Visier, weil wir bei den Ermittlungen nicht vorankommen. Wollen Sie, dass man uns alle der Reihe nach abschießt?« Er holt kurz Luft und fährt etwas ruhiger fort. »Warten Sie erst mal ab, bis wir überzeugende Indizien haben, die uns zum Täter führen. Dann können Sie ihn unter Berufung auf Ihren Diensteid gern vernehmen.«

»Einverstanden, das lasse ich gelten«, sage ich, wende mich zum Gehen und lasse einen rundum zufriedengestellten Vorgesetzten zurück.

48

Adriani hat sich seit neun Uhr morgens in der Küche verbarrikadiert, um für Sissis gefüllte Tomaten zuzubereiten.

»Also bitte, bis jetzt hast du die gefüllten Tomaten immer nur für mich gemacht. Habe ich jetzt Konkurrenz bekommen?«, scherze ich.

»Ich verbitte mir solche Rivalitäten, Kostas. Immerhin haben wir es diesem Mann zu verdanken, dass unser Kind bei uns bleibt!«, wettert sie.

Am Anfang wusste sie nicht, was sie für ihn kochen sollte. Da sie Sissis noch nie gesehen hat, kennt sie auch seine kulinarischen Vorlieben nicht. Deshalb suchte sie bei mir Rat, doch auch ich habe nie bei ihm gegessen und demzufolge auch keine Ahnung, was ihm schmeckt.

»Denk daran, wie arm wir als Kinder auf dem Dorf waren«, meinte ich schließlich. »Vieles hatten wir damals gar nicht.«

»Fleisch«, fiel sie mir ins Wort. »Soll ich ein Menü mit Fleisch zubereiten? Sagen wir, Zicklein im Ofen?«

»Besser nicht, denn Lambros hat immer ein genügsames und karges Leben geführt. Mit den Jahren ist ihm das zur zweiten Natur geworden. Wenn ich an all seine festen Überzeugungen und fixen Ideen denke, kann ich mir nicht vorstellen, dass er Fleisch mag. Deine gefüllten Tomaten jedoch würden ihm prima schmecken, da bin ich mir sicher.«

»Ja, aber dann kann ich als nächsten Gang nicht noch mal in Öl geschmortes Gemüse auftischen.«

»Es gibt doch auch noch Fisch auf dieser Welt«, sagte ich scherzhaft.

»Fisch ist nicht meine Stärke«, gestand sie.

»Komm schon, wann immer du mir Anchovis mit Zitronensoße im Ofen machst, schmeckt es hervorragend.«

»Bist du noch bei Trost? Sollen wir dem Mann bei seinem ersten Besuch Anchovis vorsetzen?«

»Genau solche Sachen mag er vermutlich, und genau daran wird er erkennen, was für eine gute Köchin du bist.«

Diese Aussage verwirrte sie noch mehr, doch notgedrungen akzeptierte sie meinen Rat, obwohl sie den Gedanken nur schwer erträgt, für jemanden zu kochen, dessen Essgewohnheiten sie gar nicht kennt. Und so liegen jetzt die Anchovis im Ofen, während sie sich um die gefüllten Tomaten kümmert.

Als Erste treffen Katerina und Fanis ein. Katerina steuert direkt auf die Küche zu, um Adriani ihre Hilfe anzubieten.

»Ich hab dir noch gar nicht erzählt, wie die Sache mit deinem Freund abgelaufen ist«, sagt Fanis, sobald wir allein sind.

»Nicht nötig, er hat es mir selbst haarklein geschildert.«

»Er hat uns wirklich fix und fertig gemacht. Zunächst einmal mit dem Essen, das er uns serviert hat, und dann mit seinen Worten. Beim Essen musste ich mich echt zusammenreißen, um nicht auf den Teller zu kotzen. Bei seinen Worten kamen mir dann die Tränen, aber deine Tochter war schneller als ich. Bei einer Schocktherapie ist die gleiche Symptomatik zu beobachten.«

»Wie bitte?«

»Bei einer Schocktherapie weiß man, dass der Patient zunächst einmal heftig leiden muss, bevor die Heilung eintritt«, erläutert er mir.

Katerina tritt kichernd ins Wohnzimmer. »Sie hat mich zum Teufel geschickt. Ihrer Meinung nach verstehe ich zwar schon ein bisschen was vom Kochen, aber noch lange nicht so viel, um ihre heiligen Hallen zu betreten.« Sie setzt sich zu uns und schaut mich an. »Nun sag schon, was hältst du von Mania?«, will sie wissen.

Ich erzähle ihr ausführlich davon, was für ein Charakterbild des nationalen Steuereintreibers uns Mania Lagana präsentiert hat. Dabei verwende ich Gikas zu Ehren sogar den englischen Begriff *profile*, da er mir Mania empfohlen hat. »Ich frage mich, wie sie das in der kurzen Zeit hingekriegt hat«, sage ich zu Katerina. »Sie hat nicht einmal vierundzwanzig Stunden dafür gebraucht.«

»Man sieht es ihr vielleicht nicht auf den ersten Blick an, aber sie ist auf ihrem Fachgebiet ungeheuer beschlagen und engagiert.«

»Wenn sie so gut ist, wieso arbeitet sie dann nicht in der Psychiatrie, sondern bei der Polizei?«, fragt Fanis.

»Vielleicht, weil ihr Vater beim Militär war. Ich nehme an, dass sie durch ihren Vater bei der Polizei bessere Chancen hatte. Bei Mania kommt aber noch etwas anderes dazu. Sie hat sich nämlich nie für den einfachsten Weg entschieden. Ich glaube, dass es sie gereizt hat, mit Drogenabhängigen zu arbeiten.« Dann fährt sie, an mich gewandt, fort: »Jedenfalls ist sie nicht gerade ein einfacher Charakter. Wir beide sind prima miteinander ausgekommen, aber mit ihren Professoren lag sie ständig im Clinch. Nur weil sie eine Studentin mit Bestnoten war, ließ man ihr das durchgehen.«

Die Türklingel unterbricht unser Gespräch, und Katerina läuft zum Eingang, um zu öffnen. Auf der Schwelle steht Sissis. Er trägt einen schwarzen Anzug mit seitlich geknöpfter Jacke über einem weißen Hemd. In der Hand hält er eine Schachtel mit Süßigkeiten. Ohne sich von der Schwelle zu rühren, blickt er uns scheu und verlegen an. Ich weiß nicht, ob seine Befangenheit daran liegt, dass er nicht oft Besuche macht, oder daran, dass er zum ersten Mal seinen Fuß in die Wohnung eines Bullen setzt. In der Zwischenzeit ist auch Adriani dazugekommen.

»Willkommen, Onkel Lambros«, sagt Katerina zu ihm. Als er immer noch zögerlich an der Tür steht, ermuntert sie ihn, doch endlich hereinzukommen.

Sissis fasst Mut, betritt die Wohnung und überreicht ihr die Nachspeise. »Das ist von Kanakis«, meint er. »Die erste Konditorei am Platz bei uns in Nea Filadelfia«, ergänzt er mit einem schüchternen Lächeln.

»Ja, die kenne ich«, entgegnet meine Tochter. »Als ich dich mit Papa zum ersten Mal besucht habe, waren wir nachher bei Kanakis. Vielen Dank, aber das war doch nicht nötig, Onkel Lambros.«

Als Adriani zum zweiten Mal »Onkel Lambros« hört, wirft sie erst mal einen überraschten Blick auf Katerina, dann einen fragenden Blick auf mich. Von solchen Vertraulichkeiten hatte ich nichts erwähnt, um ihren Zorn nicht noch mehr zu reizen. Gezwungenermaßen vertagt sie das klärende Gespräch auf später und streckt Sissis die Hand entgegen.

»Schön, dass Sie gekommen sind, Herr Sissis. Endlich lerne

ich Sie kennen. Von Kostas und Katerina habe ich schon viel von Ihnen gehört.« Von mir hat sie gerade mal das Nötigste und von Katerina gar nichts gehört. Aber sie ist eben eine gute Gastgeberin, und als solche tischt sie ihm Artigkeiten wie Salz und Pfeffer auf.

Nachdem Sissis Katerina auf beide Wangen geküsst und die Herren mit Handschlag begrüßt hat, gehen wir ins Wohnzimmer weiter. Der gedeckte Tisch steht bereit, und wir warten nur noch auf Adrianis Aufforderung, Platz zu nehmen. In der Zwischenzeit blicken wir uns schweigend an. Sissis wirkt noch ganz befangen, während wir Übrigen nicht recht wissen, wie wir das Gespräch beginnen sollen. Schließlich bricht Fanis das Eis.

»Na, hoffentlich bekommen wir heute was Besseres aufgetischt als bei Ihnen zu Hause, Herr Lambros«, meint er lachend.

»Was Schlechteres wohl kaum«, erwidert Sissis mit einem Lächeln. »Sogar das Essen, das ihr euren Patienten vorsetzt, schmeckt besser.«

»Jetzt mit den ganzen Kürzungen wäre ich mir da nicht mehr so sicher.«

»Also, wenn ihr einen Koch sucht, sagt Bescheid. Ich stehe zur Verfügung.«

»Wenn sich der nationale Steuereintreiber weiter um die Staatsfinanzen kümmert, kommt bald wieder was Besseres auf den Tisch«, kommentiert Adriani, die mit dem ersten Gang hereintritt.

»Untersteh dich bloß, ihn einzubuchten«, stimmt Sissis ein, der langsam auftaut, da er sich bei diesem Thema auf sicherem Boden fühlt.

»Was soll ich denn machen, Lambros? Der Typ hat bereits vier Menschen auf dem Gewissen, und keiner weiß, wie er zu stoppen ist«, gebe ich zurück.

Wären wir zu zweit, würde er mir jetzt vorhalten, dass ich nicht aus meiner Haut kann. Und ich muss sagen: Nachdem ich gestern den Erhängten gesehen habe und davor schon sechs andere Selbstmörder, fände ich es tatsächlich gar nicht mehr so schlimm, wenn er mir durch die Lappen ginge – auch wenn man uns schwere Konsequenzen angedroht hat, ja selbst, wenn meine Beförderung dabei auf der Strecke bliebe.

Wir nehmen am Couchtisch Platz, und Adriani trägt die Anchovis auf. Sissis legt sich genau drei Stück auf den Teller. Er isst so langsam wie ein Kind, dem man gesagt hat, es soll sein Essen ordentlich kauen. Aber in Wirklichkeit hat er in der Verbannung gelernt, das spärliche Essen sorgfältig zu kauen, damit es länger satt macht. Bei diesem Gedanken fällt mir ein, dass ich von Sissis viele Dinge gelernt habe, die ich sonst niemals erfahren hätte.

Sissis isst mit der ganzen Ernsthaftigkeit und Würde, die ihm seine Mutter – die aus Kleinasien vertrieben worden war – anerzogen hat. »Vorzüglich!«, sagt er zu Adriani, als er fertiggegessen hat. »Die Anchovis waren köstlich. Ich mache sie mir auch manchmal, aber an Ihre komme ich nicht heran.«

»Ja, aber Sie essen ja gar nichts«, beschwert sich Adriani.

»Die Menge, die ich zu mir nehme, liegt immer zwischen wenig und fast gar nichts. So ist es eben gekommen in meinem Leben. Schon bei uns zu Hause gab's wenig zu essen, aber in der Verbannung dann fast gar nichts mehr«, erläutert er ihr schlicht.

Adriani versteht, worauf er anspielt, und nötigt ihn nicht

weiter. Katerina erhebt ihr Glas. »Auf dein Wohl, Onkel Lambros«, sagt sie. »Ich bin dir so dankbar, dass du mir die Augen geöffnet hast.«

»Du wärst auch von allein draufgekommen«, erwidert er. »Nur hättest du vielleicht etwas länger gebraucht, und die Sache wäre dann nicht mehr rückgängig zu machen gewesen. Ich habe nur versucht, dir die Folgen etwas früher vor Augen zu führen.« Dann fügt er fast feierlich hinzu: »Nach dem Bürgerkrieg gehörte ich der Generation der Niederlage an. Noch eine Generation, die mit einer Niederlage aufwachsen muss, kann dieses Land nicht verkraften.«

Schweigen macht sich am Tisch breit. Jeder von uns denkt wohl gerade über seine eigene Niederlage nach. Uns verbindet, dass wir uns alle auf eine gewisse Art als Verlierer fühlen.

Adriani steht auf, um den nächsten Gang zu holen. Auf Lambros' Teller legt sie eine gefüllte Tomate und eine Paprika. Gleich beim ersten Bissen lässt er unwillkürlich ein wohliges Brummen hören, das bei Adriani als höchstes Lob ankommt. Er isst mit Appetit und sagt nicht nein, als Adriani ihm einen Nachschlag anbietet.

»Woher haben Sie gewusst, dass gefüllte Tomaten mein Lieblingsessen sind?«, fragt er sie.

»Ich sehe schon, warum Sie sich mit meinem Mann so gut verstehen«, meint sie belustigt, bevor sie mit einem Schlag wieder ernst wird. »Auch ich möchte mich bei Ihnen dafür bedanken, dass Sie Katerina geholfen haben. Und ich freue mich, dass unsere Tochter jemanden gefunden hat, der ihr in wichtigen Fragen beisteht. Eltern sind da nicht immer die besten Ratgeber.«

»Wäre Katerina ausgewandert, hätte ich sie sehr vermisst«, lautet Sissis' einfache Erklärung. Dann wirft er Katerina einen Blick zu, den sie mit einem verschwörerischen Lächeln erwidert. Diese leise Vertrautheit geht mir ein wenig gegen den Strich, obwohl ich keinen Grund zur Eifersucht habe.

Es ist schon sechs Uhr, als Sissis aufbricht. Zunächst küsst er Katerina, dann folgt eine Runde Händeschütteln.

»Vielen Dank für die Einladung«, sagt er förmlich zu Adriani. »Ich habe mich sehr darüber gefreut und bin sehr gern gekommen. Wirklich«, fügt er noch hinzu, als fürchte er, sie könnte es ihm sonst nicht glauben.

Er hat jedoch nicht damit gerechnet, dass Adriani solche Aussagen stets wörtlich nimmt. »Das glaube ich erst, wenn Sie ohne offizielle Einladung spontan einfach mal vorbeikommen.«

»Komm, ich fahr dich nach Hause«, sage ich zu ihm.

»Lass nur, ich nehme den Bus.«

»Schon gut, heute ist Sonntag, und es wird nicht gestreikt. Aber ich möchte dich trotzdem gern heimfahren.«

Er gibt seinen Widerstand auf und nimmt neben mir im Seat Platz. Während der ganzen Fahrt wechseln wir kein Wort. Ich überlasse ihn ganz seinen Gedanken und Eindrücken. Außerdem sind die Straßen leer, und die Fahrt dauert nicht lang.

Als wir vor seinem Haus stehen, blickt er mich an. »Nimm es bitte nicht persönlich, was ich dir jetzt sage«, beginnt er. »Ich hätte nie mit euch tauschen wollen. Sowohl in der Besatzungszeit als auch im Bürgerkrieg wart ihr für mich immer nur armselige Lakaien und verkappte Faschisten. Aber heute habe ich dich um deine Familie beneidet.«

Dann öffnet er den Wagenschlag und steigt grußlos aus. Ich sehe ihm nach, bis er in seinem Haus verschwindet, und schlage den Rückweg ein.

49

Sissis' gestriger Besuch hat mich etwas abgelenkt, doch heute Morgen sind mir all meine Sorgen umso deutlicher wieder ins Bewusstsein gerückt. Schon während der Autofahrt zerbreche ich mir den Kopf, wie ich das Knäuel entwirren und den Faden finden könnte, der mich am Ende zum nationalen Steuereintreiber führt. Mania Lagana schlägt mir vor, bei den Archäologen anzusetzen. Ja schön, aber wie? Soll ich Merenditis fragen, wen er für verdächtig hält, und mir diese Gruppe dann vorknöpfen? Wo soll man in einem Land, in dem es genau so viele Archäologen wie antike Fundstücke gibt, mit einer derartigen Suche anfangen? Als ich mein Büro erreiche, ist mir ganz schwummrig, weshalb ich beschließe, meine Gedanken zu ordnen und einen Aktionsplan zu entwerfen. Doch unversehens steht Koula vor mir.

»Der Herr Kriminaldirektor möchte Sie sprechen. Sie sollen sofort in sein Büro kommen, es ist dringend.«

Wenn es bei der Polizei dringend ist, dann ist das wie bei einem Notfall im Krankenhaus: Es ist nichts Erfreuliches zu erwarten. Ich hebe mir meinen Kaffee und mein Croissant für später auf und fahre in die fünfte Etage hoch, wo ich Gikas in Gesellschaft von Lambropoulos und Spyridakis antreffe.

»Setzen Sie sich, es gibt gute Neuigkeiten«, verkündet er.

»Mal langsam, ich bin mir nicht sicher, ob sie auch für

Kostas so positiv sind. Aber immerhin tut sich etwas in den Ermittlungen«, meint Lambropoulos und sagt dann zu mir: »Wir haben herausgefunden, von wo aus er die Sicherheitscodes von Taxis geknackt hat.«

»Ja? Von wo?«

»Der Hackerangriff kam aus Deutschland. Er hat nur zweimal zugeschlagen. Offensichtlich hat er dabei die gewünschten Daten gesammelt und danach keinen weiteren Versuch mehr unternommen. Wir haben Kontakt zu den deutschen Kollegen aufgenommen und um Amtshilfe ersucht. Sobald wir mehr wissen, melden wir uns bei Ihnen.«

»Kann es sein, dass er sich noch einmal Zugang verschafft hat, nachdem Sie die Codes geändert hatten?«, frage ich Spyridakis.

»Nein, Herr Kommissar. Meiner Meinung nach hat er sich spätnachts in das System gehackt und sich dann zwei Nächte um die Ohren geschlagen. Dabei hat er alles ausgespäht, was er wissen wollte, und sich anschließend wieder ausgeloggt. Ich bezweifle, dass ihn die deutschen Kollegen finden werden. Ich befürchte nämlich, dass er für seine Aktion einen Computer verwendet hat, den er sonst nicht benutzt. Vielleicht hat er ihn sogar speziell für diesen Zweck gekauft und nach dem Hackerangriff entsorgt.«

»Deshalb war es auch so schwierig, ihn ausfindig zu machen«, ergänzt Lambropoulos. »Je öfter einer ins System eindringt, desto leichter ist er aufzuspüren. Er ist klug und weiß Bescheid. Daher hat er sich nicht mehr als zweimal eingeloggt. Er wusste, dass er sich eine Blöße gibt, wenn er es allzu oft versucht.«

»Jedenfalls ist es der erste Ermittlungsschritt, der uns wirklich ein ganzes Stück weiterbringt. Ich werde umgehend den Minister und den Polizeipräsidenten in Kenntnis setzen«, verkündet Gikas mit zufriedener Miene.

»Und grüßen Sie den Minister schön von mir«, meint Lambropoulos. »Die Summen, die der Staat in die Abteilung für Computerkriminalität gesteckt hat, waren ja offensichtlich doch keine Fehlinvestition, wie er befürchtet hat.«

»Wie wollen Sie weiter vorgehen, Kostas?«, möchte Gikas von mir wissen.

»Mir fällt nur eine einzige Person ein, die mit Deutschland zu tun hat, und das ist der Deutschgrieche Jerassimos Nassiotis«, erwidere ich und lege den Kollegen den Fall dar. »Kann natürlich sein, dass es noch zehn andere Typen gibt, die auch Verbindungen nach Deutschland haben, aber von denen weiß ich nichts. Andererseits habe ich keine Ahnung, aus welchem Grund Nassiotis diese Morde hätte begehen sollen. Er steht finanziell gut da, er besitzt ein erfolgreiches Unternehmen in Deutschland, und seine Videos über archäologische Stätten sind in ganz Europa gefragt. Darüber hinaus hat er auch mit den entsprechenden griechischen Behörden zusammengearbeitet. Die Lagana ist der Ansicht, dass der Mörder aus irgendeinem Grund, den wir nicht kennen, Rache übt. Das glaube ich auch, doch ich kann mir nicht vorstellen, wofür Nassiotis Rache nehmen sollte.«

»Wenn man einen Link hat, muss man ihm auch nachgehen.« Noch so ein Ami-Begriff, den mir Gikas an den Kopf wirft, da ich nun nicht mehr am Wert eines Profilers zweifeln kann.

»Genau das habe ich auch vor.«

»In der Zwischenzeit haben wir die nächtlichen Polizeistreifen in weniger belebten Gegenden verstärkt, um den nationalen Steuereintreiber an neuen Taten zu hindern oder sie ihm wenigstens zu erschweren. Natürlich heißt das auch, dass wir Einbrechern und anderen Banden im Gebiet östlich der Patission-Straße freie Bahn lassen, weil wir nicht genug Leute für alles zusammen haben.«

Keiner von uns äußert sich dazu, da wir alle wissen, dass der Personalstand bei der Polizei durch den Einstellungsstopp stark gesunken ist. Wir sind bereits so weit, dass wir, um die eine Lücke zu stopfen, woanders eine neue Lücke aufreißen müssen.

Als ich in mein Büro zurückkehre, kommt mir eine Idee, und ich rufe auf der Stelle Merenditis an.

»Herr Merenditis, könnten Sie mir alle Filme, die Jerassimos Nassiotis von antiken Stätten gedreht hat, zukommen lassen?«

»Aber sicher, ich glaube, wir haben die komplette Reihe. Schicken Sie bitte jemanden vorbei. Ich habe leider kein Personal frei, um sie Ihnen rüberzuschicken.«

»Kein Problem, einer meiner Mitarbeiter kommt zu Ihnen.«

Ich schicke Dermitsakis los, um die DVDs abzuholen, und wähle anschließend Nassiotis' Telefonnummer. Auf seinem deutschen Festnetzanschluss springt nur der Anrufbeantworter an und fordert mich auf Deutsch und auf Griechisch auf, eine Nachricht zu hinterlassen. Ich lege auf und wähle seine deutsche Mobilfunknummer.

»Herr Kommissar, mir ist bewusst, dass ich Ihnen noch etwas schuldig bin«, meint er, sobald er meinen Namen hört. »Ich hatte Ihnen ja versprochen, auf dem Konsulat eine Aussage zu machen, doch leider bin ich dann von Taormina direkt nach Rom gereist und war deshalb noch gar nicht wieder in Deutschland. Wenn ich Anfang nächster Woche zurück bin, werde ich das sofort erledigen.«

Kurz geht mir der Gedanke durch den Kopf, ihn zu fragen, ob es noch andere Deutschgriechen gibt, die in Griechenland ebenfalls im archäologischen Bereich tätig sind, doch ich verkneife es mir. Wenn er tatsächlich etwas mit dem nationalen Steuereintreiber zu tun hätte, würden bei ihm die Alarmglocken schrillen. Daher beschränke ich mich auf einen knappen Kommentar: »Ich möchte Sie bitten, die Sache mit der Aussage nicht zu verschleppen, denn es ist dringend.«

»Machen Sie sich keine Sorgen, Anfang nächster Woche haben Sie alles. Darauf gebe ich Ihnen mein Wort.«

Kaum habe ich aufgelegt, beginne ich nach einem Fernsehgerät zu fahnden, da ich die Filme so schnell wie möglich sehen möchte. In Gikas' Büro steht zwar ein Fernseher, aber ich möchte die DVDs weder zusammen mit ihm noch mit irgendjemand sonst anschauen. Nicht dass ich mir etwas Weltbewegendes davon erwarte, aber sollte sich unverhofft doch etwas ergeben, will ich mit klarem Kopf und ohne dass mir jemand reinredet meine Schlussfolgerungen ziehen.

»Ein Fernsehgerät exklusiv für Sie werden Sie hier nicht finden, Herr Kommissar. Aber ich kann Ihnen einen anderen Vorschlag machen: Warum sehen Sie sich die DVDs nicht auf meinem Computer an? Der Bildschirm ist zwar relativ klein, aber das spielt für Ihre Zwecke ja keine Rolle.«

Als Dermitsakis eintrifft, legt Koula die erste DVD in ihren Rechner ein und überlässt mir ihren Bürostuhl. Es handelt sich um das Video zum antiken Kerameikos-Friedhof.

Nachdem ich den ganzen Film gesehen habe, habe ich die Ausschnitte, die der nationale Steuereintreiber verwendet hat, zwar wieder präsent, doch eine konkrete Spur ergibt sich daraus nicht.

Die zweite DVD geht über die Pnyx und den Musenhügel. In der Machart unterscheidet sich der Film nicht von dem ersten. Auch hier werden die Bilder von einem Sprecher kommentiert, der den Zuschauer in die Geschichte des Ortes und der antiken Funde einführt. Gegen Ende des Films stoße ich jedoch auf etwas Interessantes, denn plötzlich tauchen Aufnahmen von Chomatas und seiner Werkstatt auf. Dabei handelt es sich nicht um das Souterrain, das ich bei meinem Besuch gesehen habe, sondern um einen großen Raum mit einer Werkbank und verschiedenen Arbeitsgeräten. Offenbar wurde der Film gedreht, bevor Chomatas durch seinen Gefängnisaufenthalt alles verlor.

Chomatas erläutert seinem unsichtbaren Gesprächspartner, wie er die Gipsabdrücke des Philopapposdenkmals, das sich auf dem Musenhügel befindet, anfertigt. Die Kamera hält dabei sämtliche Arbeitsschritte fest.

Ich rufe Koula und bitte sie, den Film anzuhalten, damit ich mich kurz auf meine Überlegungen konzentrieren kann. Ich hatte Chomatas zwar eine Reihe von Fragen gestellt, doch an Nassiotis hatte ich nicht gedacht, da ich ja nicht wusste, dass sich die beiden kannten. Deshalb beschließe ich, Chomatas einen zweiten Besuch abzustatten. Vielleicht kommt dabei doch ein interessanter Hinweis heraus. Meine Assistenten weise ich an, die übrigen Videos zu sichten und sich die Stellen zu merken, die mich ihrer Meinung nach interessieren könnten.

Aus dem Büro meiner Assistenten fahre ich direkt in die Garage zu meinem Seat hinunter, um so rasch wie möglich zu Chomatas zu gelangen und ihn über seine Beziehung zu Nassiotis zu befragen. Ich habe zwar keine Vorstellung, was dabei herauskommen wird, doch da ich es ohnedies gewöhnt bin, im Trüben zu fischen, stört mich das nicht weiter.

50

Problemlos finde ich Chomatas' Souterrain wieder, nur mit den Parkplätzen sieht es schlecht aus. Auf der Acharnon-Straße könnte man nicht einmal einen Kinderwagen parken. Wie es aussieht, hat Vlassopoulos recht: Um Benzinkosten zu sparen, lassen die Athener ihre Autos lieber stehen. Als ich den Häuserblock dreimal umrundet habe und knapp vor einem Wutanfall stehe, stoße ich schließlich in der Fylis-Straße auf einen Fahrer, der gerade ausparkt.

Chomatas sitzt vor seinem Schwarzweißgerät und guckt eine jener Sendungen, in denen alle gleichzeitig aufeinander einreden, ohne irgendetwas zu sagen. Er fühlt sich zu einer Erklärung genötigt, warum er seine Arbeit liegen lässt und sich stattdessen eine schwachsinnige Fernsehshow reinzieht.

»Die Nachfrage ist wegen der Krise eingebrochen«, erläutert er mir. »In meinem Fall kommt noch dazu, dass ich durch die Gefängnisstrafe gebrandmarkt bin und keiner was mit mir zu tun haben will. Mit meinem Sortiment ziehe ich von Laden zu Laden, aber die Leute nehmen mir nichts ab, ja viele machen selbst Räumungsverkauf.« Dann wechselt er das Thema: »Ich habe mich nicht bei Ihnen gemeldet, weil mir zu Ihrer Frage nichts eingefallen ist. Ehrlich gesagt habe ich gar nicht weiter darüber nachgedacht. Meine eigenen Sorgen überschatten eben alles andere.«

»Ich hab Sie heute auf einem Video gesehen«, bemerke ich.

»Auf einem Video?«, wundert er sich.

»Ja, auf einer dieser DVDs für Touristen zu verschiedenen archäologischen Stätten.«

Er erinnert sich sofort. »Ach ja, das war einer dieser Filme, die Nassiotis gedreht hat.« Er lacht bitter auf. »Er hatte Glück, dass er mich noch erwischt hat, bevor ich ins Gefängnis musste. Kurz darauf hätte er mich und meine Werkstatt gar nicht mehr vorgefunden.«

Ich versuche mich dem Thema, das mich interessiert, auf Umwegen zu nähern. Wenn ich ihn direkt nach Nassiotis frage, wird er vielleicht hellhörig und macht die Schotten dicht. »Es war ein Film über die Pnyx und den Musenhügel«, sage ich. »Sehr sehenswert.«

»Ja, der Mann versteht sein Handwerk. Tja, er hat es ja auch in Deutschland gelernt, da lernt man sein Metier von der Pike auf. Da geht's nicht so schludrig zu wie bei uns!«

»Dann müssen Sie ihn ja ganz gut kennen«, schlussfolgere ich.

»Nicht wirklich, er ist bloß ein paarmal hier gewesen, um sich die Werkstatt und meine Arbeitsweise anzusehen, bevor er die Aufnahmen machte. Danach haben wir uns aus den Augen verloren, da ich ja, wie Sie wissen, für längere Zeit ›verhindert‹ war.« Wieder ertönt sein bitteres Lachen. »Vor zwei Tagen jedenfalls hat er etwas getan, das mich wirklich gerührt hat.«

»Ja? Was denn?«

»Er hat mich besucht. Er hatte davon gehört, was mir alles zugestoßen war, und kam vorbei, um mir hallo zu sagen und mich aufzumuntern. Das hat mir gutgetan. Seit ich aus dem Knast entlassen wurde, hat sich sonst keiner blicken lassen.«

Ich bemühe mich, meine innere Anspannung nicht zu verraten, sonst verpasst er sich womöglich selbst einen Maulkorb.

»Wissen Sie vielleicht, wo er wohnt?«, frage ich.

»Nein, aber er hat mir erzählt, dass er nur auf der Durchreise in Athen ist und in zwei Tagen wieder abfährt.«

»Aha, dann wär's das. Ich bin bloß vorbeigekommen, um nachzufragen, ob Sie sich vielleicht doch noch an etwas erinnert haben, das Sie mir telefonisch noch nicht durchgeben konnten.«

»Wie gesagt, habe ich gerade andere Dinge im Kopf.«

»Na gut, aber wenn Ihnen doch noch was einfällt, denken Sie dran, mich zu kontaktieren.«

»Ja, ich rufe Sie an. Ihre Nummer habe ich ja.« Er deutet auf meine Visitenkarte, die vor dem Fernseher auf dem Tischchen liegt.

Völlig unerwartet hat sich ein Türchen geöffnet. Als ich Chomatas' Souterrain verlasse, bin ich so aufgeregt, dass mir nicht mehr einfällt, wo ich den Seat abgestellt habe. Eine ganze Weile irre ich durch die umliegenden Straßen mit ihren Wohnblocks, bevor ich ihn endlich wiederfinde.

Nassiotis hatte mir am Morgen erzählt, dass er in Taormina und danach in Rom war, obwohl er sich in Wirklichkeit in Athen aufhielt. Wer sagt mir denn, dass er nur auf der Durchreise war, wie er Chomatas erzählte, und nicht schon die ganze Zeit in Athen? Wenn man entsprechende Vorsichtsmaßnahmen trifft, ist es nicht schwer, in einer Großstadt unterzutauchen. Und da Nassiotis seinen ständigen Wohnsitz in Deutschland hat und nur sporadisch nach Athen kommt, hat er hier keinen großen Bekanntenkreis. Die Gefahr, dass ihn jemand erkennt, besteht daher kaum.

Was beweist denn schon, dass er in Italien ist? Sein deutsches Festnetztelefon vielleicht, wo immer gleich der AB anspringt, oder sein deutsches Handy, auf dem er immer erreichbar ist und angibt, er befinde sich in Italien? Das will nicht viel heißen. Vielleicht geht er einfach an sein deutsches Handy und behauptet, in Italien zu sein, obwohl er in Wirklichkeit in Griechenland ist.

Am liebsten würde ich meine Stirn gegen das Lenkrad schlagen, weil mir nie der Gedanke gekommen ist, seine Behauptung zu überprüfen. Mit einer kurzen Anfrage bei der italienischen Polizei wäre die Sache innerhalb von achtundvierzig Stunden geklärt gewesen. Ich tat es nicht, weil ich ihn einfach nicht im Verdacht hatte. Alle – und ich vorneweg – waren auf einen Griechen fixiert und zogen einen Deutschgriechen überhaupt nicht in Betracht. Dennoch sage ich mir: Charitos, zieh keine voreiligen Schlüsse, es ist noch lange nicht sicher, dass Nassiotis der nationale Steuereintreiber ist. Gut, aber selbst wenn er es nicht ist, muss er irgendetwas mit dem Mörder zu tun haben. Wenn wir ihn finden, haben wir also entweder den nationalen Steuereintreiber selbst, oder wir haben das Verbindungsglied entdeckt, das zu ihm führt.

Nun ist genau das eingetreten, was ich immer vorausgesagt und worauf ich so lange gewartet habe, dass er nämlich irgendwann den entscheidenden Fehler machen würde. »Irren ist menschlich«, wie es so schön heißt. Möglicherweise hat Nassiotis durch seinen Besuch bei Chomatas einen sehr menschlichen Fehler begangen.

Ich bin so sehr in Gedanken versunken, dass ich gar nicht gemerkt habe, dass ich mich bereits auf dem Alexandras-

Boulevard befinde. Erst in Gikas' Büro komme ich wieder zu Atem.

»Sie müssen kurz warten, er spricht gerade mit dem Minister«, erklärt mir Stella.

Zehn lange Minuten sitze ich auf glühenden Kohlen. Dann gibt Stella Gikas Bescheid und winkt mich durch. Ein zufriedener Vorgesetzter blickt mir entgegen.

»Der Minister ist von den Ergebnissen sehr angetan. Er hat angeregt, direkt mit der deutschen Polizei zu kooperieren.«

»Warum nicht? Das ist bestimmt nicht verkehrt. Aber wir dürfen nicht nur in diese eine Richtung ermitteln.«

»Wie meinen Sie das?«, fragt er neugierig.

Ich liefere ihm eine ausführliche Zusammenfassung meines Gesprächs mit Chomatas. »Meiner Meinung nach befindet sich Nassiotis weder in Deutschland noch in Italien, sondern in Griechenland. In erster Linie sollten wir am Flughafen und bei den Fluggesellschaften überprüfen, ob er in der Zeit, als die vier Morde passierten, in Griechenland war.«

»Glauben Sie, dass er der nationale Steuereintreiber ist?«

»Das kann ich nicht mit Sicherheit sagen. Zuerst muss festgestellt werden, wo er zum Zeitpunkt der Morde war. Doch ich bin davon überzeugt, dass er etwas mit dem nationalen Steuereintreiber zu tun hat.«

»Dann informiere ich umgehend den Minister«, meint Gikas und stürmt zum Telefon.

»Lieber nicht.«

»Wieso?«, fragt er mich verwundert.

»Weil wir ihm besser noch keine großen Hoffnungen machen, solange wir nicht vollkommen sicher sind.«

»Da haben Sie recht«, stimmt er mir zu und nimmt die

Hand wieder vom Hörer. »Ich lasse sofort Nassiotis' Ein- und Ausreisedaten für den fraglichen Zeitraum überprüfen. Und im Gegenzug bitte ich Sie, mich permanent auf dem Laufenden zu halten.«

»Ja, wie immer.«

»›Wie immer‹ ist ja wohl eine Beschönigung, oder?« Diese Spitze kann er sich nicht verkneifen.

Zurück im Büro, rufe ich meine Assistenten zu mir herüber. »Lasst alles andere stehen und liegen und konzentriert euch auf die Familiengeschichte von Jerassimos Nassiotis. Ich möchte wissen, ob er Verwandte in Griechenland hat und wenn ja, wo sie wohnen. Vor allem interessiert mich, ob Angehörige in Athen leben. Ebenso möchte ich wissen, ob er in Griechenland Immobilien besitzt: Geschäftsräume, Häuser, Wohnungen und Ähnliches.«

»Ist er es?«, fragt mich Vlassopoulos.

»Immer mit der Ruhe. Ob uns dieser Fingerzeig wirklich ans Ziel führt, wissen wir noch nicht.«

Sie machen sich sofort an die Arbeit. Mir geht nicht aus dem Kopf, was Mania Lagana über den nationalen Steuereintreiber und dessen Trauma gesagt hat. Ich weiß zwar nicht, ob es wirklich ein traumatisches Erlebnis in Nassiotis' Leben gab, noch, wodurch es ausgelöst wurde, aber wenn wir auf ein solches stoßen, wird uns das einen gewaltigen Schritt weiterbringen. Denn dann weiß ich, wo ich ansetzen muss.

51

Ich lasse den Seat auf dem Parkplatz in der Navarchou-Nikodimou-Straße stehen und gehe wie schon mal zu Fuß bis zum Dokumentationszentrum des Kerameikos-Friedhofs an der Thespidos-Straße. Es öffnet mir dieselbe Mitarbeiterin aus Merenditis' Team wie beim letzten Mal. Offenbar weiß sie Bescheid, denn sie sagt sofort: »Kommen Sie, Herr Kommissar. Der Herr Direktor erwartet Sie bereits.«

Merenditis empfängt mich mit einem Lächeln auf den Lippen. »Sind Sie mit Ihrer Suche vorangekommen?«, fragt er.

»Leider nein, und genau deshalb wenden wir uns verstärkt verschiedenen Spuren zu, in der Hoffnung, dass sich daraus neue Hinweise ergeben.«

»Und jetzt sind Sie hier, um die Personaldaten von mir und meinen Mitarbeitern aufzunehmen?«

»Nein, Herr Merenditis. Ich möchte etwas über Jerassimos Nassiotis wissen.«

»Über Nassiotis?«, meint er verwundert. »Was soll der denn mit den Morden zu tun haben?«

»Wahrscheinlich gar nichts, aber wie gesagt verfolgen wir jede Spur.«

»Ich kenne Nassiotis zwar nicht besonders gut, aber bitte, fragen Sie.«

»Ist Ihnen bekannt, ob sich Nassiotis derzeit in Griechenland aufhält?«

»Er wohnt und arbeitet in Deutschland. Nach Griechenland kommt er immer nur für einen konkreten Auftrag, und soweit ich weiß, liegt momentan nichts Aktuelles vor. Nach all den Etatkürzungen beschränken wir uns auf die Gestaltung von Postern und Werbebroschüren. Dafür brauchen wir Nassiotis' Hilfe nicht. Daher nehme ich an, dass er sich in Deutschland oder anderswo in Europa aufhält.«

»Wer könnte denn wissen, wo er sich gerade aufhält?«

»Wir könnten Stefanidis von der Generaldirektion für archäologische Stätten fragen.«

»Bitte fragen Sie ihn dann doch auch, wo Nassiotis wohnt, wenn er nach Griechenland kommt.«

Seine Miene verrät, dass ihm mein Ansinnen kurios vorkommt, doch er verkneift sich jeden Kommentar. Umgehend ruft er Stefanidis an und wiederholt ihm meine Frage. Eine ganze Weile lauscht er stumm, dann legt er den Hörer auf.

»Stefanidis hat mir bestätigt, dass Nassiotis momentan an keiner Videoproduktion arbeitet. Deshalb hält er es für vollkommen unwahrscheinlich, dass er sich in Griechenland aufhält. Zu seiner Athener Adresse kann ich Ihnen gar nichts sagen. In den Verträgen hat er immer seine deutsche Anschrift angegeben. Niemand weiß, wo er wohnt, wenn er nach Athen kommt.«

Das bedeutet, dass sich Nassiotis nirgends gemeldet hat, obwohl er in Griechenland war. Nur Chomatas hat er besucht, weil er annahm, der hätte keinerlei Kontakt mehr zu den archäologischen Behörden. Er konnte also eigentlich davon ausgehen, dass niemand von seinem Besuch erfahren würde.

»Wissen Sie vielleicht, ob Nassiotis, abgesehen von seinen Video-Aufträgen, noch andere Jobs in Griechenland hat?«

»Was für Jobs meinen Sie?«

»Nichts Bestimmtes, ich frage mich bloß, ob er eventuell gleichzeitig noch einer anderen beruflichen Tätigkeit nachgeht.«

»Das glaube ich nicht«, erwidert er, doch plötzlich ändert er seine Meinung. »Jetzt, da Sie es erwähnen, fällt mir etwas ein...«, ergänzt er.

»Ja? Was denn?«

»Als er den Film hier auf unserem Gelände drehte, erzählte er mir, dass er sich im Ministerium mit einem Projekt für audiovisuelle Führungen beworben habe, das seiner Überzeugung nach zukunftsweisend war. Er ließ darüber nur ein paar ganz allgemeine Bemerkungen fallen. Etwa, dass sich das System auf eine Kombination von Wort und Bild stütze und somit kein reiner Audio-Guide sei, sondern weiterführende visuelle Einzelinformationen liefere. Aber fragen Sie mich nicht, wie dieses System genau funktioniert, denn ich verstehe davon überhaupt nichts.«

Die technischen Details interessieren mich ebenso wenig wie ihn. Sie würden meinen Horizont ohnehin übersteigen.

»Und was wurde schließlich daraus?«, frage ich.

»Nichts, weil er mit seinem Vorschlag in die Mühlen der griechischen Bürokratie geraten ist. Zunächst hielt man ihn monatelang hin, mit der Behauptung, man müsse das Projekt erst sorgfältig prüfen. Sie wissen ja, wie lange es dauert, bis der griechische Staat irgendeine Entscheidung trifft. Danach wollte man andauernd eine andere Bescheinigung von ihm. Eines Tages erzählte er mir völlig entnervt, in diesem Land verstehe man nur von einer Sache wirklich etwas, nämlich davon, allen, die etwas arbeiten und leisten wollten, Knüppel zwischen die Beine zu werfen. Am Schluss hat er es aufgegeben und ist nach Deutschland zurückgefahren. Kurz darauf hat sich ein gewisser Panoritis mit genau derselben Idee beworben und den Auftrag auch bekommen.«

Ob es sich hierbei wohl um das von Mania Lagana prophezeite Trauma handelt, das sich hinter den Morden verbirgt? Wenn ja, muss ich den Hut vor ihren Fähigkeiten ziehen. Doch die Sache scheint mir ein bisschen weit hergeholt. Wenn jeder Grieche, der sich mit der hiesigen Bürokratie anlegt, zum Mörder würde, dann wäre die Bevölkerung des Landes rasch um fünfzig Prozent dezimiert. Nassiotis freilich ist in Deutschland sozialisiert worden, und es würde mich nicht wundern, wenn bei einem Deutschen, der mit der griechischen Bürokratie konfrontiert ist, die Sicherungen durchbrennen. Kurz geht mir der Gedanke durch den Kopf, bei Stefanidis von der Generaldirektion für archäologische Stätten persönlich vorzusprechen, doch schließlich verwerfe ich diese Idee. In technischen Fragen bin ich eine absolute Null, und aller Wahrscheinlichkeit nach verstehe ich, was das von Nassiotis entwickelte System betrifft, nur Bahnhof. Entscheidend ist letztlich nicht das technische Know-how, das dahintersteckt, sondern wie Nassiotis auf das Verhalten der zuständigen Behörden reagierte.

Keine Protestzüge, Streiks oder Auseinandersetzungen zwischen Sondereinheiten und Demonstranten behindern meine Rückkehr auf die Dienststelle. Alles ist so wie früher, in normalen Zeiten.

Kaum bin ich in meinem Büro, taucht Vlassopoulos auf. »Wir kennen jetzt das Datum seiner Einreise«, verkündet er. »Er ist am 2. Mai nach Griechenland gekommen, das heißt knapp zwei Wochen vor der Auffindung von Korassidis' Leiche auf dem Kerameikos-Friedhof. Wegen möglicher weiterer Ein- und Ausreisedaten recherchieren die Flughafenbehörden noch.«

Die beiden Wochen von seiner Einreise bis zum ersten Mord haben offenbar bequem ausgereicht, um die Taten vorzubereiten und umzusetzen.

»Okay, sie sollen ruhig weiterprüfen, doch das allein genügt nicht«, sage ich zu Vlassopoulos. »Wenn bei irgendeiner Fluggesellschaft eine weitere Buchung auf den Namen Jerassimos Nassiotis auftaucht, soll man uns unverzüglich informieren. Wir müssen seine Ausreise um jeden Preis verhindern.«

Damit entlasse ich Vlassopoulos, damit er weitermachen kann, und rufe Koula zu mir. »Sind wir mit Nassiotis' Verwandtschaft vorangekommen?«, will ich von ihr wissen.

»Ich habe etwa fünfzehn namensgleiche Personen ausfindig gemacht und überprüfe jetzt jeden Einzelnen. Bis jetzt war noch kein Treffer dabei.«

Diese ewige Warterei bei den Ermittlungen macht mich langsam wirklich fertig.

52

Katerinas Anruf kommt wie gerufen. »Papa, ich möchte Mania mal wieder sehen und habe sie heute Abend zum Essen eingeladen. Willst du nicht mit Mama dazukommen, damit ihr sie näher kennenlernen könnt?«

Mich reizt weniger die Aussicht, Mania näher kennenzulernen, als der Mattscheibe zu entgehen und keine Nachrichten gucken zu müssen. Denn Nassiotis und der nationale Steuereintreiber würden mir keine Sekunde aus dem Kopf gehen.

Ich stelle den Bericht für Gikas fertig, um meinem Versprechen, ihn auf dem Laufenden zu halten, nachzukommen, und fahre dann direkt zu Katerina. Adriani muss ich nicht abholen, da sie etwas früher zu ihrer Tochter fahren wollte, um ihr bei den Vorbereitungen zu helfen. Das ist mittlerweile zu einem kleinen Ritual zwischen den beiden geworden: Die eine eilt der anderen zu Hilfe, doch am Ende macht die Gastgeberin doch alles allein.

Da ich mich verspätet habe, sind alle anderen schon da. Mania ist ähnlich wie auf der Dienststelle gekleidet und trägt Jeans, Bluse und Sportschuhe.

»Wie schön, dass wir uns auch einmal außerhalb der Arbeit sehen, Herr Charitos«, meint sie herzlich. »Da kann man tun, was man will, der dienstliche Umgang unter Kollegen ist einfach schwierig.«

»Du hattest immer schon Mühe mit Formalitäten«, sagt Katerina.

»Ja, und jetzt, da ich mit Drogenabhängigen zu tun habe, noch viel mehr. Einerseits muss man Abstand wahren, andererseits tun sie einem in der Seele leid.«

Dann fragt sie mich, ob ich mit dem nationalen Steuereintreiber vorangekommen bin, und ich erzähle ihr, was ich über Nassiotis herausgefunden habe.

»Damit haben Sie aber nur das Symptom gefunden, das ihn zu den Taten getrieben hat«, sagt sie. »Die Ursache liegt, glaube ich, viel tiefer, doch die ist für Ihre Arbeit gar nicht so wichtig. Fanis, der im klinischen Bereich tätig ist, wird Ihnen bestätigen, dass auch wir meistens nur die Symptome bekämpfen.«

»Da hast du in Klinischer Medizin aber gut aufgepasst«, neckt Fanis sie.

»Ich hätte viel mehr behalten, wenn der Professor nicht so ein grässlicher Wichser gewesen wäre.«

Plötzlich wird ihr bewusst, dass sie gerade »Wichser« gesagt hat, und sie schlägt die Hände vor den Mund. »Tut mir leid, ist mir bloß so rausgerutscht«, rechtfertigt sie sich.

Katerina lacht auf. »Das ist ihr nicht bloß so rausgerutscht, so redet sie immer«, klärt sie uns auf.

»Ich konnte ihn nicht leiden, weil er seine Vorlesungen lieblos herunterbetete, nur um so schnell wie möglich in seine Praxis zu kommen und Privatpatienten zu schröpfen. Ganz ähnlich ergeht es mir bei der Polizei. Ich muss höllisch aufpassen, weil Ihre Kollegen, Herr Charitos, die Drogenabhängigen immer so schnell wie möglich einbuchten wollen, um ihre Ruhe zu haben.«

»Wenigstens hast du ein sicheres Einkommen«, meint Katerina. »Schau mich an: Ich setze mich für Asylbewerber ein, aber ich verdiene keinen Cent. In meiner Verzweiflung hätte ich um ein Haar eine Stelle in Afrika angenommen.«

»In Afrika?«, wundert sich Mania. »Was gibt es dort für griechische Rechtsanwältinnen zu tun? Na ja, ich weiß, du hast nie den einfachsten Weg gewählt.«

»Das UN-Flüchtlingskommissariat hat mir einen Posten angeboten, aber ich habe mich schließlich dagegen entschieden.«

Diesmal drückt sich Mania nicht ganz so derb aus: »Man muss schon ziemlich bescheuert sein, um dort unten etwas zu suchen, wenn mittlerweile halb Afrika in Griechenland lebt. Das ist ja, als würdest du auf Kreta wohnen und sagen: ›Ich fahr zum Schwimmen nach Madagaskar.‹«

»Ja, Kind, sag ihr nur die Meinung,«, mischt sich Adriani ins Gespräch. »Zum Glück hat sie es sich im letzten Augenblick anders überlegt.«

»Redest du bei der Polizei auch so?«, fragt Fanis.

»Dort reiße ich mich zusammen, aber hier rede ich, wie mir der Schnabel gewachsen ist«, entgegnet ihm Mania belustigt.

»Wenn dich meine Kollegen im Krankenhaus hören würden, würden sie Bauklötze staunen.«

»Ich bin nicht zur Polizei gegangen, weil ich da unbedingt hinwollte, sondern weil mein Vater ein großer Anhänger der Junta war und gute Beziehungen zur Polizei hatte«, bekennt Mania und bestätigt damit Katerinas Einschätzung.

»Komm schon, jetzt sprich nicht so über deinen Vater«, wendet Adriani ein. »Diese Zeiten sind vorbei.«

»Es stimmt aber, Frau Charitou, er war ein Hundertfünfzigprozentiger. General Angelis war sein großes Idol. Erinnern Sie sich an General Angelis?«

»War das nicht der Generalstabschef der Obristen?«, frage ich sie.

»Genau. Also, mein Vater schwärmte in den höchsten Tönen von Angelis. Der General dies, der General das... So ging es den ganzen Tag. Meine Mutter und ich hatten bald begriffen, dass neben Angelis kein anderer General der griechischen Streitkräfte bestehen konnte. Abgesehen davon war mein Vater ein prima Typ. Meine Mutter liebte er von Herzen, und mir hat er das Studium ermöglicht. Nun, er starb, bevor ich realisierte, wo diese Verehrung eigentlich ihren Ursprung hatte.«

Adriani geht mit Katerina in die Küche, um ihr beim Servieren zu helfen. Sie bringt die Teller herein und verteilt sie auf dem Couchtisch. Hinter ihr folgt Katerina mit dem Essen. Sie hat einen Salat zubereitet, den man als »Griechische Feld-, Wald- und Wiesenmischung« bezeichnen könnte, da er alles Grünzeug enthält, das die heimische Flora hergibt, und dazu gibt's Schweinefleisch an Zitronensoße. Warum Katerina alle Speisen mit Zitronensoße kocht, weiß vermutlich nur Adriani. Und das bedeutet, dass ich nie dahinterkommen werde. Denn wenn ich sie frage, wird sie nur sagen, ihre Tochter hätte sich ja geweigert, bei ihr anständig kochen zu lernen.

Obwohl Katerinas Gerichte nicht besonders abwechslungsreich sind, so ist ihr Essen doch nicht nur »genießbar«, sondern richtig lecker. Meine letzten Zweifel räumt Adrianis Kommentar aus: »Es schmeckt köstlich, Katerina«, sagt sie. »Bravo!«

Katerina lächelt verlegen. Wie jedes Mal ist sie stolz, wenn ihre Mutter ihre Kochkünste lobt. »Wenn ich als Rechtsanwältin keinen Erfolg habe, dann mache ich eine Garküche auf.«

»Da hätte ich einen besseren Vorschlag«, meint Mania.

»Ja? Was denn?«, fragt Katerina. Sie scheint etwas Lustiges zu erwarten, aber dem Gesichtsausdruck nach ist es Mania ernst. »Wir könnten zusammenarbeiten«, sagt sie zu Katerina.

Jetzt erst wird meiner Tochter klar, dass Manias Vorschlag kein Scherz ist.

»Wie denn?«, fragt sie.

»Wir könnten zusammen eine Anlaufstelle für Drogenabhängige gründen. Du übernimmst die juristische und ich die psychologische Betreuung.«

Alle Blicke richten sich auf Mania. Katerina ist ganz verdattert.

»Meinst du das wirklich im Ernst?«, fragt sie.

»Natürlich. Weißt du, wie viele solcher jungen Leute es gibt? Du brauchst nur durch das Exarchia-Viertel, durch die Nebenstraßen am Omonia-Platz oder durch die Ajiou-Konstantinou-Straße zu laufen. Dann verstehst du, was ich meine. Viele von ihnen stammen aus wohlhabenden Familien, und ihre Eltern wären sicher bereit, für juristische und psychologische Hilfe zu zahlen.«

»Aber Kind, willst du wirklich einen sicheren Posten im Staatsdienst aufgeben, und dich auf das Wagnis einer eigenen Praxis einlassen?«, fragt Adriani.

Sie lebt immer noch in der Zeit, als eine Stelle im öffentlichen Dienst ein Platz im Paradies war, und sie will nicht einsehen, dass wir mittlerweile auf dem besten Weg in die Hölle sind.

»Ein sicherer Posten im Staatsdienst, Frau Charitou?«, entgegnet Mania. »Da wird doch alles gestrichen. Gehälter, Renten und Zulagen werden sicher bald auch im Drogentherapiezentrum und in der Abteilung für Drogenbekämpfung beschnitten. Man wird die Drogenabhängigen sich selbst überlassen, und ich werde mir einzureden versuchen, dass ich auch mit den gekürzten Mitteln noch etwas erreichen kann. Reiner Mumpitz! Besser, ich versuche gleich anderswo mein Glück.«

»He, Mania, bleib auf dem Boden! Weißt du, was es kostet, eine Praxis zu eröffnen? Nur schon die Miete und die Einrichtung... Wo sollen wir denn das Geld dafür hernehmen?«

»Mein Vater, der alte Juntafreund, hat mir eine Dreizimmerwohnung in Pangrati hinterlassen. Also ein Büro für dich, ein Praxisraum für mich, und dann bleibt sogar noch ein Wartezimmer übrig. Und was die beiden Schreibtische, die beiden Büroschränke und die paar Stühle betrifft, die wir brauchen: Die kaufen wir auf Kredit und zahlen dann die Raten ab, wenn wir schon keine Miete zu zahlen brauchen. So einfach.«

»Und wo willst du wohnen?«, fragt Katerina.

»Ich such mir einen Lover, der mir ein Liebesnest einrichtet«, erwidert sie und lacht laut auf, doch dann wird sie gleich wieder ernst. »Das war ein Witz. Das Kapitel Männer ist bei mir das reinste Trauerspiel.«

»Warum denn, Mania?«, wundert sich Adriani. »Du bist doch eine bildhübsche junge Frau.«

»Ich will es Ihnen erklären, Frau Charitou. Es läuft immer nach demselben Muster ab: Ich gehe mit einem Typen zum ersten Mal aus, und da verzapft er den ersten Blödsinn. Ich gehe darüber hinweg und tue so, als hätte ich nichts gehört. Beim zweiten Schwachsinn erkläre ich höflich, dass sich die Dinge so wohl nicht verhalten. Beim dritten Mal drehe ich durch und schreie: ›Hör auf mit dem Bockmist!‹ Wenn wir das zweite Mal zusammen ausgehen: dasselbe Szenario. Danach ändert der Typ seine Handynummer – und das war's dann. Und das ist noch die harmlose Variante.«

»Warum? Gibt es noch eine schlimmere?«, fragt Adriani perplex.

»Und ob. Dass er zuerst mit mir ins Bett geht und dann seine Handynummer ändert.«

Erneut lacht sie laut auf. All das erzählt sie ohne jede Hemmung, als wäre es das Natürlichste von der Welt. Dann wendet sie sich wieder an Katerina.

»Ich hoffe, deine Familie nimmt mir meine Frotzeleien nicht krumm«, erklärt sie. »Aber zurück zu dem Projekt: Ich würde mir ein kleines Studio mieten und dort wohnen, bis unsere Finanzen mir erlauben, in eine größere Wohnung zu ziehen.«

»Das wird gar nicht nötig sein«, meint Fanis, der sich bisher zurückgehalten hat.

»Warum denn nicht, Fanis? In der Praxis möchte ich nur ungern wohnen.«

»Meine Eltern haben eine Zweizimmerwohnung in Koukaki. Sie kommen nur zweimal im Jahr nach Athen, die übrige Zeit steht das Apartment leer. Dort könntest du wohnen, und wenn meine Eltern kommen, dann bringen wir sie anderswo unter.«

»Sie könnten bei euch wohnen, und ihr übernachtet währenddessen bei uns«, schaltet sich Adriani ein. »In Katerinas leerstehendes Zimmer passt bequem ein Doppelbett rein.«

»Na, siehst du? Es findet sich für alles eine Lösung, wenn du Jobs in Afrika schön sein lässt und auch mal den einfacheren Weg wählst«, sagt Mania zu Katerina, ohne Fanis' Vorschlag auch nur höflichkeitshalber auszuschlagen.

In der Zwischenzeit habe ich meine Tochter beobachtet. Offensichtlich gefällt ihr Manias Idee, doch sie ist nicht der Typ, der auf Anhieb ja sagt.

»Lass mich drüber nachdenken«, meint sie zu Mania.

»Wozu? In Zeiten wie diesen ist langes Nachdenken Gift. Entweder packst du den Stier bei den Hörnern, oder er spießt dich auf. Nimm zum Beispiel unsere Regierung: Die kommt aus dem Nachdenken gar nicht mehr heraus. Und das tut sie so lange, bis das Land endgültig am Boden liegt.«

»Okay, gibt mir ein, zwei Tage.«

»Ja, aber Tage, keine Wochen.« Mania lacht. »Außerdem sind wir zwei ja immer gut miteinander ausgekommen. Dann werden wir das auch als Geschäftspartnerinnen tun.«

Erst, als wir wieder im Seat sitzen, äußert Adriani ihre Meinung: »Ein tolles Mädel. Sie hat mich richtig beeindruckt.« Ein wenig ungläubig fügt sie hinzu: »Meinst du, es wird was draus?«

»Wenn Katerina für ihre jetzige Arbeit ein angemessenes Gehalt bekäme, würde sie sich vermutlich nicht auf so etwas einlassen. Aber so vielleicht schon. Jedenfalls ist diese

Idee auf jeden Fall besser als der Job in dem Nachhilfeinstitut für Jura.«

»Hoffentlich klappt's, heilige Muttergottes«, sagt Adriani und bekreuzigt sich.

Wenn ich die Hände nicht am Lenkrad hätte, würde ich das am liebsten auch tun, und zwar gleich in doppelter Hinsicht – einmal für Katerinas Geschäftspläne und einmal für meine Beförderung.

53

Koula und Vlassopoulos haben offenbar auf mich gewartet, denn kaum öffne ich meine Bürotür, kommen sie auf den Korridor gestürmt. Ihr Gesichtsausdruck verrät mir, dass sie etwas auf dem Herzen haben.

»Na, was gibt's Neues?«, frage ich Vlassopoulos.

»Bei keiner einzigen Airline wurde ein Ticket auf den Namen Nassiotis für Europa oder in die USA gebucht. Ob er nach Afrika oder Asien ausgereist ist, wird noch geprüft.«

»Gut«, antworte ich, doch ich bin mir sicher, dass man nichts finden wird, denn Nassiotis ist bestimmt noch in Griechenland. »Ich sag's noch mal: Wenn er im Land ist, darf er uns auf gar keinen Fall entwischen, damit wir nicht über Interpol nach ihm fahnden müssen.«

»Wenn er hier ist, entkommt er uns garantiert nicht«, bekräftigt Vlassopoulos und geht wieder an seine Arbeit. Daher wende ich mich jetzt Koula zu.

»Und, was haben Sie herausgefunden?«

»Gestern habe ich bis spätnachts recherchiert und bin dabei auf einen Fall gestoßen, der interessant sein könnte. Es gibt da einen gewissen Nikolaos Nassiotis, Sohn des Jerassimos.«

»Der Vater von unserem Nassiotis womöglich?«

»Vielleicht ist es ja nur eine zufällige Namensgleichheit, doch das wäre schon ungewöhnlich.«

»Stimmt. Und wo hält sich dieser Nikolaos Nassiotis auf?«

»Nirgendwo, er ist vor einem Jahr gestorben. Diesbezüglich ist mir etwas aufgefallen.«

»Was denn?«

»Nassiotis besaß ein Geschäft an der Ecke Sosopoleos- und Alkamenous-Straße in Attiki. Bis jetzt ist kein Angehöriger aufgetaucht, um Anspruch auf die Erbschaft anzumelden.«

»Sind Sie sicher?«

»Absolut. Wäre Jerassimos Nassiotis der Erbe, hätte er sich doch normalerweise gemeldet, oder?«

»Ja, das wäre naheliegend, aber was ist in diesem Fall schon normal?«

Wenn Nassiotis die Morde bereits geplant hatte, als sein Vater starb, dann hat er das Erbe womöglich deshalb nicht angetreten, damit wir ihn auf diesem Weg nicht ausfindig machen können. Jedenfalls ist es sicher nicht falsch, Nikolaos Nassiotis' Laden einen Besuch abzustatten.

»Wir schauen uns das Geschäft einmal an. Dermitsakis soll uns fahren, und kümmern Sie sich um einen Streifenwagen.«

Bevor der Polizeiwagen bereitsteht, brauche ich jedoch noch etwas anderes, das mir nur Gikas verschaffen kann. Also fahre ich hoch und erstatte über die neuesten Entwicklungen Bericht.

»Meinen Sie, wir sind auf eine Goldader gestoßen?«, fragt er.

»Ob es eine Goldader ist oder nur ein Kohleflöz, wird sich zeigen. Jedenfalls muss sich Nassiotis noch in Griechenland aufhalten, und möglicherweise gehörte dieses Geschäft seinem Vater. Für den Einsatz benötige ich einen Durchsuchungsbeschluss. Wenn ich den selbst beantrage, dauert es vermutlich eine Weile. Ich brauche ihn aber sofort.«

Gikas ruft bei der Staatsanwaltschaft an und erklärt in dramatischem Tonfall, dass wir dringend einen Durchsuchungsbefehl brauchen, da wir davon ausgehen, in dem Laden auf Indizien zu stoßen, die es uns erlauben, den Tatverdächtigen festzunehmen, bevor er sich ins Ausland absetzt.

»Sie schicken uns den Beschluss sofort rüber«, erklärt er.

»Na, dann hoffen wir mal inständig, dass wir richtigliegen«, sage ich noch, bevor ich in mein Büro hinunterfahre.

Da nach Nikolaos Nassiotis' Tod niemand das Erbe angetreten hat, wird der Laden vermutlich verschlossen sein. Daher bitte ich Dimitriou, mir einen Schlosser zur Ecke Sosopoleos- und Alkamenous-Straße zu schicken.

Dermitsakis schaltet die Sirene ein, fährt auf die Patission-Straße und anschließend die Kefallinias hinunter, die nach der Acharnon in die Sosopoleos übergeht. An der dem Laden gegenüberliegenden Ecke stellt er den Wagen ab.

Nikolaos Nassiotis' Haus hat zwei Etagen – unten ist das Ladengeschäft, oben liegen die Wohnräume. Es ist eine jener doppelt genutzten Immobilien, wie sie bis zum Ende der siebziger Jahre in Mode waren. Der Eingang zum Geschäft liegt auf der Sosopoleos-, der zur Wohnung auf der Alkamenous-Straße. Beide Stockwerke machen einen unbewohnten und abweisenden Eindruck. Die altmodischen Fensterläden der Wohnung sind verriegelt, und der metallene Rollladen des Geschäfts ist heruntergezogen.

Wir stehen auf dem Gehsteig und warten auf den Schlosser, während Migranten aus aller Herren Länder an uns vorüberziehen: Russen und Pontusgriechen aus der ehemaligen

Sowjetunion, Rumänen und Bulgaren, Afghanen und Pakistaner. Griechen hingegen muss man mit der Lupe suchen.

Eine halbe Stunde später taucht der Schlosser auf.

»Wo soll ich anfangen?«, fragt er mich.

»Öffnen Sie zuerst die Wohnungstür.«

Im Handumdrehen hat er uns den Weg freigemacht. Eine Treppe führt in die obere Etage, daneben erstreckt sich ein kleiner Vorraum, und zwei Stufen tiefer ist eine geschlossene Tür. Sie bildet die interne Verbindung zwischen geschäftlichem und privatem Bereich.

»Sehen wir uns zuerst einmal die Wohnung an«, sage ich zum Schlosser und meinen Assistenten.

Es handelt sich um eine Dreizimmerwohnung mit Wohnzimmer, zwei Schlafzimmern, Küche und Bad. Nach einem kurzen Rundgang ist klar, dass sie seit dem Tod ihres Eigentümers leer steht. Sollte Jerassimos Nassiotis tatsächlich der Sohn von Nikolaos sein, dann wohnte er mit Sicherheit nicht hier. Dermitsakis betätigt den Lichtschalter, doch es bleibt dunkel.

Nachdem der Schlosser die Verbindungstür geöffnet hat, betreten wir den Laden. Ich gehe voran und stolpere dabei fast über ein Motorrad. Dermitsakis tastet zum Schalter neben der Tür, und diesmal geht das Licht an.

»Da ist ja das Motorrad!«, triumphiert er.

Es ist eine Maschine mittleren Hubraums, soweit ich auf den ersten Blick sehe, und besonders vielversprechend scheint mir der große Gepäckkoffer.

»Es gibt zwei Zähler, doch nur der Laden ist an die Stromversorgung angeschlossen«, schlussfolgert Koula.

Es handelt sich um einen jener altmodischen Kurzwarenläden, die alles Lebensnotwendige im Angebot führen: von Zeitungen, Zigaretten und Papierwaren bis hin zu Snacks und Lebensmitteln. Auf dem Tresen liegen lauter alte und schmutzige Kleidungsstücke – Jeans, ein Hemd, eine Sportjacke und dazu ein Basecap. Zweifellos hatte Nassiotis diese Sachen an, als er seine Opfer zu den Ausgrabungsstätten transportierte. Offenbar hat er den Laden als Zwischenlager genutzt, wohnt jedoch nicht hier, um keine Aufmerksamkeit zu erregen. Eine überflüssige Vorsichtsmaßnahme, da ihn keiner der Zuwanderer, die in dieser Gegend leben, als Sohn von Nikolaos Nassiotis wiedererkannt hätte.

Nachdem wir die Tatwaffen im Laden vergeblich gesucht haben, öffnet Dermitsakis den Gepäckkoffer des Motorrads. Was da nicht alles zutage kommt: Pfeil und Bogen, das Injektionsset und ein Fläschchen mit einer Flüssigkeit!

»Das war's, der Fall ist gelöst«, erklärt er befriedigt.

»Irgendwo muss auch noch ein Auto herumstehen«, bemerkt Koula. »Mit dem Motorrad wird er seine Opfer nicht zum Ausgrabungsgelände gebracht haben.«

»Richtig, es ist bestimmt gestohlen. Das werden wir auch noch finden.«

Ich rufe Dimitriou an, beordere ihn mit seiner Mannschaft unverzüglich vor Ort und fordere einen Zivilwagen an.

»Und was machen wir jetzt?«, fragt mich Koula.

Ich blicke sie an. Sie ist in Zivil, so wie alle in unserer Abteilung. »Ich fahre zurück. Sie und Dermitsakis bleiben hier und observieren den Laden, bis Nassiotis auftaucht. Der Wagen, den Dimitriou mitbringt, ist für Sie beide gedacht. Wenn Nassiotis wieder wegfährt, folgen Sie ihm und geben mir sofort Bescheid.«

Die Zeit bis zu Dimitrious Eintreffen nutze ich für einen Anruf bei Gikas. Ich berichte ihm, dass wir Nassiotis' Schlupfwinkel gefunden haben.

»Jetzt können Sie, wenn Sie wollen, den Minister benachrichtigen«, füge ich hinzu.

»Wenn Sie ihn fassen, haben Sie die Beförderung in der Tasche«, lautet sein Kommentar.

54

Die Lage bleibt bis zum nächsten Morgen unverändert. Koula und Dermitsakis kommen übermüdet und mit leeren Händen ins Präsidium. Vlassopoulos hat sie inzwischen abgelöst, obwohl die Hoffnung gering ist, dass die Observierung etwas bringen wird. Da mittlerweile ein Haftbefehl vorliegt, haben wir an alle Polizeidienststellen eine Personenbeschreibung geschickt.

Alle halbe Stunde ruft Gikas an und fragt, ob sich etwas getan hat. Inzwischen ist eine Art Telefonkette entstanden: Der Minister ruft den Polizeipräsidenten an, der wiederum Gikas und Gikas mich, das kleinste Rädchen im Getriebe.

Kurz nach zwölf läutet das Telefon. »Herr Kommissar, es geht um die gesuchte Person.«

»Jerassimos Nassiotis?«

»Genau. Er wollte gerade eine Maschine der Alitalia nach Rom besteigen. Wir halten ihn fest und warten auf Ihre Anweisungen.«

In der Aufregung wäre ich um ein Haar höchstpersönlich in Richtung Flughafen losgestürmt, doch schließlich weiß ich wieder, was zu tun ist.

»Schicken Sie ihn mir auf dem schnellsten Weg hierher.«

Zunächst rufe ich Vlassopoulos an und gebe ihm Bescheid, dass Nassiotis festgenommen wurde, und im Anschluss informiere ich Gikas.

»Das war's, wir haben's geschafft. Glückwunsch!«, sagt er erleichtert.

»Richtig, nur vor dem Volkszorn sollten wir uns jetzt hüten«, erwidere ich.

Nach dem Ende des Gesprächs macht sich auf dem Korridor eine gewisse Unruhe bemerkbar. Kurz darauf springt die Tür auf, und die Journalistenhorde stürmt in mein Büro.

»Haben Sie den nationalen Steuereintreiber festgenommen?«, fragt die kurze Dicke mit den rosa Strümpfen.

An der Weitergabe dieser Information muss jemand ganz gut verdient haben, denke ich mir. Ob es jetzt einer von uns, ein Flughafenbediensteter oder der Angestellte einer Fluggesellschaft ist, wird schwer festzustellen sein.

»Es wurde ein Verdächtiger in Haft genommen, als er das Land verlassen wollte, doch vernommen haben wir ihn noch nicht.«

»Können Sie Angaben zu seiner Person machen?«, fragt die lange Dürre.

»Momentan kann ich gar keine Informationen herausgeben. Nach der Vernehmung wird es eine Pressekonferenz geben.«

»Nicht einmal seinen Namen wollen Sie herausrücken?«, fragt mich der junge Mann in T-Shirt und Jeans.

»Vor der Vernehmung kann ich Ihnen wirklich nichts sagen.«

Enttäuscht zieht der Pulk ab. Bestimmt warten sie jetzt so lange am Eingang des Präsidiums, bis Nassiotis eintrifft und sie ihm reihenweise ihre Mikrofone unter die Nase halten können.

»Sie haben's wieder mal hingekriegt, Kommissar«, sagt Sotiropoulos zu mir. »Sie sind zwar ein langsamer, altmodischer und unbequemer Typ, aber Sie kriegen es immer wieder hin.«

»Da haben Sie den Nagel auf den Kopf getroffen, Sotiropoulos. Ich bin in der Tat langsam, altmodisch und unbequem.«

»Ist ja auch nicht weiter schlimm. Ich könnte Ihnen da andere aufzählen, die nichts als unfähige Trottel sind. Sagen Sie mir, wer es ist?«

»Ein Deutschgrieche, auf den wir durch puren Zufall gestoßen sind. Genaueres kann ich Ihnen aber nicht sagen, weil wir uns ja auch irren können. Und es besteht kein Grund, den Namen eines möglicherweise Unschuldigen in den Schmutz zu ziehen.«

»Sicher, aber Details bekomme ich dann später schon, ja?«

»Sie werden mehr erfahren, als offiziell verlautbart wird. Aber Sie müssen sich noch etwas gedulden.«

»In Ordnung. Obwohl, ein Deutscher wäre mir lieber gewesen.«

»Wieso?«, frage ich überrascht.

»Weil die Deutschen jetzt sagen können: Er hat zwar die deutsche Staatsbürgerschaft, aber eigentlich ist er ein Grieche. Was kann man von so einem schon erwarten?«

Er lacht über seine Pointe und verlässt mein Büro.

Ich rufe Stavropoulos an.

»Im Fläschchen haben wir gefunden, was wir erwartet haben: Schierling«, meint er. »Wollen Sie noch etwas wissen?«

»Nein, sonst liegen mir alle Informationen vor.«

Ungeduldig rutsche ich auf meinem Stuhl hin und her, bis zehn Minuten später endlich Dermitsakis auftaucht.

»Er ist da. Wohin mit ihm?«

»In den Verhörraum. Und sag Koula, sie soll ihren Computer fürs Protokoll mitbringen.«

Jerassimos Nassiotis ist – genau wie von Korassidis' Sekretärin beschrieben – um die vierzig und hat dunkles Haar mit graumelierten Schläfen. Er trägt einen grauen Anzug mit Krawatte, und seine Hände stecken in Handschellen. Vor ihm liegt eine Laptoptasche auf dem Tisch. Bei meinem Eintreten lächelt er mir gefasst entgegen.

»Nehmen Sie ihm die Handschellen ab«, weise ich den uniformierten Kollegen an, der hinter ihm steht.

Nachdem er meiner Aufforderung Folge geleistet hat, verlässt er den Raum. Ich mustere Nassiotis kurz, der mir immer noch zulächelt. Er hält sich bedeckt und wartet darauf, dass ich den Anfang mache. Und ich meinerseits warte auf Koula, damit es endlich losgehen kann. Endlich tritt sie ein und klappt sogleich ihren Laptop auf.

»Da Sie mir immer noch Ihre Aussage schuldig sind, die Sie auf dem griechischen Konsulat machen wollten, haben Sie jetzt die Gelegenheit, direkt bei mir auszusagen, Herr Nassiotis«, sage ich.

Er lächelt nach wie vor. »Früher oder später hätte ich ohnehin gestanden, Herr Kommissar. Gestern bin ich mit dem Taxi an der Alkamenous-Straße vorbeigefahren. Ich wollte zum Laden meines Vaters, doch als ich gesehen habe, dass die Tür aufgebrochen und das Licht an war, wurde mir klar, dass Sie mich gefunden hatten. Da wusste ich, dass alles vorbei ist.«

»Ja, dennoch haben Sie versucht, das Land zu verlassen.«

»Da ich mir ausrechnen konnte, dass Sie die Direktflüge überwachen, wollte ich via Italien zurück nach Deutschland.

Doch auch dort hätten Sie mich ohne Zweifel ausfindig gemacht.«

»Warum wollten Sie dann weg?«

»Als deutscher Staatsbürger hoffte ich, dass mich die deutschen Behörden nicht ausliefern würden. Ich wollte, dass mein Prozess in Deutschland stattfindet und mir das bürokratische Hin und Her in Griechenland erspart bleibt.«

»Sie schulden mir ein paar Erklärungen.«

»Was für Erklärungen? Sie wissen doch schon alles.«

»Ich würde trotzdem gerne hören, warum Sie das alles getan haben. Wieso haben Sie die beiden ersten Opfer getötet? Nur weil sie bekannte Steuerhinterzieher waren? Und warum die beiden anderen? Weil sie zu den Profiteuren des politischen Systems gehörten, wie Sie behaupten? Was wollten Sie damit beweisen? Dass es alternative Methoden gibt, um Steuern einzutreiben?«

»Ich würde sagen, meine ist die einzig wirksame Methode. Das habe ich auch bewiesen, doch lassen wir das. Alles begann damit, dass ich eine Idee hatte. Kurz nachdem ich den Auftrag für die Videodokumentation archäologischer Stätten bekommen hatte, präsentierte ich das Konzept für einen neuartigen audiovisuellen Guide. Damit hat der Besucher, anders als beim reinen Audio-Guide, die Möglichkeit, auf einem Tablet den Plan des Ausgrabungsgeländes mit audiovisuellen Informationen zu öffnen. Auf dem Touchscreen kann man den gewünschten Ort auswählen und die entsprechenden Erläuterungen hören, ohne notwendigerweise die ganze Ausgrabung abzulaufen. Das Tablet ist außerdem mit didaktischem Fotomaterial versehen, das bei Interesse aufgerufen werden kann.«

Er holt kurz Luft – in erster Linie, um festzustellen, ob ich Zwischenfragen habe. Als er merkt, dass ich stumm bleibe, fährt er fort. »Eine simple Sache, die sich auf die Funktionsweise der Tablet-PCs stützt, Herr Kommissar. Nichts Besonderes, aber von großer praktischer Bedeutung für archäologische Stätten und Museen. Ich wollte die Idee zuerst in Griechenland anbieten, bevor ich sie in anderen Ländern wie beispielsweise Italien vorstelle.«

Erneut hält er inne, um seine Gedanken zu ordnen.

»Anfänglich war man sehr angetan. Sie wissen ja, wie das so ist in Griechenland. ›Hochinteressant! Das finden wir toll! Das wollen wir unbedingt haben!‹ Die Begeisterung hat mich angesteckt, da ich den Eindruck hatte, dass man sich tatsächlich dafür einsetzen wollte. Langer Rede kurzer Sinn: Ein ganzes Jahr lang hat man mich hingehalten, zunächst unter dem Vorwand bürokratischer Hürden, die angeblich die Entscheidung hinauszögerten. Dann gaben sie mir grundsätzlich grünes Licht, verlangten aber vorher noch diesen, dann wieder jenen offiziellen Wisch. Immer wenn ich ein Schreiben vorlegte, meinten sie: ›Schön, aber das reicht noch nicht‹, und verlangten wieder etwas Neues. Vieles musste ich mir in Deutschland mit beglaubigter Übersetzung beschaffen. Allein für die Reisen habe ich ein Vermögen ausgegeben. Schließlich erklärte man mir, mein Antrag sei abgelehnt. Drei Monate später wurde genau dieselbe Idee von einem Griechen eingereicht und genehmigt. Offenbar hatten sie mich hingehalten, um ihrem Günstling die Möglichkeit zu geben, meine Erfindung als eigene Idee zu präsentieren.«

»Ich weiß, Merenditis, der Direktor der Ausgrabungsstätte

auf dem Kerameikos-Friedhof, hat es mir erzählt. Er hat mir auch den Namen der Person genannt, die den Auftrag schließlich bekommen hat, aber ich habe ihn wieder vergessen.«

»Panoritis vielleicht?«

»Ja, Panoritis.«

»Mehr hat er nicht dazu gesagt?«

»Nein, wieso?«

»Hat er nicht erwähnt, dass Panoritis sein Neffe ist?«

Das hat er mir wohlweislich verschwiegen. Während ich Nassiotis mustere, versuche ich die verschiedenen Facetten seiner Persönlichkeit zu erkennen und dahinterzukommen, wo bei ihm die Grenze zwischen normalem Menschen und besessenem Mörder verläuft. Genauso frage ich mich, wo bei mir der Polizeibeamte aufhört und der normale Bürger anfängt, der sich ständig benachteiligt fühlt.

»War das der Grund für das Schierlingsgift?«, frage ich ihn. »War das der Grund, dass Sie sich für archäologische Stätten als Leichenfundort und für Pfeil und Bogen als Tatwaffe entschieden haben?«

»Ja, um die heutigen Griechen daran zu erinnern, dass unsere antiken Vorfahren genau wussten, was Vergeltung heißt.«

Das hat der Mörder mit den beiden Selbstmördern von der Akropolis gemeinsam: Alle drei verweisen auf die antiken Vorfahren. Der Unterschied ist nur, dass Letztere nicht andere, sondern sich selbst umgebracht haben.

»Ich kann Ihren Ärger und Ihre Wut nachvollziehen. Aber war es das wirklich wert? War es nötig, vier Menschen umzubringen, die letztlich nichts mit dem Unrecht zu tun hatten, das Ihnen, wie Sie behaupten, angetan worden ist?«

Er blickt mich an und scheint darüber nachzudenken, ob er mir antworten soll oder nicht. »Ich bin ein Gastarbeiterkind, Herr Kommissar«, meint er schließlich. »Die Wohnung und den Laden, die Sie in der Sosopoleos-Straße gesehen haben, hat mein Vater von seinen Ersparnissen als Gastarbeiter gekauft. Als er damals auf der Suche nach Arbeit fortging – ich war damals drei –, ließ er meine Mutter und mich hier zurück. Zwei Jahre später hat er uns nachgeholt, und wir wohnten zusammen mit vier anderen Familien in einem Haus, das seine Firma ihren ausländischen Arbeitskräften zur Verfügung gestellt hatte. Ich kam in die Schule, und anfangs fiel mir alles sehr schwer, weil ich kein Wort Deutsch sprach. Hätte sich meine Lehrerin nicht für mich eingesetzt, hätte ich vielleicht niemals studiert. Nach meinem Abitur kehrten meine Eltern nach Griechenland zurück, doch ich blieb zum Studium in Deutschland. Ich hielt mich mit Gelegenheitsjobs über Wasser, ich schaffte meinen Abschluss in Archäologie und habe noch dazu einen Studiengang für Medientechnik absolviert. Denn ich wusste von Anfang an, was ich wollte: Ausgrabungsstätten und Museen mit den Mitteln moderner Technologie zu präsentieren – das war mein Traum. Und den erfüllte ich mir schließlich mit der Gründung meines eigenen Unternehmens. Ich war ein Gastarbeiterkind mit einer Erfolgsstory. Ich gehörte zu denen, die es zu etwas gebracht hatten.«

Er verstummt, doch plötzlich verzerrt sich seine Miene vor Wut.

»Da der griechische Staat keine Perspektive zu bieten hatte, musste mein Vater nach Deutschland auswandern. Und als sein Sohn zurück nach Griechenland kam, kam diesem Staat nichts Besseres in den Sinn, als ihn über den Tisch zu ziehen. So ist uns beiden, meinem Vater und mir, Unrecht geschehen. Jetzt habe ich uns beide gerächt.«

Er blickt mich immer noch mit demselben empörten Ausdruck an. Was soll ich darauf erwidern? Dass das Einzige, was uns mit den alten Griechen verbindet, die Vertreter der Troika sind, die man auch als die Spartaner von heute ansehen kann? Angesichts dessen bleibt mir nur, Mania meine Anerkennung auszusprechen. Sie hat in allen Punkten ins Schwarze getroffen.

»Wir sind fertig, Herr Nassiotis«, sage ich. »Nun haben Sie etwas ganz anderes, als ursprünglich angekündigt, ausgesagt.«

Um ihn ins Untersuchungsgefängnis zu überstellen, lasse ich Koula den uniformierten Kollegen wieder hereinrufen. Bevor Nassiotis den Verhörraum verlässt, bleibt er kurz an der Tür stehen.

»Eins noch, Herr Kommissar: Der griechische Staat ist weltweit die einzige Mafia, die es geschafft hat, bankrottzugehen. Alle anderen kriminellen Vereinigungen blühen und gedeihen.« Er wartet auf einen Kommentar, doch ich bleibe stumm. Also fährt er fort: »Ich werde beantragen, die Strafe in Deutschland absitzen zu können. Mit Griechenland will ich nichts mehr zu tun haben, weder mit seinen Antiken noch mit seinen Gefängnissen.«

Obwohl mich der Polizeipräsident und Gikas mit Lob überschüttet haben, kehre ich fix und fertig nach Hause zurück, wo Adriani vor dem Fernseher sitzt.

»Ihr habt ihn also erwischt«, meint sie, ohne die Augen vom Bildschirm zu lösen.

»Ja, heute Morgen.«

»Dazu kann ich dir zwar nicht gratulieren, aber ich hoffe, es ist wenigstens deiner Beförderung dienlich.«

So ist das also. Der Spruch »Dein Tod, mein Leben« verwandelt sich in »Deine Festnahme, meine Beförderung«. Kaum habe ich neben ihr Platz genommen, erscheinen auch schon der Minister und der Polizeipräsident auf dem Bildschirm. Letzterer lobt die Arbeit der Polizei über den grünen Klee und schildert die Schwierigkeiten, die uns Nassiotis' Festnahme bereitet hat.

»Ich möchte mich den Worten des Herrn Polizeipräsidenten voll und ganz anschließen«, ergänzt der Minister. »Darüber hinaus will ich die entschlossene Haltung der griechischen Regierung hervorheben. Zu keinem Zeitpunkt hat sie sich auf einen Deal mit dem Mörder eingelassen oder sich seinen Erpressungen gebeugt. Ich bin der festen Überzeugung, dass diese Haltung entscheidend zur Festnahme des Mörders beigetragen hat.«

»Wenn du dein eigenes Haus nicht lobst, fällt es dir auf den Kopf«, kommentiert Adriani.

Das Klingeln des Telefons bewahrt mich vor der Fortsetzung. Als ich abhebe, habe ich Katerinas Stimme im Ohr.

»Papa, heute habe ich bei Seimenis gekündigt«, eröffnet sie mir. »Er hat zwar versucht, mich umzustimmen, aber es ist ihm nicht gelungen. Morgen wird Mania denselben Schritt tun.«

»Sehr gut. Ich bin überzeugt, dass ihr das gemeinsam hinkriegt«, sage ich. »Und sag Mania, dass sie Nassiotis in allen Punkten richtig eingeschätzt hat.«

Zwar werden die Zeiten in absehbarer Zeit bestimmt nicht besser, doch zumindest können meine Tochter und Mania dafür kämpfen, dass es nicht noch schlimmer kommt.

Danksagung

Mein aufrichtiger Dank gilt Eleni Papasoglou, die mich auf den Abschnitt aus dem Ersten Gesang der *Ilias* aufmerksam gemacht hat. Ebenso verbunden bin ich Erik Thurnherr für seine wertvollen Erklärungen zu den audiovisuellen Hilfsmitteln, die in archäologischen Stätten zum Einsatz kommen. Abschließend danke ich Makis Etzoglou für seine ausführlichen Erläuterungen der Tricks, mit deren Hilfe man seine Identität im Internet verbergen kann.

*Bitte beachten Sie
auch die folgenden Seiten*

Petros Markaris
im Diogenes Verlag

Hellas Channel
Ein Fall für Kostas Charitos
Roman. Aus dem Neugriechischen
von Michaela Prinzinger

Er liebt es, Souflaki aus der Tüte zu essen, dabei im Wörterbuch zu blättern und sich die neuesten Amerikanismen einzuverleiben. Seine Arbeit bei der Athener Polizei dagegen ist kein Honigschlecken.
Besonders schlecht ist Kostas Charitos auf die Journalisten zu sprechen, und ausgerechnet auf sie muss er sich einlassen, denn Janna Karajorgi, eine Reporterin für *Hellas Channel*, wurde ermordet. Wer hatte Angst vor ihren Enthüllungen? Um diesen Mord ranken sich die wildesten Spekulationen, die Kostas Charitos' Ermittlungen nicht eben einfach machen. Aber es gelingt ihm, er selbst zu bleiben – ein hitziger, unbestechlicher Einzelgänger, ein Nostalgiker im modernen Athen.

»Eine Entdeckung! Mit Kommissar Charitos ist eine Figur ins literarische Leben getreten, der man ein langes Wirken wünschen möchte.«
Hans W. Korfmann/Frankfurter Rundschau

Nachtfalter
Ein Fall für Kostas Charitos
Roman. Deutsch von Michaela Prinzinger

Kommissar Charitos ist krank. Eigentlich sollte er sich ausruhen und von seiner Frau verwöhnen lassen. Doch so etwas tut ein wahrer Bulle nicht. Eher steckt er bei Hitze und Smog im Stau, stopft sich mit Tabletten voll und jagt im Schritttempo eine Gruppe von Verbrechern, die die halbe Halbwelt Athens in ihrer Gewalt hat.

Charitos nimmt den Leser mit durch die Nachtlokale, die Bauruinen und die Müllberge von Athen. Keine Akropolis, keine weißen Rosen weit und breit.

»Mit Witz, Charme und Ironie erzählt Markaris eine reizvolle, geschickt verwobene Kriminalgeschichte mit überaus lebensnahen Figuren.«
Christina Zink/Frankfurter Allgemeine Zeitung

Live!
Ein Fall für Kostas Charitos
Roman. Deutsch von Michaela Prinzinger

Ein in ganz Griechenland bekannter Bauunternehmer, dessen Geschäfte olympiabedingt florieren, zückt mitten in einem Interview eine Pistole und erschießt sich vor laufender Kamera. Natürlich ruft ein solch spektakulärer Abgang Kostas Charitos auf den Plan. Seine Ermittlungen führen ihn zu den Baustellen des Olympischen Dorfs, zu den modernen Firmen hinter Fassaden aus Glas und Stahl, zu den Reihenhäuschen der Vororte, wo die Bewohner noch richtigen griechischen Kaffee kochen und Bougainvillea im Vorgärtchen blüht. Mit der ihm eigenen Bedächtigkeit irrt Kostas Charitos durch das Labyrinth des modernen Athen, unter der prallen Sonne – und dem Schatten der Vergangenheit.

»*Live!* ist ein Krimi, ein Geschichtsbuch, ein Migrantenroman, die Geschichte einer Ehe und ein Reiseführer durch Athen.« *Avantario Vito/*
Financial Times Deutschland, Hamburg

Balkan Blues
Geschichten. Deutsch von
Michaela Prinzinger

›Go to Hellas!‹ – neun Geschichten über Athen. Die Fußballeuropameisterschaft ist gewonnen, die Olympiade steht an. Mit neuerwachtem Patriotismus feiern die Griechen ihre Feste, derweil die Einwanderer aus Albanien, Bulgarien und Russland sich durchs Leben schlagen, so gut es eben geht. Auch im Einsatz: Kommissar Charitos.

»*Balkan Blues* erzählt keine traurigen Geschichten, sondern mit feinem Witz und hohem Tempo von der anhaltenden Trauer einer Stadt.«
Neue Zürcher Zeitung

»Petros Markaris erweist sich als kluger und scharfsichtiger Beobachter der modernen griechischen Gesellschaft und ihrer zahlreichen östlichen Einwanderer. Er folgt ihren Geschichten voller Empathie, aber doch ganz ohne falsches Mitleid.«
Brigitte, Hamburg

Der Großaktionär
Ein Fall für Kostas Charitos
Roman. Deutsch von Michaela Prinzinger

Der Traum von einer gerechteren Welt – in seinem Namen wird Gutes getan, aber auch getötet und Gewalt ausgeübt. Dies bekommt Katerina zu spüren, als sie in die Hände von Terroristen fällt. Ihr Vater Kostas Charitos dreht fast durch. Er, der Kommissar, muss jetzt stillhalten, Geduld haben, Nerven beweisen. Ein Roman über Terror und Gewalt. Und über eine Familie, die damit umgehen muss.

»Mit Witz und Biss erzählt Markaris von einem modernen Griechenland, in dem die Vergangenheit unter der Junta leider noch immer lebendig ist.«
Buchkultur, Wien

»Markaris gelingt etwas Erstaunliches: Speziell griechische Chancen, Wunden und Sünden vereint er mit internationalem Wiedererkennungseffekt.«
Frankfurter Allgemeine Zeitung

Wiederholungstäter
Ein Leben zwischen Istanbul, Wien und Athen
Deutsch von Michaela Prinzinger

Petros Markaris über seine Liebe zu Istanbul, seine Hassliebe zu Athen und seine besondere Beziehung zur deutschen Kultur. Der Autor erzählt von seiner Kindheit, seinem Alltag heute, von der Zusammenarbeit mit Theo Angelopoulos und seiner Tätigkeit als Brecht- und Goethe-Übersetzer. Dabei beschränkt er sich nicht aufs Autobiographische: Wenn er von der griechischen Gemeinschaft in Istanbul schreibt, so ist ihm das einen Exkurs zum Thema »Minderheiten« wert. Spricht er von seinen armenischen Wurzeln, geht es bald um »Heimat«. Schildert er die Entstehung seiner Figuren Kostas und Adriani, so greift er die Themen »Gleichberechtigung« und »politische Korrektheit« auf. Autobiographisches, Historisches und Politisches vermischen sich dabei auf brillante und liebenswürdige Weise.

»Petros Markaris gilt als einer der vielseitigsten und erfolgreichsten Autoren Griechenlands.«
Günter Keil / Süddeutsche Zeitung, München

Die Kinderfrau
Ein Fall für Kostas Charitos
Roman. Deutsch von Michaela Prinzinger

Was in Istanbul geschah, ist nun viele Jahrzehnte her. Und doch findet die neunzigjährige Kinderfrau keine Ruhe – sie hat noch alte Rechnungen zu begleichen. Kommissar Charitos folgt ihren Spuren: Sie führen nach ›Konstantinopel‹, in eine Vergangenheit mit zwei Gesichtern – einem schönen und einem hässlichen.

»In seinem Kriminalroman *Die Kinderfrau* wendet sich Petros Markaris der heiklen griechisch-türki-

schen Vergangenheit zu. Als Istanbuler Grieche armenischer Abstammung beschreibt der Kosmopolit dabei ein Stück seiner eigenen Geschichte.«
Geneviève Lüscher / NZZ am Sonntag, Zürich

Auch als Diogenes Hörbuch erschienen,
gelesen von Tommi Piper

Faule Kredite
Ein Fall für Kostas Charitos
Roman. Deutsch von Michaela Prinzinger

Die Krise legt Griechenland lahm. Doch in der Finanzwelt herrscht höchste Alarmstufe. Mehrere Banker wurden innerhalb weniger Tage brutal ermordet. Und ganz Athen ist seit neustem mit Plakaten tapeziert, auf welchen die Bürger zur Verweigerung der Rückzahlung von Krediten aufgefordert werden.
Die Krise mit ihren Auswüchsen beschert Kostas Charitos und der Athener Polizei mehr Hektik denn je zuvor. Und auch privat wird es nicht einfacher: Gerade haben Kostas und Adriani noch die Hochzeit ihrer einzigen Tochter Katerina ausgerichtet und sich zum ersten Mal seit dreißig Jahren ein neues Auto geleistet – und nun wissen sie nicht mehr, wie sie die Raten abzahlen sollen.

»Selten war ein Krimi so brennend aktuell. Interessanter noch als die solide Krimihandlung sind die Skizzen eines Landes, dessen Volksseele kocht.«
Britta Heidemann /
Westdeutsche Allgemeine Zeitung, Essen

Zahltag
Ein Fall für Kostas Charitos
Roman. Deutsch von Michaela Prinzinger

Reiche Griechen zahlen keine Steuern. Arme Griechen empören sich darüber, oder sie verzweifeln ob ihrer aussichtslosen Lage. Im zweiten Band der Krisentrilogie tut ein selbsternannter »nationaler Steuereintreiber« weder das eine noch das andere: er handelt. Mit Drohbriefen, Schierlingsgift und Pfeilbogen – im Namen des Staates.

»Petros Markaris hat einen weiteren Krimi zur Griechenland-Krise verfasst, böse, ironisch und mit viel Einblick in den griechischen Nationalcharakter und die Schwächen des politischen Systems.«
Der Spiegel, Hamburg

»Böse, komisch, traurig: Pflichtlektüre in finsteren Zeiten.« *Tobias Gohlis / Die Zeit, Hamburg*

»Wer nicht zahlt, wird umgebracht.«
Guido Kalberer / Tages-Anzeiger, Zürich

Abrechnung
Ein Fall für Kostas Charitos
Roman. Deutsch von Michaela Prinzinger

Wir schreiben das Jahr 2014. Griechenland ist zur Drachme zurückgekehrt. Es geht ums schiere Überleben: Stellen werden gestrichen, Löhne nicht ausbezahlt – und ein Serienmörder hat es auf einige prominente Linke abgesehen, die nach dem Aufstand gegen die Militärjunta eine steile Karriere hinlegten. Wer steckt dahinter? Ein Rechtsextremer? Oder jemand, der sich für längst vergangene Verfehlungen rächt? Kommissar Charitos verfolgt mit der ihm eigenen Beharrlichkeit die eloquenten Spuren des Täters – und das, obwohl er drei Monate lang ohne Gehalt auskommen muss.

»Der knorrig-charismatische Kostas Charitos ist einer der originellsten Kommissare der heutigen Kriminalliteratur.«
Achim Engelberg / Die Tageszeitung, Berlin

»Klug und ironisch: Markaris.« *Die Zeit, Hamburg*

Finstere Zeiten
Zur Krise in Griechenland

Die griechische Krise und ihre Auswirkungen auf die Menschen – erzählt und gedeutet von Petros Markaris, einem der schärfsten Beobachter der hellenischen Gesellschaft. Seine Artikel und Reden vermitteln ein umfassendes und facettenreiches Bild der Lage.

»Der weltbekannte Krimi- und Drehbuchautor Petros Markaris ist einer der profiliertesten Kommentatoren der Griechenlandkrise.«
Sebastian Ramspeck / SonntagsZeitung, Zürich

Quer durch Athen
Eine Reise von Piräus nach Kifissia
Mit 24 Kartenausschnitten. Deutsch von Michaela Prinzinger

Nimmt man die alte Stadtbahn, kann man Athen in einer Stunde durchqueren. Es ist eine Reise durch alle gesellschaftlichen Schichten. Und wie in einer Zeitmaschine findet sich der Passagier mal in die Antike, mal in die Zeit der Bayernherrschaft und dann wieder in die Gegenwart versetzt. Wer dem Rummel entfliehen will, findet unter Petros Markaris' kundiger Führung auch verborgene Winkel, wo die Zeit stillsteht und noch einfache Garküchen oder Kafenions zu finden sind.

»Vielleicht lieben die Athener gerade deshalb die Stadtbahn so innig, weil kein Buch, keine Landkarte und kein Kinofilm ihre Stadt in ihrer Gesamtheit so gut abbilden könnte.« *Petros Markaris*

*Dick und Felix Francis
im Diogenes Verlag*

»Seine Fans wussten, was sie erwartete. Eine klare Sprache, ein unverbauter Plot und die handfeste Lösung eines Falles.« *Der Spiegel, Hamburg*

»Es gibt wohl keinen anderen Kriminalautor, der ein bestimmtes Thema in so vielen, spannenden Variationen vorgeführt hat.« *Freie Presse, Chemnitz*

»Dick Francis ist einer der Großen des zeitgenössischen Kriminalromans.«
Jochen Schmidt / Frankfurter Allgemeine Zeitung

»Felix Francis ist mehr als würdig, das Familienerbe anzutreten.« *Publisher's Weekly*

Todsicher
Roman. Aus dem Englischen von Tony Westermayr

Rufmord
Roman. Deutsch von Peter Naujack

Doping
Roman. Deutsch von Malte Krutzsch

Nervensache
Ein Sid-Halley-Roman. Deutsch von Tony Westermayr

Hilflos
Roman. Deutsch von Nikolaus Stingl

Peitsche
Roman. Deutsch von Nikolaus Stingl

Rat Race
Roman. Deutsch von Michaela Link

Knochenbruch
Roman. Deutsch von Michaela Link

Zuschlag
Roman. Deutsch von Ruth Keen

Versteck
Roman. Deutsch von Malte Krutzsch

Risiko
Roman. Deutsch von Michaela Link

Galopp
Roman. Deutsch von Ursula Goldschmidt und Nikolaus Stingl

Reflex
Roman. Deutsch von Monika Kamper

Fehlstart
Roman. Deutsch von Malte Krutzsch

Banker
Roman. Deutsch von Malte Krutzsch

Weinprobe
Roman. Deutsch von Malte Krutzsch

Ausgestochen
Roman. Deutsch von Malte Krutzsch

Mammon
Roman. Deutsch von Malte Krutzsch

Gegenzug
Roman. Deutsch von Malte Krutzsch

Außenseiter
Roman. Deutsch von Gerald Jung

Comeback
Roman. Deutsch von Malte Krutzsch

Favorit
Ein Sid-Halley-Roman. Deutsch von Malte Krutzsch

Rivalen
Roman. Deutsch von Malte Krutzsch

Winkelzüge
Dreizehn Geschichten. Deutsch von Michaela Link

Außerdem erschienen:

Dick & Felix Francis
Abgebrüht
Roman. Deutsch von Malte Krutzsch

Schikanen
Roman. Deutsch von Malte Krutzsch

Verwettet
Roman. Deutsch von Malte Krutzsch

Kreuzfeuer
Roman. Deutsch von Malte Krutzsch

Felix Francis
Glücksspiel
Roman. Deutsch von Malte Krutzsch

Dick Francis
Gambling
Ein Sid-Halley-Roman
Diogenes Hörbuch, 6 CD, gelesen von Jochen Striebeck

*Jakob Arjouni
im Diogenes Verlag*

»Ein großer, phantastischer Schriftsteller, der genau und planvoll und lesbar schreibt.«
Maxim Biller / Tempo, Hamburg

»Seine Virtuosität, sein Humor, sein Gespür für Spannung sind ein Lichtblick in der Literatur jenseits des Rheins, die seit langem in den eisigen Sphären von Peter Handke gefangen ist.« *Actuel, Paris*

»Seine Texte haben Qualität. Sie sind ambitioniert, unaufdringlich-provokativ, höchst politisch.«
Barbara Müller-Vahl / General-Anzeiger, Bonn

»Arjouni weiß als Dramatiker genauso wie als Krimiautor, wie er Spannung erzielt, ohne platt zu wirken.«
Christian Peiseler / Rheinische Post, Düsseldorf

Happy birthday, Türke!
Kayankayas erster Fall. Roman
Auch als Diogenes Hörbuch erschienen, gelesen von Rufus Beck

Mehr Bier
Kayankayas zweiter Fall. Roman

Ein Mann, ein Mord
Kayankayas dritter Fall. Roman
Auch als Diogenes Hörbuch erschienen, gelesen von Rufus Beck

Magic Hoffmann
Roman
Auch als Diogenes Hörbuch erschienen, gelesen von Jakob Arjouni

Ein Freund
Geschichten

Kismet
Kayankayas vierter Fall. Roman

Idioten. Fünf Märchen

Hausaufgaben
Roman

Chez Max
Roman
Auch als Diogenes Hörbuch erschienen, gelesen von Jakob Arjouni

Der heilige Eddy
Roman
Auch als Diogenes Hörbuch erschienen, gelesen von Jakob Arjouni

Cherryman jagt Mister White
Roman

Bruder Kemal
Kayankayas fünfter Fall. Roman

*Esmahan Aykol
im Diogenes Verlag*

Esmahan Aykol wurde 1970 in Edirne in der Türkei geboren. Während des Jurastudiums arbeitete sie als Journalistin für verschiedene türkische Zeitungen und Radiosender. Darauf folgte ein Intermezzo als Barkeeperin. Heute konzentriert sie sich aufs Schreiben. Sie ist Schöpferin der sympathischen Kati-Hirschel-Romane, von denen weitere in Planung sind. Esmahan Aykol lebt in Berlin und Istanbul.

»Wer von der Schwermut skandinavischer Krimiautoren genug hat, ist bei Esmahan Aykol an der richtigen Adresse: Nicht in Eis, Schnee und Regen, sondern unter der sengenden Sonne Istanbuls deckt ihre herzerfrischend sympathische Heldin Kati Hirschel Mord und Totschlag auf.« *Deutsche Presseagentur*

»Esmahan Aykol ist eine warmherzige, vor allem aber kenntnisreiche Schriftstellerin.«
Angela Gatterburg / Der Spiegel, Hamburg

Goodbye Istanbul
Roman. Aus dem Türkischen von
Antje Bauer

Die Fälle für Kati Hirschel:

Hotel Bosporus
Roman. Deutsch von Carl Koß

Bakschisch
Roman. Deutsch von Antje Bauer

Scheidung auf Türkisch
Roman. Deutsch von Antje Bauer